CRIANCINHAS

OBJETIVA

TOM PERROTTA

CRIANCINHAS

Tradução
Adriana Lisboa

OBJETIVA

Título original
Little children

Todos os direitos desta edição reservados à
EDITORA OBJETIVA LTDA., rua Cosme Velho, 103
Rio de Janeiro – RJ – CEP 22241-090
Tel.: (21) 2556-7824 – Fax: (21) 2556-3322
www.objetiva.com.br

Capa
Glenda Rubinstein

Revisão
Marilena Moraes
Elaine Bayma
Antônio dos Prazeres

Editoração Eletrônica
FUTURA

P461c

Perrotta, Tom
Criancinhas / Tom Perrotta, tradução de Adriana Lisboa. - Rio de Janeiro: Objetiva, 2005

391 p. ISBN 85-7302-672-3

Tradução de : *Little children*

1. Literatura americana - Romance. I. Título

CDD 813

Em memória de meu pai, Joe Perrotta

AGRADECIMENTOS

Gostaria de agradecer à minha editora, Elizabeth Beier, pelos ótimos conselhos exatamente quando eu precisava deles, e à minha agente, Maria Massie, pela sua perspicácia e bom humor. Dori Weintraub e Sylvie Rabineau também me deram valiosa assistência. Minha esposa, Mary Granfield, foi, como sempre, a melhor primeira leitora que eu poderia querer. Sobretudo, porém, gostaria de agradecer a Nina e Luke, por me deixarem acompanhá-los ao parquinho.

"Eu tenho um amante! Eu tenho um amante!", ela não parava de repetir para si mesma, deleitando-se com o pensamento como se estivesse no começo de uma segunda puberdade.

— FLAUBERT, *MADAME BOVARY*

PARTE UM

PESSOAS DECENTES, CUIDADO

MAMÃE FEIA

As jovens mães diziam umas às outras o quanto estavam cansadas. Este era um de seus assuntos preferidos, junto com os hábitos alimentares, de sono e de excreção de sua prole, os méritos de certas creches locais e a dificuldade de manter uma rotina de exercícios físicos. Sorrindo de forma educada para mascarar uma sensação familiar de desespero, Sarah se lembrou de pensar como uma antropóloga. *Sou uma pesquisadora estudando o comportamento de suburbanas chatas de classe média alta. Mas não sou eu própria uma suburbana chata de classe média alta.*

– Jerry e eu começamos a assistir àquele filme do Jim Carrey outro dia.

Essa era Cheryl, mãe de Christian, um menino bem robusto de três anos e meio que andava arrogante pelo parquinho como um chefão da Máfia, atirando nas crianças mais novas com qualquer objeto que pudesse passar por uma arma de forma convincente – um canudinho, uma banana comida pela metade, até uma boneca Barbie que tinha sido abandonada no cercado de areia. Sarah detestava o garoto e achava difícil fitar a mãe dele nos olhos.

– Aquele dos bichos? – perguntou Mary Ann, mãe de Troy e Isabelle. – Não entendi. Desde quando soltar pum é tão engraçado assim?

Apenas desde que há vida humana sobre a terra, pensou Sarah, desejando ter coragem de dizê-lo em voz alta. Mary Ann era uma daquelas supermães deprimentes, uma mulher miúda e elaboradamente maquiada que vestia roupas de ginástica de *lycra*, dirigia uma caminhonete do tamanho de um furgão dos correios e escutava aquela ladainha conservadora no rádio o dia inteiro. Não importava quantas indiretas Sarah tivesse lançado do contrário, Mary Ann recusava-se a acreditar que alguma das outras mães gostasse menos da comentarista política de direita Rush Limbaugh ou mais de Hillary Clinton do que ela. Todos os dias Sarah vinha ao parquinho determinada a esclarecer as coisas, e todos os dias se acovardava.

– Não o dos bichos – disse Cheryl. – O do policial estadual com dupla personalidade.

Eu, Eu Mesmo e Irene, Sarah pensou, impaciente. Dos Irmãos Farrelly. Por que será que as outras mães nunca se lembravam dos títulos de nada, nem mesmo de filmes a que tinham chegado a assistir, enquanto ela própria guardava um monte de informações inúteis sobre filmes a que sequer sonharia em assistir mesmo que estivesse presa num avião – não que ela jamais tivesse a oportunidade de tomar um avião para onde quer que fosse?

– Ah, a esse eu assisti – disse Theresa, mãe de Courtney. Uma mulher grandalhona, de voz rouca, que sempre aludia ao fato de ter bebido vinho demais na noite anterior, Theresa era, naquele grupo, a favorita de Sarah. Às vezes, se não havia mais ninguém por perto, as duas fumavam um cigarro às escondidas, tragando alternadamente, como adolescentes, e fazendo comentários subversivos sobre seus maridos e filhos. Quando as outras chegavam, porém, Theresa imediatamente se transformava numa delas. – Achei uma graça.

É claro que achou, pensou Sarah. Não havia nenhum elogio maior no parquinho do que *uma graça.* Queria dizer inofensivo. Facilmente absorvido. Sem representar ameaças às certezas suburbanas. Em seu antigo parquinho, alguém chegara a usar essa palavra para descrever *Beleza Americana* (não que ela tivesse dito o nome do filme; era *aquele com o Kevin como-é-mesmo-o-sobrenome-dele, você sabe, o das pétalas de rosa*). Esta havia sido a gota d'água para Sarah. Depois de estudar suas opções durante alguns dias, ela se mudara para o parquinho da Escola Rayburn, apenas para descobrir que era tudo a mesma coisa, aonde quer que você fosse. Todas as jovens mães estavam cansadas. Todas assistiam a filmes que eram uma graça e de cujos títulos não conseguiam se lembrar.

– Eu estava gostando – Cheryl disse. – Mas depois de 15 minutos Jimmy e eu pegamos num sono ferrado.

– Você acha isso ruim? – Theresa riu. – Mike e eu estávamos transando outro dia, e eu cochilei bem no meio.

– Ah – Cheryl deu uma risadinha compreensiva. – Isso às vezes acontece.

– Pode até ser – disse Theresa. – Mas, quando acordei e pedi desculpas, Mike disse que nem tinha notado.

– Sabe o que você devia fazer? – Mary Ann sugeriu. – Reservar um horário específico para transar. É o que Lewis e eu fazemos. Toda terça às nove.

Mesmo se não estiverem a fim, pensou Sarah, seus olhos se desviando na direção de um brinquedo. Sua filha estava em pé, quase no alto do escorrega, chupando as costas da mão enquanto Christian dava socos em Troy, e Courtney mostrava a Isabelle sua calcinha da Pequena Sereia. Nem mesmo no parquinho Lucy interagia muito com as outras crianças. Preferia ficar de fora, observando a ação, como se tentasse localizar uma brecha que lhe permitisse ingressar no mundo social. *Bem parecida com a mãe,* pensou Sarah, sentindo-se ao mesmo tempo com pena da filha e perversamente orgulhosa da conexão entre elas.

– E você? – Sarah levou um momento para se dar conta de que Cheryl falava com ela.

– Eu? – Uma risada surpreendentemente amarga escapou de sua boca. – Faz meses que Richard e eu não nos tocamos.

As outras mães trocaram olhares desconfortáveis, e Sarah percebeu que provavelmente não havia entendido a pergunta. Theresa estendeu a mão por cima da mesa de piquenique e deu uns tapinhas na mão dela.

– Não foi isso que ela quis dizer, querida. Só estava perguntando se você está tão cansada quanto nós.

– Ah – disse Sarah, perguntando-se por que sempre tinha tanta dificuldade em acompanhar uma conversa. – Acho que não. Nunca precisei de muito sono.

O lanche da manhã era às dez e meia em ponto, regime estabelecido e mantido por Mary Ann, que acreditava que a aderência rígida a um horário era a chave para se criar bem os filhos. Ela colocara relógios digitais que brilhavam no escuro nos quartos de seus filhos, e os instruíra a não sair da cama pela manhã até que o primeiro número tivesse mudado para sete. Ela também se gabava de conseguir impor o horário de dormir às sete da noite sem qualquer resistência da parte dos filhos, uma alegação que enchia Sarah de inveja e suspeita. Ela jamais se identificara com as autoridades, e não podia evitar pressentir uma espécie de prazer fascista em estalar o chicote por trás da capacidade que Mary Ann tinha de fazer tudo correr conforme o programado.

Ainda assim, por mais cética que fosse diante da pontualidade fanática em geral, Sarah tinha de admitir que as crianças pareciam encontrar nisso conforto. Nenhuma delas reclamava por ter que esperar ou por estar com fome, e nunca perguntavam que horas eram. Simplesmente iam cuidar de suas brincadeiras matinais, certas de que seriam avisadas quando o momento oportuno chegasse. Lucy parecia particularmente grata por essa pequena dádiva da previsibilidade em sua vida. Sarah podia ver o prazer em seus olhos quando ela vinha correndo para a mesa de piquenique com os outros, integrando o grupo pela primeira vez no dia.

– Mamãe, mamãe! – gritava ela. – Hora do lanche!

Nenhum sistema é à prova de falhas, é claro, pensava Sarah, revirando a bolsa de fraldas em busca dos bolos de arroz que ela podia jurar ter colocado ali antes de sair de casa. Mas talvez isso tivesse sido ontem? Já não era mais tão fácil distinguir uma semana da outra; elas simplesmente se fundiam como uma pilha de lápis de cera esquecidos sob o sol.

– Mamãe? – A voz de Lucy ganhou um tom de ansiedade. Todas as outras crianças tinham aberto saquinhos de plástico transparente e embalagens plásticas individuais, e estavam ocupadas enfiando na boca punhados de salgadinhos e biscoitos de peixinho. – Cadê meu lanche?

– Tenho certeza de que está aqui em algum lugar – disse Sarah.

Um bom tempo depois de ter chegado à conclusão de que os bolos de arroz não estavam ali, Sarah continuou vasculhando dentro da bolsa de fraldas, fingindo procurar por eles. Era bem mais fácil continuar fitando aquela escura confusão de objetos do que levantar os olhos e dizer a Lucy a verdade. Ao fundo, ela ouviu alguém chupando as últimas gotas de uma caixinha de suco.

– Pra onde ele foi? – perguntou a vozinha severa. – Cadê meu lanche?

Sarah precisou de muita força de vontade para levantar o rosto e fitar a menina nos olhos.

– Me desculpe, meu bem. – Ela deu um suspiro comprido e derrotado. – A mamãe não está conseguindo encontrar.

Lucy não discutiu. Apenas franziu os músculos do rosto pálido, cerrou os punhos e começou a respirar mais depressa, reunindo forças para a fase seguinte da operação. Sarah virou-se num tom de desculpas para as outras mães, que observavam com interesse os procedimentos.

– Esqueci os bolos de arroz – Sarah explicou. – Devo ter deixado no balcão.

– Tadinha – disse Cheryl.

– É a segunda vez nesta semana – sublinhou Mary Ann.

Sua vaca desgraçada, pensou Sarah.

– É difícil ter controle de tudo – observou Theresa, que tinha entregue a Courtney um iogurte e uma caixa de uvas-passas.

Sarah se virou para Lucy, que emitia uma série de choramingos cujo volume aos poucos aumentava.

– Calma – suplicou Sarah.

– Não! – gritou Lucy. – Calma não!

– Já chega, mocinha.

– Mamãe feia! Quero lanche!

– O lanche não está aqui – disse Sarah, entregando à filha a bolsa das fraldas. – Veja você mesma.

Fitando a mãe com um olhar maligno, Lucy prontamente virou a bolsa de cabeça para baixo, liberando uma cascata de fraldas descartáveis, lenços umedecidos, moedas, lenços de papel amassados, livros e brinquedos sobre o chão forrado com lascas de madeira.

– Meu amor – disse Sarah com calma, apontando para a bagunça. – Arrume isso, por favor.

– Eu... quero... meu... lanche! – soluçou Lucy.

Com isso, o dique se abriu, e ela irrompeu em lágrimas de dar pena, um desolado lamento animal que chegou a fazer com que as outras crianças se virassem para olhar, como se estivessem se dando conta de encontrar-se na presença de um virtuoso e talvez conseguir algumas dicas.

– Tadinha – disse Cheryl outra vez.

Outras mães sabem o que fazer em momentos como este, pensou Sarah. Todas elas leram o mesmo livro, ou algo desse tipo. Será que você deveria ignorar o ataque de fúria e deixar a criança "se acabar de chorar"? Ou será que deveria pegá-la no colo e recordar-lhe que ela estava segura e que era amada? Sarah tinha a impressão de ter ouvido as duas recomendações em um ou outro momento. Em todo caso, sabia que uma boa mãe ou um bom pai tomariam algum tipo de atitude pensada. Uma boa mãe ou um bom pai não ficariam simplesmente ali, sem ter idéia do que fazer e se sentindo culpados enquanto seu filho uivava para o céu.

– Espere – quem falou foi Mary Ann, a voz irradiando tamanha e inegável autoridade adulta que Lucy imediatamente parou de chorar, concordando em ouvir. – Troy, querido? Dê o seu biscoito de peixinho para Lucy.

Troy ficou compreensivelmente ofendido por essa sugestão.

– Não – disse ele, virando-se para que seu corpo formasse uma barreira entre Lucy e o lanche.

– Troy Jonathan. – Mary Ann estendeu a mão. – Me dê esses biscoitos.

– Mas mamãe – choramingou ele. – É meu.

– Sem discussão. Você pode dividir o lanche com a sua irmã.

Relutante, mas sem mais nenhuma palavra de protesto, Troy entregou o saquinho. Mary Ann imediatamente deu-o a Lucy, em cujo rosto irrompeu um sorriso algo histérico.

– Obrigada – disse Sarah a Mary Ann. – Você salvou o dia.

– Não foi nada – respondeu Mary Ann. – É que simplesmente detesto vê-la sofrer desse jeito.

Não que fossem fazer isso, mas se qualquer uma das outras mães perguntasse como era possível que Sarah, dentre todas as pessoas, tivesse acabado casada, morando num subúrbio e cuidando em tempo integral de uma filha pequena, ela teria posto a culpa num momento de fraqueza. Pelo menos era assim que descrevia a situação para si mesma, embora a explicação sempre lhe parecesse algo insuficiente. Afinal, o que era a vida adulta se não um momento de fraqueza sobreposto a outro? A maioria das pessoas simplesmente entrava em forma como criancinhas obedientes, fazendo exatamente o que a sociedade esperava delas a qualquer momento, e o tempo todo fingiam ter feito na verdade algum tipo de escolha.

Mas a questão era que Sarah se considerava uma exceção. Ela descobrira o feminismo no segundo ano da faculdade – isso no começo dos anos 90, quando um bocado de outras estudantes caminhavam na direção oposta –, e o encontro a deixara profundamente transformada. Após umas poucas semanas de Introdução aos Estudos Feministas, Sarah sentia ter encontrado a chave para compreender tantas coisas que estavam erradas em sua vida – a depressão persistente de sua mãe, sua própria dificuldade em fazer e manter amizades com outras mulheres, a alienação que às vezes sentia de seu próprio corpo. Sarah adotou os Estudos Críticos de Gênero com o fervor de uma convertida, extraindo daí um tipo de conforto que outras mulheres em seu alojamento pareciam encontrar nas compras ou na ginástica aeróbica.

Ela se inscreveu no Centro da Mulher e passou a segunda metade de sua vida universitária no burburinho de uma comunidade feminina determinada, socialmente consciente e politicamente ativa. Trabalhou como voluntária no serviço telefônico S.O.S. Estupro, marchou em passeatas pelo fim da violência contra mulheres, aprendeu a distinguir entre o(s) feminismo(s) francês e anglo-americano. No último ano de graduação, tinha começado a usar os cabelos curtos, parado de raspar as pernas, e passado a comparecer a festas e eventos sociais de *gays*, lésbicas e bissexuais. Dois meses antes de se formar, mergulhou de cabeça num caso apaixonado com uma mulher coreano-americana chamada Amelia, que iria para a faculdade de medicina em Nova York no outono. Foi uma época excitante para Sarah, o ápice perfeito para sua viagem estudantil de autodescoberta.

E então – de repente, e com uma irreversibilidade surpreendente – a faculdade terminou. Amelia voltou para Westchester para passar o verão com a família. Sarah ficou em Boston, arranjando um trabalho num café da rede Starbucks para pagar o aluguel enquanto decidia o que fazer em seguida. Elas se visitaram duas vezes durante aquele verão, mas por algum motivo não conseguiam recuperar o que recentemente fora um ritmo de cumplicidade tão espontâneo. Na véspera do dia em que Sarah deveria ir visitá-la em seu novo alojamento, Amelia telefonou e disse que talvez fosse melhor se não voltassem a se ver. A faculdade de medicina lhe exigia muito; ela não tinha espaço em sua vida para uma relação.

Tudo o que Sarah tinha em sua vida era espaço, mas ela não se envolveu com mais ninguém durante quase um ano, e, quando o fez, foi com um homem, um carismático especialista em café expresso que fazia *shows* de comédia ao vivo e dizia gostar de tudo nela, exceto de suas pernas cabeludas. Então Sarah começou a se depilar outra vez, mandou fazer um diafragma e passou um bocado de tempo em casas de *shows* cômicos, ouvindo velhas piadas sobre a diferença entre os homens (eles não pedem orientação para encontrar um lugar!) e as mulheres (elas querem conversar depois do sexo!). Quando tentou explicar suas objeções ao humor baseado em estereótipos sexistas, Ryan sugeriu que ela relaxasse e que levasse as coisas menos a sério.

Junto com o fora em Ryan, candidatar-se a uma vaga num programa de pós-graduação parecia a solução perfeita para escapar da rotina em que ela caíra – uma forma de reconquistar a energia da faculdade e ao mesmo tempo fazer uma transição a uma versão reconhecível da idade adulta. Ela acalentava uma imagem de si mesma como uma jovem professora, uma crítica feminista de cinema, talvez. Seria uma mentora e serviria de inspiração para garotas como ela própria, garotas quietas que tinham passado pela escola como sonâmbulas, sem saber de nada exceto de que não haveria a menor possibilidade de serem felizes com qualquer uma das escolhas que o mundo parecia estar lhes oferecendo.

Umas duas semanas depois de começar o programa de pós-graduação, porém, ela descobriu que tinha comprado passagem para um navio que afundava. Não há empregos, os outros alunos a informaram; a profissão está saturada com velhos ocupando cargos vitalícios e que não vão abandoná-los até a próxima geração. Enquanto a universidade está ocupada explorando-o como mão-de-obra barata, você tem que dar um jeito de produzir uma tese enfadonha que ninguém vai ler, e encontrar alguém que concorde em publicá-la como livro. Então, se tiver um talento incomum e uma sorte extraordinária, você talvez consiga garantir um contrato temporário e não-renovável ensinando redação instrumental a jogadores de futebol americano em Oklahoma. Enquanto isso, a Internet se expande, e meninos aos quais demos nota C+ saem da faculdade e ficam ricos no mercado de ações enquanto nós quebramos pedras em nome de um salário patético que não chega nem para cobrir o valor do aluguel.

Sarah podia ver que tudo aquilo era verdade, mas não chegava a se incomodar, uma vez que ajustara suas expectativas. Uma pós-graduação não tinha que levar a lugar algum, tinha? Será que não valia a pena simplesmente passar alguns anos lendo e pensando, despertando a mente de um longo estupor induzido por expressos e piadas idiotas demais? Ela podia simplesmente terminar seu mestrado, talvez lecionar num cursinho particular depois disso, ou se juntar à associação Peace Corps, que lutava pela paz mundial, ou até mesmo pensar num jeito de surfar na onda da Internet como todo mundo.

O que acabou com ela foi a idéia de dar aulas. Algumas pessoas adoravam aquilo, é claro, adoravam o som de suas próprias vozes, a oportunidade de demonstrar sua sabedoria a uma platéia cativa. Mas havia também professores como ela, que simplesmente não conseguiam se comunicar num ambiente de sala de aula. Repetiam o mesmo ponto incessantemente, com uma insistência entorpecedora, ou então circundavam uma dúzia de idéias semi-articuladas sem aterrissar em uma única. Liam de forma inexpressiva anotações prontas, ou então se perdiam em sua sintaxe atrapalhada quando tentavam falar de improviso. Que Deus os ajudasse quando tentavam fazer uma piada. Os rostos que os encaravam podiam demonstrar tédio ou confusão ou hostilidade, mas em sua maioria estavam simplesmente mortos de pena. Foi o que ela conseguiu de seus dois semestres dando aulas: pena suficiente para o resto da vida.

Dura e desmoralizada, Sarah abandonou a escola e voltou para o Starbucks, dessa vez fazendo uma idéia bem mais modesta de si mesma e de seu futuro. Ela era um fracasso, uma mulher de 26 anos de idade e sexualidade ainda ambígua, que acabava de descobrir não ser nem um pouco tão inteligente quanto acreditava. *Sou uma pessoa dolorosamente comum*, recordava ela a si mesma diariamente, *destinada a viver uma vida dolorosamente comum.*

Como que para ilustrar essa humilhante lição, sua antiga amante Amelia entrou no Starbucks numa tarde fria, naquele outono. Parecia absolutamente radiante, com um marido coreano de queixo forte ao seu lado, orgulhoso, e um bebê rechonchudo de olhos arregalados preso ao seu peito por uma daquelas engenhocas que se prende na frente do corpo. As duas mulheres reconheceram uma à outra imediatamente. Amelia congelou ali na entrada, trocando um olhar profundo com Sarah do outro lado do salão.

Sarah sorriu tristemente, tentando reconhecer a estranheza e a riqueza emocional do momento, mas Amelia não correspondeu ao seu sorriso. Seu rosto – estava mais cheio, menos infantil, com um toque de cansaço ao redor dos olhos – não traiu o menor sinal de desejo ou arrependimento ou mesmo simples surpresa. Tudo o que Sarah conseguiu encontrar ali foi uma expressão familiar de pena, como se Amelia fosse apenas mais uma caloura entediada que não sabia que diabos a professora estava dizendo. Cochichou alguma coisa ao marido, que lançou um olhar rápido e surpreso para Sarah antes de balbuciar as palavras *É mesmo?*. Amelia deu de ombros, como se não compreendesse como era possível que ela tivesse chegado sequer a conhecer aquela mulher patética de avental verde, para não mencionar o fato de terem outrora dançado de calcinha e sutiã ao som de Aretha Franklin e desabado numa cama estreita com um acesso de riso que parecia que não ia terminar nunca. Pelo menos era disso que Sarah esperava que Amelia estivesse se lembrando quando a familiazinha perfeita saiu porta afora, deixando-a com a obrigação de fingir um sorriso para a próxima pessoa na fila e explicar pela enésima vez que não havia algo que pudesse ser chamado de "pequeno" no Starbucks.

Esse, ela teria explicado às outras mães, *foi o meu momento de fraqueza*. Exceto pelo fato de não ter sido exatamente um momento. Durou todo aquele inverno e adentrou pela primavera seguinte, que foi quando Richard se aproximou do balcão numa manhã tediosa – ele era um freguês habitual, um homem de meia-idade com uma barba bem aparada e um ar de calma autoridade – e lhe perguntou se ela estava tendo um dia tão ruim quanto o seu, o que por algum motivo pareceu-lhe ser a primeira coisa gentil que alguém lhe dizia em anos. E foi assim que ela terminou naquele desolado parquinho.

Sarah se ajoelhou e começou a juntar devagar o vasto sortimento de lixo que tinha sido derramado da sacola de fraldas. Sabia que devia ter pedido a Lucy para ajudar – aos três anos, uma criança já tinha idade suficiente para se responsabilizar por suas bagunças –, mas aferrar-se a esse princípio não chegava a valer a pena diante do risco de provocar mais um acesso de raiva.

Além disso, quanto menos ajuda recebesse, maior seria o tempo durante o qual poderia ficar no chão, distante dos rostos acusatórios das outras mães, deixando as pontas agudas das lascas de madeira penetrarem ainda mais fundo em seus joelhos, infligindo a si mesma uma dor aguda que ela achava que provavelmente merecia e talvez até pudesse começar a apreciar dentro de um ou dois segundos.

Seu exemplar de *A História da Aia* estava caído com a capa para baixo, em cima de *Os Ursos Berenstain Vão ao Dentista,* e a visão dos dois livros encheu-a com uma estranha sensação de vergonha. Ela sentiu brotar subitamente uma espécie de simpatia por aqueles flagelantes medievais que costumavam andar pela cidade, chicoteando-se publicamente para reparar seus pecados. Muito em breve ela estaria colocando um chicote na sacola de fraldas.

– Talvez você devesse fazer uma lista – Mary Ann lhe disse. – Pregue na porta, para ser a última coisa que você vê antes de sair de casa. É o que eu faço.

Eu não volto mais a este parquinho, pensou Sarah. Levantou o rosto e se obrigou a sorrir.

– Obrigada – disse ela. – É uma sugestão muito útil.

OS SKATISTAS

Oitenta e um... oitenta e dois...

Kathy ligou do telefone celular por volta das quatro, quando Aaron estava cochilando, e Todd chegava ao fim de sua terceira e última série de flexões.

Oitenta e três...

– Oi – disse ela, a secretária eletrônica transmitindo sua voz distorcida pela estática escada abaixo. – Quem são os meus meninos preferidos? Vocês se divertiram na piscina?

Oitenta e cinco...

– Todd, só vou chegar em casa às seis e meia. Uma das entrevistas com os prisioneiros de guerra demorou demais, e eu estou correndo atrás do prejuízo a tarde toda. Me desculpe.

Ele grunhiu, tentando não perder o ritmo... *Oitenta e sete...* estava esperando que desse tempo de dar uma corrida antes do jantar... *Oitenta e oito...* inclinando-se para a esquerda... *Oitenta e nove...* melhor se endireitar...

– Os hambúrgueres e as salsichas *light* estão na geladeira, você só precisa fazer a salada e marinar os pimentões e berinjelas num pouco daquele azeite bom. Bom, acho que é isso. Seja um bom menino para o papai, Aaron. Mamãe ama vocês dois. Tchau.

Noventa e dois... seus braços estavam tremendo... *Noventa e três...* queria muito sair para dar aquela corrida... *Noventa e quatro...* que porra de prisioneiros de guerra... *Noventa e cinco...* salsichas *light*, que nome idiota... *Noventa e seis...* vai ser o maior barraco... *Noventa e sete...* quando todas essas crianças acordarem e se derem conta de que andaram comendo esse lixo desses cachorros-quentes vegetarianos... *Noventa e oito...* só mais duas... *Noventa e nove...* só falta você, meu bem... *Cem...* É isso aí!

Ele se pôs de pé num pulo, o corpo pulsando com aquela onda de satisfação que três séries de cem flexões jamais deixavam de causar. Claro, várias coisas no mundo eram um saco. Kathy trabalhar até tarde, por exemplo, ferrando com seus planos de exercícios. O modo como ela estava sempre tão cansada ao chegar em casa, e culpada por ter ficado longe de Aaron o dia todo. E o modo como agia, como se tudo fosse culpa de Todd, e era, num certo sentido, mas de que adiantava ficar recordando aquilo o tempo todo?

Por outro lado, várias coisas não eram um saco. Longos dias de verão sem nada para fazer além de ficar de bobeira. Tardes na piscina, cercado por jovens mães de biquíni. E a sensação de seu corpo agora, o sangue latejando para dentro dos músculos, aquela dor gostosa em seus tríceps. E quando Aaron o chamou naquele momento, bem na hora, havia algo de belo naquilo, também, a maneira como um garotinho precisava de você para tudo e não tinha medo de dizê-lo.

– Agüenta aí, camaradinha – disse ele. – Já estou chegando.

Na maior parte das manhãs Aaron acordava com olhos brilhantes e cheio de afeto, vibrando com aquela energia de criança para o dia que começava. Cochilos à tarde, mesmo sendo necessários, tendiam a produzir o efeito oposto. Ele emergia do quarto atordoado e mal-humorado como um adolescente, seu gorro de bufão achatado e comicamente torto, fraldas ensopadas penduradas até os joelhos. Mesmo a mais inocente pergunta – *Você quer um lanche?* – poderia fazer com que ele atravessasse a fronteira, ingressando num acesso de gritos ou num ataque de soluços magoados. Meses de tentativa e erro tinham ensinado Todd a não dizer uma única palavra. Ele apenas sentava o Sr. Ranzinza numa cadeira, dava-lhe um copinho de leite e um biscoito Oreo, e colocava *Raffi in Concert* no aparelho de som.

Enquanto Aaron continuava fora de órbita diante da mesa, Todd começou os preparativos para o jantar, secando a alface num secador giratório e jogando em cima um pouco de vinagre balsâmico. Em seguida, apanhou a tábua e começou a picar a berinjela e os pimentões em pedaços que depois pudesse grelhar.

– *Tingalayo!* – cantou, ausente. – *Run, my little donkey, run!*

– Paaaii. – Ao contrário de Raffi, Aaron era rigidamente avesso a que as pessoas cantassem junto. – Pára.

– Desculpe. Esqueci.

Se alguém tivesse dito dez anos antes que um dia ele seria um dono-de-casa em tempo integral cantarolando música de criança enquanto preparava o jantar, Todd não conseguiria se reconhecer na imagem. Naquela época, ele era um universitário rico que gostava de esportes, grande fã de Pearl Jam e Buffalo Tom. Raffi não estava nem mesmo na tela de seu radar, e agora o sujeito era a maior presença musical na vida de Todd. Ele e Aaron ouviam o álbum ao vivo pelo menos duas vezes por dia. Foi a trilha sonora de seu verão, não menos central do que *Nevermind* havia sido para Todd e seus amigos da faculdade durante o segundo semestre do segundo ano. Chegara ao ponto em que ele sabia palavra por palavra as falas de Raffi entre as canções, e podia recitá-las junto com o CD.

– Meninos e meninas, vocês conhecem a música sobre os cinco patinhos? – Pausa, enquanto a audiência ruge que sim. Então, uma risadinha malvada. – Bem, esta é uma música diferente.

Ao contrário de muitos pais que ele encontrava e que alegavam desprezar a música que seus filhos os obrigavam a ouvir, Todd não tinha medo de reconhecer: *gostava* de Raffi. A música era contagiante, e o cara, gentil e despretensioso. Não havia pose, nada daquela bobajada teatral que tornava os astros do *rock* tão cansativos depois que você chegava a um certo momento da sua vida. Raffi não iria ficar viciado em heroína, abandonar a mulher e a filhinha, e depois estourar os miolos, só para deixar clara sua opinião sobre a chatice de ser rico e famoso.

– Papai? – Aaron segurava o dedo indicador diante do nariz e o cheirava, com uma expressão hesitante.

– O quê?

– Bem...

– O que foi?

– Tá com cheiro de cocô.

– Ai, Aaron. Quantas vezes eu disse para você...

– Eu não toquei na minha fralda – disse ele, balançando a cabeça numa negativa fervorosa. – Não mesmo, de verdade.

Desastre Ferroviário era uma atividade perfeitamente compatível com a mentalidade de um menino de três anos. Aquela brincadeira brutalmente simples, que o próprio Aaron arquitetara, não requeria nada além de empurrar duas locomotivas (batizadas de Gordon e Percy) em direções opostas sobre um trilho circular instalado no chão da sala de estar, e fazer barulhos explosivos de motor, alegremente, até o momento em que os dois se encontravam numa inevitável colisão frontal.

– *Spdang!* – gritava Aaron. Esse era o efeito sonoro que sempre acompanhava a batida. – Tome isso, Gordon.

– Ai! – gemia Todd, quando sua locomotiva caía de lado. – Isso doeu, Percy.

Aaron ria às gargalhadas diante do tom de voz magoado e do sotaque inglês malfeito de Todd. Se eles encenassem uma centena de colisões de trem, ele teria gritado *Spdang!* uma centena de vezes e rido com a mesma alegria da centésima lamentação de Gordon. (Todd sempre era Gordon, e Gordon era sempre a parte que saía perdendo.) Essa era uma das coisas boas, mas algo insanas, sobre ter três anos: nada jamais envelhecia. Se alguma coisa era boa, continuava sendo, pelo menos até você completar quatro anos.

Por alguma razão, a repetição tola do Desastre Ferroviário não causava a Todd metade do aborrecimento que lhe causava ter que ler certos livros cinco ou seis vezes seguidas, ou jogar múltiplas rodadas de algum jogo idiota como Candyland. Talvez fosse coisa de homem, mas havia uma satisfação inegável no espetáculo de dois objetos sólidos colidindo um com o outro.

Spdang!

Ai.

A brincadeira acabou abruptamente com o ruído da chave girando na fechadura. Aaron largou Percy e se pôs desajeitadamente de pé, os olhos fixos na porta da frente que se abria, como se algo por demais maravilhoso para ser descrito por palavras estivesse prestes a se revelar.

E Kathy era maravilhosa, claro, mesmo no fim de um longo dia de trabalho, dando um suspiro cansado ao largar sua bolsa abarrotada no chão. Ela era o tipo de mulher que sempre surpreendia você ao fazê-lo se dar conta de que era tão linda quanto na sua lembrança, embora isso parecesse praticamente impossível quando ela estava ausente.

– Mamãe! – arquejou Aaron, arrancando seu gorro de bufão e arremessando-o por cima do ombro. – Você voltou!

– Meu menininho – disse ela, apoiando-se num dos joelhos e estendendo os braços, como um pôster de Jesus que

Todd se lembrava de ter visto numa sala de aula de catecismo, muitos anos antes. – Eu senti tanta, tanta, tanta saudade do meu querido.

Aaron saiu em disparada até os braços da mãe, enterrando o rosto em seu peito. Ela afagou seu lindo cabelo com tanta ternura que Todd teve que desviar o olhar. Ele se descobriu fitando a locomotiva em sua mão, como se houvesse uma mensagem pessoal para ele na expressão rabugenta de Gordon.

Isso doeu, Percy.

– Você ficou um pouquinho vermelho, não é? – Kathy balançou a cabeça insatisfeita ao examinar o rosto de Aaron, transfigurado pela idolatria. – Papai esqueceu outra vez o filtro solar?

Depois do jantar, nos dias de semana, Todd estudava para a prova da Ordem dos Advogados na biblioteca municipal. Poderia fazê-lo em casa sem problemas – ele e Kathy tinham um escritório confortável, relativamente à prova de som, em seu pequeno solário –, mas tornara-se uma necessidade psicológica sair de casa sozinho durante algumas horas por dia. Caminhando ligeiro diante das lojas em Pleasant Street, Todd saboreava a sensação de ser um adulto livre para voar numa noite quente de verão, sem o estorvo de um carrinho de bebê ou das exigências tirânicas de um menino de três anos de idade.

Além disso, tinha dificuldade de se concentrar no escritório, em casa. Distraía-se com a consciência de que Aaron e Kathy estavam em algum lugar nas proximidades, dando risadinhas ou se abraçando ou sussurrando palavras de ternura um para o outro, sem nem sequer se lembrarem de que ele existia. Por mais tocante que fosse, havia algo de alienante na explosão de amor mãe/filho que acontecia no apartamento todas as noites. Era como se Todd se transformasse num estranho depois que Kathy entrava em casa, apenas um sujeito qualquer ocupando espaço na casa, e não um pai afetuoso que dedicara todo o seu dia – *toda a sua vida* – a garantir a segurança e a felicidade do filho.

O que sempre acabava com ele era o gorro de bufão. O dia todo Aaron agia como se aquele fosse o seu objeto de estimação – comia, brincava e cochilava com o gorro na cabeça, e irromperia em lágrimas se você chegasse a sugerir que ele o tirasse para ir à piscina –, mas, no instante em que Kathy pisava em casa, o gorro de bufão saía voando pelos ares como se fosse lixo. Todd tinha certeza de que aquela era a forma de Aaron anunciar que o dia inteiro até aquele instante – a parte do papai – não passara de uma brincadeira idiota. Agora que a mamãe estava de volta, o dia de verdade podia começar, aquelas poucas e preciosas horas antes de dormir durante as quais ele não sentia necessidade de dizer uma versão infantil do *que se foda* para o mundo andando por aí num chapéu rosa e roxo com sininhos.

Todd sabia que não deveria levar aquilo como uma ofensa pessoal. Era ridículo que um homem adulto se sentisse menosprezado pelo apego de um garotinho à mãe. Ele estudara psicologia na faculdade e era bem versado nas nuances do complexo de Édipo e os conceitos dos estágios de desenvolvimento. Sabia que Aaron superaria aquele apego devastador à sua mãe dentro de alguns anos; na adolescência, talvez até chegasse a fingir que não conhecia Kathy se ela passasse por ele no *shopping center*. Mas tudo aquilo estava no futuro. No presente, Todd sentia-se enciumado e excluído e até mesmo um pouquinho zangado, e a única cura era sair da droga daquela casa.

Os skatistas estavam na frente da biblioteca, e Todd parou no lugar habitual para ver o que faziam. Havia quatro deles naquela noite, garotos com idades entre dez e 13 anos, usando bermudões abaixo dos joelhos, camisetas de malha largas e tênis retrô da moda. Usavam capacetes, mas deixavam a tira do queixo aberta ou pendendo frouxa, o que os tornava mais ou menos inúteis em termos de proteção. Alguns dias antes, Todd dissera isso ao rei dos skatistas, um garoto atrevido, magricela e cheio de ginga que os outros chamavam de G., mas ele respondera com um daqueles olhares inexpressivos nos quais eram especialistas; não se dera sequer ao trabalho de dar de ombros.

Gracioso e destemido, G. era um atleta natural que parecia ter uma conexão quase mística com seu *skate*. Saltava sobre escadas e sobre o meio-fio das calçadas, surfava em corrimões de metal e muros de arrimo, e quase sempre aterrissava de pé. Seus amigos, mais apegados ao chão, limitavam-se a praticar as manobras mais básicas, embora fosse mais comum terminarem estatelados no chão do que o contrário, resmungando baixinho e esfregando os traseiros machucados.

Todd não estava certo sobre o que o levava a voltar ali noite após noite, para observar o mesmo grupo de crianças executando o mesmo repertório de acrobacias repetidas vezes. Em parte era por interesse genuíno, uma espécie de aprendizagem reparadora do que se tornara uma habilidade essencial da meninice. Ele próprio nunca aprendera a andar de *skate* – quando garoto, interessara-se mais por esportes organizados e competitivos – e queria poder ensinar a Aaron quando o dia chegasse, do modo como Todd aprendera com seu pai como andar de bicicleta. Cerca de uma semana antes, ele havia ido à loja Paraíso dos Esportes com a intenção de comprar um *skate* para si mesmo, mas perdera a coragem quando o vendedor se aproximara, como se fosse algo impróprio um homem de 30 anos de idade comprar um *skate* para uso próprio.

Se Kathy o visse flanando ali, sob a faia, um braço apoiado sobre uma caixa verde de correio, estudando os skatistas como uma espécie de autoproclamado juiz das Olimpíadas, ela teria oferecido uma explicação mais simples – ou seja, que ele estava se desviando do que realmente interessava, comprometendo seu próprio futuro profissional e as perspectivas financeiras de sua família, a longo prazo. E ela teria razão: A única coisa pior do que ter que fazer de novo a prova da ordem era ter que estudar outra vez para fazê-lo, como um ator memorizando falas que ele sabia que esqueceria no instante em que pisasse no palco. Mas se tudo o que Todd queria fazer era passar o tempo, havia uma infinidade de outras formas de fazê-lo (ele conhecia todas elas). Podia ler revistas na biblioteca, navegar pela Internet, passar os olhos nas prateleiras. Podia comprar uma casquinha de sorvete e tomá-la com opulenta lentidão, sentado num banco do parque, ou dar um pãozinho para os patos mal-humorados do lago Greenview comerem. Podia até mesmo ir caminhando a esmo até a escola e observar a equipe de meninas da torcida ensaiando seus números, que eram bem mais *sexy* do que na época de Todd. Mas não fazia nada disso. Simplesmente vinha sempre até ali.

Todd estava observando G. e seus amigos havia semanas, às vezes durante uma hora inteira, mas jamais recebera o menor sinal de reconhecimento por parte de qualquer um deles, nem mesmo o mais relutante aceno de cabeça ou o mais resmungado oi. Eles tinham uma atitude alheia, totalmente autocentrada, diante do mundo, como se nada de importante existisse fora de seu próprio círculo bastante limitado de atividade. Estavam sempre com os olhos baixos e se comunicavam com grunhidos e monossílabos, mal levantando o rosto quando um deles terminava a manobra numa aterrissagem difícil ou num tombo particularmente feio, ou mesmo quando garotas bonitas da sua idade paravam para observá-los um pouco, trocando cochichos e risadinhas entre si.

Eu devo ter sido assim, Todd às vezes pensava. *Eu devo ter sido um deles.*

Na tarde em que sua mãe morreu, Todd e seus amigos estavam jogando bolas de neve nos carros. As pistas estavam escorregadias, e uma *van* que eles surpreenderam numa emboscada derrapou e subiu no meio-fio, derrubando umas latas de lixo e espalhando toda aquela sujeira sobre o gramado em frente à casa dos Anderson. A maioria dos amigos de Todd fugiu do local, mas ele e Mark Tollan continuaram agachados atrás de uns arbustos pelados, abafando o riso com as luvas enquanto o motorista de meia-idade saltava para fora do carro e começava a gritar lamúrias para o fim de tarde de janeiro.

– Estão contentes agora? Era isso o que vocês queriam?

Quando voltou para casa uma hora mais tarde, ou coisa assim, gelado e contente e faminto – estava sempre faminto, naqueles dias –, a primeira coisa estranha que Todd notou foi que a casa não estava com cheiro de comida. A segunda coisa foi a presença de seu pai, que normalmente voltava do trabalho mais tarde, sentado na poltrona com uma postura esquisita, rígida, com o que parecia ser uma expressão agourenta no rosto. Antes mesmo que seu pai falasse, Todd teve certeza de que havia sido descoberto, embora não soubesse ao certo como. Será que o motorista de algum modo o reconhecera? Será que um de seus amigos confessara? Será que algum adulto das vizinhanças testemunhara tudo?

– Senta, filho. Preciso conversar com você.

– É sobre o carro? – perguntou Todd.

Seu pai ficou surpreso.

– Alguém contou para você?

– Não, eu só tive um pressentimento. – Todd preparou-se para uma repreensão, mas seu pai se calou, num silêncio peculiar, como se tivesse se esquecido de que estavam tendo uma conversa. – Foi minha culpa, pai. Eu devia ter imaginado.

– Sobre o que você está falando? – O pai mantinha um tom suave, mas havia tensão em sua voz, como se ele estivesse se esforçando para manter a calma. – Foi um acidente. Ninguém teve culpa.

A forte sensação de suspensão da pena capital que Todd experimentou rapidamente se transformou em confusão. Por alguma razão, seu pai começou a falar de sua mãe num tom monótono e canhestro, quase mecânico. Dirigindo da Sears de volta para casa. Tempo instável. Perdeu o controle na rampa da saída. Bateu numa grade de proteção. O carro ficou enroscado num tronco de árvore. Essa foi a frase que ficou em sua memória, embora pensando retrospectivamente ele não pudesse acreditar que seu pai tivesse evocado uma imagem tão horrível naquele momento específico.

– Eu sinto muito, Todd. Foi o que aconteceu. Acabei de voltar do hospital. Os médicos fizeram tudo o que podiam.

– Janie sabe?

– Vamos buscá-la no aeroporto dentro de uma hora.

Nós previmos isso, Todd pensou. Até onde sua memória alcançava, ele e sua irmã Janie – ela era sete anos mais velha, já no primeiro ano da universidade – implicavam com a mãe sobre como ela dirigia mal. Ela sempre conferia a maquiagem enquanto dirigia, franzindo os lábios e se olhando no espelho retrovisor. Tirava os olhos da estrada por longos períodos, a fim de buscar alguma coisa dentro da bolsa ou mudar a estação de rádio.

Olhe por onde vai, eles costumavam dizer-lhe. *Você vai matar alguém.*

Provavelmente só eu mesma, dizia sua mãe, numa voz estranhamente alegre.

– O que nós vamos fazer? – Todd perguntou.

Seu pai pareceu momentaneamente perdido. Ficou olhando para as próprias mãos por alguns segundos, como se esperasse encontrar a resposta rabiscada na palma, e depois deu uns tapinhas leves no ombro de Todd.

– Vamos continuar seguindo adiante – seu pai disse, a voz recobrando algo da autoridade normal. – Nada vai mudar. Quero que você continue vivendo sua vida como se isto nunca tivesse acontecido. Também é o que sua mãe quer.

Todd ficou tão aliviado por descobrir que havia um plano que sequer lhe ocorreu questionar sua validade. Dois dias depois do funeral de sua mãe ele jogou uma partida de desempate de basquete e marcou 17 pontos. No outro dia estava de volta à escola. Quando algum professor lhe perguntava como ele estava, naquele tom compassivo de voz que costumavam usar, Todd sempre dizia *Bem*, de modo tão firme e enfático que ninguém o pressionava para saber se estava mesmo bem, ou talvez precisasse conversar com alguém sobre o que estava atravessando.

Durante todo o período da escola e da universidade, Todd fez exatamente o que sua falecida mãe e seu pai, que logo se casou outra vez, esperavam dele, destacando-se na sala de aula e no campo esportivo, personificando um garoto de sucesso, bem-ajustado, que de certo modo absorvera um terrível golpe sem fraquejar – titular na posição principal do time de futebol americano, nome na lista do decano pelas notas excelentes, coordenador de eventos sociais, um monte de namoradas, aceito por três das cinco faculdades de direito a que se candidatou.

Foi só mais tarde, quando já era casado e pai de um recém-nascido, que ele começou a suspeitar de que algo não estava cem por cento certo, que havia algo mal resolvido ou incompleto no âmago do seu ser. E devia ser esse algo – essa falha ou falta ou o que diabos fosse – que mantinha seu braço colado à caixa de correio enquanto ele observava os skatistas toda noite, desejando desesperadamente que eles o notassem, para variar, e dissessem alguma coisa gentil, talvez até mesmo o convidassem a sair das sombras e assumir seu lugar de direito entre eles.

O REI DO BAILE DE FORMATURA

– ELE DEVIA SER CASTRADO.

Mary Ann fez essa declaração com uma calma magistral, como se não houvesse a possibilidade de outro ponto de vista sobre o assunto. Cheryl e Theresa balançaram a cabeça, em irrestrita concordância. O "ele" em questão era Ronald James McGorvey, um ex-zelador de escola católica, de 43 anos de idade, um maníaco sexual condenado, que acabara de se mudar com sua mãe idosa para o número 44 de Blueberry Court, um beco modesto pelo qual Sarah e Lucy passavam todos os dias a caminho do parquinho.

Sarah estudou o rosto sombrio de McGorvey – ele era um homem rechonchudo com cabelo crespo, escasseando, e uma expressão ansiosa – na página pessimamente xerocada estendida sobre a mesa de piquenique. Era uma das centenas que haviam se espalhado por toda a cidade ao longo dos últimos dois dias, grampeadas a postes de telefone, enfiadas sob limpadores de pára-brisa, deslizadas por baixo das portas. **PESSOAS DECENTES, CUIDADO!!!** A manchete berrava. **HÁ UM PERVERTIDO ENTRE NÓS!** O pequeno impresso explicava que

McGorvey fora acusado repetidas vezes de exibicionismo e era "considerado o principal suspeito do ainda não solucionado caso de desaparecimento de uma garota de Rhode Island, de nove anos de idade, em 1995".

– Simples e direto – continuou Mary Ann. – É só cortar. Assim você não precisaria se preocupar em avisar os vizinhos.

– Sabe o que mais deveria fazer? – Sarah sugeriu, usando o mesmo tom de não-queremos-sobreviventes usado por Mary Ann. – Pregar o pênis decepado dele na entrada da escola. Você sabe, como um aviso aos outros pervertidos.

Reconhecendo o sarcasmo ao ouvi-lo, Cheryl e Theresa deram risadinhas polidas. Mary Ann fitou Sarah com um olhar gélido.

– Você acha isso engraçado?

– Só não consigo acreditar que você queira castrar um homem por exibicionismo.

– Se isso é o que é preciso para proteger meus filhos, então que seja – disse Mary Ann. – E além do mais ele provavelmente é um assassino.

– Ele é um suspeito. Neste país, isso significa que é inocente até que provem sua culpa.

– *Já* provaram a culpa dele. Por que você acha que ele estava na prisão?

– E daí? Ele cumpriu a pena. Pagou sua dívida para com a sociedade.

Sarah ficou surpresa ao se ouvir considerando a situação por um ângulo tão estreito e legalístico. Quando estava na faculdade, ela era uma defensora entusiástica da posição linha-dura antipornografia proposta por Andrea Dworkin e Catherine MacKinnon, e escrevera uma bem recebida monografia de fim de curso de sociologia sobre "A Normalização do Abuso: Patriarcado e Estupro Marital". Certamente não teria objetado se um de seus professores de Estudos Feministas tivesse recomendado a castração de maníacos sexuais incorrigíveis. Mas sua antipatia por Mary Ann se tornara tão intensa que tomava a frente de quaisquer outras considerações. Se Mary Ann tivesse falado em favor da bondade para com os animais e as crianças, Sarah talvez se sentisse tentada a defender a causa da crueldade.

Suas opiniões *per se* não eram tão irritantes, mas sim a presunção com que ela as expressava. Sublinhando cada afirmação de Mary Ann estava um detestável senso de certeza, de competência pessoal, como se ela tivesse conseguido tudo o que jamais desejara no melhor de todos os mundos possíveis. *Isto?* Sarah sempre tinha vontade de perguntar. *É isto que você queria? Este parquinho? Aquele carro grandão? Seus estúpidos* shorts *de* lycra*? Sua trepada semanal? Esses filhos comportados que tremem ao som da sua voz?*

– Tchum, tchum. – Mary Ann fez um movimento de tesoura com o indicador e o dedo médio. – Problema resolvido.

– Alguns países decepam a mão dos ladrões de lojas – salientou Sarah. – Talvez nós também devêssemos fazer isso.

– Provavelmente diminuiria os roubos às lojas – disse Mary Ann, arrancando risadas satisfeitas de Cheryl e Theresa.

Sarah não tinha a ilusão de ter levado a melhor, mas não importava. O principal era que ela estava fazendo valer sua própria voz, sem permitir que Mary Ann continuasse a intimidá-la e obrigá-la a se recolher em seu silêncio e na concordância implícita. Depois do incidente com os bolos de arroz na semana anterior, Sarah havia mais ou menos decidido mudar para um novo parquinho – assim que localizasse algum numa distância que pudesse percorrer a pé e que oferecesse uma promessa de contato humano razoável –, e essa decisão a liberara da tarefa ingrata de fingir que se encaixava no meio das outras mães.

– Meu irmão costumava se exibir – disse Theresa subitamente. – Quando éramos adolescentes. No meu quarto, no banco de trás do carro, até mesmo na mesa de jantar. Sempre encontrava um jeito de fazer com que ninguém mais visse, só eu.

– Você não contou para ninguém? – perguntou Cheryl.

– Não. – Theresa meneou a cabeça, como se desconcertada por sua própria resposta. – Eu não queria metê-lo em encrenca. Ou talvez estivesse com medo de que alguém colocasse a culpa em mim. Não sei. Aquilo não parou até que fomos para a faculdade.

– Isso é revoltante – disse Mary Ann. – Você alguma vez o confrontou?

– Uma vez – disse Theresa. – Há uns cinco anos. Ficamos um pouco bêbados, e eu perguntei a ele sobre isso. Na sua memória, era uma coisa que tinha acontecido uma vez só, uma brincadeira idiota ou algo assim. Mas aconteceu muito. Não todo dia, nem toda semana, mas o suficiente para que sempre parecesse uma possibilidade.

Sarah não conseguiu evitar:

– Ele deveria ter sido castrado.

– Não é a mesma coisa – respondeu Mary Ann prontamente. – Ele não estava fazendo isso com estranhos.

– Não que a gente saiba – disse Cheryl.

– Ele agora está casado – disse Theresa. – Sua mulher está grávida do terceiro filho. E de todos os meus irmãos, é com ele que eu me dou melhor. Veja só como são as coisas.

Que coisas? Sarah queria perguntar, mas não teve a oportunidade. Cheryl estendeu abruptamente a mão por cima da mesa e segurou a de Theresa.

– Olhe – ela disse a palavra num tom baixo, mas urgente.

– O quê? – Theresa olhou instintivamente para o brinquedo onde Courtney, Isabelle e Lucy alternavam-se no escorrega pequeno. – Onde?

– Lá – disse Cheryl. – O Rei do Baile de Formatura.

– Ai, meu Deus – Theresa sorriu como se acabasse de receber boas novas. – Ele voltou.

Sarah acompanhou o olhar das outras mulheres até o local onde ficavam os balanços, ansiosa por finalmente ver o Rei do Baile, o belo e misterioso jovem pai que tinha sido um freqüentador do parquinho da Escola Rayburn durante várias semanas na primavera passada, antes de abruptamente sumir de vista. Sua partida deixara um espaço vazio na vida emocional de Cheryl, Theresa e Mary Ann. Praticamente não se passava um dia sem que elas especulassem, melancólicas, sobre a razão de sua ausência e as probabilidades de seu retorno.

– Talvez ele tenha sido despedido – disse Theresa, baixando a voz, do jeito como as pessoas fazem ao discutir um assunto indecente.

– Você nem sabe se ele tinha um emprego – Mary Ann salientou.

O Rei do Baile se ajoelhou para tirar o filho, um garotinho magro que usava um gorro de bufão rosa e roxo, do lado direito do carrinho com dois lugares. Um grande urso de pelúcia estava preso no assento da esquerda. Com a desenvoltura de alguém que executava uma ação familiar, o Rei do Baile ergueu o filho no ar e o colocou no balanço dos bebês, que parecia uma fralda preta de borracha pendurada em duas correntes.

– Talvez ele só precisasse de umas férias – disse Cheryl.

– Férias do quê? – Mary Ann parecia vagamente exasperada.

– De ser o Rei do Baile – disse Theresa.

– É um trabalho sujo – acrescentou Cheryl, com uma risadinha. – Mas alguém tem que fazer.

Por mais ridículo que soasse o apelido, Sarah tinha de admitir que parecia curiosamente apropriado. O Rei do Baile era alto e tinha um belo corpo, com um emaranhado de cabelos louros caindo sobre a testa no estilo dos surfistas. Havia algo de genérico sobre sua boa aparência, uma característica agradavelmente amena que recordava a ela aqueles homens alegres de anúncios de cuecas em suplementos dominicais, sorrindo de maneira confiante com os braços cruzados sobre o peito, ou apontando fascinados para o espaço vazio.

De qualquer modo, era fácil ver por que ele causara aquela impressão. A maioria dos homens que aparecia no parquinho durante a semana eram tipos marginais – monstrengos de meia-idade com barbas e barrigas de chope, acadêmicos conscientemente excêntricos que insistiam em descer no escorrega com seus filhos, avós cuidando de seus netos durante o dia em caráter de emergência, operários tímidos que não fitavam ninguém nos olhos, o ocasional sujeito fazendo o estilo tenho-horário-flexível-e-sou-mais-bacana-do-que-você. Mas não havia ninguém remotamente parecido com o Rei do Baile, que parecia ter saído do *set* de filmagem de alguma novela vespertina para trazer um pouco de *glamour* à vida das entediadas jovens mães.

– Como é que ele ganha a vida? – perguntou Sarah.

Ninguém tinha a menor idéia.

– Devia ter algum emprego – insistiu Sarah. – Antes de se casar.

– Tenho certeza de que sim – concordou Mary Ann. – Ele simplesmente não comentou isso.

– E a mulher dele? O que é que ela faz?

– Nós não chegamos a falar com ele – explicou Cheryl.

– Não sabemos nem o seu nome – acrescentou Theresa.

– É mesmo? – O tempo todo Sarah imaginara a si mesma como tendo tomado o lugar do Rei do Baile na mesa de piquenique. As coisas lhe tinham sido apresentadas dessa forma: *Ele foi embora, e alguns dias depois você apareceu.* – Pensei que vocês tinham dito que ele era um freqüentador.

– Era esquisito – disse Theresa. – Não era como se ele fosse uma das garotas.

– Ele deixava a gente nervosa – disse Cheryl. – Você tinha que pensar no que ia vestir na manhã seguinte, se maquiar. Era exaustivo.

– Vocês se deram a todo esse trabalho e mesmo assim não falaram com ele? – Sarah não conseguia esconder que achava graça. – O que é isto, sexta série?

– A gente não vem aqui para azarar – disse Mary Ann, afetadamente. – A gente vem para cuidar de nossos filhos.

– Meu Deus – disse Sarah. – Em que ano nós estamos? É possível conversar com um homem sem azarar.

– Ele nos intimida um pouco – insistiu Theresa. – É difícil explicar.

Sarah olhou para o Rei do Baile, que estava tendo certa dificuldade para enfiar o urso de pelúcia no balanço ao lado de seu filho. Quando conseguiu prendê-lo satisfatoriamente, começou a empurrar os dois balanços, como se o garoto e o bicho de pelúcia requeressem porções iguais de sua atenção.

– Por que o carrinho duplo? – perguntou Sarah. – Ele tem outro filho?

– Só vimos aquele ali – disse Cheryl.

– Ele é tão fofo – disse Theresa. – Aquele chapeuzinho maluco.

Talvez tenham perdido um filho, pensou Sarah, se perguntando se o Rei do Baile não poderia ser na verdade um personagem trágico. Como aquilo seria insensível, cochichar e dar risadinhas sobre um homem que carregava nos ombros o peso de uma tristeza imensa. Por outro lado, ele parecia bastante alegre no momento, imitando uma série de animais de quintal enquanto desenhava um oito entre os dois balanços. As imitações eram surpreendentemente realistas – ele fez uma galinha particularmente boa –, e ele as executava bem, com uma desinibição rara num homem adulto. Lucy parecia achar isso atraente, e saiu do cercado de areia para olhar mais de perto.

– Mamãe! – ela chamou. – Me balança!

Normalmente, Sarah tentava desencorajar Lucy a se balançar. Ela tendia a ficar hipnotizada pelo movimento, e convencê-la a parar invariavelmente se tornava uma complexa negociação cheia de ameaças e suborno, culminando num inevitável ataque de raiva. Mas esse agora parecia ser um pequeno preço a pagar pela chance de mostrar às outras mães que era possível tratar um homem bonito como um ser humano de verdade, e não algum objeto sexual bidimensional. Levantou-se do banco, com um enfado fingido.

– Tudo bem, querida. Já estou indo.

– Espere – sussurrou Theresa. Tinha aberto a bolsa e procurava alguma coisa lá dentro.

– O quê? – disse Sarah.

– Cinco pratas se você conseguir o telefone dele.

O garotinho observava Lucy com um certo grau de ceticismo enquanto ela se balançava quase no mesmo tempo ao seu lado. Então se virou para Sarah, uma expressão inesperadamente séria para alguém que usava um gorro mole de veludo com sininhos de verdade na ponta.

– Ela quantos anos? – ele perguntou.

– Lucy, meu bem? – Sarah tentou fazê-la dizer. – Diga ao menino quantos anos você tem.

Lucy meneou a cabeça, recusando-se como de hábito a fazer qualquer coisa capaz de provocar o início suave de uma interação social, sem estranheza ou esforço desnecessário.

– Eu três! – gritou o pequeno bufão, nem um pouco desencorajado pelo silêncio de Lucy. Levantou no ar o número correspondente de dedos.

– O aniversário dele foi em fevereiro – acrescentou o Rei do Baile, com um sorriso agradável para Sarah. De perto, as feições dele eram mais distintas do que Sarah imaginara, os olhos um pouco juntos demais, dois dos dentes de cima ligeiramente trepados, imperfeições que acrescentavam um toque útil de humanidade ao conjunto. – Mas ele ainda está aprendendo a ir ao banheiro sozinho.

– Nem me fale – Sarah riu. – Lucy fez três em abril. Não foi, querida?

Lucy não confirmou nem negou essa afirmação. Apenas olhava fixamente para o menino, a expressão composta por partes iguais de espanto e horror.

– Ela às vezes é um pouquinho tímida – explicou Sarah.

– Aaron não – disse o Rei do Baile. – Ele fala pelos cotovelos.

– Minha vó mora em Nova Jersey! – proclamou o garoto, incapaz de conter esse fato excitante por mais um instante. Mas então estreitou os olhos e seu humor ficou mais sombrio. – Ela não tem piscina.

– A avó dele na Flórida tem uma piscina – relatou o Rei do Baile.

– Você gosta de nadar? – perguntou Sarah ao menino.

– Não gosto de tubarão – disse ele. – O tubarão come você.

– Não acredite nele. Ele adora nadar. Nós vamos à Piscina Municipal quase todos os dias. – O Rei do Baile estendeu a mão. – Aliás, eu sou Todd.

– Sarah.

– Eu nunca vi você por aqui.

– Comecei a vir faz só algumas semanas. Eu costumava ir ao parquinho com aquele carrossel velho, que range, sabe qual é? O que fica perto da sorveteria?

Todd conhecia-o bem. Ele e Aaron gostavam de alternar parquinhos depois de algumas semanas, para não cair na monotonia. Embora ele fosse obrigado a dizer que alguns lugares eram mais amigáveis do que outros.

– Você é a primeira pessoa que fala comigo, aqui – disse ele, dando uma olhada na direção das outras mães, que olhavam para lá sem dissimular a curiosidade, como se Sarah e Todd fossem imagens bruxuleando numa tela de cinema mudo.

– Acho que você as deixa nervosas – disse Sarah. – Não estão acostumadas a encontrar homens bonitos no parquinho.

Ai meu Deus, pensou ela. *Não acredito que estou azarando ele.*

Todd assentiu pensativamente à análise dela, sem corar ou tentar recusar o elogio. Quando se era tão bonito quanto ele, pensou Sarah, não fazia muito sentido fingir ficar surpreso se outras pessoas reparavam.

– Acho que é meio estranho – admitiu ele. – Não existem tantos pais que ficam em casa como eu pensava.

– O que a sua mulher faz?

– Ela é cineasta. Está fazendo um documentário sobre os veteranos da Segunda Guerra Mundial. Sabe, a *Greatest Generation*[*] e tudo o mais.

– *O Resgate do Soldado Ryan* – disse Sarah.

– Tom Brokaw – concordou Todd.

– Seja como for, acho ótimo você estar aqui. Não há nenhum motivo pelo qual os homens não possam ser as principais pessoas a cuidarem dos filhos.

– Terminei a faculdade de direito há dois anos – disse Todd espontaneamente, após uma breve hesitação. – Mas parece que não consigo passar na prova da Ordem. Já me dei mal duas vezes.

---

[*] Referência ao livro homônimo de Tom Brokaw. Nele, o jornalista norte-americano trata da geração que chegou à idade adulta durante a Grande Depressão e a Segunda Guerra, tida como uma geração de heróis e heroínas militares responsáveis por construir a modernidade dos EUA. (N. da T.)

– É uma prova difícil. – Ela balançou a cabeça. – Eu me lembro da dificuldade que John F. Kennedy Jr. teve para passar.

Todd sentiu aquela ponta de simpatia que nunca deixava de experimentar quando as pessoas mencionavam JFK Jr. numa tentativa de fazer com que ele se sentisse melhor, como quase sempre faziam. Já era ruim o suficiente que o pobre sujeito tivesse perdido o pai e morrido num acidente de avião; será que teria de entrar para a história como o santo padroeiro das pessoas que não passavam na prova da Ordem também?

– Não sei – disse ele. – É só que sempre que penso no assunto me vem um medo inacreditável. É como num sonho ruim em que você de repente se dá conta de que esqueceu de ir à aula de matemática o semestre inteiro, e agora está na hora da prova final.

– Talvez você simplesmente não queira ser advogado.

Ele pareceu momentaneamente espantado com essa sugestão.

– Bem, sou capaz de conseguir o que quero. Kathy e eu resolvemos que só vou tentar mais uma vez. Se eu me der mal, vou ter que arranjar alguma outra coisa para fazer com a minha vida.

Ele parecia tão prosaico ao fazer aquela confissão, nem um pouco envergonhado com o fato de ter fracassado. A maioria dos homens não era desse jeito – Richard com certeza não era. Ela se perguntou se Todd seria sempre tão acessível, ou se ele por algum motivo a considerava uma ouvinte incomumente simpática. Qualquer que fosse a verdade, não havia nada nele capaz de intimidá-la, minimamente que fosse. Na verdade, ele parecia um pouco solitário, disposto de forma um tanto excessiva a abrir o coração ao menor sinal de interesse, como um monte das jovens mães que ela conhecia.

– Não pude deixar de notar o carrinho – disse ela. – Você tem outro filho?

– Só Aaron. Compramos isto numa daquelas vendas de garagem. O assento extra é útil para carregar compras, essas coisas. Pelo menos costumava ser, antes de o Ursão começar a vir conosco.

– Lucy nem se senta num carrinho. Temos que ir a pé a toda parte. Levamos meia hora para atravessar três quarteirões.

Os dois continuaram empurrando os filhos e conversando por mais 15 minutos, ou coisa assim, até que Todd olhou para o relógio e descobriu, surpreso, que já passava do meio-dia. Ao contrário de Sarah, ele aparentemente desenvolvera um sistema eficaz para pôr um fim ao balanço. Depois de dar um aviso prévio de cinco minutos, ele anunciava em voz alta a passagem de cada minuto sucessivo, até chegar o momento dos dez últimos empurrões, que ele e Aaron contavam juntos com vozes entusiasmadas. Então ele deixou o balanço do filho parar sozinho enquanto tirava Ursão do balanço e o colocava de novo no carrinho. Foi só aí, enquanto o observava ajoelhar-se e prender o cinto de segurança em volta da cintura disforme do urso, que Sarah se sentiu invadir por uma súbita pontada de tristeza.

Não vá embora, pensou ela. *Não me deixe aqui com as outras.*

Como se a tivesse ouvido, Todd se pôs de pé e sorriu um sorriso curioso, como se prestes a perguntar alguma coisa pessoal.

– Bem – disse ele. – Foi bom conversar com você.

– Também achei.

Ela observou em silêncio enquanto ele pegava Aaron pelas axilas e tentava tirá-lo do balanço. O pé do menino ficou preso numa das aberturas, e Sarah correu para soltá-lo antes mesmo que Todd tivesse uma oportunidade de pedir ajuda.

– Obrigado – disse ele.

– Tudo bem. Acontece conosco o tempo todo. Às vezes acho que Lucy faz de propósito.

Enquanto Todd afivelava o cinto de segurança de Aaron, Sarah descobriu-se fitando Ursão, cujo rosto estava imobilizado numa expressão de desvairado alarme, como se ele testemunhasse alguma coisa terrível, mas não soubesse como gritar para pedir ajuda. Todd se pôs de pé e deu de ombros, como se dissesse que era isso. Sarah falou sem pensar.

– Sabe aquelas mulheres ali? – Ela fez um gesto o mais discreto possível para o pelotão da mesa de piquenique. – Sabe do que elas chamam você?

– Do quê? – Todd parecia intrigado.

– O Rei do Baile de Formatura.

– Caramba. – Ele se encolheu, como se fosse um insulto humilhante. – Que horrível.

– Para elas é um elogio. Você é um personagem importante em suas vidas de fantasia.

– Imagino que sim – disse ele, meio inseguro. – Quero dizer, é bem fácil pensar em alguma coisa pior.

– Uma delas apostou cinco dólares que eu não conseguiria o seu telefone – disse Sarah, mais uma vez chocada com sua própria audácia.

– Cinco paus? – Todd sorriu. – Podemos rachar?

– Podemos negociar isso.

Todd deu uns tapinhas pelo corpo, depois mostrou as mãos vazias.

– Você tem uma caneta?

Sarah sabia que havia uma caneta em sua sacola de fraldas, mas não queria andar até a mesa de piquenique a fim de apanhá-la. E além disso já tinha uma idéia melhor.

– Sabe o que iria chocá-las de verdade? Se você me desse um abraço.

Nenhum dos dois se mexeu por um ou dois segundos, e a confiança de Sarah começou a diminuir. Mas então Todd começou a andar em sua direção, o rosto de Rei do Baile circundado pelo azul ofuscante do céu de verão. Ele sorriu timidamente e abriu os braços.

Sarah não estava acostumada à sensação de abraçar alguém tão alto. Pressionou o rosto contra as clavículas dele, desconfortavelmente perto da mancha de suor que se espalhava sob seu braço. Havia um cheiro acre de suor brotando do corpo dele, o que ela achou estranhamente animador.

– Que gostoso – sussurrou ele.

Ela fez que sim, a cabeça de encontro ao peito de Todd, e o apertou um pouquinho mais, como se estivessem dançando música lenta no baile de formatura. Estava de costas para a mesa de piquenique, de modo que só podia imaginar a consternação que o abraço causava entre as outras mães. Afastou a cabeça e levantou os olhos.

– Sabe o que seria engraçado de verdade?

Retrospectivamente, ela jamais tinha certeza de que ele tivesse respondido à sua pergunta. Talvez tenha feito que sim com a cabeça ou emitido um vago rumor de anuência. De qualquer modo, fez exatamente aquilo em que Sarah tinha pensado, como se ela tivesse feito um esquema detalhado da ação.

O primeiro beijo foi experimental, só meio sério, como se estivessem atuando numa peça de teatro, mas o segundo foi para valer – suave, depois vigoroso, e então completamente eletrizante, o tipo de beijo que faria perfeitamente sentido do lado de fora de um alojamento às duas da manhã. Num parquinho ao meio-dia, entre estranhos quase completos, porém, era uma espécie de insanidade. Por sorte, um deles teve o bom senso de se afastar do outro, embora Sarah não conseguisse de jeito nenhum se lembrar de quem havia sido.

– Meu Deus – murmurou ela.

Todd enxugou a boca com o antebraço nu. Agora havia corado.

– Uau – disse ele.

– Melhor você ir – disse ela.

Ele fez que sim e se afastou sem dizer mais uma única palavra, empurrando o carrinho devagar pela extensão irreal de grama do campo de futebol. Sarah observou suas costas largas se afastando enquanto pôde suportar, e então virou-se para a filha, que estava sentada em seu balanço imóvel, contemplando a mesma vista que sua mãe, os pés balançando sonhadores no ar.

– Vamos indo – disse Sarah.

Pela primeira vez Lucy aceitou sem reclamar enquanto sua mãe a tirava do balanço. As duas caminharam de volta à mesa de piquenique em silêncio, de mãos dadas. Sarah sentiu as pernas bambas ao se aproximar das outras mães, o rosto queimando de orgulho e vergonha. Cheryl e Theresa fitavam-na com a mais completa perplexidade. Mary Ann parecia furiosa.

– Tenho certeza de que a sua filha achou tudo isso bastante educativo – disse ela.

– O nome dele é Todd – respondeu Sarah. – Ele é advogado. É é um cara realmente muito bacana.

O COMITÊ DE PAIS PREOCUPADOS

AARON HAVIA DESCOBERTO SEU PÊNIS. SEMPRE QUE TINHA UM tempo disponível – quando estava vendo TV ou, por exemplo, ouvindo uma história – sua mão ia deslizando para baixo, e seu rosto ficava todo tranqüilo e sonhador. Seu novo passatempo coincidiu com um súbito avanço no aprendizado de ir ao banheiro sozinho, o que lhe permitia vestir cuecas de menino crescido em casa durante o dia (à noite, durante os cochilos e em locais públicos ele ainda precisava da segurança de uma fralda). Devido ao fato de freqüentemente ter que disparar para o banheiro no último instante possível, ele preferia não usar calças sobre a cueca, e essa combinação de acesso fácil e cintura de elástico era uma espécie de convite permanente ao qual ele achava impossível resistir.

Após se tranqüilizarem com os livros de educação infantil a respeito da masturbação na infância, tida como uma atividade comum e inofensiva – e acreditando, de qualquer modo, que cada indivíduo tem direito soberano de propriedade sobre seu próprio corpo –, Todd e Kathy haviam tomado a decisão consciente de não interferir nas auto-explorações de Aaron. Mas às vezes pensavam no assunto.

– Você fazia isso quando era garoto? – perguntou Kathy. Estavam observando do corredor Aaron mexer distraído em sua pequena masculinidade enquanto assistia a um vídeo de *Clifford, o Cão Vermelho Gigante.*

– Acho que não – disse Todd. Era difícil para ele lembrar-se de coisas específicas relativas à sua primeira infância. Quando tentava, a única imagem que lhe vinha com regularidade era o rosto de sua mãe debruçado sobre ele enquanto o colocava na cama à noite, uma presença luminosa, intensa e afetuosa que ele ainda conseguia às vezes sentir na periferia de sua percepção.

– Eu com certeza não – disse Kathy. – Minha mãe costumava me dizer que lá embaixo era sujo e que eu jamais devia tocar ali. É claro que ela também não me deixava chupar o dedo. Pintava aquela coisa nojenta e pegajosa nele toda noite para me fazer parar.

– É ferrfeitamente norrmal shupar o dedo! – exclamou Todd, fazendo a imitação da conselheira de educação infantil alemã Dra. Ruth com a qual Kathy costumava se divertir tanto. Ele a imitava quando transavam, sempre que precisava que ela relaxasse e experimentasse alguma coisa um pouquinho diferente. (*É ferrfeitamente norrmal usar aldjemas!*) Essa era uma das peculiaridades mais adoráveis nela (ou pelo menos costumava ser): se você conseguisse convencê-la de que a prática em questão se limitava às fronteiras de um "comportamento normal", ela estava disposta a fazer de tudo. E é ferrfeitamente norrmal ficar essitado com o cão verrmelho dgigante!

Kathy deu uma risadinha educada, mas sua mente já estava ocupada com outro assunto.

– Aliás – ela disse –, você tem trabalhado os cartões com ele?

– Não muito – Todd admitiu.

Kathy comprara recentemente um kit pré-escolar "Divertindo-se com a matemática". Queria que Aaron começasse a pensar nos números – que reconhecesse os numerais, contasse até cem, talvez fizesse alguma adição rudimentar –, e tomara a decisão unilateral de que Todd estaria intensamente envolvido, mesmo ele tendo expressado repetidas vezes sua falta de entusiasmo pelo projeto. O garoto tinha só três anos, pelo amor de Deus. Sua idéia de diversão era fazer dois trens colidirem. Ele não precisava se preocupar com matemática.

– Gostaria que você fizesse uma tentativa – disse ela. – Só quero que ele se sinta confortável com os conceitos básicos. Só porque você e eu fomos ruins em matemática não significa que ele também tenha que ter medo do assunto.

– Eu não era ruim em matemática – protestou Todd. – Exceto em cálculo. Eu tinha alguma espécie de bloqueio mental para cálculo.

Kathy voltou-se para Aaron.

– Meu bem? – Ela teve que repetir a palavra três vezes em volume cada vez mais alto para atrair a atenção dele. – Quando Clifford acabar nós vamos trabalhar nos nossos cartões, tudo bem?

Aaron fez que sim – Todd teve a impressão de que ele concordaria com praticamente tudo naquele momento – e virou-se de novo para a TV. Todd beijou Kathy no rosto.

– Bem – disse ele –, melhor eu ir meter a cara nos livros.

– E como vão as coisas? – perguntou ela, fazendo um esforço malsucedido para parecer despreocupada.

– Vão bem – disse ele. – Por quê?

– Não sei. É só que eu me preocupo com você, às vezes – disse ela. – Eu me preocupo conosco.

Ele a beijou de novo, dessa vez na testa.

– Não há nada com que se preocupar.

Todd não entendia o sentido de certas manobras de *skate*. Nem sempre elas dispensavam explicações, como andar de bicicleta ou de moto sobre uma das rodas ou girar uma bola de basquete na ponta do dedo. Às vezes era difícil saber o que os garotos estavam *tentando* fazer, e muito menos se tinham sido bem-sucedidos.

Esta noite, por exemplo, todos eles estavam praticando um movimento discreto, rolando sem pressa, agachados como surfistas, e depois saltavam no ar por uma fração de segundo. Se o skatista fosse talentoso, o *skate* grudava-se às solas dos seus tênis como se por magnetismo, e ele continuava rolando como antes, quando as rodas voltavam a tocar o chão. Se não, o *skate* escorregava dos pés do skatista e caía sobre a calçada, normalmente aterrissando de cabeça para baixo ou de lado, e produzindo ou um clangor suave ou um estrépito decidido, dependendo de o skatista voltar ou não ao chão sobre ele, caso que poderia ter como resultado uma queda bastante interessante.

Uma aterrissagem suave era preferível a um tombo doloroso, claro, mas seria só isso? Mesmo quando executada corretamente, a manobra parecia banal, mal valendo a pena. E mesmo assim, os skatistas passavam deslizando por ele, um após o outro, como figuras num sonho, agachados ou saltando, de pé ou caindo, executando sua tarefa sem sentido com a paciência estóica do princípio da adolescência. *Não sei por que estou fazendo isto,* cada um dos garotos parecia dizer, *mas vou continuar fazendo até ter idade suficiente para fazer outra coisa.*

Repetindo o gesto tão comum nos últimos dias, Todd fechou os olhos e deixou escapar um gemido baixo, reencenando mentalmente o beijo junto aos balanços. Ainda não conseguia acreditar que aquilo havia realmente acontecido, em público, daquele jeito, depois de uma rápida e simples conversa, com todas aquelas mães e crianças observando (Aaron tinha ficado particularmente curioso a respeito do que vira, e recebera de Todd com justificável ceticismo a explicação de que só estavam fingindo, que aquilo era um jogo que os adultos às vezes jogavam). Mas

Sarah não o havia apenas beijado. Pressionara o corpo contra o seu com uma entrega surpreendente, murmurando aqueles suaves ruídos de aprovação e encorajamento bem dentro de sua boca. Todd estava *quase* agarrando sua bunda quando se lembrou de onde estavam. Ela pareceu confusa e desapontada quando ele se afastou, e ele teve que se impedir de convidá-la até sua casa para outras coisas mais naquele exato instante, embora ele nem conseguisse imaginar o que "outras coisas mais" poderia significar com um par de crianças de três anos de idade a reboque.

Uma semana tinha se passado, e Todd não a vira ou tivera notícias dela desde então. Ele e Aaron tinham voltado ao parquinho da Escola Rayburn na manhã seguinte, mas não havia ninguém lá, nem mesmo as três mulheres fofoqueiras que supostamente o chamavam de "Rei do Baile de Formatura". Voltaram alguns dias depois, mas se fizeram de desentendidas quando Todd perguntou sobre Sarah, como se não soubessem de absolutamente nada a respeito da moça, nem mesmo seu sobrenome ou onde ela morava.

– Fico surpresa por você perguntar – disse aquela com jeito de mandona e pernas de palito. – A impressão que deu foi a de que vocês se conheciam muito bem.

Sarah também não apareceu na Piscina Municipal, embora Todd se lembrasse de ter-lhe dito que ele e Aaron podiam ser encontrados ali na maioria das tardes. Então ela obviamente não estava morrendo de pressa para encontrá-lo e explorar a fase dois da fantasia do parquinho, fosse ela qual fosse. Isso provavelmente era bom, Todd concluiu. Ele não estava querendo ter um caso, ou algo do gênero. Só queria vê-la outra vez, talvez conversar um pouco sobre o que acontecera, descobrir se ela havia se sentido tão perturbada com o encontro quanto ele.

Porque ele não conseguia tirar aquele maldito beijo da cabeça. A coisa toda era tão incomum. Todd andara fantasiando com algo daquele tipo durante meses, todas as vezes que se encontrava conversando com uma jovem e atraente mãe – *Caro Fórum da Penthouse, sou um pai de 31 anos, não trabalho e cuido em tempo integral do meu filho, e vocês nunca vão acreditar no que acabou de acontecer comigo no parquinho* –, e agora acontecera de verdade. Era como ser subitamente um adolescente outra vez, voltando para uma época em que o sexo não era uma rotina ou uma parte previsível da sua vida, mas algo misterioso e transformador que podia surgir do nada, às vezes quando você nem mesmo estava procurando, embora normalmente estivesse. Você entrava numa festa e *bang*!, lá estava. No *shopping*, no McDonald's, até na igreja! Alguma garota sorri para você, e o dia muda completamente.

Perder aquela sensação de possibilidade onipresente era uma das desvantagens da vida de casado com a qual Todd se debatia diariamente. Claro, ele ia dormir com uma mulher fantástica todos as noites. Podia beijá-la sempre que quisesse (bem, quase sempre). Mas às vezes era bom beijar outra pessoa para variar, só por fazer, só para provar que ainda podia ser feito. Não parecia importar que Sarah não fosse seu tipo, que não fosse nem tão bonita assim, pelo menos não se comparada a Kathy, que tinha pernas longas e cabelo brilhante, e sabia ficar tão glamourosa quanto uma modelo quando você lhe dava uma razão para isso. Sarah era baixinha e tinha jeito de menino, os olhos um pouco esbugalhados e um ar meio zangado quando você olhava bem. Tinha cabelos rebeldes e grossos, e sobrancelhas mais espessas do que Todd achava necessário. Mas e daí? Ela lera sua mente e caminhara para dentro de seus braços, como se tivesse decorado um roteiro que ele nem se lembrava de haver escrito até se ver de pé no meio da cena, com a respiração acelerada, e mal conseguindo soltá-la.

– Ei, tarado!

Todd se encolheu de medo diante da palavra, levantando o braço como se para desviar um golpe. A minivan tinha se aproximado tão devagar – ou ele havia se recolhido tão fundo dentro de si mesmo – que ele sequer notou-a até ela estar parada bem à sua frente, tapando a visão dos skatistas.

– Você gosta de garotinhos, não é?

O tom de provocação estava mais claro agora. Todd baixou a guarda e olhou para o interior da *van*, fazendo um esforço para identificar o motorista, que estava inclinado sobre o assento dianteiro para ajudá-lo na tarefa. Alguns segundos foram necessários para juntar um nome ao rosto largo e gorducho que sorria para ele através da janela aberta do carona.

– Nossa, Larry. Nem brinque com isso.

Larry Moon era um pai com quem Todd se encontrara algumas vezes no parque da Stuart Street durante a onda de calor do verão passado, e que desde então não vira mais. Era um sujeito atarracado, de pescoço grosso, com trinta e poucos anos, um ex-policial que recentemente se aposentara por invalidez, embora não parecesse haver nada de fisicamente errado com ele.

– Ocupado?

– Na verdade, eu, hã, devia estar estudando. – Todd levantou a bolsa de livros do chão para comprovar o que parecia, até para ele mesmo, um compromisso improvável. – Vou fazer a prova da Ordem dos Advogados no próximo mês.

– Você não fez no ano passado?

– Fiz – disse Todd. – Está vendo como me dei bem?

Larry riu, como se Todd tivesse dito aquilo num tom de troça. Destravou a porta do carona, que se abriu.

– Entre – disse ele. – Tenho uma idéia melhor.

Larry liberou o assento do carona, jogando uma bola de futebol e um par de binóculos na traseira da *van* e pegando um maço polpudo de papéis azuis, que colocou sobre o colo de Todd um instante mais tarde.

– Você se incomoda? – perguntou ele. – Estou tentando evitar que amassem.

Todd reconheceu o aviso sobre o maníaco sexual no mesmo minuto. Recebera três deles somente na semana passada – um na caixa do correio, um dobrado dentro do jornal de domingo, o outro introduzido dentro de seu carro pela janela, quando ele deixara uma fresta aberta no supermercado. Uma pequena nota ao pé do folheto dizia: *Pago pelo Comitê de Pais Preocupados.*

– Você faz parte do comitê? – perguntou Todd.

– Eu *sou* o comitê. Só que isso soa melhor do que *Pago por Larry da Hazel Avenue.* Um pouco mais oficial.

– Como você descobriu esse maluco?

– Tem um site na Internet. O estado pediu que fosse revelada a localização de criminosos sexuais condenados. – Larry lançou-lhe um olhar inquisitivo. – Você não costuma conferir?

– Regularmente não – confessou Todd.

– Acho que as pessoas decentes têm o direito de saber se Chester, o Molestador, está se mudando para a porta ao lado, você não concorda?

– McGorvey não é seu vizinho de porta, é?

– De porta, não. Mas está perto o suficiente. – A expressão de Larry ficou mais sombria. – Eles deviam castrar esse desgraçado e colocar um ponto final na história.

Todd anuiu da forma mais neutra que conseguiu, tentando reconhecer a radical opinião de Harry sobre o assunto sem ter de expressar a sua própria, um pouco mais branda. No intervalo de silêncio que se seguiu, a atenção de Todd foi atraída pela música familiar que tocava baixinho no aparelho de som do carro.

– Você é fã de Raffi?

– O quê? – Larry parecia surpreso com a pergunta.

– Esse é Raffi, certo? "Big, Beautiful Planet"?

– Ah, merda. – Larry apertou com força o EJECT. – Depois de algum tempo eu já nem sei mais o que é que estou ouvindo.

– Para falar a verdade, eu gosto de algumas coisas dele – arriscou Todd. – Você sabe, uma musiquinha aqui e ali. Mas não sou presidente do seu fã-clube, ou algo desse tipo.

Larry não respondeu, e Todd se perguntou se havia sido mais sincero no assunto do que o necessário. Seu desconforto ficou mais intenso num sinal vermelho logo depois do centro da cidade, quando Larry se virou em seu assento e examinou o corpo de Todd com uma minúcia desconcertante, detendo o olhar em suas pernas e movendo-o devagar para cima.

– Você está em forma – disse ele. – Tem malhado?

Ih, merda, pensou Todd.

Sentia-se um idiota, mais embaraçado por Larry que por si mesmo. Porque o que o sujeito deveria pensar? Ele estaciona, chama você de tarado e convida você para entrar na sua *van*, e você entra sem nem mesmo perguntar aonde estão indo. Um garoto normal de cinco anos de idade teria tomado mais cuidado.

– Eu corro bastante – explicou Todd. – Um monte de flexões e exercícios para os bíceps e coisas desse tipo.

– É inacreditável. – Larry sorriu e deu um soco forte mas amigável no braço de Todd. – Eu venho procurando você há meses, e quando finalmente desisto, lá está você, em pé numa esquina como alguma puta viciada em *crack* na zona.

– Por que você estava me procurando? – Todd decidiu não criar caso sobre a analogia da puta viciada em *crack*, que não lhe parecia auspiciosa. – Queria me perguntar alguma coisa?

– Os caras vão adorar isso – disse Larry, mais para si mesmo do que para Todd.

Os caras?, pensou Todd, desconfortável. *Que caras?* Mas antes que ele pudesse fazer a pergunta, a minivan deu uma súbita guinada, cruzando duas pistas de tráfego, e entrou no estacionamento do complexo esportivo da escola, que era bem iluminado e palco de uma tranqüilizadora quantidade de atividade – cidadãos idosos arrastando-se pela pista, garotos adolescentes jogando bola, duas chinesas praticando *tai chi* perto de um galpão de equipamentos. Todd deixou de lado seus receios, apesar do fato de Larry estar olhando outra vez para suas pernas.

– Que bom que você está de tênis – disse ele.

Por mais bem-sucedida e satisfatória que tivesse sido, a carreira escolar de jogador de futebol americano de Todd se desenrolara sobre um campo tão irreparavelmente malcuidado que nem mesmo o mais nostálgico lampejo da memória seria capaz de melhorá-lo. A grama do Estádio Arthur "Biff" Ryan era ordinária e coberta de falhas permanentes entre as linhas das 30 jardas que o sofredor que cuidava do gramado tentava mascarar com algum tipo de tinta *spray* de base vegetal para os jogos importantes e as cerimônias de formatura. Aquela cobertura orgânica do chão suportava uma confusão de 22 pares de pés a pisoteá-la, bem como o pó branco que usavam para marcar o campo, uma substância altamente volátil que raramente sobrevivia ao primeiro quarto do jogo, tornando as linhas que marcavam os limites do campo e do gol mais ou menos hipotéticas para os jogadores, árbitros e espectadores. Para culminar, a drenagem do solo não era boa; uma hora de chuva forte podia transformar o campo num pântano maligno capaz de arrancar o sapato do seu pé enquanto você tentava fugir do alcance de um defensor rápido.

Como teria sido melhor jogar neste *campo,* pensou Todd no instante em que ele e Larry pisaram no campo de primeira dos Bellington Bombers, a superfície verde-azulada e perfeita da grama artificial reluzindo com uma pureza caribenha sob os ofuscantes refletores dos jogos noturnos, as linhas brancas e os números muito nítidos desenhando-se com precisão de uma linha amarela à outra. Mesmo com as arquibancadas vazias e apenas uma dúzia de homens jogando bola e fazendo aquecimento no meio do campo, o estádio passava uma sensação poderosa de cerimônia e de romance, que Todd sentiu imediatamente na boca do estômago.

– Uau – disse ele. – Isto é impressionante.

– É bonito – concordou Larry. – Mas é um pouco duro. É como jogar no cimento.

Os homens no meio do campo pararam o que estavam fazendo e se reuniram num comitê de boas-vindas improvisado. Como Larry, todos eles usavam *shorts* esportivos cinza e camisetas de malha com a palavra GUARDIANS, guardiões, escrita na frente. Fitaram Todd abertamente enquanto ele se aproximava, mas seu escrutínio coletivo intimidava menos do que o de Harry, na cabine fechada da *van*.

– Quem é ele? – grunhiu um homem cujo peito mais parecia um barril, que usava o cabelo à escovinha típico de um sargento instrutor e cujo nariz parecia ter sido quebrado mais de uma vez.

Larry passou o braço em torno do ombro de Todd.

– É aquele *quarterback* sobre o qual eu estava falando para vocês.

Todd ficou surpreso ao ouvir se referirem a ele daquela forma. Tinha a vaga memória de ter trocado histórias sobre futebol com Larry no parque, mas devia ter deixado claro que não jogava para valer fazia quase uma década. Desse ponto da sua vida, ele já não era mais um *quarterback*, um atacante, assim como não era mais um aluno da sexta série.

– Você falou para a gente que ele tinha se mudado – disse um negro careca que talvez tivesse menos de 1,70m, mas um corpo como o de Mike Tyson. Tinha cortado a camiseta para deixá-la bem acima do umbigo, expondo músculos abdominais dignos da capa de uma revista de boa forma.

– Acabei de encontrar com ele por acaso – explicou Larry. – Na entrada da biblioteca.

– Espero que ele seja tão bom quanto você falou – disse um sujeito magricela com uma atadura ortopédica num dos joelhos.

– Ele jogava na faculdade – disse Larry. – Como é que poderia ser ruim?

Todd não achou que fosse o momento certo para explicar que ele não era titular do time e que era uma faculdade muito pequena. Já se sentia suficientemente peixe fora d'água em seu *short* cargo e sua camisa pólo.

– Estou meio perdido – disse ele. – Quem são vocês?

– Nós somos os Guardiões – disse o sargento instrutor.

– Somos tiras – disse o negro.

– Jogamos na Liga da Meia-Noite de *Touch Football** dos Três Condados – acrescentou Larry. – Várias cidades têm times.

– A mulher do nosso *quarterback* o obrigou a sair – disse o sujeito com a atadura no joelho. – Ele teve concussões demais.

Os outros Guardiões lançaram-lhe um olhar feroz, como se ele tivesse divulgado uma informação ultra-secreta.

– Concussões? – disse Todd. – Achei que vocês tinham dito que jogavam *touch*.

– *Touch* da pesada – disse Larry. Seus colegas de time pareceram achar isso divertido.

– Na verdade a gente derruba – disse o sargento instrutor numa voz comicamente anasalada. Se Todd não estivesse olhando diretamente para ele, teria jurado que o sujeito tapara o nariz com um pregador de roupa. – Só chamamos de *touch* por causa do seguro.

---

* O *touch football* é uma modalidade de futebol americano em que não é necessário derrubar o jogador adversário, como no *tackle*, mas apenas tocar nele. (N. da T.)

– Nós realmente precisamos de um *quarterback* – disse um brutamontes com ares de querubim que ficara em silêncio até então.

– Por que não trabalhamos algumas jogadas técnicas? – sugeriu Larry.

Todd esperava que seu bom senso interviesse. Havia um bocado de desculpas à sua disposição. *Minha mulher trabalha à noite. Tenho que estudar para a grande prova. Não consigo ficar de olhos abertos à meia-noite, quanto mais jogar futebol. Não gosto de concussões.* Mas era tão boa a sensação de estar de pé ali, sob os refletores fortes, naquele vasto tapete turquesa, cercado por homens que se auto-intitulavam Guardiões. Muito melhor do que ficar de pé em frente à biblioteca observando garotos de 12 anos de idade andar de *skate*. Ele teve uma sensação similar à que havia tido imediatamente antes de beijar Sarah, como se uma brecha tivesse se aberto em seu mundo para revelar uma nova e excitante possibilidade.

– Deixem só eu me aquecer um pouco – disse ele.

Depois do treino, Larry convidou Todd para tomar uma cerveja a fim de celebrar sua nova aliança. Todd começou a dizer que não – já eram dez horas –, mas depois pensou, que diabos. Ele não saía por aí bebendo todas as noites da semana.

– Saúde. – Larry ergueu sua caneca. – Você jogou bem agora há pouco.

– Acha mesmo? – Todd examinou seu rosto em busca de sinais de insinceridade. – Alguns dos outros caras não tinham tanta certeza disso.

– Quem, Tony Correnti? – Larry gesticulou com a mão, como que para afastar a preocupação de Todd. – Ele é uma mocinha. É capaz de dar a roupa do corpo para você.

A altercação de Todd com Correnti – tratava-se do sargento instrutor com o nariz em más condições – acontecera no final do treino. Ele acabara de lançar a bola, uma suave espiral que flutuava direto para as mãos de DeWayne Rogers, o negro baixinho que ele já considerava seu recebedor escolhido, quando Correnti o prendera com um golpe barato, deixando-o chapado na grama artificial, que, fiel à descrição de Larry, era tão clemente quanto uma estrada recém-pavimentada.

Exceto pelo fato de perder o fôlego, Todd saiu ileso. Pôs-se de pé com certo custo e ficou olhando fixamente para o homem que o havia atacado, braços estendidos, boquiaberto, seu corpo todo transformado num tácito *que porra é essa?* Correnti se aproximou, ficando cara a cara com Todd como se quisesse puxar briga.

– Algum problema? – grasnou ele.

– Você me derrubou depois de eu passar a bola.

– Coitadinho dele.

– Foi falta. Qualquer juiz teria marcado.

– Não tem juiz nesta liga, bonitão.

Todd não sabia o que dizer diante disso.

– Bom, pega leve, tá? É só uma droga de um treino.

Correnti riu bem na sua cara.

– Você acha que os Auditores vão pegar leve? Você acha que os Supervisores vão pedir permissão antes de acabar com a sua raça?

– Teoricamente você faz parte do meu time.

– Isto aqui não é a Liga Infantil, Campeão. Ou você agüenta o tranco e joga bola, ou dá o fora da porra do campo, certo?

Larry disse a Todd para não ligar. Disse que Correnti só o estava testando, para ter certeza de que ele estava bem ajustado ao time.

– Ele é ex-fuzileiro naval – explicou Larry. – Um milico da velha guarda.

Todd meneou a cabeça, lembrando-se de não respirar fundo. Toda vez que inalava o ar além de um certo ponto, sentia uma pontada aguda nas costelas.

– Não é de admirar que seu antigo *quarterback* tenha se mandado.

– O pequeno Scotty Morris. – Larry pronunciou o nome com desprezo. – Que mocinha. Ele não ia nem se levantar depois de uma pancada como a que você levou.

Todd fez que sim, registrando o elogio. À parte o golpe baixo de Correnti, o treino tinha transcorrido bastante bem. Ele arremessara a bola melhor do que havia esperado – todas aquelas flexões tinham dado resultado – e ficara surpreso ao descobrir que seus instintos para o futebol estavam intactos após o longo hiato.

– Não tem muitos caras por aí que sabem arremessar correndo – Larry continuou. – Você parecia um profissional, parecia o John Elway.

– Obrigado. – Todd estava lisonjeado. – Eu sempre meio que me inspirei no Elway para jogar.

– Bom, dá pra ver. – Larry fez um sinal para o *barman*. – Ei, Willie, que tal outra rodada para mim e meu novo *quarterback*?

O humor de Larry ficou subitamente sombrio, em algum lugar entre a segunda e terceira cerveja, quando Todd perguntou como estavam seus filhos. Lembrava-se dos gêmeos do parque, crianças robustas com cabeças enormes, idênticas ao pai.

– Os meninos vão bem – disse Larry. – Mas meu casamento está passando por problemas.

Todd não o pressionou para saber detalhes. Não conhecia Larry tão bem assim – nunca vira sua mulher – e não achava que aquilo fosse da sua conta. Mas Larry parecia estar querendo falar.

– Joanie acha que eu devia arranjar um emprego. Acha que eu sou jovem e saudável demais para ficar de bobeira em casa o dia todo.

Ele olhou ansioso para Todd, como se pedisse sua opinião sobre o assunto. Todd não achava que entendia a situação bem o suficiente para ter uma opinião.

– Por que você se aposentou? Se é que eu posso perguntar.

Larry pareceu genuinamente surpreso com a indagação.

– Você não sabe?

– Você nunca me disse.

– Ah – disse Larry. – Achei que todo mundo soubesse.

Todd meneou a cabeça e esperou. Pensativo, Larry tomou um gole de cerveja e inclinou a cabeça na direção de Todd. Manteve sua voz baixa, ainda que não houvesse ninguém a uma distância mínima para ouvi-lo.

– Fui eu quem matou aquele garoto – disse ele. – No *shopping center*.

Todd entendeu imediatamente. Acontecera alguns anos antes, mais ou menos na época em que Aaron havia nascido. Um guarda local tinha sido enviado ao *shopping* Bellington para investigar uma denúncia sobre um adolescente negro armado. O guarda entrara no *shopping* empunhando a própria arma, bem a tempo de ver o suspeito subindo a escada rolante em direção à praça de alimentação. O guarda perseguiu o suspeito e o encurralou em frente ao quiosque da Taco Bell. O garoto tentou apanhar a arma, e pronto. Somente após disparar os tiros fatais o agente descobriu que o garoto levava um brinquedo, um revólver barato de plástico, comprado em uma loja de bugigangas.

Houve certo protesto por parte dos grupos de direitos civis, que insistiam que o garoto – na verdade, ele tinha apenas 13 anos, embora sua altura já ultrapassasse 1,80m – jamais teria sido morto se fosse branco, mas uma investigação departamental concluiu que o guarda agira de acordo com as instruções legais para uso de força letal. Depois disso, a história praticamente desaparecera do noticiário local.

– Nossa – disse Todd. – Que terrível.

– Ainda tenho pesadelos com essa história – confessou Larry. – Antoine Harris era o nome dele. Na verdade, era um bom garoto. Bem magrelo, o palhaço da turma. Achou que fosse uma boa piada andar por aí com sua pistola de caubói.

– Você não sabia. Podia ser de verdade.

– Diagnosticaram que eu tinha síndrome de estresse pós-traumático – disse Larry. – Três psiquiatras diferentes. Foi por isso que eu me aposentei. Não era mais capaz de fazer meu trabalho.

– Não depois disso.

– Durante um ou dois anos, Joanie me aceitou numa boa dentro de casa, à toa. Mas agora acha que eu estou ficando preguiçoso.

– Talvez você pudesse fazer alguma outra coisa – sugeriu Todd.

– O que, por exemplo? – respondeu Larry, áspero. – Trabalhar no estoque de um supermercado?

– Talvez voltar a estudar.

– Você está parecendo a Joanie. – Larry dava a impressão de estar tentando se controlar. – Eu adorava meu emprego. Não quero fazer outra coisa.

Todd dera instruções claras sobre como chegar à sua casa, mas Larry não devia ter prestado atenção. Ele saiu da Pleasant cerca de um quilômetro e meio antes da hora, ingressando numa malha de ruas sinuosas perto da Escola Rayburn.

– Não é por aqui – Todd lhe disse. – Minha casa fica mais para baixo, na direção do parque.

Larry o ignorou. Seguiam devagar por um sonolento enclave de casas de estilo antigo, uma modesta área familiar como a de Todd – triciclos abandonados sobre os gramados, redes de hóquei armadas na entrada das garagens, bandeiras de futebol oscilando orgulhosas sobre as portas da frente.

– Dá para acreditar que o desgraçado mora num lugar como este?

– Cacete – disse Todd. – Isto aqui é Blueberry Court.

Larry deu uma risadinha amarga.

– Por que não dar ao tarado sua própria creche também?

Larry parou diante de uma casinha branca, número 44. Um poste de luz antigo iluminava um gramado quadrado e bem cuidado cujas bordas eram limitadas por tijolos arredondados. As jardineiras floridas sob a janela panorâmica e as venezianas com silhuetas de cavalos e charretes davam ao local o aspecto graciosamente antigo e parado no tempo de uma fotografia. Larry fez soar três vezes a buzina, destroçando o silêncio da noite avançada. Era quase como se estivesse conclamando o maníaco sexual, como se esperasse que McGorvey saísse e viesse se juntar a eles no carro.

– Por que você fez isso? – perguntou Todd.

– Só para ele saber que eu estou aqui fora.

Larry apanhou os binóculos no banco traseiro e os apontou para a janela panorâmica. Isso pareceu demais para Todd; a parte de trás de duas cabeças era claramente visível através do vidro, delineadas contra a luz azulada e latejante da TV.

– Quero que esse safado saiba que eu estou de olho nele.

O tempo passava no relógio do painel – cinco, dez, 15 minutos. Todd só queria ir para casa. Kathy ficaria preocupada; ele precisava desesperadamente mijar. Mas Larry não parecia estar com nenhuma pressa de terminar sua vigília.

– Inacreditável – murmurou ele. – Sentado ali assistindo ao *talk show* do Jay Leno como um ser humano normal.

Todd poderia ter dito alguma coisa, é claro. Mas por algum motivo se calava, era o código de conduta do passageiro. Sentia que perdera o controle da noite no momento em que entrara naquela *van*. Para bem ou para mal, o motorista dava as cartas.

– Sabe aquela bandeirante para quem ele se exibiu? – perguntou Larry. – Era a filha do meu amigo. Ela ainda não conseguiu superar.

– Ele se exibiu para uma bandeirante?

– Um doce de menina. Estava só vendendo biscoitos. – Larry baixou os binóculos. – Joanie acha que estou obcecado por esse canalha. Acha que se eu tivesse um emprego não passaria de carro pela casa dele cinco ou seis vezes por dia.

Larry jogou os binóculos no banco de trás e apanhou um punhado de panfletos da pilha sobre o colo de Todd.

– Mas é como se eu sentisse que este *é* o meu trabalho – disse ele. – Tem um rolo de fita adesiva no porta-luvas. Pode pegar para mim?

Kathy ainda estava acordada, escondida atrás de uma volumosa biografia de Einsenhower, quando Todd entrou no quarto. Aaron dormia ao lado de sua mãe.

– Onde você estava? – perguntou ela, aparentando uma indiferença profunda.

Por um instante, Todd chegou a considerar a hipótese de dizer-lhe a verdade – ou seja, que em vez de estudar passara a noite jogando futebol com um punhado de policiais –, mas então encontrou uma resposta melhor.

– Eu me filiei ao Comitê de Pais Preocupados – disse-lhe ele. – Estamos distribuindo os panfletos sobre aquele esquisitão da Blueberry Court.

Não era tecnicamente uma mentira, pelo menos não a segunda parte. Eles *tinham* distribuído panfletos – Larry afixara cerca de uma dúzia na porta da frente do maníaco, e então ele e Todd jogaram punhados pelas janelas do carro enquanto iam embora, emporcalhando a vizinhança com avisos. Na verdade, até que era divertido deixar o vento arrancar os papéis de sua mão, e observar cada uma das folhas flutuar e mergulhar rumo ao chão.

Kathy baixou o livro e o estudou com uma atenção que ele raramente recebia dela naqueles dias. Ele ficou radiante ao ver que ela usava sua camisola preta, aquela semitransparente que oferecia um vislumbre sombreado de seus mamilos, mas o prazer foi algo diluído pelo pensamento – não era a primeira vez que passava por sua cabeça – de que ela usava com muito mais freqüência alguma coisa *sexy* para dormir nas noites em que estava sozinha com Aaron. Quando Todd estava na área, ela dava preferência a calças de moletom extragrandes em cores esquisitas e camisetas de malha que lhe chegavam aos joelhos.

– Você se lembra de Larry Moon? – continuou ele. – Aquele guarda aposentado lá do parquinho com os esguichos d'água?

– O cara dos gêmeos?

– É, a organização é dele.

– Achei que você não gostasse dele.

– Ele não fede nem cheira. Mas seu comitê faz bastante sentido. É bem assustador ter um sujeito como aquele morando justo na sua cidade.

Kathy olhou de relance para Aaron, que estava deitado de costas, esparramado, um dos braços dobrado num ângulo reto e o outro esticado. Havia coelhinhos e cenouras em seu pijama.

– Eu sei – disse ela, tocando-o com ternura na testa. – Eu detesto até pensar nisso.

Todd tomou banho com a eficiência de um homem que acredita ter uma chance bastante grande de transar se andar logo. Todas as estrelas estavam alinhadas – Kathy estava acordada e usando camisola preta, Aaron estava bem longe na terra dos sonhos. O que seria capaz de detê-los, além de uma dorzinha de nada nas suas costelas?

É disso que nós precisamos, ele pensou, escovando os dentes com o dobro da velocidade habitual. *Alguma coisa para tirar aquele beijo da minha cabeça.*

Todd estava dolorosamente consciente do fato de que ele e Kathy não transavam havia mais de três semanas. Primeiro, ela ficara menstruada, e depois sobrecarregada com o trabalho. Um deles normalmente estava cansado demais à noite, e Aaron estava sempre por ali pela manhã, pronto para intervir no menor sinal de contato físico que não o envolvesse. Cerca de seis meses antes, eles de algum modo tinham conseguido plantá-lo na frente da TV, sozinho, enquanto dividiam uma preciosa – ainda que um tanto distraída – meia hora no andar de cima. Todd ainda se lembrava de como tinha sido bom depois, ficar por ali como um rei em seu roupão, bebericando café e trocando olhares significativos com sua mulher, mas fora um acontecimento ocasional. Agora, se por acaso Todd – era sempre Todd – sugerisse que Aaron fosse lá para baixo e assistisse à televisão enquanto ele e a mamãe "descansavam" um pouquinho mais, seu pequenino acompanhante imediatamente sentia cheiro de fumaça e insistia que um dos dois se juntasse a ele no sofá da sala de estar.

Concluindo que aquele não era um momento para sutilezas, Todd emergiu do banheiro usando apenas uma toalha, suas intenções principais nitidamente à mostra. Tudo o que ele tinha que fazer era transferir com sucesso Aaron para sua própria cama sem acordá-lo, e os dois estariam livres para voar. Mas quando afastou as cobertas e deslizou a mão por baixo dos joelhos e dos ombros de seu filho, Kathy soltou um gemido de protesto quase inaudível.

– Por favor, não.

Todd se ergueu, suas firmes esperanças já murchando.

– Poxa, Kathy. Quantas vezes nós vamos ter que discutir sobre isso? Ele está com três anos. Precisa começar a dormir sozinho.

– Eu sei – disse ela, no tom melancólico de alguém que travava uma batalha ciente de que algum dia teria de perdê-la. – Mas é que ele parece estar tão confortável.

– Ele vai ficar igualmente confortável na cama dele.

– É só que eu gosto de ficar com ele perto de mim. – Ela baixou os olhos para o filho com uma expressão de profunda adoração e meneou a cabeça, como se dissesse que sabia que Todd tinha razão, mas era impotente diante de seus próprios sentimentos. – Você não ama esse corpo pequenininho e quente?

E quanto a mim? Todd queria perguntar. *E quanto ao meu corpo grande e quente?*

– Olha, Kathy, eu estou começando a ficar um pouquinho cansado de acordar com o pé dele na minha cara.

– Mas ele não é tão perfeito? Alguma vez já existiu um rosto mais perfeito em toda a história do mundo?

Só havia uma resposta correta para uma pergunta como aquela. E além disso, na maior parte do tempo Todd gostava de ter Aaron na cama com eles, sobretudo quando ele estava todo quentinho e com cheiro de sabonete, depois do banho. Ele acordava alegre com a primeira luz da manhã e implorava aos pais que fizessem cosquinha nele, até não agüentar mais, e então implorava que parassem.

– Ele é um diabinho lindo – Todd teve que admitir.

– Eu sei – disse Kathy. – Ele é o meu homenzinho perfeito.

Então Todd atirou a toalha para longe, vestiu uma cueca samba-canção e deitou na cama com sua mulher e seu filho adormecido. Logo antes de desligar a luz, Kathy inclinou-se por cima de Aaron para dar um beijo em Todd. Ele se ergueu apoiado nos cotovelos, apenas o suficiente para dar uma rápida espiada nos seios dela. Mesmo depois de cinco anos de casamento, aquilo ainda lhe dava um certo *frisson.*

– Boa-noite – disse ela.

– Boa-noite – ele respondeu.

BLUEBERRY COURT

RONNIE NÃO ESTAVA COLABORANDO.

– Tudo bem – disse ele. – Que tal o seguinte? Ex-prisioneiro acima do peso, ficando careca, que rói as unhas e fuma como uma chaminé. Gosta de pornografia infantil e noites tranqüilas diante da televisão.

– Não tem graça – disse May.

– Não era uma piada.

– Vamos lá, Ronnie. Isto não vai funcionar se você não tentar. A gente tem que ver a coisa pelo lado positivo.

– O lado positivo? Por que você não disse antes? Vamos ver... não tenho emprego, não tenho amigos e todo mundo me odeia. Acho que é basicamente isso.

– Você tem amigos – insistiu May, mas se arrependeu da observação assim que a pronunciou.

– É mesmo? Por exemplo?

Ela refletiu.

– E Eddie Colonna?

– Isso foi no primeiro ano do ensino médio, mãe. Se Eddie me visse agora, provavelmente cuspiria na minha cara.

– Você devia ter amigos na... na... – A voz de May foi morrendo. Ela tinha dificuldade em dizer a palavra *prisão* em voz alta. – Viveu três anos lá.

– Ah, é – disse Ronnie. – Eu era extremamente popular.

– A Dra. Linton gostava de você – continuou ela, sem saber por que sentia necessidade de insistir num assunto tão desagradável.

– Ela era paga para gostar de mim. Se o estado parasse de mandar seus cheques, acho que a gente não ia continuar se vendo muito.

– Ela não disse que você era extremamente inteligente?

– Disse também que eu era incomumente diabólico e que não era seguro me deixar perto das crianças.

– Bem, eu sei que Bertha gosta de você. – Isso não era exatamente verdade, mas May estava determinada a não sair da conversa de mãos vazias. – Ela disse isso outro dia.

– Ah, isso faz com que eu me sinta bem melhor. É bom ter aquela cachaceira do meu lado.

– Bertha é minha melhor amiga. E não vou aceitar que você fale dela desse jeito.

– Sabe por que ela gosta de você, mãe? – Ronnie dirigia-lhe aquele olhar duro e impiedoso, aquele olhar que às vezes a amedrontava. Como se ele visse através de tudo e de todos, descobrindo as piores verdades que você poderia imaginar. – Por acaso você já se perguntou isso?

– Pare – disse May. – Não faça isso comigo.

Ronnie deu um suspiro comprido e cansado, e enterrou o rosto nas mãos. Então sorriu docilmente, fazendo o possível para ser um bom garoto.

– Me desculpe, mãe. Sei que você está tentando. Mas às vezes isso simplesmente torna tudo pior.

May não podia realmente culpá-lo por se sentir desencorajado. Era ruim o suficiente o fato de sua própria irmã se recusar a falar com ele ou deixá-lo perto de seus filhos, e pior ainda o fato de não conseguir encontrar um emprego, nem mesmo catando lixo, ou entregando *pizza*, ou empacotando compras. Todas as fichas de inscrição tinham uma pergunta sobre sua ficha criminal; você arranjaria problemas com o agente da condicional se mentisse, e ninguém contrataria você se falasse a verdade. Então aqueles cartazes começaram a aparecer, com o seu retrato impresso, espalhando o boato maldoso de que estivera envolvido no desaparecimento daquela pobre garota, cinco anos antes. Mas a polícia tinha investigado tudo aquilo. Ele tinha sido chamado para interrogatórios três vezes – uma delas pelo FBI – e nada acontecera. Se Ronnie tivesse alguma coisa a ver com aquilo, eles o teriam prendido, não teriam?

– Vamos lá – disse May. Ela segurava a página de anúncios pessoais do jornal *The Bellington Register*. – Tem duas colunas inteiras de mulheres solitárias aqui, e só um punhado de homens. A sorte está do seu lado.

Ronnie acendeu um cigarro e dirigiu a May o mesmo olhar incrédulo que lhe dirigia desde adolescente, como se ela fosse alguma espécie de criatura fantástica jamais vista na Terra anteriormente.

– Não olhe para mim desse jeito – disse ela. – Por que uma destas mulheres não gostaria de encontrar uma pessoa legal como você?

– Eu não sou uma pessoa legal – disse Ronnie. – Sou a escória do planeta.

– Você fez uma coisa ruim – admitiu May. – Mas isso não significa que seja uma pessoa ruim.

– Eu tenho um distúrbio psicossexual, mãe.

– Você está melhor agora – disse May. – Eles não teriam deixado você sair se não estivesse.

– Eles me deixaram sair porque tinham que deixar.

Ronnie acendeu outro cigarro, sugando-o como uma criança bebendo alguma coisa com um canudinho. May sentiu-se começar a entrar em pânico, como se talvez um de seus ataques de falta de ar se aproximasse. Sua bombinha estava lá em cima, junto da sua cama, ao lado do copo da dentadura. Ela gostaria de ter se lembrado de trazê-la para baixo.

– Bem, talvez se você encontrasse uma namorada – ela se interrompeu para tomar fôlego – com uma idade mais próxima à sua, não teria esses impulsos ruins com tanta freqüência.

– Eu não quero uma namorada da minha idade – disse Ronnie. – Quem me dera quisesse.

– Olhe esta aqui – disse May, escolhendo um anúncio ao acaso. Mesmo com seus óculos de leitura, as letras eram desagradavelmente pequenas. – "Belos olhos verdes. Mulher branca, divorciada e gentil de 33 anos procura amizade e algo mais. Preferência por não fumantes." Ops, vamos esquecer esta aqui. E que tal esta? "Mulher gostosa e cheinha, na casa dos 40. Gosta de dançar *swing*, do seriado *Everybody Loves Raymond* e de manhãs de domingo preguiçosas."

– Cheinha – Ronnie deu uma risadinha. – Ela provavelmente pesa uns 130 quilos. Os negros lá da prisão gostariam dela.

– E daí se pesar? Talvez seja uma boa pessoa por dentro. Talvez gostasse que alguém lhe desse uma chance e não a fizesse se sentir infeliz por causa de sua aparência. Talvez esteja disposta a ignorar os defeitos da outra pessoa também.

Ronnie deu mais uma tragada e exalou duas elegantes baforadas de fumaça pelo nariz, exatamente como seu pai costumava fazer. Se Pete tivesse sido mais gentil e confiável, May tinha a impressão de que Ronnie teria sido uma criança mais feliz. Talvez as outras crianças não o tivessem atormentado tanto, talvez ele tivesse sido capaz de se defender quando o fizessem. Mas seu ex-marido era um mentiroso, um enganador e um bêbado mesquinho que gostava de fazer as outras pessoas se sentirem diminuídas e estúpidas, e Ronnie era sempre seu alvo preferido. Quando ele finalmente foi embora, pareceu o fim do mundo para May, mas ela agora via que tinha sido melhor assim. Ronnie encolheu ligeiramente os ombros, rendendo-se.

– Tudo bem, mãe. Se isso vai deixar você contente, vou experimentar. Mas só um encontro, tá? Não vou agora fazer disso uma carreira.

Ele estava sendo indulgente com ela, mas isso era melhor do que nada. Não era natural para um homem adulto viver com sua mãe, sem *hobbies* ou diversões, apenas lendo jornal e assistindo à TV o dia inteiro. Era quase como se ele ainda estivesse na prisão, exceto pelos longos passeios que fazia em sua velha bicicleta e que a deixavam nervosa, já que ele se recusava a dizer aonde ia e o que fazia. Mas uma bicicleta era melhor do que um carro, não era? Ela não gostaria que ele saísse por aí de carro, ou de *van*, pelo amor de Deus. Além disso, o exercício lhe fazia bem. Ele sempre reclamava da comida da prisão, mas voltara para casa sete quilos mais gordo do que quando fora para lá.

O que ele precisava era de uma namorada, e May pretendia ajudá-lo a encontrar uma. Se tivesse uma boa moça em sua vida, talvez não passasse tanto tempo sozinho no quarto, espionando as crianças da vizinhança com seus binóculos. Ele sempre negava, mas ela sabia o que ele andava fazendo. E se ele se casasse algum dia – por que não? Não era verdade que todo tipo de gente se casava: anões, pessoas retardadas, pessoas com membros faltando e assim por diante? –, então ela poderia morrer em paz, sem se preocupar com o que aconteceria com o seu garoto se não estivesse por perto para mantê-lo longe de problemas. Porque ela ficava tão cansada às vezes que só queria um pouco de repouso, algum tempo para colocar os pés para cima. Será que não merecia esse tanto, depois de uma vida longa com tantos problemas e tão pouca felicidade? Ela com freqüência se descobria pensando no cemitério enquanto se deixava levar pelo sono, à noite, e parecia-lhe um lugar agradável e acolhedor, toda aquela grama e aquelas belas árvores, e vizinhos que não faziam você se sentir como se tivesse alguma espécie de doença. Ela abriu seu bloco e começou a escrever.

– Você tem um belo sorriso – disse ela. – Por que não começamos por aí?

Como de hábito, Bertha chegou bem a tempo do almoço, carregando uma pequena sacola de compras marrom.

– Aqui está o suco de frutas – disse ela numa voz alta, piscando timidamente os olhos enquanto entregava a sacola para May. – Eu comprei o suco de frutas como a senhora disse, Sra. McGorvey.

Por algum motivo, Bertha insistia em chamar os *coolers* de vinho de "suco de frutas". A princípio, May deduzira que ela o fazia por causa dos vizinhos que pudessem ouvi-la – não que eles tivessem nada a ver com isso –, mas aquilo acabou por se revelar apenas mais uma das suas piadinhas particulares. Bertha tinha todo um estoque delas – a maioria cansativa, em vez de engraçada –, mas May as aceitava como um preço a pagar por sua companhia. Sabia Deus se ela apareceria com alguma coisa pior naquele dia.

– Onde está o Príncipe? – perguntou Bertha, dando uma espiada na sala de estar. – Vagabundeando por aí com seu triciclo?

Praticamente desde que Ronnie voltara para casa, Bertha o apelidara de "Príncipe" em homenagem à sua suposta tendência para ficar à toa, embora May lhe tivesse explicado repetidas vezes que seu filho não estava desempregado por opção. Bertha zombava dessa afirmação. Para ela, Ronnie tinha uma situação invejável: um homem adulto sem quaisquer responsabilidades, morando à custa de sua mãe, comendo batata frita e assistindo à TV a cabo o dia inteiro, e se comportando de forma geral como um membro da família real.

– Ele está fazendo um pouco de exercício – disse May, embora as duas mulheres soubessem que Ronnie desprezava Bertha e fazia seus passeios de bicicleta coincidirem com as visitas dela.

– Tem alguma coisa com um cheiro delicioso aí. – Bertha inalou o ar como se fosse uma flor. – O que é que você está assando?

– Nada – disse May. – Vamos comer sanduíches de atum.

– E tomar suco de frutas – disse Bertha. – Não esqueça o suco de frutas.

Antes de ficar amiga de Bertha, May não tinha o hábito de beber durante o dia – na verdade, raramente bebia –, mas aprendera a abrir uma exceção para o *cooler* de vinho na hora do almoço. Fazia isso em parte para ser sociável – Bertha não gostava de beber sozinha –, mas passara a gostar do estado mental agradavelmente tonto induzido pela bebida, mesmo que às vezes a deixasse com dor de cabeça e cansada, durante a tarde. Era uma pequena indulgência, e May sentia-se com direito a ela.

May vira Bertha pela primeira vez quatro anos antes, na área de visitantes da prisão municipal, onde cada uma tinha um filho aguardando julgamento. Era difícil para elas não reparar uma na outra, duas mulheres velhas e brancas num mar de rostos em sua maioria mais jovens e mais escuros. May dava um tímido sorriso de comiseração sempre que seus olhos se encontravam, mas ficava relutante em se apresentar ou começar uma conversa. O caso de Ronnie tivera um bocado de publicidade sensacionalista – o detalhe dos biscoitos da bandeirante o tornara irresistível para os jornais –, e May sentia uma camada distinta de gelo se apoderar da maior parte de seus encontros com outras pessoas. Os amigos pararam de telefonar. Os vizinhos não mais sorriam e acenavam em cumprimento. Sua própria filha disse coisas terríveis sobre Ronnie que provavelmente eram verdade, mas May não achava que devessem ser ditas em voz alta por membros de sua própria família. O padre Ortega até sugeriu que ela tirasse umas férias rápidas de seu trabalho como voluntária na noite de bingo até que "as coisas se acalmassem". May não tinha a menor pressa em encontrar pessoas novas, ou em se colocar em qualquer tipo de situação em que teria de explicar quem era e o que estava fazendo na prisão municipal.

Foi Bertha quem finalmente quebrou o gelo. Ela seguiu May até o estacionamento numa tarde de primavera em que a brisa soprava, e começou a bater papo tão naturalmente quanto se fossem velhas amigas, fazendo uma série de declarações às quais tudo o que May podia responder era *amém,* sobre como era terrível ver seu próprio filho trancado a chave, como ele ainda era o seu garotinho, independentemente do que tivesse feito, e como você não tinha outra escolha além de amá-lo, independentemente do que ele tivesse feito, e como era impossível para outras pessoas que não houvessem passado por essa experiência compreender a força da ligação entre uma mãe e seu filho, independentemente do que ele tivesse feito. Então começou a reclamar sobre a comprida e difícil viagem da cadeia de volta para casa em Bellington aos domingos, quando os ônibus passavam com tão pouca freqüência, e antes que May tivesse uma chance de refletir, já tinha dito que também morava em Bellington, e que ficaria feliz em lhe dar uma carona.

Durante as poucas semanas seguintes, May conduziu sua nova amiga nos dias de visita, ida e volta, até que o filho de Bertha, Allen, recebeu a sentença de seis meses – não era seu primeiro crime – por roubar uma máquina de soldar numa construção e tentar vendê-la para um homem que se revelou primo do proprietário original. A essa altura, porém, Bertha já começara a aparecer na casa de May à hora do almoço, primeiro como convidada, depois por iniciativa própria, e por fim mais ou menos diariamente. Durante o ano letivo, Bertha trabalhava como guarda de trânsito, ajudando na travessia das crianças, em frente à Escola Rayburn, e tinha umas duas horas à toa entre o almoço e o horário de saída, então, por que não passá-las com May?

E a verdade era que May apreciava a companhia. Não exatamente porque gostasse de Bertha – era difícil simplesmente gostar dela –, mas porque qualquer pessoa precisa de companhia. Alguma coisa se torna amarga lá dentro se você não tem alguém com quem conversar todos os dias. Então, e daí que Bertha pintasse o cabelo numa cor de cobre vivo e bebesse demais (embora May não pudesse dizer que aprovava seu hábito de beber nos dias de escola), e fizesse piadas maldosas, e raramente tivesse uma palavra boa para dizer sobre quem quer que fosse? Ninguém mais visitava May naqueles dias, exceto sua filha, Carol, que aparecia talvez uma vez por mês para reclamar de Ronnie e insistir para que May reconhecesse que pessoa repulsiva ele era. Diane Thuringer, que morava mais abaixo na rua e que May outrora considerara uma boa amiga, fingia não reparar nela mesmo após seus carrinhos praticamente colidirem no supermercado. Então essa tinha sido a escolha de May: não entre Bertha e a família, ou entre Bertha e alguém mais simpático, mas entre Bertha e ninguém.

Não havia sido tão difícil assim escolher.

– Ele sabe onde o corpo está – insistiu Bertha. – Dá para dizer pelo modo como pisca esses olhinhos enganadores.

May não gostava nem mesmo de pensar sobre o famoso criminoso condenado Gary Condit, quanto mais falar sobre ele. A garota desaparecida, os pais sofrendo, o assassino andando por aí sem ser punido – era simplesmente horrível demais. Bertha, por outro lado, parecia nunca se cansar.

– Ele bem que poderia ter a palavra *culpado* escrita na testa. E essa esposa tão lindinha do lado dele.

O que mais ela pode fazer? May tinha vontade de perguntar. *O que mais ela pode fazer se o ama?*

– Tenho uma coisa para contar ao deputado Fulano de Tal. – Bertha tirou a tampa do segundo *cooler*. Ela dava conta de três ou quatro durante um almoço comum. – A merda dele fede como a de todo mundo.

– Por favor – disse May. – Olhe os termos.

– Espero que ela consiga visitá-lo na prisão. Tenho certeza de que ele vai ficar bem elegante com o macacão de presidiário. – Bertha deu uma gargalhada diante desse pensamento. – Mas, então, quem foi que pintou com tinta *spray* a entrada da sua casa?

Ela fez essa pergunta de forma tão abrupta e prosaica que May levou alguns segundos para se dar conta que já não estavam mais falando do deputado Fulano de Tal.

– Tinta *spray*?

– Você não sabia? – Bertha mal conseguia disfarçar o prazer de ser a portadora de más notícias. – Você ganhou uma pichação nova na noite passada.

– Ah, não. É desagradável?

– É só uma palavra – disse Bertha. – Mas uma palavra não muito bonita.

May começou a se levantar da sua cadeira, depois mudou de idéia. A palavra – ela era capaz de imaginar qual fosse sem muito esforço – podia esperar. Não fazia sentido estragar seu almoço, deixar-se agitar por nada.

– Que cara-de-pau essas pessoas têm – murmurou ela.

– O atum está bom hoje – disse Bertha, embora tivesse dado apenas algumas mordiscadas no seu sanduíche. – É da marca StarKist?

– É da marca do supermercado – respondeu May, distraída.

– Eu não compro os produtos do supermercado. – Bertha sacudiu a cabeça com grande veemência, como se tivesse aprendido a duras penas a lição. – Você economiza alguns centavos, mas eu prefiro ficar com a minha paz de espírito.

– É o mesmo produto – disse May. Ela não ligava a mínima para aquela discussão, à qual ela e Bertha se entregavam sempre que comiam atum. – Eles só colam etiquetas diferentes nas latas.

– Não seja ingênua – disse Bertha, mas sua atenção foi subitamente desviada para o bloco no centro da mesa, sobre o qual repousava a caneta vermelha. Ela pegou o bloco e o examinou. – O que é isto?

– O anúncio de Ronnie. Preciso encontrar uma namorada para ele.

– Humm – Bertha parecia impressionada. Apertou os olhos diante da página e leu em voz alta. – *Homem branco, solteiro, 43, belos olhos e belo sorriso. Gosta de andar de bicicleta e de fazer longas caminhadas pela praia. Não sou perfeito e também não espero que você seja.*

– O que você acha? – perguntou May. Parecia-lhe bastante bom.

Bertha refletiu sobre o assunto durante alguns segundos antes de balançar a cabeça.

– Não vai funcionar. Você precisa dizer *bonito.*

– Eu queria. Ronnie não deixou.

– Acredite em mim – disse Bertha. – Se não fizer isso, simplesmente vão achar que ele é feio.

– Foi o que eu disse. Mas você sabe como ele às vezes é teimoso.

Bertha destampou a caneta e rabiscou uma rápida correção no anúncio.

– Pronto – disse ela. – Vai chover mulher. Ele vai ter que enxotar elas com um pedaço de pau.

May estava de pé ao sol do meio-dia e olhava fixamente para a terrível palavra pintada na entrada de sua casa. Não era a palavra que ela imaginara. Sentia as pernas fracas.

– Onde é que as pessoas aprendem a se comportar assim? – perguntou-se ela. – Esta cidade costumava ser decente.

– Nunca foi tão decente assim – disse-lhe Bertha. – Só gostava de fingir que era.

– Mas praticar um ato de vandalismo na entrada da casa de outra pessoa?

– Provavelmente adolescentes – disse Bertha. – Eles vão beber no bosque e depois saem por aí fazendo besteira.

– Não – disse May. – É aquele esquisitão da *van*. Ele sempre passa por aqui, buzinando, pregando aqueles malditos cartazes por toda parte.

May sabia que Ronnie tinha visto a palavra ao sair da garagem. Devia ter passado sobre ela com sua bicicleta. Esperava que não estragasse seu dia ou o deixasse mais deprimido do que já estava.

– Vou até a loja de ferragens – disse ela. – Posso passar uma tinta *spray* preta por cima disso.

– Posso emprestar uma arma para você, se quiser – disse Bertha. – Allen tem três.

– Eu nem saberia como segurar um troço desses – disse May.

– Isso é fácil – disse Bertha. – Posso ensinar a você em poucos minutos.

May sacudiu a cabeça. Não queria pensar em armas. Queria pensar sobre o dia em que se mudara para aquela casa. Tinha sido há muito tempo – mais de 35 anos atrás. Ela estava grávida de Carol; Ronnie tinha acabado de entrar para a escola. A primeira casa de que foi dona.

Não que ela tivesse, mesmo naquela época, qualquer ilusão a respeito de sua vida. Já sabia que tinha se casado com o homem errado – no começo, pelo menos ele era um bêbado encantador, mas então todo o encantamento se gastou – e que seu filho não passaria com facilidade pela escola. Havia algo nele que as pessoas não gostavam.

Mas apesar de tudo ela se sentia esperançosa. Estavam se mudando para uma casa de que eram proprietários, num bairro bom, perto de uma boa escola. Talvez as coisas fossem diferentes ali; talvez ali conseguissem ser felizes. Ficou de pé no gramado da frente no começo da tarde e murmurou uma oração, pedindo que ela e sua família prosperassem em Blueberry Court, que seu casamento melhorasse, que seus filhos crescessem para se tornarem adultos saudáveis e bem-sucedidos.

E ali estava aquilo em que sua oração resultara: a palavra *NOCIVO* pintada com tinta *spray* em gigantescas letras fluorescentes cor de laranja na entrada de sua garagem, junto com uma seta que apontava diretamente para sua casa.

– Que Deus nos ajude – disse ela, buscando apoio no braço de Bertha, a fim de se equilibrar para o que quer que viesse em seguida.

BIQUÍNI VERMELHO

JEAN MCGINNISS, A PROFESSORA DE PRIMEIRA SÉRIE RECÉM-aposentada que morava na casa ao lado, marchava no mesmo lugar sobre o carpete de entrada de Sarah, levantando os joelhos e os ombros como uma acrobata acompanhando a banda da Associação Americana de Aposentados.

– Pronta para se mexer? – Jean era uma mulher rechonchuda e baixinha, cheia de energia, com uma personalidade inflexivelmente animada que devia ter muito êxito junto às crianças de sete anos de idade. Durante dois meses, as duas mulheres costumavam fazer, para manter a forma, rápidas caminhadas após o jantar, que logo se tornaram o ponto alto dos dias de Sarah, mesmo que a tagarelice de Jean às vezes a incomodasse. – Hoje está soprando uma brisa superagradável.

– Você pode esperar alguns minutos? – perguntou Sarah. – Richard está no escritório outra vez.

A essa altura do verão, ambas já sabiam administrar uma meia hora de atraso para se conciliar com Richard, que recentemente começara a exibir estranha tendência *workaholic* após anos de pontificado acerca da importância sagrada do horário de lazer e do espaço contemplativo numa cultura apressada e ávida por dinheiro. Mesmo assim, Jean continuava chegando à casa de Sarah às sete em ponto. Seu marido, Tim, professor de trabalhos manuais aposentado, era um daqueles caras tipo *estamos-indo-de-mal-a-pior* que ficava histérico enquanto assistia ao noticiário da TV, e Jean preferia estar fora quando ele começava a resmungar sobre políticos e minorias. Ela deixou os halteres de um quilo na varanda e acompanhou Sarah para dentro de sua casa.

– Ooooi! – chamou Jean, num tom melodioso. – Será que tem uma menininha bonita aqui nesta casa?

– Ela está um terror hoje à noite – avisou Sarah. – Não consegui mais uma vez fazer com que ela tirasse seu cochilo.

– Ah, meu Deus. – Jean não poderia parecer mais solidária se acabasse de descobrir que Lucy precisava de um transplante de fígado. – Pobrezinha.

– Pobrezinha da mamãe – corrigiu-a Sarah. – Sou eu quem sofre. Ela fica completamente incapacitada. Como um personagem de Dostoievski.

Mas a garotinha que colocou a cabeça na porta da sala de estar naquele instante parecia mais uma criação de Norman Rockwell do que um meditabundo epiléptico russo. Em seu rosto se abriu um sorriso iluminado diante da visão da visitante; ela veio correndo pelo corredor e se atirou nos braços da mulher mais velha como se fossem amantes se encontrando no aeroporto. Jean cheirou o cabelo de Lucy, depois se apoiou num dos joelhos e lhe dirigiu um olhar demorado e profundo.

– Você tirou seu cochilo hoje?

Lucy balançou a cabeça tristemente.

– Está com sono?

Lucy balançou a cabeça outra vez, agora numa fervorosa negativa. À exceção de um anel de suco de uva que manchava sua boca como o batom de uma bêbada, ela estava adorável, uma criança desamparada de olhos grandes numa camisola sem mangas da Barbie (um presente da mãe de Richard que Sarah veementemente desaprovava, e que Lucy, é claro, adorava de paixão).

– Ela deve ter recobrado o fôlego – observou Sarah.

– Fico feliz em ouvir isso – disse Jean. – Porque se você estivesse cansada eu não poderia dar seu presente.

Lucy imediatamente ficou atenta.

– Que presente?

Jean colocou a mão em concha em torno da orelha, como se ouvisse vozes distantes.

– Você está escutando um latido? Por acaso há um cachorro na sua casa?

Lucy certificou-se com a mãe, para o caso de haver um cachorro sobre o qual ninguém houvesse lhe falado.

– Não que eu saiba – disse Sarah.

– Talvez esteja vindo daqui. – Jean girou sua pochete extragrande, uma engenhoca elaborada, com múltiplos compartimentos e acessórios para carregar duas garrafas d'água e uma lanterna, para que a abertura principal ficasse voltada para a frente. Sarah não sabia que diabo dera nela para usar uma coisa tão grande e desajeitada assim na bunda.

– Ai, meu Deus. – Jean baixou devagar o zíper. Com um floreio, colocou a mão lá dentro e retirou um pequenino e lindo *husky* siberiano com uma plaquinha em forma de coração pendurada numa das orelhas. – Olha só o que eu encontrei.

– Um bonequinho Beanie! – Lucy gritou, como se tivesse que avisar toda a vizinhança.

– O nome dele é Nanook – disse Jean. Lucy emitiu um pequeno gemido de alegria quando Jean colocou o cachorro sobre suas mãos em concha.

– Você não precisava fazer isso – disse Sarah.

– Comprei um para Tyler – explicou Jean. Tyler era seu neto de quatro anos de idade que morava em Seattle. Ela só o via duas vezes por ano, mas falava sobre ele diariamente, e começava a comprar seus presentes de Natal em abril. – E sei que Lucy também coleciona esses bichinhos.

– Que gentileza. – Sarah virou-se para a filha. – Diga obrigada a Jean.

– Bigada, Jean – disse Lucy, com seu tom de voz mais suave e doce. Havia uma expressão de gratidão extática em seu rosto que fez Sarah se encolher. A impressão era a de que ela nunca recebera um único presente em sua vida.

O que diabos ele está fazendo lá em cima?, Sarah se perguntava, enquanto o relógio chegava às sete e meia e as ultrapassava. Ela não se importava com quão ocupado ele estava, era apenas uma questão de eqüidade. Ele ficara fora de casa o dia inteiro, sendo um adulto, conversando com pessoas, almoçando com clientes num bom restaurante. Será que não podia simplesmente desligar o computador e deixá-la sair para a maldita caminhada, a única coisa pela qual ela ansiava o dia inteiro? Será que não podia passar uma hora por dia com sua filha de três anos de idade? Seria pedir muito?

Pelo menos Jean não se importava. Ela estava de joelhos sobre o tapete fazia meia hora, ajudando Lucy a apresentar Nanook ao resto dos seus 27 bonequinhos Beanies. (Como ela conseguira acumular 27 bonequinhos Beanies, aliás?) Agora arrumava os animais em ordem cronológica, de acordo com as "datas de nascimento" impressas nas plaquinhas com seus nomes. Não, Jean realmente *gostava* de Lucy, fato que deixava Sarah surpresa a cada vez que via as duas juntas. Não que houvesse alguma coisa errada com Lucy, era só que Sarah não tinha o hábito de pensar em sua filha como uma criança particularmente adorável.

Não era culpa de Lucy. Ela e Sarah apenas passavam tempo demais juntas. É claro que se irritavam uma com a outra. Hoje, por exemplo, tinham ficado grudadas como gêmeas siamesas desde as 6h15 da manhã. Três refeições, dois lanches, cinco fraldas, uma ida ao supermercado (ataque de raiva na fila do caixa), algum tempo improdutivo no penico, uma visita ao parquinho do carrossel (que Sarah desprezava, mas não lhe restava outra escolha além de freqüentá-lo agora que Mary Ann a declarara *persona non grata* na Escola Rayburn), uma dúzia de livros dos Ursos Berenstein com seus chavões sufocantes e ilustrações medonhas (Lucy os adorava e não lia outra coisa), um pouco de pintura a dedo, um banho, nada de cochilo e um chilique no fim da tarde (Lucy derramou uma caixa de lápis de cera no vaso sanitário; Sarah teve que pescá-los) – esse era o resumo do dia da mamãe.

O que diabos ele está fazendo lá em cima?

Uma meia hora do programa *As Pistas de Blue* depois do almoço havia sido o único momento de que Sarah poderia ter disposto para si mesma – um tempinho para ler o jornal, telefonar para um velho amigo, talvez treinar algumas posturas de ioga – mas em vez disso ela se sentara no sofá e assistira ao programa, tendo o tempo todo fantasias com Steve, o apresentador com cara de garoto que parecia alguém com quem ela realmente poderia se dar bem se por acaso tivessem a oportunidade de se encontrar. Ele a lembrava ela própria: uma pessoa inteligente e algo passiva que de algum modo ficara aprisionada no Mundo das Crianças. Ele pronunciava as palavras com um pouco de clareza demais e fazia grandes e exageradas expressões do rosto enquanto dirigia cumprimentos forçados ao seus espectadores (*Uau! Você é mesmo esperto!*). Haviam se espalhado recentemente boatos pelo parquinho de que Steve tinha um problema com drogas, e quem poderia culpá-lo? *Ah, Steve, fuja comigo! Podemos nos esconder num cortiço qualquer e fumar* crack *durante uns dias.*

Quão patético era aquilo, fantasiar sobre um fim de semana de farra com um sujeito que usava uma camisa de rúgbi e interagia com um cachorro de desenho animado? Mas pelo menos era melhor do que pensar em Todd o tempo todo, da forma como ela pensara durante dias a fio e depois daquele ridículo beijo. Sr. Universitário Bonitão. A quem diabos ela estava enganando? Jean levantou os olhos lá de onde estava, junto aos Beanies que ela e Lucy agora arrumavam por cores.

– Eu vi a *van* da entrega hoje à tarde – disse ela. – Você recebeu os biquínis?

– Finalmente – disse Sarah.

– E então? – Jean parecia um pouco interessada demais. – Qual o veredicto?

– Ainda não tive um minuto para experimentar.

– Experimente agora. Eu adoraria ver como ficam.

– Acho que não – disse Sarah.

– Por favor – Jean franziu as sobrancelhas e deu uns tapinhas em seus quadris. – Faz muito tempo que eu passei a usar maiô com saiote. Gosto de ver como é um verdadeiro biquíni de vez em quando.

Não havia mesmo como dissuadi-la, então Sarah levou a caixa da J. Crew para o banheiro e começou a tirar a roupa, desejando jamais ter mencionado a Jean sua busca por um biquíni, em primeiro lugar. Mas não conseguira se conter. Na época – não fazia nem duas semanas – sua mente estava consumida com pensamentos sobre Todd, e falar sobre biquínis era o mais próximo que podia chegar de falar sobre ele, sem ter que mencionar seu nome e explicar as circunstâncias que haviam detonado seu súbito e desesperado desejo de visitar a Piscina Municipal.

A única coisa que a impedia era seu maiô Speedo de cinco anos de idade, que havia parecido perfeitamente satisfatório e mesmo razoavelmente macio até a manhã imediatamente posterior ao beijo, quando ela o experimentou diante do espelho e viu quão irremediavelmente feio ele era. Após o momento que tinham vivido, seria um insulto apresentar-se a Todd num antiquado maiô inteiro azul com tufos de pêlos pubianos indisciplinados encaracolando-se ao redor da virilha (os pêlos eram um assunto distinto do maiô, é claro, mas isso não ajudava). Ela pensou em aparecer na piscina com roupas comuns, ou usando algum tipo de vestido ou camiseta larga por cima do Speedo, mas não achava que a fantasia que estava tendo permitisse meias medidas. A questão era usar uma roupa de banho e ficar bonita nela, de algum modo se fazer digna do cenário ao qual estava se apresentando como voluntária.

Levou Lucy até a loja Filene's na manhã seguinte, mas foi um desastre. Lucy detestava fazer compras, e Sarah passava mais tempo certificando-se de que não perdia contato visual com a filha do que vendo as roupas de banho. Quando finalmente selecionou uma, arrastou Lucy para a cabine e lhe disse para ficar quieta enquanto experimentava os biquínis sobre sua calcinha de algodão de corte generoso, que não parava de ficar aparecendo por baixo e estragando o efeito, não que houvesse muita coisa para estragar. O primeiro biquíni ajustou-se perfeitamente aos seus quadris e à cintura, mas parecia três tamanhos maior na parte de cima. O segundo ficou bem ao redor do peito, mas pendurava-se de sua bunda como uma sacola. Ela achou que o terceiro ficou bem – era um maiô inteiro preto, com uma cava ousada e uma série de cortes ovais subindo pelo lado –, mas quando deixou a cabine para pedir a opinião da vendedora diante do espelho triplo, a mulher hesitou durante muito tempo antes de responder.

– Eu não usaria – disse ela, finalmente.

Sarah voltou para a cabine deprimida, apenas para descobrir que Lucy desaparecera. Tentando não entrar em pânico, ela começou a chamar o nome de sua filha em voz alta. Quando não obteve resposta, verificou em todas as cabines próximas, abrindo portas e espiando por baixo das que estavam trancadas, arrancando olhares indignados de mulheres em vários estágios de nudez.

– Você viu uma garotinha? – perguntava. – Ela está com um Band-Aid no joelho.

Então, do nada, ela se lembrou dos cartazes – *Há um pervertido entre nós!* – e entrou em pânico. Ainda vestindo o maiô, a etiqueta com o preço pendurada junto à coxa direita, ela saiu num ímpeto da cabine e começou a correr de um lado para o outro pelos corredores da loja, descalça, chamando, "Lucy? Onde você está?". Sempre que os outros clientes olhavam para ela com a perplexidade que merecia, ela agarrava a cabeça e se lamentava: "Perdi minha filha!" Imaginava Ronald James McGorvey dando uns tapinhas na cabeça da menina e oferecendo-se para lhe comprar uma casquinha. Lucy adorava sorvete.

– Lucy? Onde você está?

Na seção dos equipamentos eletrônicos, ela foi abordada por um jovem segurança negro que a segurou pelos ombros e lhe disse que por favor se acalmasse. Explicou-lhe que sua filha estava a salvo, e esperando junto às caixas registradoras.

– Estamos tomando conta dela – disse ele. – Então por que a senhora não volta ao vestiário e veste suas roupas?

Quando ela contou a história para Jean naquela noite, omitiu a parte sobre Lucy ter se perdido. Apenas falou sobre como era difícil comprar um maiô em condições ideais, e ainda mais com uma criança a tiracolo.

– Eu realmente preciso de um novo – disse ela, alarmada pelo nível de emoção em sua voz. – O antigo já não serve mais.

– Por que você não pede simplesmente alguns de um catálogo? – Jean sugeriu. – É o que a minha nora faz. Você pode experimentá-los em casa, quando Lucy estiver dormindo, e devolver os que não servirem. Isso poupa um bocado de trabalho.

Depois de usar maiôs lisos de corte simples durante a maior parte de sua vida adulta, Sarah ficou desnorteada com a cornucópia de estilos e cores que constavam do catálogo. Os biquínis estavam de volta, aparentemente, com numerosas variações sobre o tema básico – tomara-que-caia, tops tipo regata, sutiã com armação, mais uma variedade de calcinhas, cada uma oferecendo um pouco mais ou um pouco menos na área crucial da "cobertura traseira". Uma vez ela tendo começado a analisar as opções, porém, achou reconfortante não estar restringida pelo inventário limitado disponível numa loja específica, ou inibida pelo escrutínio das outras compradoras ou das vendedoras, que jamais deixavam de levantar uma sobrancelha de desaprovação se você ficava observando por tempo demais um item que consideravam inapropriado para uma mulher de sua idade ou tipo físico.

Suas escolhas foram mais ousadas e *sexy* do que qualquer coisa que ela teria sonhado em experimentar numa loja de departamentos (ou chegar a usar em público, para dizer a verdade). Sua platéia mental enquanto consultava o catálogo era Todd e apenas Todd. Ele estava sentado sem camisa sobre uma toalha na área gramada adjacente à Piscina Municipal – todo o complexo estava misteriosamente deserto, à exceção dos dois – observando com um prazer visível enquanto ela emergia, gotejando, da parte mais funda da piscina, uma Afrodite num biquíni preto com sutiã de armação e calcinha de cintura baixa, tamanho médio ou talvez pequeno. Fez o pedido por telefone com uma sensação de excitação quase vergonhosa, a voz tremendo enquanto recitava os números do seu cartão Visa.

Mas os biquínis levaram seis dias úteis para chegar – ela deveria ter optado pela entrega rápida – e a essa altura sua febre passara. Quanto mais distante ficava do beijo em si, tão mais bizarro e inexplicável lhe parecia. Como podia ter deixado uma coisa daquelas acontecer? O que havia de errado com ela para permitir que um estranho fizesse aquilo na frente das outras mães e, sobretudo, na frente da sua própria filha? Felizmente, Lucy parecia estranhamente indiferente ao beijo, nunca o mencionava, mas mesmo assim houve momentos em que Sarah chegou a se descobrir simpatizando com Mary Ann e Cheryl e Theresa. Por que as três *deveriam* falar com ela depois do que havia feito? Como tinham explicado o fato aos seus próprios filhos?

E quem era ela para presumir que um cara como Todd pudesse querer vê-la de biquíni, mesmo que ela tivesse coragem de usar um na Piscina Municipal? Ela o imaginava franzindo a testa enquanto se aproximava, desapontado por seus seios pequenos, sentindo repulsa por aquele pequeno volume de gordura abaixo de seu umbigo. E se ele a tratasse do mesmo jeito que Arthur Maloney a tratara? O que ela faria, então?

Arthur Maloney era um *nerd* do teatro na escola, magricela, com uma pele ruim e o hábito de rir nervosamente de suas próprias piadas. Mas Sarah o vira numa produção estudantil de *A Morte de um Caixeiro-Viajante,* no outono do terceiro ano – ele era um Willy Loman estranhamente convincente aos 16 anos de idade –, e decidira que ele precisava ser seu namorado. Com pouca experiência nessa área, tentou seguir as regras da paquera da melhor forma possível dentro de sua compreensão limitada. Encarava-o obsessivamente durante as aulas de inglês – as únicas que compartilhavam – e decorou o resto do seu horário, de modo a "acidentalmente" encontrar-se com ele várias vezes por dia. Nas raras ocasiões em que conseguia trocar algumas palavras com ele, tomava o cuidado de elogiar algum detalhe de suas roupas ou lembrar de alguma coisa inteligente que ele tinha dito. Às vezes lhe perguntava se tinha planos para o fim de semana, ou se tinha visto determinado filme; mas seus sinais simplesmente ricocheteavam, como se ele estivesse envolvido por uma espécie de escudo protetor invisível.

Depois de suportar vários meses desses encontros vagamente humilhantes, a sorte de Sarah finalmente mudou na Maratona de Dança da Primavera em Benefício da Distrofia Muscular. O evento era temático, sobre os anos 1950, e Sarah apareceu com uma saia plissada, um suéter felpudo e sapato bicolor. Arthur também estava lá, parecido com o primo não tão bacana de James Dean – tinha um maço vazio de cigarro enrolado na manga da sua camiseta – mas passou a noite inteira dando em cima de Beth D'Addario, uma garota do segundo ano com peito grande e um riso maior ainda, para que o mundo inteiro pudesse saber quanto ela se divertia o tempo todo. Mas, quando Beth esnobou Arthur por um jogador de futebol, Sarah vislumbrou sua chance. Aproximou-se rapidamente – Arthur estava encolhido em sua jaqueta *jeans* no canto das arquibancadas, parecendo zangado e rejeitado – e se ofereceu para acompanhá-lo até em casa. Ele disse tudo bem, mas sem nem mesmo fingir estar entusiasmado com a idéia.

Alegrou-se um pouco durante o trajeto, porém, provavelmente porque ela a toda hora se esfregava nele enquanto falava sobre o famoso ator de cinema que seria e como a cidade organizaria uma parada em sua homenagem pela principal rua da cidade quando ele ganhasse o primeiro Oscar. Por fim, quando ela achou que o humor dele já se suavizara a um grau apropriado, fez a pergunta que estava engasgada em sua garganta durante toda a noite.

– Por que você não gosta de mim?

– Eu gosto – protestou ele.

– Não minta – disse ela. – Você acha que eu sou legal. Mas não *gosta* de mim, não como gosta de Beth.

– Eu não gosto de *Beth* – disse ele, zangado. Com o cabelo penteado para trás, Arthur parecia ainda mais desajeitado do que o habitual, mas pelo menos suas espinhas não eram tão visíveis na escuridão. – Ela é uma cabeça-de-vento.

– Você conversou com ela a noite inteira. Não conversou comigo.

– Eu nem sabia que você estava lá.

– Está vendo? – disse ela. – Se você gostasse de mim, saberia. Fiquei olhando para você a noite inteira. Não dancei, não fiz nada. Só estava esperando que você olhasse para mim.

Arthur pareceu surpreso, e depois comovido, com essa declaração.

– Sinto muito – disse ele, e para sua surpresa, abraçou-a, bem ali na Summer Street (não havia ninguém passando, mas mesmo assim). Ela teve que se esforçar ao máximo para não irromper em soluços.

– Deixe-me compensar você – disse ele.

Ele compensou-a num banco frio de metal dentro de um abrigo na estação de trem, que ficava fechada durante a noite. A intimidade de seu primeiro beijo – ela podia sentir o gosto do brócolis que ele comera no jantar – foi uma das poucas revelações genuinamente chocantes de sua vida. *Meu Deus,* ela pensou, *estou chupando a língua de Arthur Maloney... e estou gostando!* Era repugnante e excitante ao mesmo tempo, uma combinação tão devastadora que nem lhe ocorreu protestar quando ele deslizou uma de suas mãos geladas para dentro do seu suéter e apertou seu seio direito, com um pouco menos de carinho do que ela teria gostado.

– Me desculpe – sussurrou ela.

– Por quê?

– São tão pequenos. Os da Beth são muito maiores.

– Será que você pode parar de falar na Beth?

Quando ele se cansou de examinar seus peitos, tentou colocar a mão por baixo da sua saia. Ela o deteve, não por não querer que ele fizesse aquilo – não tinha certeza *do que* queria, naquele sentido –, mas porque tudo começava a parecer demasiado e demasiadamente cedo, mais do que qualquer um dos dois precisasse.

– Me desculpe – disse ela outra vez.

– Tudo bem – suspirou ele. – É melhor mesmo eu ir embora. Preciso descansar para as provas.

– Ai, meu Deus – disse Sarah. – Eu me esqueci completamente disso.

– É a prova mais importante das nossas vidas – disse ele. – Como você pode ter esquecido?

– Você me fez esquecer – ela lhe disse.

Arthur pareceu perturbado com essa declaração, como se fosse uma honra dúbia, na melhor das hipóteses, distrair alguém da prova. Mas ele a acompanhou até em casa, segurando sua mão durante todo o trajeto, e lhe deu um beijo de boa-noite junto ao gramado do jardim.

É claro que ela não conseguiu dormir depois disso, e não conseguiu nem mesmo olhar para o seu café da manhã no dia seguinte. Sentia-se fraca, quase delirante no carro com seu pai, que continuava a atormentá-la com conselhos sobre o teste que ela já ouvira mil vezes – responda aos mais fáceis primeiro, elimine as respostas obviamente erradas, jamais deixe nada em branco – enquanto Sarah tinha que se refrear para não colocar a cabeça do lado de fora da janela e gritar o nome de seu novo namorado para a cidade adormecida.

Dezenas de seus colegas de turma faziam fila do lado de fora, junto à entrada principal da escola, mas seus olhos foram diretamente para Arthur sem qualquer esforço, a conexão entre eles era forte a esse ponto. Ele estava de pé próximo ao início na fila, envolvido no que parecia ser uma conversa séria com seu melhor amigo, Matt. *Ele está falando de mim,* pensou Sarah, orgulhosa, e caminhou direto até eles sem ter que pedir permissão, como uma namorada faria.

– Lúgubre – disse Matt.

– Lastimável – respondeu Arthur. – Melancólico.

Ela escolheu esse momento para lhe dar um tapinha no alto das costas.

– Estou tão feliz – anunciou ela. – Não consigo parar de sorrir.

Arthur encarou-a por alguns segundos, como se estivesse tendo dificuldades em se lembrar de seu nome. Barbeara-se naquela manhã, e sua pele estava salpicada de sangue.

– Podemos falar sobre isso mais tarde? – perguntou ele. – Estou meio ocupado agora.

Virou-lhe as costas – estava usando a mesma jaqueta *jeans* da véspera –, e ela compreendeu, tão claramente quanto se ele lhe tivesse dado um soco no estômago, que já não tinha mais um novo namorado.

As portas se abriram e Sarah seguiu o resto do rebanho para dentro. Mas tudo em que conseguia pensar enquanto preenchia os quadradinhos com seu lápis número dois era o que tinha dado errado. *Eu não era bonita o suficiente? Eu beijei mal? Devia tê-lo deixado colocar a mão ali embaixo? Todas as alternativas anteriores?*

Por mais estranho que fosse, tudo acabou bem. Ela se saiu bem na prova, bem melhor do que esperara. E Arthur ficou com dor-de-cotovelo por causa de Beth, depois do que voltou rastejando para Sarah, que saiu com ele durante todo o verão entre o penúltimo e o último anos da escola, e em seguida teve o prazer vingativo de romper com ele na véspera do reinício das aulas, em setembro.

Isso era o que a intrigava. Arthur Maloney não tinha sido uma pessoa importante na sua vida. Na melhor das hipóteses, fora uma pequenina nota de rodapé em sua história romântica, um adolescente – e nem mesmo um adolescente bonito – que a beijou num dia e se arrependeu no dia seguinte. Ela mal chegara a se lembrar dele uma única vez que fosse desde que se formaram na escola. Por que, então, ela se perguntava, naqueles dias estranhos enquanto aguardava a entrega de seus biquínis, subitamente pensava nele o tempo todo?

O tomara-que-caia floral foi uma má idéia, isso era óbvio. Apertava seu peito como um torniquete e não tinha qualquer uma das qualidades de "valorização do busto" alardeadas no catálogo. Para não mencionar o fato de que Sarah sempre se sentia extremamente tímida com roupas floridas, como se estivesse cercada por aspas. *Olá, estou usando "flores".*

O sutiã preto de armação era mais simpático e menos embaraçoso, mas ela decerto pedira um tamanho pequeno demais. A armação enterrava-se em suas costelas sem piedade, mortificando sua carne como um espartilho de barbatana. Que estranho lembrar-se de anquinhas e saias-balão enquanto usava um artigo de vestuário tão pouco vitoriano.

Ela gostou do modelo com a parte de cima estilo regata. Era informal e ao mesmo tempo atraente, permitindo um vislumbre modesto mas ainda assim provocante da barriga. Infelizmente, a cor era completamente equivocada. Podiam chamá-lo de "pôr-do-sol rubro" se quisessem, mas na verdade era rosa. E Sarah não usava rosa.

Meu Deus, pensou ela, *o que há de errado comigo? Não uso flores, não uso rosa.* Ela reconheceu a voz repressora em sua mente, aquela que dizia não a tudo. Escondera-se ali durante toda a sua vida, refreando-a, impedindo-a de correr riscos de se libertar de padrões improdutivos.

Na pós-graduação, Sarah escrevera um artigo criticando Camille Paglia como uma "falsa feminista" por celebrar o poder sexual de umas poucas mulheres extraordinárias em vez de se focalizar na opressão patriarcal das mulheres em geral. Sentia-se particularmente irritada pela idolatria de Paglia por Madonna. O que mulheres normais – secretárias, garçonetes, donas de casa, prostitutas – tinham a aprender com uma egomaníaca rica, famosa e bonita que conseguira tudo o que jamais desejara?

Mais tarde, porém, Sarah chegara à conclusão de que tinham um bocado a aprender – ou pelo menos ela própria tinha. Madonna não dizia *Ah, não, eu não poderia usar cones no peito. Ah, não, eu não poderia posar como uma mulher nua pegando carona.* Ela simplesmente dizia sim a tudo. *Chapéus de caubói – claro! Sexo com Jesus – por que não? Maternidade – também é legal.* Quando um personagem ficava velho, ela simplesmente passava para o próximo. Sarah se deu conta de que isso era em si uma forma de liberação. Apenas temporária, e não para todo mundo, mas real o suficiente para as poucas sortudas que tinham imaginação para levá-la a cabo. E o fato era que as mulheres em geral não estavam nem perto de se libertar do controle patriarcal, então, enquanto isso, era cada uma por si.

O quarto maiô de banho que experimentou era um biquíni vermelho, da cor de uma maçã caramelada. A parte de cima era pequena demais – "sem enchimento", de acordo com o catálogo –, mas seus seios cabiam perfeitamente dentro dos dois triângulos de pano. A parte de baixo era no estilo chamado "*short* de menino", que prometia "ampla cobertura". De algum modo, a meninice do *short* despertava a feminilidade de seu corpo, acentuando as curvas de seus quadris e nádegas, enquanto disfarçava a área problemática no alto das coxas. Ela ficou surpreendentemente bem. Talvez até melhor do que isso, pelo menos para uma mulher perto dos 30 que passara por um parto.

Eu deveria usar mais vermelho, pensou ela, avaliando-se no espelho grande que ficava atrás da porta do banheiro.

Jean e Lucy levantaram juntas os olhos quando ela entrou na sala de estar e fez uma pose de modelo, uma das mãos nos quadris, a outra atrás da cabeça. Lucy apertou os olhos. Jean ficou de queixo caído.

– Uau – disse ela a Lucy. – Mamãe não está *sexy*?

Lucy pensou naquilo durante uns instantes, com um ar estranhamente reflexivo. Então fez que sim, mas havia algo de inseguro naquela afirmação, como se ela não estivesse totalmente certa de ter entendido a pergunta.

Exalando rapidamente, Jean levantou os pesos por cima da cabeça.

– Engraçado você mencionar Dostoievski – disse ela. – Estamos lendo *Crime e Castigo* no nosso grupo de leitura.

– *Crime e Castigo?* – disse Sarah, arquejante, tentando manter o passo. – Isso é bem intelectualizado para um grupo de leitura.

– Não para nós. – Jean erguia os pesos na frente do peito. – Só lemos os clássicos. No mês passado foi *Carolina.*

– Que bom – disse Sarah. – Algumas mães do parquinho tentaram me convencer a participar de um grupo no ano passado, mas tudo o que elas liam eram aqueles romances da Oprah.

– Somos professoras – disse Jean, como se isso explicasse a diferença.

– Fui a um encontro, e metade das mulheres não tinha sequer feito a leitura. Só queriam se sentar ali e conversar sobre os filhos. Eu fiz pós-graduação, entende. Não chame de grupo de leitura se você não vai falar sobre livros.

– Temos algumas discussões bastante estimulantes – disse Jean. – Você devia ir no próximo mês. Vamos ler *Madame Bovary*. Você pode ser a minha irmã caçula.

– Irmã caçula?

– Estamos tentando trazer mulheres mais jovens para o grupo. Nós as chamamos de irmãs caçulas. – Ela fez um gesto com a mão, como se não valesse a pena discutir aquilo. – Eu adoraria se você fosse minha convidada.

– Vou pensar – Sarah disse, gemendo por dentro. A última coisa que ela queria era passar uma noite conversando sobre Flaubert com um punhado de professoras de escola aposentadas. – Tenho certeza de que eu tenho uma perspectiva crítica um pouco diferente do resto de vocês.

– Mas é exatamente isso – disse Jean. – Um pouco de sangue fresco seria bom para nós.

Deram sua volta habitual de 5 quilômetros, passando pelo parque e contornando os novos condomínios, Jean levantando peso e falando sobre o grupo de leitura o tempo todo. Descreveu os outros membros com detalhes desnecessários, fazendo um esboço de seu histórico educacional e familiar, e certificando-se de não negligenciar as peculiaridades encantadoras de suas personalidades. Bridget falava três línguas e tinha viajado para *toda parte*. Alice, atraente mas muito exigente, já estava com o maridinho número três. O filho de Regina – ele sempre dava vôos altos – era diretor financeiro de uma empresa que constava da *Fortune 500*. Josephine era muito engraçada e muito dogmática, mas sua memória já não era mais o que costumava ser. Laurel só aparecia durante o verão e o outono. No resto do ano, ela era uma esposa abandonada pelo marido jogador de golfe em Boca Raton, na Flórida.

– Tentei fazer com que Tim começasse a jogar golfe – ela disse, enquanto dobravam a esquina de sua rua –, mas ele não quis. Está ocupado demais sentado em casa o dia inteiro deixando seu cérebro se transformar em mingau. É difícil de acreditar, mas há vinte anos ele era considerado um homem encantador e inteligente.

Depois que Jean começava a falar sobre seu marido, era difícil fazê-la parar. Várias de suas caminhadas terminavam com Sarah convidando Jean para entrar e tomar um copo de água gelada, e então tendo que ouvir, como uma terapeuta, uma hora de reclamações sobre as dificuldades de Tim para lidar com a aposentadoria. Naquela noite, porém, Sarah foi salva daquela experiência penosa por um acontecimento surpreendente: Theresa, do parquinho, estava sentada no alpendre de sua casa, obviamente esperando para falar com ela.

– Você vai ter que me desculpar – disse Sarah. – Acho que tenho visita.

Sarah não tinha visto nenhuma das outras mães desde o dia em que beijara Todd. Tinha voltado ao parquinho da Escola Rayburn no dia seguinte, e nas duas manhãs depois dessa, mas todas as vezes as freqüentadoras habituais estavam ausentes, a mesa de piquenique vazia e acusatória. Elas não teriam sido mais claras se lhe tivessem enviado uma carta registrada.

Ela não se importava com Mary Ann ou Cheryl; era mais feliz com as duas fora de sua vida. Mas sentia falta de Theresa – sempre tinham tido uma conexão especial – e andara pensando em lhe telefonar e tentar se explicar. E agora ali estava ela, sua própria presença uma espécie de perdão implícito. Sarah sentiu seu rosto se abrir num sorriso involuntário enquanto se dirigia à entrada da frente.

– Uau – ela disse. – Veja quem está aí.

– Espero que você não se importe – disse Theresa. – Seu marido disse que devia voltar a qualquer minuto.

– É bom ver você. Quer uma xícara de chá ou alguma outra coisa?

Theresa balançou a cabeça.

– Só posso ficar um minuto. Queria apenas avisá-la. Sabe aquele sujeito, o tarado? Ele tem andado de bicicleta perto do parquinho, reparando nas crianças.

– Ai, meu Deus – disse Sarah. – A polícia sabe?

– Não há nada que eles possam fazer. Ele não está quebrando nenhuma lei. – Ela riu amargamente. – Acho que estão esperando que ele mate alguém. Só pensei que você devia saber. Acho que todos temos que redobrar nossos cuidados.

– Obrigada. Isso foi legal da sua parte. – Sarah hesitou por um momento. – Tem certeza de que não quer um pouco de chá?

– Acho que não.

– Vamos lá, só um minuto.

Theresa se levantou.

– Me desculpe, Sarah. Não acho que seja uma boa idéia.

– Eu não pretendia beijá-lo – Sarah falou sem pensar. – Não sei nem mesmo como foi que aconteceu.

Theresa deu de ombros, como se aquilo tudo fosse uma história muito antiga.

– É melhor eu ir para casa – ela disse, dando um tapinha gentil no braço de Sarah ao passar. – Mike vai ficar preocupado.

Depois que ela foi embora, Sarah ficou sentada na varanda durante algum tempo, vendo os vaga-lumes voarem sobre o gramado e sentindo-se uma idiota. Pensara que Theresa tinha vindo para pedir desculpas, ou para rir junto com Sarah sobre que pessoa insuportável Mary Ann às vezes era. Achou que as duas iam fazer as pazes, beber um pouco de chá, pensar numa maneira de voltar a ser amigas. Mas ela só tinha vindo para lhe falar de um tarado de bicicleta.

Desejou ter pensado em filar um cigarro quando teve a oportunidade, porque naquele momento nada mais havia a fazer exceto se levantar e entrar para encontrar Richard, e ela ainda não estava pronta para aquilo. Ainda não o tinha desculpado pela forma como ele a tratara quando finalmente desceu do escritório. Simplesmente entrou na sala de estar, com a camisa para fora da calça e aquela expressão vidrada com que ficava depois de passar tempo demais diante do computador, e lhe disse que ela podia sair para andar. Estava olhando diretamente para ela ao dizer isso, mas era como se nem mesmo conseguisse vê-la, como se ela não estivesse de fato de pé a meio metro de distância dele e usando um biquíni vermelho que se ajustava em seu corpo como um sonho.

ONDE DIABOS VOCÊ ESTAVA?

Os panfletos de Larry funcionaram direitinho. Em algumas semanas, a presença de Ronald James McGorvey em Bellington tinha se tornado foco de uma comoção cívica. Numerosos artigos sobre o assunto apareceram nos jornais locais e regionais; foi até publicado um texto curto no *Eyewitness News* sobre "resistência popular contra maníacos sexuais em comunidade suburbana habitualmente apática".

Quanto mais Todd descobria acerca de McGorvey através dessas notícias, mais ele começava a entender a raiva de Larry, e a compartilhar dela. McGorvey tinha sido preso três vezes por se exibir para menores de idade, e uma vez por agressão sexual obscena (essa acusação tinha sido removida por razão não-especificada). Mas a parte realmente perturbadora da história era o crime pelo qual ele não tinha sido preso.

Holly Colapinto era uma menina de nove anos de idade, de Green Valley, que desaparecera enquanto caminhava de casa para a escola num dia de primavera, em 1995. O que havia acontecido com ela era pura conjectura. Ninguém a vira entrando no carro ou conversando com quem quer que fosse. Seu corpo não tinha sido encontrado. Ela havia, como os jornalistas gostavam de dizer, "simplesmente desaparecido".

O zelador de sua escola, Ronald James McGorvey, foi logo identificado como suspeito principal, por palpite da mãe de Holly. Sra. Colapinto disse que a garota reclamara várias vezes do "jeito assustador" com que o porteiro olhava para ela. Disse que ele também tinha a mania de entrar sem pedir licença no banheiro feminino, supostamente para lavar o chão ou colocar mais toalhas de papel, enquanto Holly estava ali. Sra. Colapinto relatara sua preocupação às autoridades da escola, que haviam dito ter feito uma severa advertência a McGorvey, para que fosse mais cuidadoso.

Investigadores que interrogaram o zelador disseram que ele não tinha qualquer álibi para o horário do desaparecimento da menina. Morava sozinho e não fora trabalhar naquele dia, dizendo estar passando mal. Ele alegava ter ficado cochilando em seu apartamento durante toda a tarde, mas nenhuma testemunha podia garantir seu paradeiro até a manhã seguinte, quando apareceu para o trabalho na Escola Elementar Sagrado Redentor no horário habitual.

McGorvey insistiu firmemente em sua inocência. Cooperou com a polícia, e mais tarde com o FBI, submetendo-se a interrogatórios sucessivos sem a presença de um advogado e até mesmo passando por um teste com um detector de mentiras, cujo resultado foi descrito por uma fonte ligada à polícia como "ambíguo". Mas no fim não havia nada que qualquer um pudesse fazer: sem um corpo não havia crime, tecnicamente falando, só um caso não resolvido de desaparecimento. Finalmente, a história esfriou e desapareceu de vista.

Mas as pessoas em Green Valley nunca deixaram de acreditar que McGorvey era culpado de assassinato, e decidiram tornar a vida para ele tão desagradável quanto possível. As fontes entrevistadas para esse capítulo da saga não eram capazes de dizer muita coisa quanto a detalhes completos.

– Não era uma coisa só, significativa – um homem explicou. – Eram várias coisinhas. Para lembrar a ele de que não era bem-vindo aqui.

– As pessoas telefonavam para ele e lhe diziam o que pensavam a seu respeito – uma mulher recordou.

– Não acho que alguém o tenha ameaçado realmente – disse o chefe de polícia. – Pelo menos não que eu saiba.

Seis meses depois do desaparecimento de Holly, McGorvey largou o emprego na escola elementar e voltou para Bellington, para morar com sua mãe. Dois anos depois, foi preso pelo incidente com a bandeirante, e sentenciado a três anos na prisão estadual. E agora estava de volta.

Como resultado a toda a atenção, o prefeito de Bellington convocou uma reunião municipal de emergência. A coisa era mais séria do que Todd se dera conta; as ruas que levavam à escola estavam tão cheias de pais e mães naquela tarde quente de verão quanto ficavam cheias de crianças numa manhã de setembro.

Larry pedira explicitamente que Todd usasse sua camiseta e seu *short* de Guardião na reunião – era noite de treino, de qualquer modo – e assim ele não ficou tão surpreso ao encontrar seus colegas de time reunidos do lado de fora da entrada principal, todos vestidos exatamente como ele. Ficou um tanto surpreso, porém, quando Larry os fez marchar para dentro do auditório em fila indiana, e então os alinhou no poço da orquestra, os oito separados por espaços regulares de uma extremidade do palco à outra, como homens do Serviço Secreto protegendo o presidente. Larry os instruíra a cruzar os braços diante do peito, e a não sorrir, mesmo no caso improvável de alguém dizer alguma coisa engraçada.

Todd foi colocado à direita, entre Tony Correnti e DeWayne Rogers, sendo que ambos haviam adotado posturas de pernas abertas e expressões que de algum modo combinavam prontidão e serenidade. Tentou imitá-los, mas não era fácil. Sentia-se perseguido pela inibição do impostor, um adulto brincando de se fantasiar.

Nas duas semanas anteriores, a filiação de Todd aos Guardiões havia se solidificado, tornando-se um fato consumado, embora ele ainda não sentisse que merecia a total confiança que seus colegas de time. Comparecera a mais dois treinos, e ambos tinham sido experiências extenuantes – um bocado de exercícios e condicionamento físico, seguidos por um feroz treino com bola. Quando o treino terminou, porém, ninguém além de Larry deu-lhe um tapinha nas costas ou sugeriu saírem para tomar uma cerveja. O máximo que obteve dos outros caras foi um polido cumprimento com a cabeça ou um aceno relutante com a mão. Eles eram policiais, e ele não; era bem simples.

Todd se inclinou na direção de DeWayne, que considerava um aliado potencial.

– Por que estamos aqui em cima? – ele sussurrou.

DeWayne deu de ombros, como se não soubesse e não se importasse.

– A gente tem que estar em algum lugar – ele respondeu.

O auditório estava lotado – Todd reconheceu vários rostos dos vários parquinhos que ele e Aaron haviam visitado ao longo do último ano e meio –, e parecia haver um sentimento geral em meio à multidão de que você não estaria cumprindo com seu dever de cidadão e pai se não se mexesse para expressar sua enérgica desaprovação dos maníacos sexuais e exigisse saber o que a cidade faria para garantir a segurança das crianças de

Bellington e prevenir qualquer ulterior desgaste do valor dos imóveis do bairro.

– Talvez vocês devessem colocar uma nova placa – um homem furioso sugeriu, arrancando aplausos entusiásticos. – Você está chegando a Bellington. Cidade Amiga dos Pervertidos!

As autoridades oficiais no palco – o prefeito, o chefe de polícia e o psicólogo da escola – continuavam pacientemente a dar o mesmo conselho sucessivas vezes. Podemos proteger nossas crianças certificando-nos de que sabemos exatamente onde e com quem estão a cada momento do dia. Não mande uma criança pequena ao mercado, e nem mesmo à casa de um vizinho, logo abaixo na rua, sem companhia. Mas tome essas precauções calmamente, sem criar uma atmosfera de pânico. A infância deve ser um período de inocência, não de ansiedade. De sua parte, o departamento de polícia vai aumentar a vigilância dos jardins públicos e parques, e monitorar de perto as atividades de McGorvey.

Após cerca de meia hora ouvindo isso, a mente de Todd começou a divagar. Ele se descobriu pensando em Kathy e sua reação estranhamente silenciosa à notícia – ele sentira haver chegado a hora de lhe dizer a verdade – de que ia a um treino de futebol americano depois da reunião municipal.

– Treino de futebol? – ela perguntou. – Do que você está falando?

– Os Guardiões. – Ele apontou para a própria camiseta, que Larry deixara em sua casa naquela tarde. – Sou o novo *quarterback*. É por isso que tenho chegado em casa tão tarde nas noites de quinta.

– Achei que tinha se associado ao comitê dos pais.

– Foi o que fiz. São os mesmos caras. Somos uma espécie de mistura de time de futebol e vigilantes. Acho que eu deveria ter explicado um pouco mais claramente.

Kathy não se aborreceu. Apenas ficou balançando afirmativamente a cabeça durante um tempo um pouco mais longo do que o necessário, como se ele tivesse confirmado algo em que ela andara pensando.

– Preciso de alguma coisa... *física* em minha vida no momento – ele continuou, em resposta à pergunta que ela não fizera. – Tenho me sentido meio deprimido.

– Tudo bem – ela disse. – Como você achar melhor.

Talvez ela só esteja cansada, ele pensou. Tem trabalhado até tarde no Hospital dos Veteranos de Guerra, entrevistando os sobreviventes mais idosos da campanha brutal nas ilhas do Pacífico, e estava profundamente tocada com suas histórias. *Quais* exatamente eram essas histórias, Todd não tinha a menor idéia, porque ela não conversava com ele a respeito. Naqueles dias, ela mal conversava com ele sobre o que quer que fosse além de Aaron. Aaron e a prova da Ordem.

Havia perigo à vista, Todd sabia muito bem, como se eles estivessem dirigindo em direção a um penhasco íngreme, em baixa velocidade, num carro sem freios. Kathy parecia ter fabricado a idéia de que tudo ficaria bem, uma vez Todd tendo passado na prova da Ordem. Ele conseguiria um emprego com um excelente salário como associado numa firma importante, numa cidade grande; finalmente conseguiriam comprar uma casa. Ela terminaria seu documentário, então tiraria algum tempo de folga para ficar com Aaron. Depois de um breve período, eles poderiam começar a pensar em engravidar de novo.

Era um cenário agradável, exceto pelo fato de se basear tão explícita e inflexivelmente na condição de que Todd passasse na prova da Ordem. Não que ele *não pudesse* passar. Conseguira concluir a faculdade de direito, não conseguira? Apenas andava tendo um pouco de dificuldade para se concentrar, nos últimos dias.

Talvez eu pudesse ser um policial, ele pensou, olhando de soslaio para DeWayne. Havia algo de tangível e de excitante naquele trabalho que o atraía, caçar ladrões e os derrubar no meio de uma rua movimentada. *Ou talvez bombeiro.* Isso seria legal. Que carga de adrenalina devia ser entrar num prédio em chamas, ou descer a escada com um bebê em seus braços. Mas por que ele não pensara nisso um bom tempo atrás? Por que sempre lhe parecera uma boa idéia vestir um terno todas as manhãs e passar o dia pesquisando direitos autorais ou pensando em formas de explorar brechas no código fiscal? Que tipo de vida era aquela para um homem adulto?

Pensou em Sarah também, mas só de passagem, só o tempo suficiente para notar sua ausência quando viu suas três amigas do parquinho avançando pelo corredor central do auditório numa formação triangular, a rainha da *lycra* na frente, suas duas sombras a acompanhando a uma distância respeitosa.

Quase um mês se passara desde o beijo no parquinho, e o ocorrido já não ocupava um lugar central em seu universo mental. Ele ainda ficava atento para ver se encontrava Sarah na piscina e no supermercado, mas fazia isso mais por hábito do que por urgência, e sem qualquer expectativa real de vê-la outra vez. Quando se lembrava dela agora, era com uma pontada desesperançada, mas ainda assim um tanto agradável de melancolia, como se ela fosse alguém que ele conhecera brevemente havia muito tempo – uma aventura de uma noite durante a faculdade, digamos –, que entrara em sua vida e dela saíra no curso natural dos acontecimentos, sem dizer adeus ou fazer uma promessa insincera de manter contato.

Talvez tenha sido por isso que levou tanto tempo para reconhecê-la quando ela colocou a cabeça dentro do auditório, mais ou menos na metade da reunião. Ele registrou que alguém chegava, mas só da forma mais geral possível: uma quebra na monotonia, uma mulher jovem e algo atraente parada junto à porta, estudando o cenário com uma expressão incerta, como se tivesse entrado ali por acaso. Quando ele finalmente se deu conta de quem era – isso aconteceu quando ela entrou no salão, alguma coisa familiar em sua forma de andar, ou talvez apenas as proporções de seu corpo –, foi com a decepção inevitável que você sente ao ver alguém em carne e osso depois de ter passado um tempo um pouco longo demais visualizando-a mentalmente. Mais tarde ele chegou à conclusão de que eram sobretudo suas roupas que não lhe agradavam. Ela se vestia de forma totalmente equivocada. No parquinho, parecia infantil e desleixada em sua calça pescando siri e camiseta maltrapilha, o cabelo desordenadamente crespo, como se ela tivesse enfiado o dedo numa tomada antes de sair de casa. E agora ali estava ela, toda arrumada como uma mulher adulta indo para um encontro romântico, saia preta longa, regata branca justa, cabelos presos atrás e talvez – ele não era capaz de dizer àquela distância – até um pouco de batom.

Havia alguns assentos vagos nas primeiras filas, mas ela ou não os viu ou não queria chamar atenção descendo pelo corredor central no meio da reunião, de modo que preferiu ficar de pé junto à parede dos fundos, onde um punhado de gente atrasada criara uma espécie de imagem espelhada dos Guardiões. Ela olhou para o palco durante alguns segundos, depois sussurrou algo para o homem de pé ao seu lado. Ele respondeu; ela fez que sim e voltou a olhar para a frente.

Ele sentiu uma conexão palpável quando seus olhos se encontraram, uma sensação que ficava em algum lugar entre a surpresa e a emoção, e ela também devia tê-la sentido, porque seu corpo subitamente recuou, quase como se um par de mãos invisíveis a tivesse empurrado de encontro à parede. E então ela lhe dirigiu aquele olhar, aquele olhar inquisitivo e magoado que parecia dizer: *Onde diabos você estava?* Todd sentiu uma momentânea pontada de culpa, como se soubesse onde encontrá-la e tivesse deliberadamente evitado ir até lá. A única resposta que conseguiu lhe dar foi um pequeno e apologético encolher de ombros, embora não tivesse a menor idéia do porquê daquele pedido de desculpas.

A rainha da *lycra* se levantou para falar naquele exato instante. Ela também estava vestida como quem fosse sair à noite, de calça preta justa e uma blusa de seda num tamanho maior do que o seu. Sua postura era de ataque, mas sua voz em público parecia incongruentemente suave, livre daquele tom áspero de comando que costumava estar presente no parquinho.

– Meu nome é Mary Ann Moser – ela disse, lendo anotações numa ficha. – O que eu gostaria de saber é se alguém na prefeitura está investigando estratégias legais para obrigar o Sr. McGorvey a ir embora de Bellington. Por exemplo, será que o fiscal de construção civil não conseguiria encontrar algumas violações no código e condenar a casa dele? Será que a cidade não conseguiria encontrar um modo de desapropriá-la? – ela hesitou, e Todd pôde vê-la tentando malsucedidamente conter um sorriso. – Se não, será que não podemos simplesmente nos livrar dele?

A multidão irrompeu em aplausos barulhentos, uma óbvia gratificação para Mary Ann Moser. Todd se voltou para Sarah, rolando os olhos numa expressão de desdém que esperava espelhar a sua, apenas para descobrir que ela desaparecera, seu corpo substituído por uma mancha altamente carregada de espaço vazio na parede. Seus olhos correram para a porta, bem a tempo de vê-la se fechando com um estalo.

Hesitou apenas um segundo antes de decidir ir atrás dela. Não queria passar mais um mês sem vê-la outra vez, sem poder lhe perguntar por que ela olhara para ele com tanta angústia, como se ele tivesse feito algo para magoá-la. Pensou que podia se esgueirar discretamente pela porta lateral sem chamar demasiada atenção, mas só dera um passo ou dois naquela direção quando Tony Correnti o agarrou pela parte de trás da gola da camiseta, do modo como um pai talvez segurasse uma criança prestes a correr para uma rua movimentada.

– Ei – Correnti sussurrou. – O que é que cê tá fazendo? Não pode ir embora agora.

Todd começou a explicar, mas a expressão no rosto de Correnti fez com que parasse. Voltando à formação, cruzou os braços sobre o peito e ficou olhando inexpressivamente para o espaço vazio, como tinha sido instruído a fazer.

Todd notou o cheiro no instante em que entrou na *van* de Larry. Não era o tipo de coisa que desse para não notar. Verificou as solas dos seus tênis, mas estavam limpas.

– Foi uma boa reunião – Larry proclamou, enquanto se esgueirava para o assento do motorista. Levantou uma das mãos para que Todd pudesse cumprimentá-lo. – Finalmente conseguimos a atenção deles.

– Mas demorou um pouquinho demais – Todd observou, falando com a voz de alguém que ou não quer ou não consegue respirar pelo nariz. – Achei que não fosse acabar nunca.

A sessão de perguntas e respostas continuou por mais uma hora depois que Sarah saiu, e Todd ainda não conseguia acreditar que ficara na frente do palco feito um soldadinho bem-comportado o tempo todo. Devia simplesmente ter dito a Correnti para cuidar de sua própria vida e ido atrás dela, mas em vez disso obedecera sem uma única palavra de protesto, como se aquele time idiota de futebol americano fosse mais importante para ele do que uma mulher que beijara e com quem precisava falar. Onde ele aprendera a ser esse cordeirinho? O cheiro na *van* intensificou-se até ficar parecendo uma acusação de covardia, um comentário cósmico sobre sua falha em aproveitar o momento.

– Foi um passo – Larry disse, alegre. – Um primeiro passo realmente bom. Agora basta a gente continuar fazendo pressão.

Todd abriu a janela assim que Larry ligou o motor, mas não adiantou muito.

– Detesto ter que dizer isso, Larry, mas tem alguma coisa que não está cheirando muito bem por aqui.

– Não brinca – Larry respondeu.

– Conferi os meus sapatos – disse Todd. – Não sou eu.

– E eu também não sou – Larry garantiu. – É o saco de cocô de cachorro que estou levando lá atrás.

A caminho de casa depois do treino, Larry tomou o desvio habitual para Blueberry Court. Uma semana antes ele pintara com tinta *spray* as palavras Molestador de Crianças em letras fluorescentes na entrada da casa de McGorvey. Na semana anterior a essa tinha se plantado no meio do gramado da frente e jogado uma dúzia de ovos na casa, incluindo dois que explodiram contra a janela panorâmica. Todd estava sentado na *van* nas duas ocasiões – Larry não pedia que ele o ajudasse no trabalho sujo –, observando o vandalismo numa silenciosa desaprovação. Aquilo lembrava seus dias de faculdade, quando seus amigos faziam brincadeiras idiotas em sua presença sem esperar que ele participasse ou sequer aprovasse. Simplesmente lhes parecia importante que ele ficasse olhando quando eles colavam um vaso de flores na cabeça de um cachorro com Super Bonder ou jogavam dardos na bunda de um bêbado.

Todd não tinha que estar ali, sabia muito bem disso. Podia ter ido embora para casa andando, ou usar seu próprio carro para ir ao treino e voltar. Mas em vez disso continuava sendo passageiro e camarada supostamente relutante de Larry. Às vezes dizia a si mesmo que estava vigiando seu colega de time, certificando-se que ele não fizesse alguma coisa *realmente* insana. Em outros momentos, se perguntava se não era apenas um covarde, se seus sentimentos reais para com Larry envolviam um pouco mais de admiração do que ele queria admitir.

– Pode pegar a sacola para mim? – Larry perguntou. – Está no chão atrás de você.

O cocô de cachorro estava numa sacola plástica de supermercado, com um nó no alto. Estava pesado, como que cheio demais, feito um saco repleto de lama.

– Nossa, Larry. Este troço está pesando uma tonelada.

– Tenho um amigo na Humane Society. Há um pouco de fluido de isqueiro no porta-luvas.

Larry não fazia tudo às pressas, não agia como um homem numa missão furtiva ou ilegal. Caminhou até o alpendre da frente da casa de McGorvey como um carteiro fazendo uma entrega. Colocou o saco no chão, calmamente encharcou-o de fluido de isqueiro e depois colocou fogo com um fósforo. Espirrou um pouco mais de fluido na sacola para garantir – as chamas crescendo, depois diminuindo, exatamente como num churrasco – e em seguida tocou a campainha várias vezes antes de voltar à *van* e entrar nela. Ficaram exatamente onde estavam, observando do meio-fio a porta se abrir.

Não foi McGorvey, porém, que apareceu na entrada, iluminada pelas chamas que se apagavam, mas ainda assim eram pestilentas. Foi uma senhora idosa de camisola, segurando numa das mãos uma xícara de café. Ela ficou de pé ali por alguns segundos, registrando a situação, depois calmamente fechou a porta, como se uma fogueira de cocô no seu capacho fosse algo com que você precisasse conviver, algo que acontecia todos os dias.

PARTE DOIS

MADAME BOVARY

DIÁRIO SEXUAL

RICHARD JÁ TINHA DEIXADO PARA TRÁS A CULPA. ATÉ MESMO A excitação – a dolorosa indecisão e a alucinada expectativa das últimas semanas – já tinha mais ou menos cumprido seu trajeto. O que sobrara, agora que ele dera o que pouquíssimo tempo atrás parecia um passo inimaginável, era uma calma sensação de distanciamento, como se estivesse observando a si mesmo de uma grande distância, se perguntando se haveria alguma chance de parar antes de fazer alguma coisa da qual pudesse se arrepender.

Mas ele também sabia que estava além de suas forças parar, agora que chegara tão longe. Além disso, se havia uma coisa que a vida lhe ensinara, era o ridículo de entrar numa guerra contra seus próprios desejos. Você sempre perdia no fim, de modo que o interlúdio de luta e esforços jamais representava outra coisa além de tempo perdido. Era muito mais eficiente ceder logo de início, cometer seus erros e seguir em frente com o resto da sua vida.

A ironia, é claro, estava no fato de que ele resistira arduamente às suas próprias inclinações neste caso. Torturara-se sobre que decisão tomar durante semanas, basicamente porque não conseguia aceitar a realidade de seus desejos. Dia após dia rira de si mesmo, dizendo: *Você não quer isso. Não é possível que você queira isso. Você não é do tipo de maluco que pede pela Internet uma calcinha usada.*

Ele era um homem casado, afinal de contas. Se queria pôr a mão numa calcinha usada, bastava procurar no cesto de roupa suja, no banheiro. Mas as calcinhas que podiam ser encontradas com facilidade não tinham para ele qualquer interesse erótico. Eram apenas a roupa de baixo suja de sua mulher. A calcinha fio-dental que recebera pelo correio naquela tarde – uma tirinha de seda branca decorada com *pois* verde-limão, para ser exato – era um tipo diferente de vestimenta, usada por um tipo diferente de mulher, e Richard não poderia tê-la achado mais fascinante.

No momento, a calcinha ainda estava guardada num saco de plástico Ziploc, desses usados para congelar comida – ele ficou absolutamente deliciado por esse estranho toque doméstico –, do tipo que tem uma barra branca logo abaixo do fecho. Nessa barra, onde o usuário deveria identificar a comida dentro do saco e a data em que fora congelada, estava a seguinte mensagem, escrita em letras cursivas grandes e coquetes: "Usada por Kay, a Sacana, 2/6/01. Bom proveito!!!" Lá dentro, junto com sua compra, estava um envelope contendo uma foto de Kay, a Sacana, usando a calcinha, e um registro detalhado de sua atividade sexual no dia em que a usara. Richard sabia de tudo isso sem abrir o saco ou o envelope; tinha tido uma longa correspondência por e-mail com Kay antes de fazer o pedido, e ela o conduzira passo a passo ao longo do processo. A única coisa que não lhe tinha dito era aquilo que não podia ser posto em palavras, o mistério que estava prestes a lhe ser revelado.

Podia imaginar facilmente o que as pessoas diriam se pudessem vê-lo agora: exatamente a mesma coisa que diriam se alguém dissesse que Ray, do trabalho, era um travesti, ou que seu vizinho

Ted fazia sexo com *gays* em paradas de beira de estrada. Haveriam de balançar a cabeça com a habitual combinação de pena, hilaridade e presunçosa superioridade, dizendo: *Ha-ha-ha, pobre Ray. Ho-o-ho, pobre Ted. Pelo menos eu não sou assim. Mas ninguém escolhe o que quer,* Richard pensou, *e não há muito o que podemos fazer a esse respeito.*

Deu uma olhada rápida para a tela do seu computador. Numa caixa retangular que ocupava pouco mais da metade do espaço disponível estava uma de suas imagens favoritas de Kay, a Sacana. Ela estava sentada nua diante de seu próprio computador – e se você olhasse atentamente, podia ver que a imagem na tela de Kay era idêntica à sua – e sorria por cima do ombro com aquela expressão de amigável cumplicidade que sempre o deixava sem defesa. *Ei,* ela parecia estar dizendo, *isso não é divertido?* Richard ficou satisfeito em notar que suas mãos estavam quase completamente firmes quando abriu o saco e enfiou o rosto lá dentro.

Tropeçara em kayasacana.com quase dois anos antes, enquanto fazia pesquisas para um cliente. Richard trabalhava para uma firma de consultoria especializada em *marketing* e *branding* – ele próprio era especialista em nomes de companhias e produtos – e estava tentando uma abordagem inteligente para "Y2K",* frase que esgotara seu potencial antes da chegada do novo milênio. Enquanto compilava uma lista de nomes de domínios que usassem alguma combinação das três partes da expressão – incluindo a vocalização da letra *k, kay* –, descobriu-se contemplando uma foto digital de uma mulher, não particularmente jovem nem

* A letra Y representa *year,* "ano", e 2K equivale a 2000. (N. da T.)

particularmente bonita, sentada na praia ao pôr do sol, de costas para o oceano. Com o cabelo penteado para trás e o rosto comprido, quase eqüino, ela talvez nem parecesse *sexy*, exceto pelo fato de estar levantando a parte de cima do biquíni para mostrar seus seios decididamente naturais e – pelo menos ele pensou no momento – não muito atraentes. *Oi,* dizia a legenda, em letras rosa e brilhantes sobre fundo azul-claro, *sou Kay, a Sacana, uma exibicionista bissexual casada, com 36 anos de idade, que leva ativamente um estilo de vida adepto do* swing. *Para ler mais sobre mim e sobre as maneiras singulares que escolhi para explorar a sexualidade que Deus me deu, Clique Aqui.*

Richard estava no trabalho nesse momento, a porta de seu escritório escancarada, um monte de atividade no corredor, mas ele clicou no *link* assim mesmo. Havia algo na voz de Kay, alguma combinação de impudência (chamar a si mesma de "sacana") e banalidade ("estilo de vida *swinger* ativo"; "a sexualidade que Deus me deu") que o deixou num estado altamente alerta. De alguma forma vaga e intuitiva, ele sentia a presença de uma pessoa real, talvez algo confusa, falando diretamente com ele. Não podia ser mais diferente dos clichês que você encontrava na maioria dos *sites* pornográficos, vorazes homens de negócios falando através das bocas de mulheres jovens com enormes peitos falsos: "Oi, sou Amanda, e adoro chupar pau!"

Na página "Leia Mais Sobre Mim", Richard encontrou uma série de perguntas e respostas de Kay, cuja concisão o recordava do catecismo que tivera que memorizar trinta e tantos anos antes, quando fizera sua crisma.

P: Você é casada?
R: Sim.

P: Seu marido aprova seu estilo de vida?

R: Claro. Ele também faz *swing*, embora não seja bi (desculpe, rapazes!).

P: Este é o seu único trabalho?
R: Não, eu trabalho numa grande empresa e tenho pós-graduação em administração e na área técnica.

P: Você fica com medo de que seus colegas e clientes vejam este* web site*?
R: O que eu faço com meu tempo (e neste *web site*) só diz respeito a mim e não tem qualquer relação com minha vida profissional.

P: De que tipo de sexo você gosta?
R: Todos os tipos! Careta, bi, grupal, por telefone, solitário. Também gosto de usar brinquedos, vegetais e objetos domésticos (garrafas, utensílios etc.) nas minhas brincadeiras sexuais.

P: Você faz isso por diversão ou por dinheiro?
R: Ambos! Não é esse o sonho americano?

Ele estava na metade desse catecismo quando Ray bateu na porta, recolhendo os pedidos para o almoço. Aparentando naturalidade, mas com grande pressa, Richard baniu Kay, a Sacana, de sua tela, disse para Ray que queria uma salada *caesar* de frango pequena e regressou ao fluxo do dia normal. Não pensou em Kay ou voltou a visitar seu *web site* por vários meses, mas uma semente fora plantada em seu cérebro. Ela estava por ali, e ele sabia onde encontrá-la.

Como vários homens, Richard tinha duas opiniões no que dizia respeito à pornografia. Parte dele era um adulto responsável que desaprovava, por questões morais, e que compreendia bastante bem que a indústria da pornografia explorava e violava mulheres jovens, e parte dele era um adolescente excitado que apenas achava legal à beça ver fotografias de moças nuas fazendo coisas estranhas.

Depois que seu primeiro casamento acabou, Richard passou por um período em que ficou mais ou menos viciado em vídeos pornográficos. Sozinho à noite em sua melancólica casa geminada, ele colocava *Debutantes Taradas 3* no videocassete do mesmo modo como outra pessoa talvez colocasse um saquinho de pipoca no microondas. Horas e mais horas de sua vida eram devotadas à atividade de observar pessoas que ele não conhecia fazendo sexo. Ele era um fã, perfeitamente capaz de manter uma conversa inteligente na hora do cafezinho sobre as obras de Nina Hartley e Heather Hunter, se soubesse que alguém estaria interessado em ouvir suas opiniões.

Num dado momento, ele simplesmente se cansou – a monotonia dos atos, os gemidos histriônicos, a música medonha. *O que eu estou fazendo?*, ele se perguntou. *Foi para isso que apareci sobre a Terra?* Abastecido com um súbito ímpeto de fervor moral, ele jogou todas as suas fitas num saco de lixo, foi de carro até um canteiro de obras a alguns quarteirões dali e meteu o saco numa lixeira. Esse ato de rebelião autopurificadora deixou-o sentindo-se correto e animado.

Um período de saúde física e mental incomum se seguiu. Richard entrou para a ginástica, fez algumas aulas de ioga, voltou a ler livros. Não mais distraído pelas mulheres de fantasia na tela de sua TV, começou a prestar mais atenção nas mulheres de carne e osso que encontrava ao longo do dia, incluindo a mulher emburrada, mas obviamente inteligente, que anotava seus pedidos no Starbucks, e quem, para sua surpresa, concordou em sair com ele na primeira vez em que a convidou.

Recentemente, porém, Kay, a Sacana, tinha se tornado um problema. Ele pensava nela com freqüência demasiada, e visitava seu *web site* várias vezes por dia. Estava negligenciando seu trabalho e sua família, e ficando acordado até altas horas compondo em sua homenagem *e-mails* líricos que não conseguia chegar a enviar. Era como se estivesse de volta à escola, sonhando com alguma garota na aula de química e sabendo que jamais teria coragem de falar com ela. Só que dessa vez não precisava se dar ao trabalho de fabricar suas próprias fantasias. Estavam bem ali à sua disposição na tela de seu computador, resumidas e ordenadamente arquivadas.

Algumas das práticas de Kay não lhe pareciam nada atraentes (a moça tinha uma queda por utensílios de cozinha, espátulas, garfos de churrasco e coisas do gênero), e algumas eram inexplicáveis (vestir-se como uma garotinha e brincar com balões), mas quem era Richard para julgar? Ela viajava a parques nacionais e locais de interesse histórico – a floresta Redwood, antigos campos de batalha da Guerra Civil –, onde invariavelmente se fazia fotografar diante de algum monumento ou placa, sem roupa de baixo, a saia levantada até a cintura. Tinha uma vasta coleção de brinquedos sexuais e os utilizava em todas as permutações possíveis. O *web site* continha literalmente milhares de fotos de Kay sozinha e com vários admiradores, incluindo uma série volumosa documentando um "encontro na banheira" que ela havia tido com oito membros do sexo masculino do Fã-clube de Kay, a Sacana. O mais novo deles parecia ter acabado de fazer suas provas finais; o mais velho parecia ter escapulido do asilo naquele dia. Kay não se importava; ela cuidava de todos com o mesmo ar despretensioso de amizade e bom humor que a tornava tão paradoxalmente saudável, como se estivesse convencida de que ser uma vagabunda e uma pessoa muito legal eram duas coisas que naturalmente caminhavam juntas.

A amabilidade – beirava certa inocência, para Richard – simplesmente irradiava do seu rosto. Quando as pessoas eram más ou egoístas, era possível vê-lo até mesmo quando sorriam. Pelo mesmo princípio, a natureza gentil de Kay era inconfundível, até quando ela fazia coisas inenarráveis com uma garrafa de champanhe. Apenas fazia o que queria, compartilhando seu prazer com o mundo sem sentir vergonha ou culpa. Richard gostaria de ter atingido seu nível de clareza moral e intelectual; isso teria evitado inúmeros erros e impedido que seu rosto parecesse tão tenso e furtivo o tempo todo. Se ele fosse mais honesto, teria um sorriso como o de Kay, alegre, confiante e cheio de gentileza.

Mas por mais próximo que às vezes se sentisse dela – por mais que acreditasse que a *conhecia* –, ele não conseguia se livrar do fato desconfortável de que ela só existia para ele como imagem digital. Jamais ouvira sua voz, jamais tocara sua pele, jamais a fizera rir. Quanto mais pensava nessa disparidade, menos satisfeito se sentia com as fotos dela. Às vezes tinha que clicar em dezenas ou mesmo centenas de imagens até encontrar alguma que o levasse ao estado de excitação que uma única foto costumava inspirar. A situação chegara ao ponto em que ela simplesmente estava tomando por demais seu tempo.

A calcinha era uma tentativa de resolver esse problema. Ele achava que poderia lhe fornecer uma conexão com a mulher real e seu corpo físico, liberando-o da imobilidade anti-séptica da fotografia. Talvez uma cheirada ou duas animasse as coisas, para que ele pudesse descer novamente a escada e regressar à sua vida real, em que sua mulher e sua filha esperavam por ele, mais impacientemente a cada minuto.

Embora tivesse durado quase vinte anos, o primeiro casamento de Richard estivera errado desde o início, baseado num grave equívoco. Peggy engravidara durante seu último semestre de faculdade – isso fora em 1975, dois anos depois da decisão da Suprema Corte que tornara possível o aborto –, mas tinham decidido, numa bravata ingênua e autodestrutiva, fazer "a coisa mais difícil e honrada, em vez de fazer a mais fácil e indigna". Na verdade, essa era uma formulação de Peggy; Richard apenas queria que ela fizesse um aborto, embora nunca tivesse conseguido declarar sua preferência em tantas palavras.

Seu silêncio e sua passividade diante de um evento que transformou tão profundamente sua vida era algo que ainda o deixava desconcertado. Ele não amava Peggy, não queria se tornar pai. E mesmo assim se casou com ela e aceitou o fardo da paternidade sem um ai de protesto. Para piorar as coisas, "o bebê" revelou-se gêmeas, projeto bem mais difícil e honrado do que mesmo Peggy negociara. Sua situação doméstica foi tão caótica e implacável durante tanto tempo que Richard já ia pelos trinta e poucos anos quando se deu conta de quão magoado estava com sua mulher e suas filhas por prendê-lo numa gaiola suburbana e forçá-lo a rodar aquela engrenagem repetitiva e chata das grandes empresas enquanto seus colegas de faculdade estavam viajando de mochila pela Ásia e cheirando cocaína em discotecas da moda com adolescentes que pareciam muito mais velhas do que realmente eram.

Nessa etapa de sua vida, Richard tinha um MBA e uma série de sucessos profissionais no seu histórico, a maioria no setor de *fast-food* – a Minipizza Bomba de Queijo® e o Hambúrguer Duplo® eram duas de suas façanhas mais notáveis. Viajava bastante a negócios e se consolava com uma trepada atrás da outra, bem como um caso duradouro com a recepcionista de um cliente em Chicago, que desandou depois que ele esqueceu o aniversário dela pelo segundo ano consecutivo. Ela retaliou com uma carta longa e informativa a Peggy, completa com trechos surpreendentemente bem escritos de seu diário.

Suas filhas estavam no segundo ano de ensino médio quando essa bomba estourou; Richard e Peggy concordaram em ficar juntos até que elas se formassem. Curiosamente, esses últimos dois anos foram os mais felizes que tiveram como casal, embora raramente dormissem na mesma cama e mantivessem seus calendários sociais o mais separados possível. Alguma coisa relativa à data de expiração do casamento tornou cada um deles mais generoso do que havia sido no passado – os hábitos desagradáveis de seu marido ou de sua mulher se tornam bem menos opressivos se você não é obrigado a imaginar que vai ter de lidar com eles até o dia em que um dos dois morrer. Na época em que se separaram, ele desenvolvera uma afeição real por ela, e ainda telefonava uma ou duas vezes por semana para ver como estava passando.

O envelope dentro do saco plástico trazia não uma mas três fotos Polaroid de Kay, a Sacana, usando a calcinha fio-dental de bolinha, cada uma delas trazendo uma inscrição rabiscada. Na primeira (*Oi, Richard!*) ela estava de pé, nua, à exceção da calcinha, diante do que devia ser o *closet* de seu quarto, a expressão incomumente contemplativa enquanto escovava o cabelo. Na segunda, usava um minivestido turquesa sem mangas e estava sentada dentro de um carro de tal maneira – porta aberta, uma perna dentro, a outra fora – que você conseguia ter um vislumbre bastante claro do meio de suas pernas (*Espero que isto deixe você excitado!*). O trio se concluía com uma foto de Kay tirada por trás, em que ela se curvava e sorria para a câmera entre os próprios joelhos (*Amor e beijos, K.S.*). O diário sexual anexo vinha escrito com a mesma letra cursiva infantil, numa folha simples de papel ofício amarelo:

7h00 – De pé e animada... primeiro orgasmo do dia (vibrador "bala de prata")... mmm... rápida chuveirada

7h30 – Coloco a calcinha fio-dental de Richard

8h00 – Café no Java House... Lugar perto da janela para que eu possa ficar de olho nos executivos... Espero que eles gostem de bolinhas!

8h30 – Presa no trânsito outra vez... Por que não me masturbar? (Uau, esta calcinha está ficando molhada!)

9-12h00 – Trabalho (ilustração de uma carinha zangada)

12h14 – Sexo na hora do almoço com minha amiga Trudy do D.P. – ela comeu tudo o que podia! (Ha-Ha)

12h46 – Sanduíche de atum, maionese light, Diet Coke

13-17h00 – Trabalho (carinha zangada)

18:00 – Me masturbei enquanto cozinhava o jantar (o assado queimou um pouquinho)

20-23h00 – Orgia num quarto de hotel com membros do Fã-clube de Kay, a Sacana – e quero dizer membros de verdade! (sem calcinha durante a maior parte do tempo, mas vesti de novo ao voltar para casa)

Meia-noite – cansada demais para tirar a calcinha antes de adormecer... mas NÃO cansada demais para um último orgasmo (consolo azul de confiança)

7h00 – De pé e animada... tiro a calcinha de ontem, ainda molhada e muito perfumada, e a fecho dentro de um saco plástico para o meu bom amigo RICHARD.

p.s. – Também está autografada!

Richard estava divorciado fazia quase dois anos quando começou a sair com Sarah. Eles se entenderam logo, embora ele suspeitasse mais tarde de que essa intimidade instantânea tinha menos a ver com alguma conexão real entre eles do que com o fato de estarem ambos desesperadamente solitários e aguardando que alguém os salvasse. Na época, ele se sentia atraído pelo seu mordaz senso de humor, seu corpo jovem e sua sexualidade enigmática (ela alegava ser "basicamente hetero", mas falava com freqüência da coreana por quem se apaixonara durante a faculdade). Ela parecia apreciar o *savoir faire* dele, sua postura política liberal e, embora jamais o afirmasse, a promessa que ele trazia de libertação do Starbucks e de uma segurança financeira a longo prazo, pelo menos depois que suas filhas se formassem.

Estavam casados fazia menos de um ano quando ela engravidou. Dessa vez, Richard não teve sentimentos contraditórios – estava empolgado com a idéia de trazer uma criança ao mundo, consciente e sem arrependimentos, corrigindo os erros que cometera com as gêmeas (elas o culpavam pelo divórcio e não falavam mais com ele, embora aceitassem alegremente um bocado de seu dinheiro). Ele jurou a si mesmo e a Sarah que se envolveria, que estaria disponível na vida dessa nova criança.

Trabalharia menos, passaria mais tempo em casa. Apitaria jogos de futebol, cantaria canções no carro, organizaria festas de aniversário inesquecíveis. Assistiu a aulas de preparação para o parto, leu uma porção de livros sobre puericultura e acompanhou Sarah com sucesso durante o trabalho de parto e o próprio parto, um acontecimento miraculoso (mas também perturbador e horrível e praticamente interminável) que ele ignorara completamente no caso das gêmeas, cujo nascimento passara andando de um lado para o outro da sala de espera do hospital como um personagem de seriado de TV, e depois entregando os charutos para os outros pais que também aguardavam quando o médico fizera o sinal positivo com os dedos.

Tentou, realmente tentou, pelo menos durante o primeiro ano. Disse todas aquelas coisas que os pais recentes teoricamente devem dizer e trocou sua cota de fraldas. Mas às vezes descobria-se desejando que Lucy fosse um menino. Já tinha duas meninas, por que precisava de uma terceira? E às vezes, quando estava preso em casa com o bebê num fim de semana chuvoso, sentia-se sobrepujado por uma sensação familiar de claustrofobia e mágoa, como se fosse outra vez um jovem desperdiçando os melhores anos da sua mocidade.

Sua vida sexual também sofria, é claro. Como podia ter se esquecido disso? Sarah estava cansada demais, seus mamilos estavam machucados, ela não conseguia nem pensar sobre isso. Quando ele sugeriu deixar o bebê com a mãe dela durante alguns dias para que pudessem fazer uma rápida viagem ao Caribe, ela olhou para ele como se estivesse maluco.

– Minha mãe mal consegue tomar conta de si mesma – ela disse. – Como é que vai cuidar de um bebê?

Foi por essa época que ele começou a freqüentar *web sites* de adeptos do *swing* e pensar, *Por que não? Parece divertido.* Imprimiu uma lista de "festas" em sua área e decidiu falar com

Sarah sobre a possibilidade de ir a uma delas, só para ver como era. *Essa gente adora mulheres bissexuais,* ele lhe diria. *Você não precisa fazer nada que não queira.* Mas quando desceu a escada para falar com ela, Sarah estava sentada à mesa da cozinha, extraindo leite de seu inchado seio esquerdo com uma barulhenta bomba elétrica, a aparência pálida e abatida enquanto folheava o jornal, e por um ou dois segundos ele teve por ela um sentimento algo parecido com desprezo.

Ainda não entendera como podia ter interpretado de maneira tão equivocada suas próprias necessidades. Presumira que estava evoluindo e melhorando como pessoa, mas tudo o que realmente fizera tinha sido repetir seu próprio fracasso, dessa vez com os olhos bem abertos e com ninguém em quem pôr a culpa além de si mesmo.

A calcinha não estava funcionando tão bem quanto ele esperara. Não que não estivesse tão cheirosa quanto Kay prometera – esse definitivamente *não* era o problema –, mas a fragrância não era tão distinta ou evocativa da sexualidade ímpar de Kay quanto ele esperara. Até onde sabia, podia ter sido usada por qualquer mulher no mundo, incluindo Sarah.

O que o levou a pensar, num momento bastante inconveniente, sobre uma possibilidade perturbadora: e se Kay *não* a tivesse usado? Em seu *web site,* ela dizia que enviava as calcinhas a seus fregueses devotos como um fruto do seu amor, mas Richard não tinha certeza de que acreditava nela. Afinal de contas, Kay não tinha uma pós-graduação em negócios? Para que as calcinhas fossem realmente lucrativas, ela teria que vendê-las em grande quantidade. Não poderia apenas usar uma por dia, como o relatório sexual sugeria.

Se eu fosse Kay, ele pensou, *terceirizaria o uso de calcinhas.* Era bastante fácil imaginar um estabelecimento, desses que pagam salários de fome em troca de trabalho excessivo, cheio de mulheres entediadas – costureiras chinesas e latinas –, todas usando calcinhas fio-dental de *pois* enquanto trabalhavam em suas máquinas de costura, depois colocando-as fatigadas em sacos plásticos no fim do dia, junto com um "diário sexual" completamente ficcional. Que tipo de tolo era Richard?

Pressionou a calcinha contra sua boca e seu nariz e inalou profundamente, tentando banir essas considerações inapropriadamente comerciais. Não era hora de ficar pensando em negócios, as calças nos tornozelos, a palma da mão escorregadia com creme Vaselina Cuidado Intensivo. *Esta é a calcinha de Kay,* ele entoava para si mesmo. *Esta calcinha pertence a Kay.* Mas então, quando as coisas começavam a funcionar, pensava: *Talvez não. Talvez seja terceirizada.*

Seria difícil dizer durante quanto tempo aquele diálogo passeou por sua mente, antes que toda a questão da autenticidade finalmente deixasse de ser relevante. Seus olhos saltavam num padrão regular do diário sexual às fotos Polaroid e a uma imagem, na tela do computador, de Kay se inclinando sobre uma amurada diante das Cataratas do Niágara, levantando discretamente o vestido para dar à câmera um vislumbre de sua bunda nua. Ele respirava pesado, inalando a essência profundamente para dentro de seus pulmões, para dentro de sua corrente sangüínea...

– Rram rram.

Ele virou rapidamente a cabeça, a calcinha ainda pressionada sobre a parte inferior de seu rosto. Sarah estava de pé na porta, a expressão oscilando entre a repulsa e o espanto.

– Isso ainda vai levar muito tempo? – ela perguntou. – Eu realmente gostaria de sair para minha caminhada.

Richard tinha consciência de que algo terrivelmente embaraçoso ocorrera, mas só o que sentiu naquele momento foi uma profunda irritação por ter sido interrompido.

– Você podia ter batido – ele disse, as palavras desaparecendo na roupa de baixo.

– Eu bati.

Ele precisou de muita força de vontade para remover a calcinha.

– Me desculpa – ele disse. – Isto só vai levar um minuto.

– Acho que precisamos conversar – ela disse, mas para imenso alívio de Richard saiu do escritório sem mais uma palavra, fechando a porta com o mais gentil dos estalos, não muito diferente do som que a sua língua faz contra o céu da boca quando você acha que algo é vergonhoso.

TEMPESTADE ELÉTRICA

SARAH E TODD FIZERAM AMOR PELA PRIMEIRA VEZ DURANTE UM aguaceiro de final de tarde acompanhado por relâmpagos, no tapete áspero da sala de estar da casa dela, a cama do andar de cima ocupada naquele exato instante por Lucy e Aaron, que haviam convenientemente adormecido durante o caminho de volta da piscina.

– Isso é incrível – Todd sussurrou, enquanto se metia dentro dela com um movimento de saca-rolhas ao mesmo tempo vigoroso e habilidoso que ela logo viria a reconhecer como sua marca registrada em termos de manobras sexuais.

– Estamos com cheiro de cloro – ela replicou. Apesar de seu desejo fervoroso, naquele momento, de bloquear a passagem de qualquer informação ou sensação externa, ela se descobriu pensando tristemente em seu marido enquanto agarrava os músculos rijos da bunda de Todd. Aos 47 anos, Richard ainda era razoavelmente magro, mas seu traseiro ficara flácido. Mesmo enquanto tinham uma vida sexual mais ou menos saudável, Sarah preferia não pensar muito naquela parte de sua anatomia, e só tocava nela por acidente.

– Adorei seu biquíni vermelho – ele lhe disse.

– Obrigada – ela murmurou.

Ele parou, no meio do gesto. Uma expressão vagamente dolorida passou pelo seu rosto bronzeado, como se ele estivesse fazendo força para se lembrar do nome do seu deputado. *Meu primeiro namorado bonito,* Sarah pensou, orgulhosa. Queria que Arthur Maloney e Amelia e Ryan e todas as outras pessoas que já a tinham magoado pudessem estar assistindo naquele exato instante, em circuito fechado de televisão. Todd baixou os olhos para ela, o rosto enorme acima do seu, um eclipse encantador.

– Você está se sentindo culpada por causa disso? – ele perguntou.

Sarah hesitou. Teria gostado de explicar que seu marido se transformara numa espécie de fetichista de calcinhas, mas não parecia ser o momento certo de abordar um assunto tão esdrúxulo. Havia sido difícil o suficiente discuti-lo com Richard, manter a compostura facial enquanto ele tentava convencê-la de que pedira a calcinha por e-mail com fins profissionais – alguma espécie de pesquisa que estava fazendo sobre vendas pela Internet e modelos de *marketing*, blablablá – e havia inadvertidamente deixado sua curiosidade tomar a dianteira. Sarah aceitara esse álibi patético assumindo uma expressão polida, sentindo-se ao mesmo tempo com pena dele e estranhamente liberada, como se tivesse sido formalmente dispensada de seu casamento graças à visão de seu marido cheirando a calcinha de outra mulher.

– Não – ela disse a Todd. – Achei que ia me sentir, mas não.

– Eu me sinto – ele disse.

Ai, meu Deus, ela pensou, *lá vem.* Algum mecanismo primitivo de defesa da era escolar deu as caras, e ela conseguiu aceitar essa confissão com uma expressão calma e curiosa, enquanto ao mesmo tempo amparava a si mesma diante de uma súbita descida ao sofrimento. *É agora que ele rola para longe de mim e enterra o rosto entre as mãos.*

– Eu me sinto bastante mal – ele continuou. Mas então deu de ombros, como se na melhor das hipóteses esse fosse um incômodo praticamente irrelevante. – O que posso fazer?

Sarah se forçou a não sorrir.

– É melhor manter o ritmo – ela disse, dando-lhe um tapinha de leve na coxa. – Eles podem acordar a qualquer minuto.

Com rapidez admirável, ele retomou o movimento de saca-rolha. Sarah não conseguiu evitar o riso.

– Quem é você? – ela perguntou, com uma perplexidade não totalmente irônica. – O homem da Roto-Rooter?

Antes que ele pudesse responder, um trovão poderoso sacudiu a casa, como se o céu tivesse explodido bem acima deles. Os amantes congelaram no lugar, os rostos voltados na direção da escada, esperando que o choro irrompesse lá do quarto.

– Continue – ela disse, depois que alguns segundos haviam se passado. – Está tudo bem.

Ele voltou à ação, mas de repente perguntou, abruptamente:

– Você por acaso me chamou de homem da Roto-Rooter?

– É um elogio – ela o tranqüilizou.

Sarah tinha ido até a Piscina Municipal na semana anterior plenamente consciente de que estava se oferecendo a Todd. Não havia nada de recatado, ou mesmo sutil, em seus métodos. Ela já o divisara de longe antes mesmo de mostrar sua autorização ao funcionário que ficava na entrada – ele e Aaron tinham ocupado um local privilegiado ao lado da piscina, uma faixa sombreada de grama próxima à parte mais rasa, nem muito perto nem muito longe dos banheiros – e uma vez lá dentro, ela conduziu Lucy a esse local com a confiança de alguém que tinha o mesmo direito à propriedade. Estendeu a toalha sobre a grama a centímetros dele, sentou-se sem uma palavra de cumprimento e começou a vasculhar dentro da bolsa de palha em busca do filtro solar. Só depois de tê-lo encontrado dignou-se a reconhecer os vizinhos cujo espaço haviam invadido tão alegremente – o pai sem camisa e lendo uma revista sobre saúde masculina, o filho com uma sunga dos Rugrats e seu gorro de bufão, e o Ursão, ainda enfiado dentro do carrinho duplo, observando a cena com sua expressão perpetuamente horrorizada, como se pudesse prever uma calamidade que se sentia impotente para evitar.

– Ah, olhe só, querida, é aquele garotinho simpático do parquinho.

– Ele é um menino mau – Lucy disse, incompreensivelmente.

Aaron não mordeu a isca. Estava ocupado encenando uma colisão frontal entre um caminhão de lixo e um caminhão-tanque, que coreografava com efeitos sonoros peculiares e um ar de grave concentração.

– Você não gosta do chapéu dele?

– É idiota.

Isso chamou a atenção de Aaron. Ele fitou Lucy.

– Você idiota – informou-lhe.

– Aaron – disse Todd. – Isso não é bonito.

– Idiota, idiota, idiota – o menino murmurou, numa voz quase inaudível.

Sarah sorriu, oferecendo a Todd um leve encolher de ombros como desculpa.

– Espero que você não se incomode. Lucy tem a pele sensível. É melhor para ela ficar na sombra.

– De jeito nenhum – ele disse, espantando com a revista uma mosca que bombardeava sua cabeça. – É bom ver vocês de novo.

Sarah fez Lucy ficar de pé e imóvel para uma generalizada aplicação de filtro solar à prova d'água, FPS 45, que incluiu as pontas dos dedos dos pés e a beirada das orelhas. Depois de instalar a filha com um livro para colorir e uma caixa de lápis de cera, tirou sua camiseta larga e começou a aplicar um monte de protetor em seu próprio corpo, lamentando não ter algo um pouco mais sexy para passar na pele, óleo para bebês ou uma daquelas loções com cheiro de coco populares durante a sua adolescência, na época em que uma queimadura que a deixava da cor de uma lagosta era vista como um primeiro e necessário estágio no processo de bronzeamento. Então se virou para ele, tão naturalmente quanto se fosse seu primo ou irmão, e disse:

– Pode passar nas minhas costas?

– Claro.

Ela torceu o corpo, entregando-lhe o frasco de plástico por cima do ombro. Curvando-se para a frente, levantou o cabelo da base do pescoço – sabia que era um de seus melhores ângulos – com um gesto lânguido que fez com que se sentisse momentaneamente glamourosa, uma modelo posando para uma foto de capa.

Ele não passou dos limites. Esfregou o filtro solar em suas costas e ombros de uma forma polida e burocrática. Não se demorou desnecessariamente na região lombar nem tomou qualquer outra liberdade.

Mas mesmo assim.

Parecia ilícito.

Era como se ela estivesse nua.

– Ai, meu Deus – sussurrou ela.

– Nem me diga – respondeu ele.

Ela soube, naquele momento, tão claramente quanto sabia seu próprio nome, que se tornariam amantes, e que isso aconteceria mais cedo do que tarde. Não tinham, na verdade, escolha; havia uma espécie de conexão sexual crua entre os dois que ela jamais experimentara com ninguém em sua vida.

Isso foi na segunda-feira. Na sexta, sua opinião sobre o assunto tinha dado uma guinada de 180 graus. *Não vai acontecer,* ela dizia a si mesma. *E talvez isso não tenha importância.*

Não que sua atração por ele tivesse desaparecido à medida que passavam mais tempo juntos; na verdade, aumentara. Ele parecia algum tipo de deus louro americano estendido sobre sua toalha de arco-íris, o boné de beisebol cobrindo boa parte da testa, o torso bronzeado subindo e descendo a cada indolente respiração. Ficar deitada ao seu lado sem poder tocar sua mão ou lamber sua pele era um tormento erótico renovado a cada dia.

Mas havia compensações. Ela havia se concentrado tanto e durante tanto tempo na memória daquele beijo inesperado no parquinho que se esquecera de como era fácil falar com ele, a forma com que simplesmente tinham começado a bater papo enquanto empurravam os filhos no balanço, a honestidade que ele tinha para falar de si mesmo e que a desarmava, uma qualidade que ele possuía de aceitar as pessoas como eram, ou simplesmente desfrutar sua companhia pelo tempo que lhe fosse permitido fazê-lo.

Dia após dia, sentavam-se à sombra, distribuindo lanchinhos e resolvendo brigas ocasionais – não tendo muita escolha no assunto, Aaron e Lucy desenvolveram uma frágil amizade –, conversando o tempo todo sobre sua própria infância, coisas que haviam lido no jornal ou ouvido no rádio, questões domésticas, as pessoas ao seu redor. Quando as crianças ficavam com muito calor ou aborrecidas, levavam-nas para a piscina, continuando a conversa dentro da água que chegava até a cintura. Às vezes trocavam de prole. Todd ensinava Lucy a nadar cachorrinho enquanto Sarah fazia brincadeiras agitadas com Aaron, erguendo o menino leve como uma pluma fora d'água e baixando-o outra vez, o retinir de seus sininhos misturando-se com seu riso solto enquanto ele agitava os braços descontroladamente no ar.

Ela não se divertia tanto assim fazia anos. Em três ocasiões distintas, estranhos cumprimentaram Sarah por sua bela família, e ela não se deu ao trabalho de corrigi-los. Certa tarde, quando ela e Todd comiam um imenso cacho de chuvas, Sarah viu Mary Ann e acenou expansivamente em sua direção. Mary Ann hesitou por um momento – usava óculos escuros, um gigantesco chapéu de palha e algum tipo de saída de praia amarela e diáfana –, antes de se abrir no sorriso mais falso que Sarah jamais vira no rosto de algum outro ser humano. Levantou o braço devagar, como se fosse feito de chumbo, e acenou como se doesse.

Por mais que Sarah às vezes quisesse intensamente apenas segurar o rosto de Todd e beijá-lo, deslizar para sua toalha e acabar com aquela encenação de que eram apenas dois amigos passando tempo juntos, com a mesma intensidade desejava manter aquela inocente vida pública que haviam criado para si, sob o sol, com outros pais e filhos. Se tivessem um caso, tudo isso teria que se transferir para um lugar oculto, para um lugar mais triste e mais escuro e mais complicado. Então, aceitava a troca: o aperto melancólico de mãos às quatro horas por aquele pedacinho de grama, um pouco de filtro solar e conversa, mais um dia feliz na piscina.

Tanta coisa depende do clima, ela pensou, mais tarde. Talvez aquela primeira semana parecesse idílica não apenas por causa da corrente de alta voltagem que havia entre ela e Todd, mas também porque todos os dias estavam ensolarados e secos, e com temperaturas entre 25 e 30 graus, um sorriso cósmico de aprovação, uma dádiva por cima da outra.

O idílio terminou após o fim de semana indizivelmente melancólico que se seguiu, quando uma onda inflexível de calor ocupou a área e se recusou a ir embora. Segunda e terça foram de um calor brutal, ultrapassando os 35 graus, com aquele tipo de umidade que transformava o cabelo naturalmente crespo de Sarah num *show* de horrores, o índice de qualidade do ar oscilando entre "ruim" e "insalubre". A piscina estava lotada, a faixa de grama em que ela começara a pensar como "nosso canto" ocupada por madrugadores. Lucy estava mal-humorada, Aaron letárgico; Todd não conseguia pensar em nada para dizer além de quão insuportavelmente quente estava, o que pelo menos lhe dava uma vantagem sobre Sarah, que não queria falar sobre absolutamente nada.

Lá pela quarta-feira, o mundo inteiro estava com um humor azedo. O céu estava baixo e pesado, prometendo chuva, mas sem liberá-la. A piscina estava tépida, e mal chegava a oferecer algum alívio. Todd passou o dedo indicador pela testa como se fosse um rolo, a fim de remover o suor.

– Engraçado – ele disse. – No meio do inverno, não dá nem para imaginar um dia como este. E se desse, provavelmente pareceria ótimo.

Sarah mal conseguiu reunir energia suficiente para fazer que sim com a cabeça. *Devíamos ir para o cinema*, ela pensou. Podiam ver *Pequenos Espiões* no *shopping*, esconder-se no ar-condicionado por algumas horas. Mas guardou a idéia para si mesma. Parecia de certo modo perigoso, parecido demais com um encontro amoroso.

– Funciona no outro sentido também – ele prosseguiu. – Num dia como este, é difícil acreditar que existe inverno. Você sabe, aquela semana no meio de fevereiro quando não dá vontade nem de sair para ir até o carro – balançou a cabeça. – Você se lembra daqueles assentos de vinil que os carros costumavam ter? Era o mesmo que sentar pelado num bloco de gelo.

– Quem me dera – ela murmurou.

– É mais ou menos como estar morto – ele acrescentou, após uma reflexão de alguns instantes.

– Assentos de vinil?

– Não, quando estivermos mortos e tentarmos nos lembrar de como era estar vivo, será como tentar pensar no inverno durante o dia mais quente do ano. Saberemos que é verdade, mas não vamos realmente acreditar nisso.

– O que na verdade é algo reconfortante – sublinhou Sarah. – Sempre imaginei que quando estivéssemos mortos não conseguiríamos pensar em nada. Que não seríamos *nós* a pensar.

– Essa é uma idéia deprimente.

– Só se você estiver vivo – ela disse. – Se estiver morto, não faz diferença.

Todd olhou para o céu. Havia um tom de lamúria em sua voz do qual Sarah não gostou.

– Eles disseram pancadas de chuva isoladas. Não vejo nenhuma pancada de chuva isolada.

Ah, com todos os diabos, ela pensou. *Vou simplesmente convidá-lo para ir ao cinema. Não precisamos nem mesmo sentar um ao lado do outro.* Mas então algo a distraiu. Uma agitação no ar, talvez. Um ruído baixo de alerta. Algum tipo de desvio coletivo de atenção. Um desses momentos em que você e um monte de outras pessoas estão subitamente olhando numa determinada direção, embora a maioria não tenha a menor idéia do motivo.

A Piscina Municipal de Bellington ficava na parte mais baixa de uma colina gramada, um círculo de água imenso, mas ainda assim algo parecido com uma jóia, circundado por um caminho de concreto. Um grupo de adolescentes ariscas, desajeitadas e belas em seus biquínis pequenos, tomava sol no caminho, mas todas as outras pessoas montavam seu acampamento na encosta da colina, que ondulava em direção ascendente numa série de suaves platôs, o que conferia ao lugar o aspecto de um anfiteatro natural.

Sarah e Todd e as crianças estavam sentados talvez a um terço do topo da colina naquela tarde sufocante de quarta-feira, muito mais próximos do centro da piscina do que se tivessem podido ocupar seu local costumeiro sob o frondoso carvalho. Tinham uma visão central e desobstruída da piscina, desde os bebês sentados no raso, à esquerda, às crianças um pouco maiores, que jogavam bola no meio, e finalmente aos adolescentes atrevidos que davam saltos-mortais na parte funda, pulando da prancha, à sua direita.

Mas, como a maioria das pessoas ao seu redor, Sarah não estava olhando para a piscina nesse exato instante. Seu olhar fora atraído – irresistivelmente, ao que parecia – para o caminho próximo, para o homem de pé junto à cadeira do salva-vidas, olhando ao redor com uma expressão preocupada, aparentemente em busca de uma faixa desocupada de grama onde pudesse estender a toalha cor-de-rosa enrolada em torno de seu pescoço.

Primeiro ela pensou que olhava para o homem porque ele segurava uma nadadeira de mergulho num tom berrante de laranja em cada uma das mãos, e tinha uma máscara de mergulho na mesma cor presa no alto da testa. As pessoas não costumam usar essas coisas para ir à Piscina Municipal, e mesmo que usassem, isso não parecia fazer o tipo daquele sujeito. Tratava-se de um homem pálido, acima do peso, que cometera um erro ao ir sem camisa e outro ao usar uma sunga ridiculamente chamativa, flores tropicais pavorosas palpitando contra um fundo liso cinzento, uma combinação de erros que de algum modo fazia com que ele parecesse ao mesmo tempo vestido demais e de menos. Mas então Sarah lançou um segundo olhar ao seu rosto estranhamente familiar, e se deu conta de que o fitava por uma razão completamente diferente.

– Ai, meu Deus – ela disse.

– O quê?

– É ele. – Ela baixou o tom da voz e apontou. – Você sabe quem.

Todd apertou os olhos.

– Ih, nossa. Ele não deveria estar aqui. Por mais calor que esteja fazendo.

Como num reflexo, Sarah se virou para ver como estavam as crianças, absortas brincando de Hospital de Carros. Lucy era o médico. Depois que Aaron encenava uma de suas colisões, ela examinava os veículos danificados, auscultando-os com um estetoscópio e depois beijando-os para que se sentissem melhor, e nesse ponto já estavam aptos a participar de outra colisão. Sarah estendeu o braço, num ímpeto de ternura, e afagou com a mão a bochecha de sua filha, pegajosa de suor. Lucy afastou-a, incomodada com a interrupção.

Quando Sarah olhou novamente, Ronald James McGorvey estava sentado na beira da piscina, colocando as nadadeiras nos pés, a toalha empilhada ao seu lado. Então, ele baixou a máscara sobre os olhos e nariz e ajustou-a na posição. Deslizou para dentro da piscina, colocando os pés primeiro, sem causar na superfície mais do que um discreto borrifar d'água.

Ninguém se incomodou, a princípio. A bola continuou rolando pelo ar enquanto McGorvey atravessava o jogo com a graça pesada de uma foca, as nadadeiras deixando uma trilha espumosa à sua passagem. Os mergulhadores continuaram com seus saltos-mortais, com seus pulos de bala de canhão e com suas barrigadas, lá na prancha, enquanto ele nadava na parte mais funda, mas então a voz alarmada de uma mulher gritou, ao pé da colina:

– Jimmy! Jimmy Mancino! Saia da piscina agora mesmo!

Um garoto magrelo, com talvez dez anos de idade, começou a caminhar algo hesitante na direção da voz.

– Jimmy, agora!

Outra voz soou.

– Randall, Juliette. Vocês também!

– Sheila!

– Pablo!

– Mark! Mark Stepanek!

Depois que o êxodo começou, aconteceu rapidamente. A parte rasa se esvaziou primeiro, mães ansiosas saindo desajeitadamente da água com bebês de expressão assustada nos braços. As outras crianças foram saindo mais devagar, mas em pouco tempo também estavam subindo pela borda, de pé sobre o caminho de concreto, aborrecidas e confusas, a água escorrendo de seus corpos e formando poças aos seus pés. Em toda parte na encosta da colina adultos sacavam de seus celulares e digitavam o número de emergência da polícia.

Por cerca de cinco minutos, talvez, McGorvey teve toda a imensa piscina para si. Mergulhou até o chão da parte funda, depois emergiu devagar, irrompendo na superfície apenas pelo tempo suficiente para pegar fôlego antes de mergulhar outra vez. Quando se cansou disso, boiou de costas por algum tempo, seu calção berrante formando ondas ao redor de sua cintura, o monte pálido de sua barriga projetando-se da água como uma ilha deserta. Manteve a máscara sobre o rosto o tempo todo, de modo que Sarah não poderia dizer se ele estava com uma expressão desafiadora ou embaraçada, ou se simplesmente não reparara no fato de que esvaziara a piscina com tanta eficiência quanto se fosse um tubarão.

Quando o carro da polícia parou no estacionamento – localizava-se perto da parte funda, atrás de uma alta cerca de arame – Aaron e Lucy já tinham compreendido o fato de que algo grave estava acontecendo. Suspenderam a brincadeira de Hospital de Carros e passaram para o colo de seus respectivos pais.

– As crianças não tão nadando – disse Lucy.

– Por que polícia? – Aaron perguntou.

Sarah olhou para Todd, incerta sobre como explicar a situação. Mas, antes que ela pudesse começar a responder, uma bisbilhoteira de bochechas rosadas sentada diretamente na frente deles se virou.

– Tem um homem mau na piscina – ela disse. – Os guardas vieram prendê-lo.

– Por que que ele é mau? – Lucy perguntou.

– Ele não é bom para as crianças – disse Sarah. – Mas vocês não precisam se preocupar com isso.

A essa altura, os policiais – havia dois deles, um mais velho, branco, e um mais jovem, negro – tinham entrado na área da piscina através de um portão trancado a cadeado que havia sido aberto por um dos salva-vidas. Parecendo encalorados e infelizes em seus uniformes, desceram pelo caminho de concreto, parando perto da toalha cor-de-rosa de McGorvey e fitando o nadador solitário com uma expressão que parecia mais de inveja do que de interesse profissional. Sarah não os ouviu dizer nada, mas McGorvey nadou em sua direção como se tivessem dito. Teve um pouco de dificuldade em se erguer para fora da piscina, de modo que o guarda negro estendeu o braço e o ajudou. O guarda branco entregou-lhe a toalha.

– O que é aquilo? – Aaron perguntou. – Nos pés.

– Nadadeiras – disse Todd. – Ajudam você a nadar melhor.

Os guardas falaram, e McGorvey fez que sim enquanto se enxugava, a máscara ainda ocultando a maior parte de seu rosto. O guarda branco encolheu os ombros. O guarda negro tocou McGorvey quase com gentileza no ombro. Não parecia que o estavam prendendo. Se você não soubesse qual a situação, teria pensado que eram todos amigos. Os guardas ficaram imóveis enquanto McGorvey virou as costas e começou a andar na direção da saída, as nadadeiras dando baques molhados no concreto do caminho. Após alguns passos, porém, ele parou para retirá-las, equilibrando-se com dificuldade numa das pernas, depois na outra. Fez a mesma coisa com a máscara. Então se virou na direção da colina, abrindo bem os braços, como um ator dirigindo-se ao público. Sua voz saiu alta e lamuriosa, como se quisesse que todos escutassem.

– Eu só estava tentando me refrescar!

Depois que McGorvey saiu, os nadadores voltaram, como que numa atitude de vingança. Foi uma invasão maciça da Piscina Municipal, as pessoas decentes de Bellington clamando-a como sua. Agarrando seus filhos pelo punho, Sarah e Todd juntaram-se ao estouro da boiada, tropeçando colina abaixo com os outros cidadãos, depois esperando numa fila organizada por sua vez de descer pela rampa de segurança e entrar no que parecia ser, naquele momento, a maior banheira do mundo.

Apesar da superpopulação e do calor desconcertante da água, havia um certo atordoamento no ar, como se a depressão coletiva dos últimos dias finalmente houvesse passado. Adultos se engajavam em guerras de água, rindo muito. Davam encontrões uns nos outros e sorriam. Uma bola apareceu, e todo mundo compreendeu que o objetivo era mantê-la longe da superfície pelo máximo de tempo possível. Quando finalmente tocou a água, o que pareceu ser uma centena de vozes disse *Uuuh*, em uníssono.

A diversão começara fazia apenas uns poucos minutos quando as nuvens abruptamente escureceram. Uma brisa soprou pela primeira vez na memória recente, e os rostos se viraram na direção do céu enquanto gotas de chuva gordas e irregulares começaram a martelar a piscina com a força de pedregulhos. As crianças andavam de um lado a outro com as línguas para fora, do mesmo modo como faziam durante a primeira neve do ano. Então ouviu-se uma trovoada. Nada de muito assustador, um estrondo grave e prolongado mais para a direita.

– Saiam da piscina, por favor – disse uma voz no alto-falante. – Todos para fora! Não podem nadar durante uma tempestade elétrica.

Os nadadores resmungaram, mas obedeceram. Mais uma vez Sarah e Todd faziam parte da horda, dessa vez arrastando as crianças colina acima. Assim que chegaram aonde estavam suas toalhas, começaram a recolher suas coisas com um sentimento de urgência que foi intensificado pelo rugir de outra trovoada, essa consideravelmente mais alta do que a primeira, e acompanhada, segundos depois, pelo crepitar de um relâmpago. Lucy choramingou e se agarrou à perna da mãe.

– Está tudo bem, querida. – Sarah se agachou para pegar a filha no colo. – É melhor irmos embora.

– Você vai carregá-la? – Todd perguntou.

– Vai ser mais rápido assim. Ela tem medo do você-sabe-o-quê.

– Isso é loucura – ele disse. – Coloque-a no carrinho. Acompanhamos vocês até em casa.

O trovão seguinte fez Lucy se contorcer no colo da mãe, seus braços se apertando desconfortavelmente ao redor do pescoço de Sarah. O relâmpago veio logo em seguida, um ponto de exclamação amarelo no céu esverdeado.

– Mas fica fora do seu caminho.

– Nós não ligamos, não é mesmo, Aaron?

Aaron lançou um olhar cético ao carrinho.

– E o Ursão?

– Ele não vai se incomodar em tomar um pouquinho de chuva.

Para surpresa de Sarah, Lucy concordou em ir de carrinho, seu desdém habitual por aquela forma infantil de transporte sobrepujado pelo desejo de chegar em casa o mais rápido possível, sem mencionar a novidade de andar de carrinho junto com um amigo. Trocou de lugar com o animal de pelúcia, cujo pêlo sintético não causava no corpo de Sarah uma sensação mais agradável do que a pele pegajosa e fria de sua filha.

A chuva continuou fraca durante o trajeto deles pela cidade, Todd empurrando o carrinho num ritmo rápido, Sarah demorando-se alguns passos atrás, tentando descobrir uma boa maneira de segurar aquele urso desajeitado de modo a não ter que olhar para o seu rosto horripilante, com aquela expressão de desaprovação.

– Cá estamos nós – ela disse, surpresa por se encontrar de pé diante de sua casa após uma caminhada de apenas dez minutos. Normalmente ela precisava de meia hora para cobrir a mesma distância com Lucy.

Entregou Ursão a Todd com uma sensação de alívio e caminhou até a frente do carrinho. Ajoelhando-se para abrir o cinto de segurança da filha, subitamente compreendeu por que as crianças tinham estado tão quietas a caminho de casa.

– Que coisa surpreendente – Sarah sussurrou. – Ela nunca cochila.

Era uma visão linda, a mão de Aaron repousando na coxa de Lucy, a cabeça da menina apoiada no ombro dele. Ela chupava o dedão, fazendo barulhos felizes com os lábios.

– Aaron vai ficar fora do ar pelas próximas duas horas.

O vento soprava forte pela copa das árvores, fazendo as folhas girarem até ficarem de ponta-cabeça, e assinalando a verdadeira chegada da tempestade. Uma torneira se abriu no céu, liberando um súbito aguaceiro.

– É melhor você entrar – disse Sarah, puxando Todd na direção da casa. – Não posso deixar vocês irem embora desse jeito.

Gotejantes, carregaram seus filhos adormecidos para o andar de cima e os puseram na cama de Sarah, que ficou feliz por tê-la arrumado antes de sair de casa. Ainda chupando o dedão, Lucy rolou de barriga para baixo, projetando no ar seu pequenino e roliço bumbum. Usava um maiô laranja e amarelo com uma sainha pregueada que subira, expondo aquela gordura de bebê cheia de covinhas no alto das coxas. Aaron se estendeu de costas, os tentáculos rosa e roxo de seu chapéu de bufão espalhando-se amplamente, junto com seus braços e pernas. Ele tinha traços delicados, e aqueles cílios miraculosamente longos que você só vê em garotinhos, nunca em homens adultos.

Sarah e Todd ficaram junto à beira da cama pelo que pareceu ser muito tempo, observando seus filhos dormirem e ouvindo a chuva martelar a casa, com medo até mesmo de olhar um para o outro. A boca de Sarah estava seca, sua roupa de banho desconfortavelmente apertada em torno da cintura. Quando Todd finalmente falou, havia um tremor audível em sua voz.

– Nós não vamos fazer nenhuma loucura, vamos?

Sarah refletiu por um momento. Sentia-se tonta, quase sem peso, como se estivesse prestes a levitar.

– Não sei – sussurrou ela, procurando a mão dele e entrelaçando os dedos nos seus. – Você vai ter que definir loucura.

JOGO NOTURNO

TODD ESTAVA COM OS NERVOS EM FRANGALHOS NO DIA DO JOGO de estréia dos Guardiões contra os Auditores, um time de contadores que eram os campeões atuais da Liga de *Touch Football* da Meia-Noite. Ainda que o pontapé inicial não estivesse marcado para antes do horário ingrato de dez da noite, ele acordou às seis da manhã em plena crise de nervosismo pré-jogo, e não conseguiu dar mais do que duas mordidas no *waffle* congelado que Kathy pôs em sua frente à mesa do café da manhã.

– Me desculpe – disse ele. – Na verdade não estou com fome.

Ela olhou para ele um pouco mais de perto.

– Você está doente?

– Estou bem. Só um pouco nervoso por causa do jogo, hoje à noite.

Os olhos de Kathy ficaram inexpressivos, como sempre acontecia quando ele tentava lhe falar sobre os Guardiões. Ele não a culpava, para dizer a verdade; compreendia que ela via seu retorno ao futebol organizado como pura auto-indulgência, algum tipo de crise prematura de meia-idade, e mesmo uma ameaça potencial à sua família, pelo menos enquanto ele permitisse que o esporte interferisse em sua preparação para a prova da Ordem dos Advogados (ela não tinha como saber que essa preparação diminuíra a um ponto em que já não estava suscetível a interferências). Mesmo assim, teria apreciado um sorriso ou uma palavra de encorajamento, algum minúsculo sinal de apoio. Quando estava na escola, as meninas da torcida costumavam visitar sua casa enquanto ele dormia, enfeitando as árvores com papel higiênico e escrevendo mensagens de inspiração no caminho da frente, com giz colorido – *Vamos lá, Todd! Nós amamos o número 12! Vamos botar para quebrar!* Durante o último ano, Amanda Morrissey, uma aluninha miúda e mais nova, com cabelos oxigenados e dentuça de um jeito *sexy* – ela estava sempre no topo da pirâmide humana –, esgueirou-se para dentro do seu quarto na noite anterior ao grande jogo do Dia de Ação de Graças, e o acordou com aquilo a que chamou "chupada de boa sorte". Nessa época, o mundo inteiro percebia quando Todd tinha um jogo.

– Estou ficando sem roupa de baixo – Kathy relatou. – Você acha que dá para lavar um pouco de roupa hoje?

Todd disse que lavaria. Sorriu para Kathy do outro lado na mesa, feliz em poder sentir-se um pouquinho magoado com ela, para variar. De uma certa forma, ainda que bem discretamente, ajudava a contrabalançar a quantidade maciça de culpa que ele andava sentindo durante as últimas semanas.

– E quanto ao jantar? – ela disse. – Alguma idéia?

– Não consigo nem pensar no café da manhã.

– Qualquer coisa menos massa – ela lhe disse. – Comemos massa demais por aqui.

– Pensei que você gostasse de massa.

– Eu gosto – ela disse, juntando os pratos do café da manhã e os levando à pia. – Esse é o problema. Muito em breve vou poder alugar minha bunda para fazer propaganda.

Todd estudou suas costas enquanto ela passava uma água nas xícaras e nos pratos, e os colocava na lava-louça. Estava vestida para o trabalho, num estilo informal de verão, com uma camiseta regata azul e uma saia cinza-prata que se ajustava a ela com tamanha perfeição que você podia ver que corpo fantástico tinha, mas não tanto a ponto de fazê-lo pensar que estava se exibindo. Suas pernas eram magras e atléticas, o gracioso volume dos músculos das panturrilhas de certo modo acentuado pela ausência de saltos e pela praticidade de suas sandálias. Seria bom reparar que ela ganhara um certo peso – como se isso fornecesse a ele algum tipo de desculpa por estar trepando com outra mulher –, mas ninguém haveria de usar a bunda de Kathy para colocar num *outdoor*, pelo menos não em breve.

Será que estou zangado com ela? Todd se perguntou. Se estivesse, isso já ajudaria a explicar seu comportamento, de outro modo inexplicável. Mas ele na verdade não tinha muito com que se zangar. Ela o amava e tratava bem. Ele não poderia ter desejado uma mãe melhor para seu filho ou uma parceira mais paciente e atenciosa para sua vida. Ele a desapontara, é claro – desapontara a si mesmo, aliás –, mas na maior parte do tempo ela não tocava no assunto. Sua vida sexual não era o que costumava ser, mas isso apenas porque tinham tão pouco tempo para si mesmos. Se pudessem escapulir por um fim de semana, ele não tinha dúvidas de que seria como havia sido naquele verão após a graduação, quando foram morar juntos e às vezes não saíam do apartamento antes das cinco da tarde, no domingo. Kathy fechou a lava-louça e se virou.

– Estou apavorada com o trabalho hoje – ela informou.

Todd ficou tentado a ignorá-la, espelhar a indiferença com que ela recebera sua menção ao jogo, mas não queria descer àquele nível mesquinho de revide.

– Por quê?

– Vou entrevistar um veterano no hospital. – Ela lançou um olhar para Aaron antes de prosseguir. Ele estava sentado no chão em frente à geladeira, encenando uma batalha entre ímãs. Naquele exato instante, um morango estava causando danos sérios a um corretor de imóveis local. – Ele perdeu as duas pernas em Iwo Jima.

– Nossa.

– Mas essa não é a pior parte. – Ela sorriu, do modo como as pessoas às vezes sorriem quando qualquer expressão parece igualmente inapropriada. – Ele vive num estado de negação permanente. Ainda acredita que estamos em 1944 e que ele é a mesma pessoa que era naquela época. Basicamente, é um homem de 75 anos de idade, sem pernas, que acha que é um adolescente saudável.

– Talvez isso não seja tão ruim – Todd especulou.

– Sei que você quer dizer – ela disse. – Mas na verdade não funciona desse jeito. Ele não entende por que seus pais não o visitam e fica furioso porque sua namorada não responde às suas cartas.

Todd bebeu um gole de café, maravilhando-se, como acontecia quase todos os dias, com o modo como subestimara sua mulher. Quando se conheceram na faculdade, ele a tomara por uma impostora, uma garota bonita dedicando-se superficialmente à poesia e à pintura, tentando parecer mais ligada em arte do que realmente era. Mesmo quando foi aceita pela escola de cinema, ele achou que ela só estava passando tempo até que pudessem começar uma vida convencional de classe média alta num subúrbio: ou seja, ele daria um duro desgraçado todos os dias trabalhando numa grande firma de advocacia enquanto ela iria para a ginástica e para o Starbucks antes de pegar as crianças na creche. E agora ali estava ela, com mais dez anos de estrada, passando o verão com amputados e traumatizados no Hospital dos

Veteranos enquanto ele ficava a tarde toda na piscina, pegando um bom bronzeado e arranjando problemas.

– Sabe o que mais? Ele vive me chamando para sair. Quer me levar para dançar.

– Você está brincando, certo?

– Isso me deixa arrasada. – Kathy deu uma olhada para Aaron outra vez, e depois novamente para Todd. Falou com voz baixa, para que apenas ele pudesse escutar. – E nós achamos que temos problemas.

Não importava a que horas Todd e Aaron chegassem à Piscina Municipal, Sarah e Lucy sempre davam um jeito de aparecer uns dez ou 15 minutos depois. Ele não sabia ao certo o que ela fazia para que as coisas funcionassem desse jeito, mas a regularidade era grande demais para que imaginasse ser um acidente. Devia ser uma questão de honra para ela não chegar primeiro, não parecer ansiosa demais.

Todos os dias Todd esperava por ela na sombra e tentava se convencer de que o encanto acabara, de que ele finalmente colocara a cabeça no lugar e se dera conta de que simplesmente não valia a pena arriscar seu casamento por uma mulher que mal conhecia e que não era sequer seu tipo, e o pior, envolvendo seu próprio filho em toda aquela farsa. Às vezes ele ensaiava falas de rompimento na cabeça, uma série de declarações desconexas – clichês de canções e filmes, a maioria delas – reunidas num fluxo momentaneamente plausível: *Devemos ter perdido a cabeça, Sarah, vamos colocar um ponto final nisto antes que alguém se magoe, talvez se não houvesse crianças envolvidas, isto é muito difícil para mim, Sarah, ainda quero que sejamos amigos...*

Mas então ele a via, andando de um jeito gingado pelo caminho de concreto com Lucy, um largo sorriso no rosto, o chapéu de palha balançando elegantemente ao seu lado, e todas aquelas frases batidas estouravam como bolhas de sabão no ar ao redor de sua cabeça. *Ela chegou! Pontualmente!* Ele observava com prazer indiscreto enquanto ela estendia a toalha ao lado dele e abria a saída-de-praia azul-marinho – comprara-a alguns dias depois que seu caso começara –, revelando o biquíni vermelho por baixo, e tudo o que conseguia fazer era menear a cabeça e admitir timidamente que andara se enganando outra vez, que o encanto não corria o menor risco de acabar, e que ele estava hoje tão surpreso com a força do seu desejo por ela quanto estivera ontem.

Surpreso porque em qualquer outro momento de sua vida não teria nem mesmo lançado um segundo olhar para ela, não teria tido imaginação para enxergar além de seu rosto de traços angulosos e não muito bonito, de seu corpo que não chegava a ser estonteante. Por que seria diferente? Ele sempre tinha sido o tipo de cara que conseguia as garotas óbvias, as garotas bonitas com expressões arrogantes e pernas compridas, as baixinhas *sexy* com grandes olhos castanhos e seios exageradamente avantajados, as futuras modelos, as asiáticas esguias, as gostosas que causavam sensação caminhando pela praia ou diante de um armário na escola, aquelas que nunca tinham ficado sem namorado desde o dia em que haviam completado 11 anos, as garotas que a maioria dos outros caras não tinha a menor coragem de tentar conquistar. Ele nunca tinha tido que fazer os ajustes e assumir os compromissos que outras pessoas aceitavam cedo em sua carreira romântica, nunca tinha tido a chance de aprender a lição que Sarah lhe ensinava todos os dias: que a beleza era só parte do todo, e não era sequer a parte mais importante, que havia transações entre as pessoas ocorrendo em algum nível misterioso por baixo da pele, talvez mesmo para além do corpo. Ficava orgulhoso de si mesmo por desejá-la tão intensamente. Fazia com que sentisse ter crescido um pouco, expandido sua visão, como se tivesse viajado para um lugar distante ou aprendido a apreciar uma comida exótica.

Todd sempre tinha se sentido perturbado pela idéia de pessoas mais velhas fazendo amor, seus corpos flácidos e com manchas senis, o cabelo crescendo onde não deveria, os odores obstinados, a proximidade desagradável da morte. Às vezes Kathy fazia piadas sobre isso, perguntando se ele ainda a acharia atraente quando suas gengivas retrocedessem e quando seus peitos já estivessem pendurados, chegando à metade do corpo. Claro que ele dizia que sim; o que mais deveria dizer? Mas a verdade era que não conseguia sequer imaginar Kathy como uma velha, ou ele mesmo como um velho içando-se para dentro dos ossos rangentes dela. Kathy sem sua beleza não seria realmente Kathy. Mas às vezes, quando estava fazendo amor com Sarah, uma estranha sensação de alegria se apoderava dele, que acreditava, por um instante ou dois, que conseguiria trepar com ela numa boa quando estivessem ambos com 85 anos e sem dentes, que o aspecto de seus corpos era de certo modo uma questão secundária. Mas guardava o pensamento para si mesmo, suspeitando de que ela não fosse considerá-lo um elogio.

Não importava quantas vezes ele tentasse tranqüilizá-la, ela permanecia insegura acerca de sua aparência, nervosa por não ser suficiente para ele. Falava o tempo todo sobre como ele era bonito – queixo quadrado, ombros largos etc. – e no instante seguinte reclamava de seus defeitos: cabelos danificados, barriguinha renitente, o tom surpreendentemente escuro de seus mamilos. *Adoro a sua boca,* ela dizia. *Detesto os lóbulos das minhas orelhas.* Elogiava a penugem loura nos antebraços dele e seus dentes da frente ligeiramente tortos, depois lamentava um sinal minúsculo na parte inferior das suas próprias costas. *Você tem dedos tão esguios. Os meus parecem salsichas.*

Fazia o possível para ficar bonita para ele, que se sensibilizava com seus esforços. Batom num dia, brincos no outro. Fez as sobrancelhas e um corte caro nos cabelos. A saída-de-praia. Sandálias plataforma. Na tarde do jogo de futebol de Todd, apareceu com as unhas dos pés feitas. Não anunciou o fato, apenas estendeu as pernas à sua frente e balançou os dedinhos atarracados, as gotas chamativas de esmalte azul-metálico recém-aplicado, transformando-os numa série de pontos de exclamação de formato esquisito e de cabeça para baixo.

No dia anterior, ela reagira pessimamente quando ele tentara sugar os dedos dos seus pés. "Não", protestara, puxando o pé para longe da boca de Todd. Era a primeira vez que a palavra se pronunciava entre eles em duas semanas de exploração sexual bastante abrangente, que transcorria inteiramente durante o cochilo agora habitual de Aaron e Lucy no final da tarde.

– Qual o problema?

– Meus pés são nojentos. Não dá para você colocá-los na boca.

– Não me incomodo – ele insistiu.

– Bem, eu me incomodo.

Verdade que os pés de Sarah não eram seu forte. Eram curtos e largos, com aspecto quase primitivo. Ela sentia-se particularmente envergonhada de suas unhas, várias das quais tinham se tornado mais grossas e descoloridas por fungos. Mesmo agora, depois de serem profissionalmente cortadas e polidas, ainda não pareciam normais.

– Você não precisava fazer isso – disse ele.

– Eu quis fazer – disse ela. – Gostou?

Ele olhou rapidamente para as crianças. Aaron mostrava a Lucy sua coleção de dinossauros de plástico, deixando-a segurar os menos importantes. Todd deslizou seu pé grande pela grama e acariciou o peito do pé de Sarah com o dedão.

– Adorei – sussurrou ele. – Dez pequeninos pirulitos.

Naquela tarde, pela primeira vez, Todd teve problemas em manter sua ereção. Não era nada pessoal; a voz do seu treinador de futebol americano da escola ecoava sem cessar em sua mente, lembrando-lhe que era péssima idéia fazer sexo antes de um jogo.

– Rapazes – o treinador Breeden dizia, ao fim do treino de sexta-feira –, de agora até o mesmo horário amanhã vocês precisam deixar o Piu-Piu bem quietinho. Os poucos entre vocês que têm namoradas boazinhas, por favor informem a elas que está em curso uma política radical que exclui toques de qualquer espécie. Aqueles entre vocês que saem normalmente com a Palma da Mão e suas Cinco Irmãzinhas, aconselho que dêem a essas senhoras trabalhadoras uma noite de folga. Deus sabe que elas bem merecem. Quero guerreiros maus e famintos lá fora no campo amanhã, não um punhado de garotinhos apaixonados e sonhadores usando *smoking* de veludo. – O treinador dava aquele seu sorriso torto e desagradável. – Para expressar minha solidariedade com essa grande prova que vocês têm pela frente, juro aqui e agora evitar todo e qualquer contato físico com a Sra. Breeden nas próximas 24 horas. É claro, aqueles entre vocês que tiveram o desprazer de colocar os olhos na Sra. Breeden compreenderam que isso não se qualifica tecnicamente como sacrifício.

O treinador Breeden não chegava a ser uma fonte confiável. Era um capataz das antigas, um homem baixinho de pescoço curto que usava bem as palavras e que tinha várias idéias duvidosas a respeito do corpo humano – alongamento causa problemas, jamais beba água durante o jogo, a dor faz bem –, mais tarde desmascaradas por treinadores mais jovens e mais bem informados. Num certo nível, Todd compreendia que a proibição do sexo antes dos jogos era pura superstição, como não passar por baixo de escadas ou não nadar durante uma hora após as refeições, mas também não fazia essas coisas, pelo menos não se pudesse evitar.

– Qual é o problema – perguntou Sarah. Estava de quatro, falando com ele por cima do ombro. – Estou fazendo alguma coisa errada?

– Não, não é você. Só estou um pouco distraído.

Ela tentou ajudá-lo, persuadindo-o a deitar, dizendo-lhe que apenas fechasse os olhos e relaxasse. Começou lambendo seu peito, movendo-se devagar para baixo, passando por suas costelas até o umbigo, e depois ainda mais para baixo. Estava gostoso, até que Todd se lembrou de como jogara mal no Dia de Ação de Graças do seu último ano – 16 lançamentos dos quais apenas cinco completos, e três que foram parar nas mãos do adversário –, depois da chupada-surpresa de Amanda Morrissey. Abriu os olhos, alarmado.

– Está tudo bem – disse ele, fazendo uma careta com o esforço da autodisciplina. – Você não precisa fazer isso.

– Mas eu quero.

Ele se ergueu, apoiado nos ombros.

– Será que podemos tirar uma folga hoje?

Ela levantou a cabeça e enxugou a boca com as costas da mão.

– Se é isso que você quer.

Ela parecia tão desconcertada – eles nunca tinham "tirado uma folga" antes – que Todd sentiu que lhe devia uma explicação. Um pouco timidamente, disse-lhe que era a estréia dos Guardiões, e que seu lugar no time ainda não era garantido. Alguns dos caras – eram policiais, homens duros na queda – suspeitavam de que ele fosse um garotinho bonito que não suportaria a pressão, e ele estava determinado a provar que estavam errados, a mostrar-lhes que fazia parte do time.

– Sempre fico nervoso antes de jogar – ele acrescentou. – Na escola eu costumava vomitar no vestiário. Era a forma que o meu corpo encontrava de aliviar a tensão.

– Também costumava vomitar na escola – ela confessou. – Era a forma que o meu corpo encontrava para se livrar de uma péssima refeição.

Ele não tinha certeza se ela estava brincando, então limitou sua resposta a uma risadinha polida.

– Tenho certeza de que parece ridículo – ele disse. – Sou um homem adulto. Devia ter coisas mais importantes na minha cabeça do que um jogo de futebol.

– Não é ridículo – ela lhe disse. – Não é mais ridículo do que eu me importar com os meus dedos dos pés feios.

– Seus dedos dos pés são lindos.

Ela se inclinou e o beijou na testa.

– Você vai estar ótimo hoje à noite.

– Não sei – ele disse. – Faz dez anos que não jogo. Antes era uma parte importante da minha vida. Esse era eu na escola, mesmo na faculdade: o Superatleta, o Sr. *Quarterback*. Então, quando parei, simplesmente parei. Não cheguei nem a dar pela falta. Mas, agora que estou de volta, não posso deixar de sentir que é algo importante.

O tempo todo ele falava deitado de costas com as mãos atrás da cabeça, olhando para os seios nus e o rosto simpático de Sarah. Era uma boa maneira de olhar para uma mulher.

– Eu invejo você – disse ela. Quase que de forma ausente, passou uma das pernas sobre sua cintura, montando nele. Começou a balançar devagar o quadril, apertando o corpo contra o dele, um sulco úmido engolfando sua maciez. – Eu perdi tudo isso. Eu era uma garota inteligente. Clube de Teatro. Inglês Avançado. Fingia olhar com desprezo para as meninas da torcida de futebol, mas apenas as invejava.

– Por quê?

O ar de sua boca era quente em sua orelha, sua voz rouca.

– Porque elas tinham você.

Ele estava duro de novo; não fora preciso muita coisa. Ela se inclinou para a frente, colocando as mãos atrás, entre suas pernas, e guiando-o para dentro. Ele arqueou as costas, erguendo-a. Ela fez força para baixo, contra o movimento.

– Quem me tem agora é você – disse ele.

Desde o primeiro treino com os Guardiões, Todd ouvia rumores soturnos sobre os adversários daquela primeira noite, que eram amplamente considerados o time mais agressivo da liga, assim como o melhor. Ele não voltara a pensar nisso até ver os Auditores entrando em fila no campo, um jogador maior e mais mal-encarado do que o outro, como finalistas de um concurso Mister Esteróide. Cinco eram brancos, dois negros; todos eles usavam um trapo de náilon amarrado na cabeça, estilo cantor de rap.

– Nossa – disse Todd. – Esses caras são mesmo contadores?

Os times trocaram apertos de mão no meio do campo; com apenas sete de cada lado, não havia necessidade de capitães. Os Auditores ficaram com rosto de pedra e completamente silenciosos durante o ritual, como lutadores peso pesado de boxe tentando intimidar o oponente durante a verificação do peso. Todd achou aquela cena estilo cara-malvado ridícula, mas também sentiu uma pontada gelada de medo na parte inferior do abdômen, uma súbita suposição de que talvez estivesse dando um passo maior do que as pernas. Gostaria de não ter deixado Sarah convencê-lo, com sua fala, a fazer sexo. *Ah, não,* ele pensou. *Sou um garotinho apaixonado e sonhador com um* smoking *de veludo.*

Os Guardiões ganharam o cara ou coroa e escolheram receber. Todd e DeWayne Rogers recuaram para interceptar o chute. Todd sentiu uma descarga bem-vinda de adrenalina percorrer seu corpo, uma resposta biológica às luzes fortes, às traves do gol e às marcas do campo, a consciência de que homens em breve estariam se lançando com violência em sua direção. Já não importava mais que as arquibancadas estivessem vazias, que ninguém, exceto os próprios jogadores, desse a menor bola ao que acontecia no campo. De onde ele estava, na linha das 12 jardas, era tão real quanto qualquer outro jogo em que já tivesse estado.

Não havia árbitro nem apito. O jogador dos Auditores que ia dar o chute inicial simplesmente levantou a mão direita e baixou-a num movimento de corte para anunciar o início do jogo. Correu na direção da bola, seus colegas de time movendo-se em uníssono dos dois lados, e chutou-a muito alto na direção do céu. Todd perdeu-a de vista por um momento, no brilho dos refletores do estádio, depois encontrou-a de novo, um ovinho de chocolate girando sobre si mesmo e ficando maior a cada revolução. Ficou aliviado – e imediatamente envergonhado desse alívio – ao ver que a bola caía na direção de DeWayne, que era responsabilidade dele.

Quando Todd começou a avançar, em busca de alguém para bloquear, os Auditores estavam em debandada pelo campo, berrando um grito de batalha estranho e ululante, como se fossem uma tribo de ferozes guerreiros nativos dispostos a se vingar de alguma antiga ofensa. Era um som aterrorizante; Todd sentiu-se nu e indefeso diante dele, subitamente surpreso ao se encontrar de pé num campo de futebol americano sem proteção ou capacete, mas não ia ficar de pé por muito tempo. Um dos Auditores o interceptou quando ele passou correndo – um antebraço duro como pedra em seu rosto – e a próxima coisa que Todd percebeu foi que estava escrutinando o cosmos, sua cabeça num zumbido rouco, mais ou menos como se todos os seus pensamentos tivessem sido expulsos dali com a pancada, seu corpo miraculosamente insensível, pelo menos até que um tênis imenso desceu sobre sua mão direita, comprimindo-a sobre a grama como se se tratasse de um cigarro aceso que precisava ser apagado. O olhar de Todd seguiu do tênis rumo ao norte. Um homem negro com olhar alegre e coxas maciças estava grudado ali.

– Ei – disse Todd. – Dá para sair de cima da minha mão?

– Dá. – O homem grandalhão sorriu, revelando um dente de ouro. – Qual é a palavra mágica?

Depois que Aaron adormeceu, Kathy surpreendeu-se ao ligar para sua mãe. Normalmente, quando estava chateada com seu casamento, ela recorria à sua irmã mais velha, Claire, ou à sua antiga colega de dormitório da época da faculdade, Amy, em busca de conselhos e encorajamento. Ambas eram ouvintes simpáticas e altamente intuitivas que por acaso também eram grandes fãs de Todd. O principal, como elas sempre recordavam a Kathy, era o fato de ela ter tido sorte suficiente para se casar com um homem bonito, inteligente e gentil, disposto a ficar em casa e cuidar de uma criança pequena enquanto ela perseguia seu sonho de fazer documentários. E daí se ele tinha um pouco de dificuldade em passar no teste? JFK Jr. também não fora aprovado em *sua* primeira tentativa, não era verdade?

– Oi, mãe.

– Ah, oi, querida. – Marjorie parecia aturdida, elevando a voz para se fazer ouvir sobre a TV aos berros. – Está tarde. Tudo bem por aí?

– Estou bem.

– Não parece estar, pelo som da sua voz.

– Não há nada de errado – Kathy insistiu. – Só queria dizer oi.

– Espere um instante. Estava na minha mão há um segundo atrás.

– O quê?

– Esse controle remoto idiota. Onde diabos ele foi parar?

Pelos mesmos motivos que a levavam a procurar Claire e Amy, Kathy tendia a não fazer confidências a sua mãe quando estava zangada ou exasperada com Todd. O primeiro impulso de Marjorie não era defender seu genro nem tranqüilizar sua filha acerca das escolhas que fizera. Sua inclinação, consciente ou não, era precisamente a oposta: semear a discórdia, exagerar o significado do que quer que estivesse a incomodando e, em última análise, se fosse capaz de realizar a tarefa, arrastá-la para o pântano da sua própria infelicidade, a fim de ter um pouco de companhia.

O pai de Kathy, Rick, abandonara o navio depois de três filhos e 16 anos de matrimônio, não por uma mulher mais jovem e mais *sexy* – o que teria sido pelo menos compreensível em algum nível patético, de clichê –, mas por uma vizinha doentia cinco anos mais velha do que Marjorie. *Essa* humilhação – ser trocada por Gail Roberts, uma divorciada de meia-idade com um pigarro de fumante e sapatos ortopédicos – causara um dano permanente à psique de Marjorie, marcando-a com a convicção entranhada de que os homens eram mentirosos e o casamento, uma piada cruel, cuja tirada principal sempre ocorria às custas da esposa crédula.

– Pronto – disse Marjorie quando a TV emudeceu, no fundo. – Assim está melhor. Então, como está o meu garotinho?

– Ótimo. Está dormindo bem aqui ao meu lado. Que fofinho. – Kathy baixou os olhos para Aaron, que estava sem camisa, usando apenas um *short*. Suas costelas pareciam frágeis por baixo da pele esticada, as pernas e os braços magricelas e delicados. Mesmo assim, era curiosamente fácil imaginá-lo mais alto e encorpado, um homem adulto, forte e bonito como seu pai. – A que você está assistindo?

– *E.R.* Acabou de começar. O ônibus da escola caiu numa vala – Marjorie estalou a língua, como se reagisse a um desastre real. – Que tragédia.

– Posso ligar de volta quando acabar.

– Está tudo bem. Já vi este episódio.

Kathy ficou em silêncio, esperando que sua mãe fizesse a próxima e inevitável pergunta.

– E então, onde está Todd?

– Saiu.

– É uma surpresa para mim saber que a biblioteca fica aberta até tão tarde.

– Ah, ele não está na biblioteca – Kathy relatou. – Está jogando futebol americano com seus amigos.

– Futebol?

– Ele entrou para um time. Jogam *tackle* sem proteção.

– Mas são dez da noite.

– Você devia tê-lo visto antes de sair de casa. Não conseguiu jantar, não conseguiu ter uma conversa normal. Todo agitado, como se fosse jogar no Super Bowl.

– Você disse *tackle*?

– Sem capacete ou qualquer outra proteção.

– Sorte dele se não quebrar o pescoço.

– Se quebrar – Kathy disse – é melhor não vir chorando para mim depois.

Na pausa que se seguiu, Kathy teve uma imagem estranhamente nítida de Todd numa cadeira de rodas, a boca muito aberta, esperando que ela lhe desse mais uma colherada de papinha de bebê.

– Posso perguntar uma coisa? – Marjorie disse. – Você acha que ele está tendo um caso?

– Um caso? – zombou Kathy. – Ele entrou para um time de futebol.

– Querida – Marjorie disse, num tom de paciência cansada –, é só uma cortina de fumaça. Ninguém joga futebol a essa hora da noite.

– Esses idiotas jogam. Ele volta para casa ensopado de suor, cheio de arranhões e manchas roxas pelo corpo todo.

– Se você está dizendo. Mas se lembra de quando seu pai começou a jogar golfe? Comprou um novo jogo de tacos e começou a acordar ao raiar do dia nas manhãs de sábado? Bem, na verdade ele não estava passando muito tempo no campo de golfe.

– Não é com um caso que eu estou preocupada, mãe. Alguma coisa está errada com Todd. Ele não fala mais sobre o futuro, nem mesmo pensa sobre ele. É como se estivesse preso no lugar, como se nem mesmo se desse conta de que sua vida está escorrendo entre seus dedos.

– Quer que eu apareça para uma visita? Poderia ficar de olho nele enquanto você está no trabalho, me certificar de que ele não está se metendo em encrenca.

Kathy franziu o rosto e ergueu o dedo médio para o telefone. Devia ter sabido que era inútil tentar ter uma conversa séria com sua mãe, uma conversa que exigiria dela a capacidade de imaginar um mundo em que nem todos os homens eram insensíveis e mentirosos como seu ex-marido. E nem mesmo *ele* vinha a ser o monstro que Marjorie fazia crer que fosse. Apesar de todos os seus defeitos, seu pai construíra uma relação afetuosa e duradoura com Gail, cuidando dela no curso de suas duas doenças, o enfisema e a artrite crônica. Sempre que os visitava, Kathy ficava emocionada ao ver como ele vivia cheio de atenções para com a pobre mulher, verificando a pressão do seu tanque de oxigênio, certificando-se de que os tubos de plástico estivessem apropriadamente situados em suas narinas, segurando sua mão enquanto ela se sentava respirando sofregamente no sofá.

– Sabe do que mais, mãe? Eu não devia incomodar você com essas coisas. Afinal de contas, você tem seus próprios problemas.

– Está tudo bem – Marjorie disse, alegremente. – Não é incômodo. Fico feliz em ajudar.

O *linebacker* central da defesa dos Auditores começou a dizer gracinhas já na primeira parte do jogo. Ele era uma montanha irritadíssima de músculos – 1,80m ou coisa assim, talvez cem quilos –, com cabelo à escovinha e um cavanhaque demoníaco.

– Amorzinho – o *linebacker* acenou para Todd quando os Guardiões desfizeram a roda e se aproximaram da linha. – Aqui.

Todd o ignorou, olhando para a esquerda e para a direita a fim de se certificar que seus colegas de time estavam em posição. Já tinham feito três ataques e ainda faltavam oito jardas. O *linebacker* ampliou o aceno, cruzando os braços acima da cabeça, como se sinalizasse a um helicóptero que viesse em seu resgate. As mangas de sua camiseta tinham sido cortadas para expor as tatuagens de cercas de arame farpado circundando seus bíceps grotescamente inchados.

– Raspou a xoxota para mim?

Todd fez um gesto para DeWayne, afastando-o ainda mais na direção da linha lateral. Com 14 jogadores num campo-padrão, havia um bocado de espaço vazio disponível.

– Você sabe que eu gosto das minhas putinhas bem macias.

– Verde 42! Verde 42. – Todd colocou as mãos entre as pernas de Larry, esperando o lançamento. – Anda logo! Anda logo!

Ele fingiu que ia passar a bola para Bart Williams, mas depois saiu com ela para a direita, olhando na direção da defesa, enquanto esperava que DeWayne chegasse ao meio do campo. Pelo canto do olho, viu o *linebacker* passar correndo por Larry, que não era páreo para sua velocidade e força. Ouvindo passos, Todd apressou-se em arremessar, lançando a bola numa trajetória vacilante que sabia que não ia longe. Não chegou a vê-la cair; o *line-*

backer deu um encontrão nele enquanto a bola ainda estava no ar. Todd ouviu seu próprio lamento ao cair sobre a grama.

– Você é uma gracinha – disse o *linebacker*, usando o crânio de Todd como apoio ao se levantar. – Quer ser a mãe dos meus filhos?

Todd ainda estava deitado no chão tentando respirar quando Larry veio correndo para ajudá-lo a se levantar. Corando de embaraço, apertou o ombro de Todd e limpou a frente de sua camiseta com a eficiência brusca de um criado pessoal.

– Minha culpa. Não consegui bloquear o cara. Não vai acontecer de novo.

Dali para a frente, foi ladeira abaixo. Às vezes você simplesmente é superado, dominado pelos opositores. Todd lembrava-se bastante bem da sensação de sua época de colégio e faculdade; era como um sonho real no qual nada que seu time fizesse parecia ter qualquer efeito. Os caras de seu time batem nos outros, mas eles não caem. Passes perfeitos escorregam das mãos dos seus jogadores, como se eles tivessem manteiga nas mãos; seus oponentes apanham a bola em circunstâncias impossíveis, como se suas mãos estivessem cobertas de velcro. Os Guardiões se atrapalhavam nos passes laterais, chutavam na direção errada, erravam na defesa. Os Auditores simplesmente continuavam marchando para um lado e para o outro do campo, avançando metodicamente.

Depois de um tempo, você pára de se preocupar com o placar e começa a se preocupar com a sua dignidade. Para Todd, isso significava se defender do *linebacker*, que parecia estar em toda parte no campo e começava a levar aquela metáfora da mãe dos seus filhos a extremos desagradáveis. Elogiava a boca bonita de Todd, agarrava sua bunda nas colisões e se oferecia repetidamente para lhe proporcionar uns bons momentos debaixo dos lençóis após o jogo.

– Vou amar você devagar e com carinho, meu bem. Não como esses outros patetas.

Já que cada time tinha tão poucos membros, não havia substitutos, nem mesmo se alguém se machucasse; todo mundo tinha que jogar de um jeito ou de outro. Na defesa, Todd jogava livre, uma posição que lhe dava muitas boas oportunidades de derrubar o *linebacker* – ele também desempenhava a função de atacante para os Auditores – ou pelo menos acertá-lo depois que outra pessoa o tivesse derrubado. Um soco no nariz aqui. Um joelho nas costas ali. Isso foi meu cotovelo na sua barriga? Quanto mais pancadas ele levava, mais solto parecia se sentir, até chegar a um ponto em que atirava seu corpo para toda parte sem reservas, como se machucar o outro cara fosse mais importante do que não se machucar, o que era, é claro, o segredo para se jogar bem futebol americano.

E então ele conseguiu: a jogada com que toda defesa sonha. Seu inimigo atravessando a última área da defesa, saltando e arremessando mal um passe, os braços estendidos por cima da cabeça, a área da barriga exposta, indefesa. Todd também saltou, mirando no homem, e não na bola, dois corpos grandes colidindo em alta velocidade, como átomos num colisor, seu ombro acertando o outro jogador bem no estômago, logo abaixo das costelas. *Uff!* O som do ar escapando de um recipiente, um saco sendo esvaziado. Os dois foram parar no chão; só Todd se levantou.

O *linebacker* falador ficou estendido de costas, arquejando como um peixe na linha das 30 jardas. Todd não executou uma dança comemorativa ou algo do tipo. Apenas se curvou, até que seu rosto estivesse a poucos centímetros do rosto do *linebacker,* e deu um beliscão afetuoso no rosto do sujeito.

Todd jogara futebol durante tempo suficiente para saber que havia um preço a pagar por um momento delicioso como aquele, que foi pago alguns lances mais tarde, quando o furioso *line-*

backer pegou-o desprevenido, envolvendo-o num abraço de urso, levantando-o e atirando-o no chão outra vez com um gesto selvagem digno da Federação Mundial de Luta Livre. Com os braços inutilmente presos ao longo do corpo, Todd não teve outra escolha senão amparar a queda com o rosto. Deixou uma boa quantidade de pele na grama sintética – parecia granito coberto com lixa – e ficou surpreso ao descobrir que seus dentes ainda estavam fixos na boca.

Ficou deitado em posição fetal, choramingando como um cachorrinho, enquanto o *linebacker* se agachava sobre ele, batendo no peito e rugindo como Tarzan. Todd manteve os olhos abertos, na esperança de desviar fosse qual fosse o golpe baixo que viesse a seguir, então viu de um bom ângulo Larry Moon caminhando calmamente até o *linebacker* e desfechando um gancho de direita no lado de sua cabeça, um bom e sólido soco que derrubou o Rei da Selva. O jogo foi encerrado por causa da breve confusão que se seguiu, a vitória indo para os Auditores por 26 a 0.

Kathy estava completamente acordada na escuridão, a mão repousando no ombro de Aaron, subindo e descendo ao ritmo suave de sua respiração. Ela ainda se sentia culpada por agir às escondidas, por reclamar de Todd com sua mãe, entre todas as pessoas. Marjorie jamais chegara a dizê-lo com todas as letras, mas nunca realmente gostara de Todd ou o aceitara como membro da família. Desconfiava de sua boa aparência e de sua personalidade cativante, duas coisas que considerava sérios riscos num marido – os idiotas de aparência mediana já davam trabalho suficiente, como ela aprendera amargamente por sua própria experiência –, e se sentia extremamente gratificada pela incapacidade de Todd passar na prova da Ordem, como se desde o início soubesse que isso não era para o bico dele. Kathy devia estar mais zangada com Todd do que se dava conta para traí-lo junto ao inimigo daquele jeito.

O que tornava a situação ainda mais desanimadora era o fato de que ela nem mesmo dissera à sua mãe a verdade. Por suas palavras, parecia que era o futebol que a estava incomodando, a irresponsabilidade radical do jogo, a possibilidade de que Todd se machucasse gravemente no campo, lançando sua organização doméstica já complicada numa confusão absoluta.

Mas a questão não era essa. Kathy não era uma daquelas pessoas tímidas que acreditavam que uma vida digna de ser vivida poderia – ou mesmo deveria – ser livre de riscos, purgada de qualquer chance de conseqüências ruins. Compreendia que às vezes você precisava fazer alguma coisa impensada, mesmo potencialmente autodestrutiva – andar de motocicleta, saltar de um avião, jogar futebol americano sem capacete –, para se lembrar que estava vivo e não apenas encolhido no porão esperando que a tempestade passasse. Ela compilara uma lista de coisas imprudentes que planejava fazer no momento em que seu último filho fosse para a faculdade – viajar para uma zona de guerra era a primeira delas – e não estava ali para condenar um ímpeto de busca de emoção em qualquer outra pessoa, especialmente no homem que amava.

Não, o que realmente a incomodava no fato de Todd ter entrado para aquele time de futebol era a transparente *felicidade* que ele encontrava nisso. Ao longo das duas últimas semanas ele se tornara uma pessoa diferente, como se finalmente tivesse apresentado os papéis de despejo ao estranho soturno que morara dentro de sua pele ao longo de toda a primavera, arrastando-se zelosamente até a biblioteca todas as noites, arrastando-se zelosamente de volta para casa. Desde que se juntara aos Guardiões, ele andava sorrindo mais, ouvindo quando ela falava, perguntando-lhe sobre o seu trabalho. Ela podia notar isso na forma como se movia – estava energizado, mais leve sobre os pés, como se tivesse sido magicamente reintegrado ao seu eu mais jovem, o garoto despreocupado por quem ela se apaixonara na faculdade. Testemunhar essa transformação era algo que deveria tê-la alegrado, mas em vez disso a enchia de vergonha e tristeza, fazia com que se desse conta da pressão que ele devia estar sentindo para viver de acordo com uma visão de si mesmo que jamais fora realmente a sua.

Eu fiz isso com ele, ela pensou. *Suguei sua vida.*

Ela era quem o havia encorajado a ir para a escola de direito, apesar das dúvidas graves que ele tinha, e que freqüentemente expressava, sobre sua adequação à profissão, e *ela* era quem insistira que fizesse uma última tentativa para passar na prova da Ordem, um último esforço dedicado para ser aprovado no teste antes de desistir de uma carreira à qual dedicara tanto tempo e esforço. A qualquer momento ao longo dos últimos seis meses ela podia tê-lo libertado com uma única palavra, deixando-o sair daquele inferno particular de fracasso, mas não o fizera.

Não dissera a palavra.

Isso porque era uma covarde, Kathy sabia disso, uma pessoa egoísta que queria desfrutar os dois lados – queria viver a vida interessante de uma artista sem aceitar os desagradáveis sacrifícios financeiros que normalmente vinham com o pacote. Tinha amigos da escola de cinema, gente com trinta e poucos anos, que ainda moravam em apartamentos em ruínas no Brooklyn e em Somerville – *com colegas de quarto!* – adiando o casamento e os filhos, se virando sem seguro saúde ou carros confiáveis, ainda tentando acalentar aqueles sonhos de juventude de fazer filmes honestos, sem apelo comercial e socialmente conscientes, que se tornavam mais e mais improváveis a cada ano.

Kathy, por outro lado, escolhera o caminho do compromisso e da acomodação, galgando seu caminho na pirâmide da rede pública de televisão, de insignificante assistente pessoal a técnica de som, editora e assistente de direção, dedicando horas inacreditavelmente longas a projetos positivamente enfadonhos ("Parte quatro de *Dedilhando e Sorrindo*, nossa história completa do banjo em cinco partes"), e finalmente chegando a um ponto em que pôde dirigir um projeto seu. *Sobreviventes Feridos: Heróis Esquecidos da Guerra do Pacífico* não era um documentário particularmente original, nem mesmo um assunto pelo qual tivesse grande interesse – ela havia, de modo consciente, se não cínico, bolado sua proposta de financiamento para pegar carona na onda de nostalgia da Segunda Guerra Mundial que varria a nação no final dos anos 90 –, mas sabia que era um marco importante em sua própria carreira, um degrau para atingir feitos maiores e melhores.

Durante todo esse tempo, sua carta na manga, aquele pensamento que a salvara do tédio e da politicagem fútil da televisão pública, bem como do desespero econômico burguês que a estava sempre ameaçando – *Como conseguiremos algum dia comprar uma casa, tirar umas boas férias, mandar nossos filhos para uma faculdade decente etc.?* – era a perspectiva de que Todd se tornasse um advogado bem-sucedido, ganhando dinheiro suficiente para sustentar a família no estilo em que ela acreditava que mereciam viver, e ao mesmo tempo dando-lhe chances para ter mais filhos (e mais creches) e trabalhar só quando quisesse, e apenas em projetos nos quais acreditasse. Tudo o que havia no caminho deles era um único e estúpido teste.

Seu plano – era tão humilde, tão eminentemente *factível* – fazia tanto sentido que ela não conseguia se obrigar a desistir dele nem mesmo agora, quando não tinha outra escolha além de admitir para si mesma quão infeliz o plano tornara seu marido. Talvez o futebol ajudasse. Talvez acabasse com o medo de Todd, e lhe desse a energia e a confiança necessárias para tomar coragem e passar no teste em sua terceira tentativa. Se isso acontecesse, tudo estaria bem: poderia olhar para os dois anos passados como um rápido apagão na tela de sua vida feliz juntos, um interlúdio necessário de luta, mais do que um período sombrio de ansiedade e estagnação, o momento em que tudo foi por água abaixo.

Ele consegue, disse a si mesma, virando-se de costas e olhando fixamente para o vazio cinzento do teto. *Ele consegue, se quiser.*

Apesar de ter perdido e apesar da dor lancinante no rosto – sua bochecha direita parecia ter sido pressionada de encontro a uma frigideira quente –, Todd sentia-se curiosamente animado no bar depois do jogo. Não porque tivesse tido uma performance de *superstar* – fizera sua cota de erros no campo –, mas sim porque se recusara a se deixar intimidar. Levara suas pancadas sem reclamar, e depois revidara da melhor forma possível. Era capaz de sentir agora um novo respeito na maneira como os guardas olhavam para ele, lhe davam tapinhas nas costas, incluíam-no na conversa. *Grande Todd! Vai beber o que, cara?* Ele não estava mais num período de teste; era membro do time.

– Puxa, cara. – Tony Correnti estava de pé atrás dele como um treinador de boxe das antigas, massageando seus trapézios. – Amanhã de manhã você vai estar lindo de morrer.

– Analgésico – aconselhou DeWayne. – Analgésico e gelo. Gelo e analgésico.

– Não esqueça o Gelol – disse Pete Olaffson.

– E se nada disso der certo – disse Bart Williams –, você sempre pode consultar o médico do nosso time. – Bart pegou um copo raso da bandeja forrada de cortiça no centro da mesa e ofereceu a Todd. – Dr. Daniels. Seus amigos o chamam de Jack.

– Ao bom doutor. – Todd ergueu o copo aos seus colegas de time, depois o esvaziou de um gole só. – Já me sinto melhor.

Um a um os Guardiões foram indo embora, até que apenas Todd e Larry Moon ficaram na mesa. Larry estava numa pior; Todd reparara nisso no instante em que se sentaram. Estava bebendo sem parar ao longo da última hora e meia, mas se mantinha à parte da conversa, só participando dela se alguém lhe fizesse uma pergunta direta.

– Obrigado por acertar aquele cara – Todd lhe disse. – Acho que ele estava prestes a fazer picadinho de mim.

Larry levantou os olhos num misto de surpresa e mágoa. Tirou de cima do olho esquerdo, que estava bem inchado e quase fechado, um saquinho de gelo. Os Auditores tinham feito dele seu alvo principal durante a pancadaria no final do jogo.

– Você não devia me agradecer. Devia cuspir na minha cara.

– Do que você está falando?

– Não consegui bloquear aquele cara. Ele estava me matando a noite inteira. – Larry baixou a cabeça como um garotinho pego fazendo arte. – Eu decepcionei você. Decepcionei o time inteiro.

– Bobagem. Você deu o melhor de si.

– Eu sou lento e gordo e deixei aquele desgraçado me fazer de gato e sapato.

– Já acabou – disse Todd. – Esqueça.

Larry apertou o saco de gelo sobre o olho e olhou fixamente para Todd durante alguns desconfortáveis segundos.

– Porra, vê se não me diz para esquecer, está bem?

Todd deu uma olhada para o pulso, onde seu relógio devia estar se ele o estivesse usando.

– Sabe do que mais? – ele disse. – Acho melhor eu ir andando.

Todd não achava que Larry estivesse em condições de operar um veículo motorizado, mas não queria aborrecê-lo tocando no assunto. Era apenas um curto trajeto até em casa, e as ruas estavam pouco movimentadas àquela hora da noite.

– Eu decepcionei você – Larry repetiu num tom moroso, arremetendo com a chave numa direção mais ou menos próxima à ignição. – É isso que eu faço. Decepciono as pessoas.

Larry entregou para Todd o saquinho de gelo. Sem pensar, Todd o aplicou sobre sua própria face machucada. A sensação foi boa, melhor do que imaginara.

– Minha família, meus companheiros de time, os caras com quem eu trabalhava. – Larry conseguiu acertar o local da chave e ligou a *van*. – Não conte comigo, porque vou decepcionar você.

– Você está tendo uma reação exagerada – Todd disse. – Todo mundo pode jogar uma partida ruim.

Larry hesitou antes de sair do estacionamento. Olhou para os dois lados várias vezes, depois seguiu pela rua vazia como se em pleno tráfego da hora do *rush*.

– Joanie me largou – anunciou ele. – Pegou as crianças e foi para a casa da mãe.

– Puxa, Larry. Que chato.

– Eu mereci. Eu e minha boca grande. – Todd não pediu detalhes, mas Larry os forneceu assim mesmo. – Disse que ela era uma porra de uma piranha. Bem na frente das crianças.

– Por que você fez uma coisa dessas?

– Estava de mau humor, sei lá.

Larry pisou no acelerador sem motivo aparente, correndo pela Pleasant Street como se estivesse apostando corrida com um oponente invisível. A minivan tinha uma força de aceleração surpreendentemente boa; o velocímetro atingiu os oitenta quilômetros no que pareceu serem poucos segundos. Todd ficou ao mesmo tempo alarmado e aliviado quando ele pisou no freio no cruzamento da South Street, ao ser surpreendido por um sinal fechado. Os dois homens foram arremessados para a frente e para trás com a *van*.

– Então, agora eu estou fodido – disse Larry. – Vão vir os advogados, o direito de guarda, a pensão alimentícia. E depois ela vai se casar com outra pessoa, e algum estranho vai educar meus filhos. É isso o que acontece com babacas como eu.

– Talvez vocês ainda consigam ajeitar a situação. Fazer terapia ou algo assim.

– Já passamos por isso. Não há mais nada para conversar.

O sinal abriu. Larry dirigia devagar outra vez, como se não estivesse familiarizado com aquela área. Todd se sentia cansado e um pouco tonto; procurou em sua mente nublada assuntos que não estivessem relacionados ao jogo ou aos problemas domésticos de seu amigo. O que ele realmente queria era falar sobre Sarah, e a bela estranheza de seu caso, a forma como parecia se adequar perfeitamente à estrutura de sua vida – *a manhã e a noite pertencem à minha família, a tarde pertence a ela* –, mas alguma coisa lhe dizia que Larry não era a audiência adequada à sua confissão. Então, outra coisa lhe veio à mente, algo que de todo modo pretendia mencionar.

– Você soube do tarado? Ele foi nadar na Piscina Municipal.

– O quê? – Larry virou rapidamente a cabeça na direção de Todd, desviando por completo sua atenção da pista. – Quem contou isso?

– Eu mesmo vi. Durante a onda de calor.

– A Piscina Municipal? Aquele lugar está cheio de crianças. Às vezes meus garotos vão lá.

– Foi só dessa vez. Não acho que ele tenha voltado.

Larry ficou apenas balançando a cabeça e murmurando consigo mesmo, como se algo estivesse muito, muito errado. Antes mesmo que ele pisasse no acelerador e girasse bruscamente o volante para a esquerda, descrevendo um U como um desses policiais dos programas de TV, em frente ao Pet Palace, Todd já havia chegado à conclusão de que teria sido melhor ficar de boca fechada.

Ultimamente, Kathy se surpreendera pensando muito sobre um incidente particular em seu passado, o momento em que ela teve a primeira vaga impressão de que seu futuro e o de Todd poderiam de algum modo se cruzar. Aconteceu durante o semestre de verão em seu primeiro ano na faculdade, durante uma aula chamada Sociologia da Família Americana.

Não que eles fossem estranhos completos. Àquela altura, já haviam freqüentado a mesma pequena faculdade por dois anos e meio, e tinham um punhado de conhecidos comuns. Esbarravam um no outro a toda hora no *campus* compacto e bucólico, e trocavam os sorrisos obrigatórios e aquela conversa superficial levemente forçada das pessoas que vivem no mesmo mundo, mas que tomaram a decisão tácita de não se tornarem amigos.

Pelo menos Kathy tomara essa decisão, bem cedo no seu primeiro ano. Ela ouvia falar sobre aquele jogador de futebol americano maravilhoso desde sua primeira noite no dormitório, quando ela e suas três colegas de quarto ficaram acordadas até tarde, comparando notas a respeito das pessoas que haviam encontrado. Quando o nome de Todd surgiu, inspirou um coro de reconhecimento extasiado.

– Ai, meu Deus, você *viu* esse cara?

– Ele é tããão maravilhoso.

– Ele não parece aquele modelo da J. Crew? – perguntou a moça simpática chamada Amy, dando uma olhada na direção de Kathy, em busca de apoio. – Aquele louro?

Kathy deu de ombros, incapaz de dar sua opinião. Era o único membro do grupo que ainda não tinha dado uma olhada no magnífico e aparentemente onipresente Todd. Os olhos de Amy se estreitaram, pensativamente.

– Sabe do que mais? – ela disse a Kathy. – Você devia sair com ele. Vocês devem ser as duas pessoas mais bonitas de toda a turma. Vocês seriam o casal perfeito, sabe. Não seriam?

As outras colegas de quarto concordaram, e Todd foi imediatamente designado namorado-*in-absentia* de Kathy. *Vi seu namorado hoje,* uma delas invariavelmente dizia. *Seu namorado está no meu laboratório de biologia.*

Mas bastou uma única conversa numa festa algumas semanas depois para convencer Kathy de que o seu "namorado" jamais seria seu namorado. Ele era bonito, tudo bem, mas parecia menos uma pessoa do que um tipo, a epítome do deslumbrante acadêmico/atleta, categoria cujo encanto Kathy sentia ter exaurido na época da escola. Não viera para a universidade perder seu tempo com outros caras como *aqueles,* o capitão do time, de queixo quadrado, o garoto que mais provavelmente seria bem-sucedido.

Não, Kathy estava cheia dos atletas bonitos, cansada de toda a vaidade e os elogios a eles mesmos, às recapitulações minuciosamente detalhadas do jogo da véspera. Estava em busca de amantes mais largados e menos convencionais, artistas e intelectuais, caras que não se barbeassem e usassem camisas escocesas compradas em lojas de segunda mão, e pudessem ajudá-la a se transformar na pessoa séria que pretendia ser, alguém que seus colegas cabeças-de-vento da escola nem mesmo reconheceriam.

Quando estava terminando o segundo ano, ela já passara por um guitarrista de *blues*, por um pintor abstrato expressionista, por um fotógrafo maconheiro, por um estudante que se especializava em antropologia e atravessara a Austrália de carona. Todos eles foram interessantes durante algum tempo, mas uma vez a novidade tendo passado, ela fora obrigada a admitir que os boêmios tinham o mesmo pouco empenho em conhecê-la que os jogadores de futebol americano costumavam ter. Não queriam passar horas discutindo os pontos mais interessantes da história da arte ou da cultura aborígine; só queriam deixá-la chapada e tirar suas roupas.

Então, no começo do penúltimo ano, ela conheceu Jason, um sujeito baixo, de cabelo encaracolado, cujos pais eram ambos professores de história numa universidade pública em Wisconsin. Ele era um marxista convicto e radical, um dos poucos no *campus*, com uma paixão por justiça social e um apetite aparentemente inexaurível por conversas. Durante todo o outono, ele e Kathy ficaram acordados até tarde da noite, tomando café puro e falando sobre política. Discordavam a respeito de quase tudo – Jason achava que os alemães do leste tinham tido razão ao construir o muro de Berlim, por exemplo, e que uma ditadura do proletariado não podia ser considerada, por definição, uma forma repressora de governo –, mas essa não era a questão. Ele era o primeiro cara inteligente que ela jamais conhecera a tratá-la como alguém intelectualmente do mesmo nível, o primeiro que ouvia suas opiniões e tentava responder-lhe com argumentos racionais próprios. Ele não agia como se essas discussões fossem meros pretextos, preliminares ao evento principal. Para Jason, a conversa *era* o evento principal. Ele nunca flertava, nunca tentava beijá-la, e ignorava as sugestões cada vez menos sutis da parte dela de que não precisava ser tão respeitoso quanto às suas fronteiras físicas.

Desnecessário dizer que ela se apaixonou perdidamente por ele. Outrora fonte de prazer e excitação, suas castas e intermináveis conversas sobre o maoísmo e a Revolução Sandinista se tornaram uma forma de tortura erótica. Por fim, Kathy não pôde mais tolerar. Embebedou-o com vodca numa noite de sexta-feira e o levou para a cama. O sexo foi tudo o que ela desejara – intenso e terno ao mesmo tempo, cheio de prolongados contatos oculares e comentários sussurrados, um diálogo físico e emocional. Quando terminou, ela o cutucou no peito e exigiu saber por que diabos ele levara tanto tempo. Jason desviou os olhos, franzindo o cenho, embaraçado.

– Sei lá – ele murmurou. – É uma bobagem.

– O quê? Você pode me dizer.

Ele se obrigou a fitá-la nos olhos.

– Você é alta demais – disse ele.

Ela riu. *Era só isso?*

– Jay – disse ela –, eu devo ser uns sete centímetros mais alta do que você.

– Eu diria uns dez.

– Tanto faz. Eu não ligo.

Kathy esperou que ele ecoasse seus sentimentos, mas ele não conseguiu fazê-lo.

– Diga o que quiser – ele falou. – Simplesmente não parece certo quando a garota é mais alta.

– Parece certo para quem?

– Para as pessoas. Todo mundo.

– Meu Deus – ela disse. – Você é um socialista revolucionário. Distribuiu cópias do *The Daily Worker.* Desde quando se incomoda com o que as pessoas dizem?

– É só que isso me incomoda, Kathy. As pessoas vão rir. E não vai ser de você.

– Que riam – sussurrou Kathy, inclinando-se para a frente e beijando-o. – Deixe os idiotas rirem.

Tentaram fazer a coisa funcionar, mas não durou um mês. Jason não a levava para sair, não admitia que os vissem de mãos dadas em público e não pisava numa pista de dança. Em vez de discutir o materialismo dialético, acabaram perdendo seu tempo brigando sobre se ela estava ou não tentando "abalá-lo" ao usar um par de botas de caubói num almoço de domingo. Ele finalmente a dispensou no dia em que ela voltou do feriado de Natal, desculpando-se profusamente ao fazê-lo.

– Sou um idiota – ele disse. – Provavelmente vou me arrepender pelo resto da vida de ter feito isso.

– Então não faça – ela disse, os olhos transbordando de lágrimas quentes e humilhantes. – Eu jogo fora as botas. Não o chamo mais para dançar.

– Me desculpe – ele disse. – Isso simplesmente não vai dar certo.

Ela ainda sofria com o rompimento dois meses depois, naquela tarde, na aula de sociologia, quando sua vida deu uma súbita guinada numa direção totalmente diferente. O professor, um ex-radical grosseiro com uma barriga enorme e uma barba grisalha, andava de um lado para o outro diante do quadro-negro, no qual rabiscara a enigmática frase: "Expectativas/Conflitos de gênero. Problema insolúvel?".

– Nesta época específica – ele disse –, acho razoável dizer que vivemos uma era de instabilidade por definição. Todo o conceito de um casamento, entre aspas, justo e equilibrado, está por aí à disposição. Sua geração não tem outra escolha além de reinventar a roda e descobrir novas possíveis maneiras para homens e mulheres viverem juntos numa relação doméstica a longo prazo.

Para ilustrar seu argumento, fez uma consulta de improviso aos alunos, perguntando-lhes quantos entre eles esperavam se casar e ter filhos. Cerca de metade da turma levantou as mãos. O professor esperou pacientemente, uma expressão divertida no rosto. Após uma breve hesitação, Kathy se juntou à segunda onda de futuros procriadores.

– Mais ou menos três quartos de vocês. Isso me parece correto.

Em seguida, o professor perguntou quantas mulheres na sala esperavam se dedicar em tempo integral a uma carreira durante os anos em que estivessem criando seus filhos. Cerca de metade das possíveis mães levantaram a mão, Kathy entre elas.

– Muito bem, então – continuou o professor. – Esse é um número bastante substancial de mulheres que pretendem seguir um estilo de carreira tradicionalmente masculino. Vou fazer a próxima pergunta apenas por curiosidade. Quantos entre vocês, homens, estariam dispostos a ficar em casa e cuidar das crianças enquanto suas esposas vão para o trabalho? Trocar fraldas, cuidar da cozinha e das roupas?

Os rapazes se entreolharam – muitos deles eram jogadores de futebol americano, um tributo à merecida reputação do professor em conceder notas altas e um volume de leitura espantosamente pequeno –, trocando sorrisos que significavam: *Tá legal, com certeza,* e levando as mulheres sérias a balançar a cabeça e rolar os olhos numa exasperação zombeteira.

– Alguém se habilita? – o professor perguntou.

A essa altura, porém, a turma inteira já estava em processo de virar o rosto na direção de Todd, que estava sentado na última fileira, entre dois outros jogadores de futebol americano, os três apertados em suas pequenas carteiras de madeira. Ao contrário de seus companheiros de time, contudo, a mão de Todd estava erguida bem alto acima de sua cabeça, o braço comprido esticado na direção do teto.

Kathy a princípio pensou que ele devia estar brincando, exibindo-se um pouquinho para que seus colegas se divertissem. Sua indiferença a Todd permanecera constante ao longo dos últimos dois anos, enquanto ele cumpria à risca aquilo que prometia, transformando-se no número um do *campus*, à moda antiga, o objeto de grande especulação e suspiros e perseguição febril por parte das universitárias dos grêmios e das marias-chuteiras, que constituíam o setor menos imaginativo da população feminina ainda não diplomada.

Ah, por favor, vê se cresce, pensou ela.

Como se respondesse a esse pedido, Todd olhou diretamente para ela e sorriu. Não o sorriso zombeteiro e presunçoso que ela esperava, mas algo mais carinhoso e complicado, como se pedisse desculpas por não ser a pessoa que ela pensava que ele era, por falhar em personificar suas piores expectativas.

Não estou brincando, seu rosto respondeu.

A memória tem uma forma de distorcer o passado, de fazer certos acontecimentos parecerem maiores e mais significativos retrospectivamente do que devem ter sido no momento em que ocorreram. Decerto esse era o caso com a comunhão silenciosa que se deu entre Todd e Kathy na aula de sociologia, naquela melancólica tarde de março. O episódio inteiro não devia ter durado mais do que alguns segundos, ao longo dos quais Kathy não teve consciência de mais nada além de uma agradável sensação de possibilidade, o começo de um flerte inesperado. Dez anos mais tarde, porém, deitada na cama ao lado de seu filho adormecido, parecia-lhe que tudo o que acontecera depois – todo o curso de suas vidas – estava contido naquele único e intenso momento, a mão de Todd no ar, seus olhos em Kathy, quase como se ele estivesse se oferecendo como voluntário para ser o marido dela.

– Lá está ele, moças – o professor anunciara, num tom de surpresa branda porém sincera. – O homem que vocês procuram.

A velha senhora abriu a porta depois do terceiro toque. Não pareceu excessivamente surpresa ao encontrar dois homens – um deles com um olho machucado e inchado, o outro com um saco de gelo sobre o rosto – de pé em seu alpendre às duas e meia da manhã.

– O que foi agora? – ela perguntou. Seu olhar estava aguçado e alerta; ela não devia estar dormindo.

– Boa-noite, Sra. McGorvey. – Larry parecia, pela voz, um bêbado educado, o tipo de sujeito que não estava enganando ninguém além de si mesmo.

– Deixem ele em paz – ela respondeu de pronto.

– Só queremos um minuto do tempo dele. – Larry sorriu, como que para sublinhar a modéstia de seu pedido. – Só um papo rápido.

A Sra. McGorvey virou-se para Todd como se tivesse sido ele quem falara. Ele deu de ombros, mas o que realmente queria fazer era pedir desculpas – por incomodá-la tão tarde, pelos ovos, pelos cartazes, pela sacola de cocô em chamas. A pobre mulher parecia tão triste e arruinada de pé ali na porta, respirando de forma irregular pelo nariz, todas as características tão indignas de sua idade avançada à mostra – os braços gordos, o cabelo ralo e mal tingido, as ataduras Ace em torno dos tornozelos inchados. Se usasse dentaduras, estavam flutuando num copo em algum lugar. Com uma certa dose de surpresa, ocorreu a ele que ela provavelmente não era muito mais velha do que sua sogra, que jogava tênis três vezes por semana e freqüentava regularmente um massagista, um acupunturista e tinha um *personal trainer.* O serviço feito nos dentes de Helena por si só poderia pagar a faculdade de uns dois garotos.

– Esta é a minha casa – a velha senhora disse com firmeza, a cabeça erguida bem alto. – Paguei por ela, e sou eu que digo quem é e quem não é bem-vindo.

Larry pôs as mãos em concha ao redor da boca. Sua voz parecia ao mesmo tempo brincalhona e imperativa.

– Iu-huu, Ronnie! Desça aqui um instante, seu tarado!

A Sra. McGorvey tentou bater a porta em sua cara, mas Larry a impediu com o pé e, com um chute, abriu-a ainda mais. Um odor bafiento de ovos cozidos e cinzeiros cheios – o cheiro quente e rançoso da casa – chegou até eles, misturando-se desagradavelmente ao frescor das folhas da noite de verão.

– Vou chamar a polícia – ela disse.

Larry riu.

– Ouvi dizer que eles tratam muito bem os caras que molestam crianças.

A velha senhora perdeu o ânimo.

– Ronnie não machucou ninguém. Por que vocês não podem simplesmente deixá-lo em paz?

– Ronnie não deixou aquela bandeirante em paz. Acha que ele merece mais consideração do que teve com ela? E quanto à pequena Holly?

Antes que a Sra. McGorvey pudesse responder, o próprio Ronnie apareceu no corredor atrás dela, pestanejando e desconcertado, usando uma camisa de pijama de manga curta e calças azuis. Parecia um fracassado àquela luz amarela doentia, um sujeito insignificante com o cabelo penteado de forma ineficaz para disfarçar a careca, e uma postura recurvada e encolhida, como se esperasse levar uma surra a qualquer momento. Era difícil para Todd ligá-lo à criatura do outro mundo que vira na piscina, o invasor de máscara e nadadeiras que insuflara o medo nos corações de adultos e crianças igualmente.

– Está tudo bem, mãe. – Ele se adiantou, insinuando-se gentilmente entre sua mãe e os visitantes. – Posso ajudá-los, senhores?

– Ei – disse Larry. – Você não vai me mostrar seu peru?

Ronnie pareceu pensar seriamente no assunto antes de sacudir a cabeça.

– Me desculpe. – Larry fingiu uma expressão desconcertada. – É só que me disseram que você gosta de mostrar seu peru às pessoas que batem à sua porta.

Todd baixou os olhos, embaraçado, e se descobriu olhando para os tênis da velha senhora, um dos quais tinha um buraco feito na lona, aparentemente para aliviar a pressão sobre o dedão.

– Talvez eu seja muito velho – Larry especulou. – Talvez você só mostre para crianças pequenas. É isso?

Todd tentou lutar contra uma onda crescente de simpatia por McGorvey pensando em seu crime, mas a imaginação lhe faltou. Será que ele já abrira a porta com as calças abaixadas? Ou será que conversara com a bandeirante um pouco, fizera o pedido de chocolate Thin Mints, então mostrara a ela aquela surpresinha? Será que lhe dissera alguma coisa? Será que tentara tocá-la? O medo e o horror no rosto da garotinha eram mais fáceis de imaginar. A pequena Holly – Todd não queria nem pensar naquilo.

– Preste bem atenção, seu merdinha. – Larry agarrou Ronnie pelas orelhas e puxou seu rosto para a frente até deixá-lo a poucos centímetros do seu. – Vê se fica bem longe da Piscina Municipal, está me ouvindo? Ou eu vou tomar providências pessoalmente para que você não tenha mais um peru para mostrar às pessoas, entendeu?

Todd colocou a mão gentilmente no braço de Larry.

– Venha, Larry. Vamos para casa. Acho que ele já entendeu.

– É bom ter entendido mesmo. – Larry fez um som rouco no fundo da garganta e cuspiu no rosto de Ronnie antes de empurrá-lo de volta para cima de sua mãe. – Você entendeu, seu babaca?

Ronnie fez que sim. Seu rosto estava inexpressivo, como se nada daquilo o tivesse incomodado em absoluto. Da forma como agia, não daria para imaginar que a saliva de outro homem escorria sobre seu nariz.

– Tudo bem, então. – Larry respirou fundo e tirou um chapéu imaginário à mulher, que tinha levado a mão à boca murcha e fazia um esforço extremo para não chorar. – E a senhora, tenha uma boa noite, Sra. McGorvey.

GRUPO DE LEITURA

SARAH E JEAN FORAM AS PRIMEIRAS CONVIDADAS A CHEGAR À reunião de julho da Sociedade Beletrista das Senhoras de Bellington. A reunião teve lugar num condomínio em Waterlily Terrace, uma pequena construção de seis casas conjugadas que compartilhavam um quintal gramado e uma piscina interna. O complexo era bem mais agradável e isolado do que Sarah teria imaginado a tomar por sua localização, bem perto de uma rua movimentada que levava ao centro comercial e financeiro de Bellington.

Sua anfitriã, Bridget, era uma mulher de olhos brilhantes e corpo atarracado vestindo um *mumu* com estampa africana; seu corte de cabelo parecia ter sido feito por um barbeiro cego usando uma tesoura de brinquedo. Ela abraçou Jean e passou para Sarah imediatamente, fechando os olhos e ronronando baixinho de prazer enquanto estreitava a mulher mais jovem entre as dobras gorduchas e onduladas de seu corpo.

– É *tão* bom ver você – ela murmurou, como se Sarah fosse um membro há muito desaparecido de sua família. – Estamos ansiosas para ouvir suas brilhantes idéias.

Conduziu-as até a sala de estar, um local arejado e cheio de obras de arte, iluminado unicamente pelo sol da tarde, filtrado pelas portas de vidro que iam do chão ao teto e se abriam para um pequeno pátio. Cadeiras de cozinha complementavam a mobília costumeira, criando um círculo íntimo em torno de uma mesinha baixa repleta de vinho, queijo, frutas e biscoitos salgados.

– E então, o que você está achando da nova casa? – perguntou Jean.

– Estou adorando – disse Bridget, que encontrava certa dificuldade para abrir uma garrafa de vinho branco. – Já me sinto em casa.

– Você acabou de se mudar? – Sarah perguntou. – Não parece.

– Fevereiro. – Bridget fez uma careta enquanto extraía uma rolha esfacelada da garrafa. – Meu marido faleceu no último outono.

– Sinto muito.

Bridget respondeu com um dar de ombros filosófico.

– Foi um alívio tão grande escapar daquela velha casa abafada. – Ela encheu três taças com chardonnay e as entregou a suas convidadas. – Eu mal conseguia respirar lá dentro.

Tentando ignorar os pedaços de rolha flutuando em sua taça, Sarah bebeu um pequeno gole de seu vinho e pensou em sua própria mãe, ainda vivendo na velha casa com cheiro de mofo em Westerly Street, a última remanescente no quarteirão que se recusava a vender seu imóvel, na expectativa de que conseguiria uma oferta melhor. Já não conhecia mais nenhum de seus vizinhos e passava dias inteiros trancafiada como alguém fugindo da justiça, janelas fechadas, persianas abaixadas. Falava sobre personagens de novela como se fossem pessoas reais, e se perguntava por que suas plantas morriam.

– Talvez eu me mude para cá – disse Jean. – Isto é, se alguma coisa acontecer com Tim.

– Somos todas viúvas em Waterlily Terrace. – Bridget sorriu, como se de algum modo essa fosse uma idéia cômica. – Quatro entre nós foram professoras de escola. Ellen era do serviço social e Doris, dona de casa. Mas ela tem um diploma de Smith.

– Vocês se dão bem? – perguntou Sarah.

– Na maior parte do tempo. Há uma certa tensão este verão a respeito da piscina. Temos um aquecedor, mas não gosto de usá-lo. A água fria é muito mais revigorante.

– Principalmente quando você nada sem roupa – acrescentou Jean, com conhecimento de causa.

Bridget riu.

– Não uso nem mesmo uma touca. Sou mesmo uma indisciplinada.

Jean olhou ao redor, examinando o interior confortável da casa com uma expressão melancólica.

– Deve ser bom não ter que arrumar a bagunça de ninguém.

– E comer o que você quiser. – Bridget espalhou uma generosa quantidade de queijo de cabra no biscoito sueco que parecia um retângulo de estopa endurecida. – Meu falecido marido, Art, que Deus o tenha, achava que era a missão de sua vida me manter magra. – Bridget baixou os olhos, contemplando sua gordura com afeição. – Por acaso este aqui parece um corpo que teoricamente deveria ser magro?

Jean mergulhou uma lasca de cenoura numa tigela de *hummus*. Havia um tom de irritação praticamente imperceptível em sua voz.

– Mas, então, como foi na Provença?

Bridget lançou para Jean um rápido olhar de simpatia.

– O paraíso. Eu não queria mais voltar. No fundo do coração, acho que na verdade sou uma camponesa francesa.

– Ela foi com Regina e Alice – Jean explicou a Sarah. – Você vai conhecê-las mais tarde.

– Vamos voltar no próximo ano – Bridget disse a Jean. – Dessa vez você tem que vir.

Jean se virou para Sarah:

– Tim não me deixou ir. Falou que era caro demais.

– A vida é muito curta – Bridget disparou. – Para que o bobalhão está guardando dinheiro? Para um caixão forrado de seda?

– Para um pacote de TV a cabo superpremium. – Jean não parecia estar brincando. – Ele vai morrer ali mesmo naquela espreguiçadeira, zapeando de uma biografia de Churchill para um comercial de removedor de manchas.

– Art era assíduo nos programas de exercícios. – Bridget sorriu tristemente. – Não que ele chegasse a se exercitar.

– Nunca morei sozinha – disse Jean. – Nem mesmo por um único dia.

– Pode ser uma coisa solitária – Bridget reconheceu, embora para Sarah parecesse que ela estava apenas tentando animar Jean. – Mas isso é o bom de um lugar como este. Há sempre gente por perto se você quiser um pouco de companhia. Doris e eu estamos tendo aula de cerâmica. Você devia se juntar a nós.

– Talvez eu me junte – disse Jean.

Bridget voltou então sua atenção a Sarah.

– Jean disse que você tem doutorado. Ficamos honradas que tenha decidido se juntar a nós.

– Na verdade não tenho doutorado – Sarah explicou, lamentando desapontá-la. – Fiz todo o curso, mas não cheguei a escrever minha tese.

Bridget colocou a questão de lado, como se fosse mera informação técnica.

– Estou tão curiosa – ela disse. – Você gostou do romance?

– É complicado – Sarah começou. – Tive uma reação tão forte que não parece certo dizer apenas se gostei ou não, entende? A questão vai além desse ponto.

Bridget pareceu satisfeita com essa resposta. Estendeu o braço por cima da mesa e apertou a mão de Sarah.

– Acho que vamos nos dar muito bem – ela disse.

A campainha soou. Bridget colocou a taça sobre a mesa e ergueu-se com certa dificuldade do profundo sulco que cavara no sofá.

– Tome mais um pouco de vinho – ela disse, acariciando o ombro de Sarah enquanto se dirigia à porta. – Achamos que a conversa fica mais animada desse jeito.

Jean lançou para Sarah um olhar de "eu-não-disse?", enquanto enchia outra vez suas taças.

– Está vendo? – ela disse. – Não está feliz por eu ter trazido você aqui?

Durante semanas Jean falara obsessivamente a Sarah, durante suas caminhadas noturnas, sobre *Madame Bovary*. Tinha conseguido uma cópia da tradução de Steegmuller? Já tinha começado a ler? Já pensara nos cinco tópicos para discussão que haviam sido pedidos a cada "irmã caçula", como contribuição àquele encontro?

Até uns dois dias antes, a resposta a todas essas perguntas havia sido um não retumbante. Pelo fato de sentir que estava sendo obrigada a participar da reunião – até onde sabia, jamais chegara a concordar em ser a "irmã caçula" de Jean –, Sarah evitara o romance pelo máximo de tempo possível, na esperança de que uma circunstância inesperada surgisse e a livrasse do compromisso: talvez Richard fosse enviado numa viagem de negócios de última hora, ou Lucy arranjasse uma gripe; talvez ela própria ficasse cega ou fosse atropelada por um ônibus.

Não era apenas o grupo de leitura que ela temia; era o livro em si. Tinha lido *Madame Bovary* na faculdade, para um seminário chamado Sexismo na Literatura, que catalogava as múltiplas estratégias que os escritores do sexo masculino tinham usado através das eras para oprimir e marginalizar seus personagens femininos. Emma Bovary era o exemplo número um – bem no topo, junto com Ofélia e Isabelle Archer –, uma figura sonhadora, passiva e narcísica subjugada por noções burguesas paralisantes de "amor" e "felicidade", total e indiscriminadamente dependente dos homens para resgatá-la do vazio de sua vida inútil. Para tornar as coisas piores, virou as costas ao consolo fortalecedor da união feminina: não tinha amigas mulheres, destratava sua serviçal e sua ama-seca, e negligenciava sua pobre irmã caçula.

Mesmo que Sarah se sentisse inclinada a revisitar esse material deprimente, não teria sido fácil. Apesar de seu tema ousado, *Madame Bovary* era escrito de forma densa e num ritmo vagaroso; como todos os romances do século XIX, requisitava seriamente o tempo e a concentração do leitor. Desde que começara seu caso com Todd, Sarah desenvolvera uma espécie de Síndrome de Déficit de Atenção tardia. Pegava o jornal e lia talvez dois parágrafos de um artigo antes de se encontrar totalmente voando, as palavras na página dissolvendo-se numa fantasia de viagem, apenas ela e Todd, sem crianças, liberdade completa – dois amantes rindo num ônibus apinhado na Índia, bebericando champanhe num compartimento de primeira classe de um trem na Europa, correndo por uma rodovia interestadual num conversível vermelho, cantando junto com o rádio. Voltava ao jornal e relia os mesmos dois parágrafos, apenas para ser assaltada por um devaneio com compras de mercearia, passando pelos corredores do supermercado com Todd ao seu lado, enchendo o carrinho com legumes e verduras orgânicos, massa fresca, frango caipira, sobremesas pecaminosas, vinho australiano. Obrigava sua atenção a voltar ao jornal com uma sensação de aborrecimento cada vez maior – não estava nem aí para um ataque de tubarões na Flórida, apagões recorrentes na Califórnia, o caso de amor de George W. Bush com seu rancho no Texas. Tudo em que conseguia pensar era se esconder no balcão de um cinema antigo, a mão de Todd subindo por sua coxa enquanto a cavalaria atacava num cenário de *western.* Por fim ela simplesmente atirava para o lado o jornal e ligava a TV, que parecia muito mais receptiva à sua vida de fantasia, e nem de longe tão crítica.

Sabendo que não era páreo para Flaubert, ela se resignara a fingir no encontro, a folhear o romance por uma ou duas horas, a rabiscar um punhado de perguntas-clichê, a manter a boca fechada durante a discussão em grupo. Mas então algo aconteceu na manhã de sábado que a deixou completamente apavorada. Num esforço para se distrair, ela pegou *Madame Bovary* e descobriu um romance completamente diferente daquele que existia em sua memória.

– Como é a sua mulher, fisicamente?

Todd pareceu surpreso com a pergunta, pelo menos parcialmente devido ao fato de estar lambendo o umbigo de Sarah quando ela surgiu.

– Minha mulher?

– A pessoa que mora na sua casa – disse Sarah, tentando fazer piada com um assunto que se tornara fonte de especulação obsessiva de sua parte. – Aquela com quem você dorme todas as noites.

– Como ela é, fisicamente? – repetiu Todd, num tom cético.

– Estou curiosa, só isso.

Depois de várias manobras evasivas, Todd tentou descrever Kathy como se ela fosse suspeita de um crime – 1,75m, cabelo castanho e liso, olhos castanhos, nenhuma cicatriz ou tatuagem visível –, mas Sarah continuou insatisfeita.

– Ela é bonita?

Ele refletiu seriamente sobre o assunto, como se estivesse aberto ao debate. O que Sarah achou encorajador.

– Acho que sim – disse ele. – Objetivamente falando.

– Ela é linda?

– Nós somos casados. Não penso nela desse jeito.

– E os outros homens? Se eles a vissem andando pela rua, iriam achá-la atraente?

– Depende do cara, eu acho.

– Você tem um retrato?

Num esforço óbvio para distraí-la, Todd beijou-a desde a base do pescoço até o esterno. Com um delicado puxão na parte de cima de seu biquíni, libertou seu seio esquerdo, passando a língua de forma brincalhona por seu mamilo e acordando-o de sua sonolência vespertina.

– Então – insistiu ela. – Você deve ter alguma foto na carteira.

– Nossa – Todd levantou os olhos, desconcertado. – Por que isso é tão importante para você?

Sarah sentiu uma onda quente de vergonha tomando conta de seu rosto. Sabia que era um mau sinal, aquele ciúme dirigido a uma mulher que jamais encontrara, que jamais fizera coisa alguma para magoá-la.

– Não sei – ela confessou, se perguntando se estaria prestes a irromper em lágrimas. – Gostaria que não fosse.

Todd colocou o dedo sobre os lábios dela, calando-a como se fosse uma criancinha. Olhando diretamente dentro de seus olhos, deslizou a outra mão para dentro da calcinha de seu biquíni, segurando-a em concha lá embaixo e fazendo um pouco de pressão. Era sempre um choque quando ele a tocava naquele lugar, um prazer muito mais intenso do que ela imaginara antes. Abriu as pernas para lhe dar espaço.

– Ela é linda – confessou ele, deslizando um dedo para dentro dela, depois outro, fazendo-a arquejar alto. – Mas a beleza é supervalorizada.

Naquele momento, Sarah mal registrou o comentário, entregando-se às fortes sensações que se apossavam de seu corpo. Mais tarde, naquela noite, porém, regressou-lhe à memória: *A beleza é supervalorizada.* Ele dissera isso para reconfortá-la, mas às três da manhã o efeito era diametralmente o oposto. Ele tinha uma mulher bonita, *linda,* que estava dormindo ao seu lado naquele exato momento, suas pernas entrelaçadas por baixo das cobertas. E onde estava Sarah? Completamente acordada no escuro, ouvindo a respiração sibilante e tediosa do homem que já não considerava mais seu marido. *A beleza é supervalorizada.* Só alguém que não tivesse dúvidas quanto à sua própria beleza poderia dizer algo tão absolutamente estúpido com a cara mais limpa do mundo.

Richard gostava de dormir até tarde nos fins de semana; ainda estava na cama quando Sarah saiu de casa na manhã de sábado, deixando Lucy na frente da TV com uma tigela grande de Cheerios como companhia e instruções para acordar o papai se precisasse de alguma coisa.

– A mamãe tem umas coisas para fazer – disse ela.

Sua primeira parada foi no Starbucks, uma viagem de volta no tempo que ela preferia evitar sempre que possível. Durante anos depois de ter parado de trabalhar lá, um mero vislumbre do interior de bom gosto – os sacos de café em destaque, as prateleiras cheias de acessórios grã-finos, os fregueses fazendo fila como viciados numa clínica *yuppie* de metadona – era capaz de arruinar com todo o seu dia, levantando um sedimento de memórias ruins que de outro modo ficariam adormecidas no seu sótão mental, cobertas por várias camadas protetoras de poeira. (Ela normalmente tinha uma sensação semelhante para com sua escola, criando toda sorte de elaborados desvios para evitar ter de colocar os olhos nela.) Mas dormira mal e sentia uma leve dor de cabeça que apenas uma dose intensa de cafeína poderia curar.

– Um grande, da casa – ela disse à garota na caixa registradora, uma natureba punk com cabelos cor de azeviche num corte estilo pajem e um piercing na língua.

– Um grande, da casa – a garota repetiu um instante depois, deslizando o copo gigante de papel pelo balcão.

– Não se preocupe. – Sarah sorriu, numa triste solidariedade. – Você não vai trabalhar aqui para sempre.

– Não é tão ruim assim – a garota disse, olhando para Sarah desconfiada, como se ela fosse alguma espécie de encrenqueira.

O endereço de Todd, Sarah descobrira na lista telefônica, era 24 Angelina Way. Encontrou o local sem grande dificuldade e parou do outro lado da rua em frente ao número 19, no que lhe pareceu ser uma faixa discreta de sombra debaixo de um bordo. Bebericando seu café e ouvindo a *Edição de Fim de Semana* da NPR, recostou-se no assento e ficou olhando fixamente para a casa onde seu namorado vivia.

Não era nada de mais, e poderia ser uma casa em estilo colonial de tamanho normal se não tivesse sido dividida em duas casas idênticas e espelhadas, azul-bebê com detalhes em amarelo-claro. Em vez de um gramado havia uma longa rampa descendo até uma garagem para dois carros, no subsolo. De ambos os lados da rampa, caminhos de cimento conduziam às respectivas entradas, idênticas exceto pelo fato de que uma dizia 24 e a outra 26. O número mais alto também ostentava um chapéu de palha decorativo na porta.

Sarah não devia ter ficado surpresa ao descobrir que Todd morava numa casa duplex com um velho Toyota do seu lado da entrada – sabia que a mulher dele sustentava a família com algum tipo de emprego mal remunerado filmando documentários para a TV pública –, mas a casa simplesmente não se encaixava em sua idéia sobre a estatura dele no grande esquema das coisas. Ele se comportava como um aristocrata natural, uma pessoa para quem as boas coisas eram tão fáceis quanto a boa aparência. De algum modo, e num sentido bastante básico, não parecia coerente que alguém tão pouco notável quanto ela morasse numa casa maior e num lugar melhor do que Todd.

Não era uma casa horrorosa, de jeito nenhum. Tinha clarabóias e trabalho de marcenaria com adornos sobre as portas e janelas da frente, o tipo de pequenos detalhes que a classificavam como uma "casa classe A", por mais modesta que fosse. Talvez estivesse tudo bem para eles em morar ali naquele ponto específico de suas vidas. Talvez fosse até romântico num certo sentido, ser uma jovem família unida, dividindo os fardos, subindo na vida. Anos depois, Todd e Kathy poderiam passar com Aaron de carro por Angelina Way e dizer: *Ali está o velho condomínio, dá para acreditar que um dia moramos num lugar como esse?* Sarah pulara essa etapa da vida, mudando-se diretamente de um apartamento que dividia com colegas desagradáveis para uma pequena casa em estilo vitoriano cheia de móveis da Pottery Barn, e não podia evitar sentir mágoa por Kathy devido ao fato de que ela sofreria com Todd durante seus anos de escassez, criando uma história para a qual poderiam olhar com orgulho e talvez até mesmo um quê de nostalgia.

A menos que ele a deixe, ela pensou, o peito inchando com uma estranha sensação de leveza, como se a esperança fosse hélio. *A menos que ele a deixe para ficar comigo.*

Não era a primeira vez que ela se permitia considerar esse cenário, é claro, mas era a primeira vez que se deixava acreditar que era uma possibilidade real. *Ele poderia se divorciar de Kathy. Poderia se casar comigo. Eu poderia me divorciar de Richard. Todd poderia se casar comigo.* Ela continuou prolongando a seqüência, fazendo todas as permutações possíveis, imaginando a logística envolvida da melhor forma possível – os advogados, as brigas pela guarda dos filhos, os acordos financeiros, o trauma emocional –, até que Todd a surpreendeu ao aparecer na porta da frente, segurando um isopor de piquenique junto ao peito, o cenho franzido de preocupação. *Ele pode se divorciar dela.* Levou a caixa de plástico escada abaixo e colocou-a na mala do Toyota. *Eu posso me divorciar dele.* Ela precisou de todo o seu autocontrole para ficar dentro do carro, para se impedir de ir correndo até ele e gritar a maravilhosa novidade.

Podemos nos divorciar deles e nos casar um com o outro!

Ele fez ao todo três viagens – barraca de praia, cesto de brinquedos e pá, duas sacolas de lona, uma bola de futebol americano – e acabara de fechar a mala quando Aaron apareceu na porta da frente, parecendo sério e estranhamente pouco familiar sem seu gorro de bufão, juntando-se ao pai ao lado do carro. Kathy saiu um instante depois. Estava descalça, usando um *short jeans* apertado, a parte de cima de um biquíni preto e óculos de sol de estrela italiana, mais alta, mais magra e mais glamourosa do que Sarah se permitira imaginar em seu pior e mais autodepreciativo pesadelo insone. Ela era uma *daquelas* garotas que na época da escola faziam você enfiar o dedo na garganta depois do almoço, aquelas que faziam você se olhar no espelho e chorar.

Kathy ficou de pé junto à porta durante um bom tempo, dando a Sarah uma oportunidade razoável de contemplar sua sandice. Entrelaçou os dedos acima da cabeça e esticou seu torso gracioso de um lado a outro. Então abriu bem os braços e bocejou, do jeito como as pessoas fazem quando estão com sono mas felizes, e prontas para aproveitar o dia.

– Muito bem, rapazes – disse ela. – Vamos andando.

Sarah se sentiu murchar, um balão do Dia de Ação de Graças transpassado por uma flecha. *Ai, meu Deus.* Seu sonho de felicidade subitamente pareceu cruel, uma piada que ela fizera para si mesma. *Ele nunca vai deixá-la.* Ela mal conseguiu se conter até que Todd e sua família tivessem saído da entrada da casa e seguido rua abaixo. *Não por mim.* Cobriu a boca de forma polida com uma das mãos, como se tivesse tossindo, e não soluçando. *Não por alguém como eu.*

Um bom tempo depois de ter parado de chorar, Sarah ficou sentada no carro estacionado em Angelina Way se perguntando como faria para transpor os próximos dois dias. Fins de semana eram cruéis na melhor das hipóteses, períodos de prisão de 48 horas separando um borrão feliz de dias de semana do outro. Mas esse em especial seria insuportável, agora que ela poderia se atormentar com o pensamento de que Todd passaria cada segundo dele na companhia de sua mulher maravilhosa – na praia, nada menos do que isso –, enquanto ela própria estava presa dentro de casa com o cheirador de calcinhas.

Richard estava sentado no gramado da frente com Lucy quando ela entrou no caminho de casa, e a mera visão dele a encheu de desgosto – seu *short* pregueado e suas sandálias italianas, a camisa pólo com colarinho levantado como se estivessem em um balneário da década de 1980, sua barriguinha visível. Estavam brincando de tomar chá em torno de uma toalha xadrez branca e vermelha junto com uma daquelas medonhas bonecas American Girl e um sapo de pano chamado Melvin (tanto a boneca quanto o jogo de cerâmica em miniatura tinham sido presentes da mãe de Richard, uma mulher que ainda acreditava que "refinamento" e "distinção" eram as condições às quais todas as garotinhas deviam aspirar). Ele levantou os olhos do jogo quando ela se aproximou, a taça de coisa nenhuma erguida a meio caminho entre o pires e sua boca, o dedo mindinho esticado com uma afetação que não parecia satírica.

– Onde você estava? – ele perguntou, o rosto engenhosamente inexpressivo, sem qualquer tom de acusação na voz. Desde o incidente em seu escritório, ele andava bem menos arrogante pela casa, e com um pouco mais de consideração por sua mulher e sua filha.

– Tinha umas coisas para fazer.

– Podia ter deixado um bilhete. Eu não sabia se você ia voltar em 15 minutos ou duas horas.

Você tem sorte por eu ter voltado, ela pensou. Olhou de Richard para Lucy, sorrindo como se enternecida pela visão dos dois.

– Bem, fico feliz em ver que vocês dois estão se divertindo tanto. Acho que precisavam de um pouco de tempo juntos como pai e filha para aproximá-los.

Ele fez que sim, como se para conceder a vitória naquele *round*.

– Foi maravilhoso – ele disse. – Mas eu esperava que você pudesse me substituir por alguns minutos. Tenho um trabalho a fazer para aquele restaurante chinês. A apresentação é na próxima semana.

– Será que você pode fazer isso mais tarde? – ela disse. – Preciso de um pouco de tempo para mim.

– Sarah – ela podia ouvir a irritação se instalando na voz dele. – É um cliente importante.

– Passe o dia com sua filha – ela respondeu de pronto. – Não vai morrer por causa disso.

– Não acho que isso seja justo – ele argumentou. Parecia genuinamente frustrado, como se Sarah não tivesse outra ocupação na vida além de tomar conta de Lucy e tornar as coisas convenientes para ele. – Há algo em particular que você precisa fazer?

Ela só hesitou por um ou dois segundos.

– Eu entrei para um grupo de leitura – disse a ele. – Vamos ler Flaubert.

Com base exclusivamente no nome, Sarah desenvolvera uma impressão completamente errônea da Sociedade Beletrista de Senhoras. Esperava que fosse enfadonha e pretensiosa, mortalmente suburbana, um clube de *socialites* movido à base de sanduíches de agrião e esnobismo educado, matronas bem preservadas com viseiras de golfe e pérolas, que usariam a palavra *querida* como adjetivo.

Em vez disso, a atmosfera dentro do condomínio de Bridget era afetuosa e acolhedora, cheia de riso e curiosidade intelectual. Aqui, uma conversa bem informada sobre os filmes de Mike Leigh. Ali, uma discussão apaixonada sobre o perdão da dívida do Terceiro Mundo. Apesar da idade das participantes – as "senhoras" estavam na casa dos 60 e 70 –, Sarah sentia uma vibração coletiva no ar que parecia vagamente reminiscente de algo de que ela não conseguia realmente se recordar.

Como a única irmã caçula presente – todo mundo ficava lhe garantindo que havia outra a caminho –, Sarah se descobriu bastante solicitada. Jean a levava pelo salão como uma celebridade de visita, apresentando-a a cada uma que chegasse: Regina, uma mulher alta e ossuda com aparelho para surdez e um sorriso que a fazia pensar numa coruja; Alice, cujo cabelo cor de chumbo só fazia sublinhar a juventude excepcional de seu rosto; e agora Josephine, rechonchuda e desmantelada, com um capacete compacto de cabelo encaracolado e talas ortopédicas desemparelhadas nos antebraços.

– Ah, não – disse Jean. – Não me diga que você arranjou a síndrome do túnel do carpo.

– Esforço repetitivo – Josephine respondeu com um suspiro. – Andei digitando demais.

– Ela está escrevendo um romance – Jean explicou a Sarah. – Sempre disse que escreveria.

Josephine fez que sim com a cabeça, com ar pesaroso.

– Mas estou apenas 40 anos atrasada.

– Esta é a Sarah, minha vizinha – disse Jean. – Ela é crítica literária.

– Nos meus sonhos – disse Sarah. – Na vida real, sou mãe de uma menina de três anos.

– Uma menina *adorável* de três anos – acrescentou Jean.

Josephine olhou fixamente para Sarah por um longo momento. Havia algo de perscrutador em seu olhar, mas de afetuoso também, com se estivesse tentando ultrapassar a conversa e penetrar em algum plano mais íntimo.

– Ela não vai ter três anos para sempre, meu bem. Quando for para a escola, você pode voltar para o seu trabalho.

– Meu trabalho – disse Sarah. Era bom dizer aquelas palavras. Ela apenas gostaria de saber a que se referiam.

– Não seja como eu. – Josephine tomou a mão de Sarah e lhe deu um aperto suave, mas mesmo assim algo encorajador. – Não deixe a sua vida inteira ir embora.

Antes que Sarah pudesse responder, Josephine foi cercada por amigas preocupadas dardejando-a com perguntas e conselhos médicos. Regina recomendou acupuntura. Alice disse que ela deveria tentar ditar o romance a um gravador. Bridget disse que esperava que o punho de Josephine estivesse forte o suficiente para conseguir segurar uma taça de vinho. Jean disse que conhecia um monte de pessoas com problemas similares que tinham tido recuperação completa, sem qualquer seqüela.

– Tudo que você precisa é ser paciente – ela disse.

Subitamente, Sarah descobriu: era como estar de volta ao Centro da Mulher. Pela primeira vez desde que se graduara na faculdade, ela conseguira encontrar seu caminho até uma comunidade de mulheres inteligentes e independentes, que se apoiavam umas às outras e desfrutavam a companhia umas das outras, sem precisar competir entre si ou se definir em relação aos homens presentes em suas vidas. Era precisamente disso que andara sentindo falta, o oásis que não conseguira encontrar na pós-graduação, no trabalho ou mesmo no parquinho. Procurara por aquilo durante tanto tempo que chegara mesmo a suspeitar que na verdade nunca existira, pelo menos não da forma como se lembrava, que era mais um produto de sua imaginação romântica de graduanda do que alguma coisa real no mundo. Mas havia sido real. Era como *aquele* grupo, e era um alívio imenso estar outra vez de volta ao círculo.

A sensação não durou muito tempo. A campainha tocou, e Bridget acompanhou outras duas mulheres ao interior da sala, ambas usando vestidos florais caros. A mais velha tinha um rosto bonito, mas algo rijo, e as pernas torneadas de uma jogadora de tênis.

– Viu só? – disse Bridget, apresentando a mulher mais nova a Sarah com um ar de triunfo. – Eu disse a você que teria uma colega.

Sarah tentou parecer satisfeita, mas seu rosto não queria cooperar. Só esperava que seu sorriso não fosse tão duro e falso quanto o que sua colega fabricara no rosto.

– Que bom ver você de novo – disse Sarah.

– Que surpresa – disse Mary Ann. – Sentimos sua falta no parquinho.

As duas irmãs caçulas se olhavam desconfiadas por cima da mesinha de centro. Sarah ainda não tinha se recuperado do choque da chegada de Mary Ann e de como esse evento estragara por inteiro o que vinha se configurando como uma noite bastante agradável. Aquilo não poderia ser o Centro da Mulher, não com *ela* ali. Sua sensação era como se tivessem lhe dado um belo presente de aniversário só para tomar de volta um instante mais tarde e entregar a outra pessoa. A única coisa que a consolava era a expressão de absoluto desconforto no rosto de Mary Ann. Devia ter se dado conta de que pisava em território estrangeiro, de que dessa vez era ela quem estava em minoria.

– Qual de vocês duas gostaria de começar? – perguntou Bridget.

– Ela é a traça de livros – disse Mary Ann. – Deixem que ela comece.

– Não, você primeiro – disse Sarah. – Posso esperar.

Mary Ann avaliou sua audiência antes de falar. As senhoras da Sociedade Beletrista sorriam para ela como professoras de jardim-de-infância supervisionando o primeiro encontro de exibição de novidades, totalmente preparadas para se fascinarem com uma concha quebrada ou um cadarço velho.

– Alguém gostou deste livro? – Mary Ann franziu o rosto, assumindo aquela expressão de desaprovação ofendida que Sarah conhecia tão bem. – Porque eu simplesmente detestei.

Hesitou, esperando que outra pessoa pegasse o bastão e o levasse adiante, mas as senhoras pareciam surpresas com aquela inesperada demonstração de negatividade. Não pareciam aborrecidas, exatamente, mas recolhiam seus sorrisos.

– Quero dizer, ele não é meio deprimente? – Mary Ann continuou, sua voz ganhando confiança, como se ela estivesse sentada à mesa de piquenique no parquinho, dando lições de moral para Cheryl e Theresa. – Ela trai o marido com dois caras diferentes, gasta todo o dinheiro dele, depois se mata com veneno de rato. Será que eu preciso mesmo ler isto?

A pergunta foi recebida com silêncio desconfortável. Foi Laurel, madrinha de Mary Ann, que finalmente se arriscou a dar uma resposta.

– Há muitas boas descrições – ela disse, esperançosa.

As senhoras fizeram que sim, concordando de maneira vigorosa.

– O livro precisa ser deprimente – Josephine destacou. – É uma tragédia. Emma é derrotada por uma falha trágica.

– Qual é a sua falha? – Bridget perguntou.

– A cegueira – Josephine respondeu. – Ela não é capaz de ver que os homens estão apenas usando-a.

– Ela só quer um pouco de romance em sua vida – Jean arriscou. – Não dá para culpá-la por causa disso.

– É sobre as escolhas das mulheres – Regina acrescentou. – Naquela época, uma mulher não tinha muitas escolhas. Você podia ser freira ou podia ser esposa. Era tudo o que havia.

– Ou prostituta – acrescentou Bridget.

– Ela podia escolher não trair seu marido – disse Mary Ann, olhando de forma fixa e rude para Sarah.

– Mary Ann tem razão – admitiu Laurel.

– Normalmente é o homem quem trai – disse Alice. – Eu achei revigorante ler sobre uma mulher recuperando sua sexualidade.

– Recuperando sua sexualidade? – Mary Ann repetiu, com desdém. – Isso não é uma forma gentil de dizer que ela é uma puta?

– Madame Bovary não é uma puta – disse Regina. – Ela é uma das grandes personagens da literatura ocidental.

– Fala sério – disse Mary Ann. – Ela escapole para a cidade toda semana para trepar com o amigo do seu marido.

– Achei algumas das passagens de sexo um pouco enigmáticas – Josephine folheou sua cópia. – Como aqui, na página 216:

"Rodolphe descobriu que o caso oferecia ainda mais possibilidades de gratificação sensual. Abandonou cada traço de contenção e consideração. Transformou-a em algo condescendente, em algo corrupto."

– Está vendo? – disse Mary Ann. – Ela é uma puta.

– Alguém sabe o que isso significa? – Josephine perguntou. – Vocês acham que ele a amarrou, ou algo desse tipo?

Alice se inclinou para a frente e balbuciou as palavras:

– Sexo anal.

Josephine pareceu horrorizada.

– É mesmo? – ela perguntou, olhando ao redor da sala, embaraçada. – Vocês todas ouviram, ou fui só eu?

– Por que não deixamos essa questão de lado por enquanto? – sugeriu Bridget. – Vamos ver o que a nossa outra irmã caçula tem a dizer.

Na época em que dava aulas, a perspectiva de falar em público enchia Sarah de pavor. Ela sempre tinha a sensação de que estava fingindo, de que personificava sem sucesso uma imagem de autoridade. Mas naquela noite, por algum motivo, ela se sentia calma e preparada, uma mulher adulta em meio a seus pares. Talvez tivesse crescido ao longo dos últimos cinco ou seis anos sem se dar conta. Ou talvez apenas estivesse mais feliz agora do que naquela época. Olhou para Mary Ann com o que esperava ser uma espécie de empatia.

– Acho que entendo seus sentimentos a respeito deste livro. Eu própria anteriormente me senti do mesmo modo. – Ela passeou com o olhar pelo círculo, fitando cada uma das mulheres mais velhas. Estava tudo bem em ser o centro das atenções; era mesmo um tanto divertido. – Quando li este livro na faculdade, Madame Bovary parecia apenas uma tola. Ela se casa com o homem errado, comete um erro idiota depois do outro e obtém no fim das contas aquilo que merece. Mas, quando li o livro desta vez, simplesmente me apaixonei por ela.

Mary Ann zombou dela, mas as senhoras pareceram intrigadas. Jean sorriu orgulhosa, como se para lembrar a todas quem era responsável pela presença de Sarah na reunião.

– Meus professores me matariam – ela continuou –, mas eu me sinto tentada a ir longe o suficiente para dizer que, à sua própria e estranha maneira, Emma Bovary é uma feminista.

– Mesmo? – Bridget parecia cética, mas aberta à persuasão.

– Ela está encurralada. Pode ou aceitar uma vida de infelicidade ou lutar contra ela. Opta por lutar.

– Que luta – disse Mary Ann. – Pula na cama com todo sujeito que lhe diz oi.

– Ela falha no fim – Sarah admitiu. – Mas há algo de belo e heróico em sua rebelião.

– Isso é bem conveniente – observou Mary Ann. – Então agora trair seu marido faz de você uma feminista.

– Não é a traição. É o anseio por uma alternativa. A recusa em aceitar a infelicidade.

– Acho que simplesmente não entendi o livro – disse Mary Ann, adotando um tom de humildade zombeteira. – Achei que ela parecia tão patética, degradando-se por nada. Isto é, ela realmente achava que um homem como aquele ia fugir com ela?

Sarah não pôde evitar um sorriso. Na véspera, pela primeira vez, ela e Todd haviam discutido a possibilidade de se divorciarem de seus respectivos parceiros. Sarah abordara o assunto com cautela, depois que ele lhe falara sobre seu sábado desagradável na praia, sobre como ele e Kathy haviam discutido o tempo inteiro, sobre como seu casamento tinha se tornado frágil e infeliz. *Ela está perdendo a paciência comigo,* ele confessou. *Vou deixar Richard,* ela respondeu. Então haviam feito amor com ternura, quase com medo, como se tentando absorver o significado do que acabavam de dizer um ao outro.

– O problema de Madame Bovary não foi ela ter cometido adultério – Sarah declarou, numa voz cheia de calma segurança. – Foi ter cometido adultério com perdedores. Ela jamais encontrou um parceiro digno de sua paixão heróica.

Mary Ann balançou a cabeça com tristeza, como se tivesse pena de Sarah, mas as outras senhoras estavam radiantes, anuindo numa entusiasmada concordância com essa inesperada e provocadora avaliação do romance. Sarah bebericou seu vinho, desfrutando o calor daquela aprovação. *Talvez eu devesse voltar para a pós-graduação*, ela pensou. Josephine levantou a mão.

– Podemos voltar ao sexo, agora? – perguntou.

ENCONTRO DE SONHO

RONNIE ESTAVA COOPERANDO BEM MAIS DO QUE MAY ESPERARA. Estava pronto às seis e meia, barbeado, de banho tomado, parecendo bastante apresentável com a calça social e a camisa pólo estampada com motivos de selva que ela e Bertha tinham comprado para ele na Marshall's. Seu cabelo estava penteado e seus sapatos, engraxados. Se não fosse por seus óculos, que eram grossos e feios e se assentavam tortos sobre seu nariz – fazia anos que May o aporrinhava para comprar lentes de contato –, pareceria uma pessoa completamente normal.

– Você está bonito – ela lhe disse. – Ela não vai ficar decepcionada.

– Espere até ela ouvir falar na minha ficha criminal – disse Ronnie, imitando o tom efervescente de May. – Isso vai realmente selar o nosso pacto.

– Não acho que você precise tocar nesse assunto por enquanto. Por que não se atém a um papo mais leve?

– Certo. Posso dizer a ela por que não tenho emprego e por que meu rosto está espalhado por toda a cidade.

– É só você pegar leve, meu bem. Converse sobre o tempo, as comidas que gosta de comer, seus programas favoritos de TV. Se der certo e você conseguir levar o papo adiante, talvez consiga falar... você sabe, do outro assunto.

– Vou fazer o melhor de que sou capaz. – Ronnie bateu as mãos e as esfregou, como se estivesse ansioso para entrar em ação. – Vou jogar o velho charme McGorvey para cima dela. Até hoje nunca falhou.

May deixou passar. Não podia culpá-lo por estar nervoso; ela própria estava nervosa. Até onde sabia, era a primeira vez que Ronnie saía num encontro romântico real. A situação lhe recordava a excitação que costumava tomar conta da casa quando Carol começou a ter namorados, a súbita atividade quando um deles aparecia para jantar, a sensação de estar com o coração na boca, como se fosse uma noite de baile de formatura, quando a sua garotinha de repente se transformava numa princesa. Ronnie nunca tinha tido nada daquilo. Estava sempre escondido no quarto com a porta trancada, fazendo Deus sabia o quê.

– Ela está atrasada – ele disse, apertando os olhos para enxergar o relógio digital no videocassete. – Talvez tenha amarelado.

– Seja paciente – May lhe disse. – Provavelmente é só o trânsito.

O anúncio de Ronnie havia funcionado maravilhosamente bem, recebendo 27 respostas somente na primeira semana. Bertha tentou levar o crédito pelo sucesso, insistindo que seu acréscimo da palavra *bonito* havia feito toda a diferença, mas May sabia qual era a realidade. Ronnie lera as cartas em voz alta, e quase todas elas se referiam diretamente àquele trecho: *Não sou perfeito e também não espero que você seja.* Devia haver um bocado de homens lá fora exigindo perfeição, a julgar pelo alívio que as mulheres sentiam diante da ausência desse requisito.

Estou acima do peso, começava a primeira carta, *mas tenho muito amor para dar. Espero sinceramente que você me dê uma chance.* Uma correspondente falou de suas duplas cicatrizes de mastectomia; outra detalhava sua longa batalha contra o pêlo facial indesejável. *Tentei eletrólise, mas dói demais. Estou atualmente fazendo um esforço para me aceitar como sou, e o seu anúncio me fez pensar que talvez você me tratasse com a compaixão e o respeito que mereço.*

– Nossa, mãe. – Ronnie rasgou a carta em vários pedaços com a meticulosidade que caracterizava todas as suas ações. – Exatamente do que eu preciso. Um encontro com a mulher barbada.

Jenny tinha acne INTENSA. A celulite de Patrícia era tão grave que ela preferia morrer a usar um maiô. Diana sofria de calvície feminina. Uma dor crônica no pé tornava difícil para Angela se movimentar. Sharon tinha dores de cabeça que mais pareciam pregos sendo martelados para dentro de seu crânio. O mundo estava crivado de imperfeições.

– É um *show* de horrores – Ronnie resmungou. – Elas deviam todas se mandar e entrar para o circo.

May ficava com ódio quando ele falava desse jeito. Queria acreditar que seu filho tinha um bom coração, que seu próprio sofrimento o havia pelo menos tornado solidário ao sofrimento dos outros, mas havia uma frieza nele que às vezes a assustava. Uma mulher enviara uma foto sua tirada num parque de diversões. Ela estava de pé junto a uma roda-gigante, segurando um algodão-doce num cone de papel. Seria bonita o suficiente, May pensou, se não fosse dentuça. Ronnie segurou o retrato no alto e queimou o rosto da mulher com a ponta de seu cigarro.

– Pronto – ele disse. – Uma pequena cirurgia cosmética.

Trocando em miúdos, ele reduzira o punhado de cartas a três finalistas: Arlene, uma divorciada com três filhos, dois dos quais tinham alergia letal a produtos com amendoim; Gina, "uma adolescente com trinta e muitos anos" e "uma paixão por minigolfe";

e Sheila, que andara "fora de circulação por tempo demais", e estava fazendo "um esforço sincero para sair da minha concha e voltar a fazer contato com outras pessoas".

Arlene era sua primeira escolha, mas May o dissuadiu. A vida já era bastante complicada sem ter que lidar com os filhos de outra pessoa. Então ele escrevera para Gina e Sheila, identificando-se apenas como "R.J.," e convidando-as a lhe telefonar, se não se importassem com o fato de ele não ter carro. Apenas Sheila aceitou a oferta. Ela não havia incluído foto na carta, e não fora muito extensa no sentido da descrição física (*Mulher solteira branca, magra, 29 anos*), de modo que havia uma camada a mais de suspense quando a campainha finalmente tocou.

– É melhor ela não ser um canhão – disse Ronnie, apagando o cigarro no cinzeiro e se levantando sem pressa do sofá. – Não vou ser visto em público com um canhão.

– Mãe – disse Ronnie –, esta é Sheila.

May teve uma surpresa feliz. A garota não era nenhuma beleza, mas atraente o suficiente, uma morena meio insignificante de altura média, usando um vestido rosa sem mangas. Não era exatamente gorda, só um pouquinho larga nos quadris e com tornozelos grossos, mas May não achava que isso fosse um defeito. Ela era "magra" do mesmo modo como Ronnie era "bonito". Mas os dois formavam um casal simpático.

– Prazer em conhecê-la – disse May.

– Olá – disse Sheila.

Aquela única palavra foi suficiente para May se dar conta de que alguma coisa não estava cem por cento com a moça. Em parte era sua voz, inexpressiva e sonhadora, como se ela falasse consigo mesma, e em parte eram seus olhos, que fitavam de forma vazia mas insistente a parede acima da cabeça de May.

Também o modo como ela agarrava a bolsa com tanta força de encontro à barriga, com ambas as mãos, como se caminhasse por um bairro perigoso tarde da noite.

– Está com frio? – May perguntou.

– Por quê? – disse Sheila. – A senhora está?

– Não – disse May. – Achei que talvez você estivesse.

– Estamos no meio do verão. – Sheila riu nervosamente, os olhos saltando de um lugar a outro pela sala. – Por que eu estaria com frio?

A pobre garota está aterrorizada, May pensou. *Talvez o reconhecera do pôster.* Mas, quando ele se sentou no sofá, ela se sentou bem ao seu lado, como se fossem velhos amigos.

– Posso oferecer alguma coisa? – May perguntou. – Um *cooler* de vinho, talvez?

– Só água – disse Sheila. – Esse remédio que eu estou tomando me deixa com a boca seca. Posso ouvir a saliva estalar quando falo.

Ronnie franziu o rosto, numa expressão de exagerada repulsa. May lhe dirigiu um olhar severo.

Sheila sorriu de forma doce.

– Quando acordo pela manhã, sinto como se tivesse comido um tubo de cola.

– Vou trazer para você um bom copo de água gelada – disse May.

Demorou bastante na cozinha, dando a eles alguns minutos para se conhecerem, mas não ouviu vozes. Quando voltou para a sala, os dois olhavam fixamente para a frente, como estranhos esperando o ônibus.

Este é um encontro romântico, May sentiu vontade de lhes dizer. *Vocês deveriam conversar um com o outro.*

Deu um copo para Sheila, o outro para Ronnie. Sheila esvaziou o seu de um único e sedento gole.

– Como estava o trânsito, querida? – May perguntou. Olhou incisivamente para Ronnie, como se dissesse: *Está vendo? Não é tão difícil assim.*

Sheila pareceu perplexa.

– Perdão?

– O trânsito? Quando você vinha para cá.

– Ah. – Ela anuiu, mas sua expressão permaneceu vaga. – Na verdade não reparei.

Ronnie girou o dedo indicador ao lado da orelha, indicando que Sheila era um pouco doidinha. Ele parecia gostar da idéia.

Ele sabia, May pensou, de repente. *Deve ter descoberto através da carta.* Ronnie tinha uma espécie de radar para esse tipo de coisa. Uma sensação de desconforto se espalhou pelo corpo de May.

– Vamos. – Ronnie deu um tapinha no joelho de Sheila. – Hora de colocar o bloco na rua.

May os acompanhou até a porta da frente. Beliscou o braço de Ronnie.

– Seja bonzinho com ela – sussurrou.

Ronnie cruzou os braços sobre o peito e recuou, como se ela o tivesse ofendido.

– Quando é que eu não sou bonzinho? – perguntou-lhe.

Sheila não viu a situação se armando.

Até onde era capaz de dizer, o encontro havia sido um fiasco, e a volta para casa, pior ainda. R.J. não dissera uma palavra durante todo o tempo, apenas ficara sentado ruminando no banco do carona, preso numa bolha de sua estranha energia nervosa, puxando repetidamente os pêlos pretos em seu pulso. Mas então, quando estavam a apenas uns dois quarteirões de distância da casa dele, subitamente falou, a voz rápida e urgente, num tom inesperado de comando.

– Pegue a próxima à esquerda.

Ela obedeceu sem pensar, entrando num pequeno estacionamento construído ao lado do que parecia ser uma escola de ensino fundamental, a tomar pelo parquinho iluminado pelo brilho dos faróis de seu carro. Tinha aqueles balanços que impedem as crianças pequenas de cair. Os escorregas eram feitos de plástico moldado em cores primárias vivas, e o chão ao redor da estrutura estava coberto por algum tipo de material emborrachado e esponjoso. Era algo totalmente diferente dos parquinhos da infância dela, barras rústicas presas no asfalto rachado, escorregas de metal cozinhando sob o sol, pontas afiadas e parafusos aparentes.

– Todo mundo é tão cuidadoso hoje em dia – ela disse.

R.J. fitou-a como se ela fosse alguma forma de vida alienígena. Ela se perguntou se não estaria pronunciando mal as palavras, se estavam sendo ininteligíveis ou soando mecânicas, ou se talvez ela estivesse falando rápido demais ou algo do tipo.

– Apague os faróis – ele disse.

Numa certa época de sua vida, Sheila havia sido um bom papo. Tinha amigos. Lembrava-se de ficar sentada com eles na lanchonete da escola, rindo sobre coisas tolas. Ela e suas colegas de quarto costumavam ficar acordadas até altas horas, contando segredos, fazendo piadinhas sobre sexo, tentando descobrir o sentido da vida.

Mas não mais. O maldito medicamento havia tornado seu cérebro confuso, feito com que tudo parecesse estar acontecendo a uns 5 metros de distância, do outro lado de uma cortina de névoa. Se ela parasse de tomá-lo, porém, tudo ficava próximo demais, brilhante demais, pressionando-a até que ela se esquecesse de como fazer para respirar. Tinha sido desse modo que havia ido parar no hospital outra vez no último outono. Ela gostaria tanto que houvesse algum meio-termo, algo que não abafasse tudo e a deixasse com a sensação de que o inglês se tornara um idioma estrangeiro.

Ela e R.J. tinham passado a primeira metade do jantar tentando desajeitadamente estabelecer uma conversa. Mas o que havia para se dizer? Nenhum dos dois tinha um trabalho. Ele não ligava para esportes ou música, e não demonstrava interesse em viagens.

– Sou duro – disse. – Para onde poderia ir?

O lado triste era que ela até gostava dele. Não era como os outros caras que encontrara através dos anúncios, bebês de 40 anos de idade. Joel, que pediu que ela apertasse seus bíceps e depois pareceu magoado porque ela não ficou tão impressionada quanto ele achou que deveria ficar. Gary, que falava sem parar do barco que teria construído se tivesse tido acesso a uma quantidade ilimitada de dinheiro. E aquele barbudo medonho, que continuou telefonando para ela durante semanas depois de seu encontro, tentando convencê-la a fazer um *upgrade* de seu telefone celular, aparentemente ignorando o fato de que ela não tinha um telefone celular.

– Eu ofereço a você quinhentos minutos por mês em qualquer horário do dia. O seu plano atual pode competir com isso?

R.J. não tinha muito a dizer, mas pelo menos parecia inteligente, como se houvesse alguma coisa acontecendo por baixo da superfície. Observava-a com aqueles olhos astutos – os óculos faziam com que parecessem grandes demais, observadores demais –, sorrindo de um jeito que parecia encorajador, mas que de repente não parecia mais. Ele ria um bocado, também, normalmente quando ela não estava tentando ser engraçada. Havia momentos em que ela poderia jurar que ele emitia sinais de rádio do centro da testa, dirigindo-os exatamente para o outro lado da mesa.

Nós temos uma conexão, ela pensou.

Mas quando a comida chegou ele perdeu o interesse, parou até mesmo de tentar conversar com ela. Sheila continuou esperando que ele levantasse os olhos do seu gigantesco bife sangrento, que dissesse *alguma coisa,* nem que fosse apenas para atestar o fato de que ela ainda estava sentada diante dele.

É claro que ela entrara em pânico e começara a tagarelar sobre sua doença, do modo como sempre fazia, só para preencher o silêncio. Sobre *aquilo* ela poderia falar por horas. Contou a ele sobre seu primeiro surto, por assim dizer, aquele que veio do nada durante o seu último ano da faculdade. Um dia ela é uma pessoa normal, graduando-se em sociologia e elogiada pelo decano pelas excelentes notas, e no dia seguinte está de pé na quadra, tentando pôr fogo numa pilha de suas roupas.

– Elas estavam me pinicando – explicou. – Achei que estavam cheias de insetos.

Aquilo chamou a atenção dele. Mastigando devagar, ele ponderou, com a expressão neutra de um psiquiatra.

– Talvez você só quisesse ficar nua – sugeriu. – Talvez o surto fosse apenas uma desculpa.

– Eu queria matar os insetos – ela insistiu. – Nem me dei conta de que estava nua até que a polícia chegou e criou caso.

R.J. chamou o garçom e pediu sobremesa, torta de maçã e sorvete, que comeu com sofreguidão enquanto ela continuava a saga de sua hospitalização e seu tratamento, os cinco anos de lucidez relativa seguida de um segundo surto, por assim dizer, que na verdade foi uma experiência bastante positiva. Ela estava prestes a lhe dizer por que – era um assunto sobre o qual gostava de falar –, quando ele levantou os olhos e bocejou bem na sua cara, sem nem se dar ao trabalho de cobrir a boca. Então, quando a conta chegou, ele disse que havia esquecido a carteira.

– Será que não dava para desconfiar? – ele disse, com uma risadinha.

Ela não se importou em pagar. Era o dinheiro de seu pai, de todo modo. Um muito obrigado teria sido simpático, porém, uma simples palavra de gratidão. Mas R.J. apenas agiu como se fosse um direito seu, o mínimo que merecia por ter ficado sentado durante o jantar com uma mulher maluca.

Mas talvez ela tivesse interpretado mal seus sinais, Sheila pensou, enquanto se sentavam quietos no carro, fitando o parquinho sombrio. Talvez ele gostasse dela. Talvez fosse tão tímido e desajeitado quanto ela, e simplesmente não soubesse como se comportar diante das mulheres. Não parecia um cara que tivesse tido muitas namoradas.

Ela sorriu, para informá-lo de que estaria tudo bem se quisesse beijá-la ou apenas segurar sua mão. Não que ela quisesse beijar R.J., especificamente falando. Ela só queria beijar *alguém*, lembrar-se de como era a sensação, saber que dera mais um passo na direção de uma vida normal.

R.J. retribuiu seu sorriso. Ela devia ter parecido um pouco mais encorajadora do que pretendera, porque em vez de beijá-la ele começou a abrir o cinto e depois o zíper.

– Quero mostrar uma coisa para você – ele disse.

– Me desculpe – ela disse. – Você deve ter entendido errado.

– Não fique com medo – ele disse. – Não vai morder você.

Se R.J. estivesse um pouco mais interessado antes, no restaurante, Sheila teria lhe contado sobre a visão que detonara seu segundo surto, por assim dizer, a coisa mais bonita e importante que jamais acontecera com ela.

Ela estava dirigindo na auto-estrada à tarde, na hora do *rush*, voltando para casa de seu emprego temporário, um turno entorpecedor de oito horas de processamento de dados para uma companhia de contabilidade. Havia chovido o dia todo, mas agora o céu clareava, uma brisa forte apagando o tempo ruim do céu tão rapidamente que parecia uma série de fotografias tiradas numa seqüência espaçada.

O sol estava se pondo, escondendo-se e ressurgindo em meio às velozes nuvens prateadas. Num dado momento, ela por acaso estava olhando direto para o sol quando ele emergiu do seu esconderijo, inexplicavelmente transformado em algo glorioso. Um momento antes, era uma orbe amarelo-pálida, mas agora era uma imensa bola de fogo vermelha, seus raios se dividindo em quatro faixas rosadas, uma das quais – a segunda à esquerda – dirigia-se diretamente ao pára-brisa de Sheila. O toque daquele raio de sol carmim através do vidro, o súbito e reconfortante calor, caiu sobre sua pele como uma bênção.

Ela sabia que era uma péssima idéia olhar diretamente para o sol, mas não pôde evitar. Um rosto emergiu das nuvens, e estava tentando falar com ela. Ela baixou a janela para ouvir as palavras, mas não adiantou; o barulho da estrada estava alto demais. Ela pisou nos freios, bem ali na pista central, desencadeando uma violenta reação em cadeia de indignação, pneus cantando e buzinadas furiosas, arrematadas pelo som de uma batida, depois mais uma, atrás dela e mais para a direita. Ela não deu mais do que uma rápida olhada para a colisão – um engavetamento de três carros, nada tão grave assim –, ao subir no capô morno de seu carro e dali até o teto, para que pudesse enxergar melhor o rosto em meio às nuvens.

Era um garoto, com sete ou oito anos de idade. Cabelos castanhos. Sardas e topete. Uma expressão inocente mas travessa. Um rosto que ela já tinha visto antes, ou imaginava já ter visto.

– Olá! – ela gritou. – Eu posso ver você!

– Eu também posso ver você – ele respondeu.

A essa altura, já não era mais apenas um rosto, mas um corpo inteiro, as calças *jeans* azuis e a camisa listrada de preto e laranja ressaltando de forma vívida contra o fundo uniforme e cinzento. E subitamente tornou-se óbvio: ele era seu filho, aquele que ela abortara durante o segundo ano da faculdade. Mas era mais do que apenas o filho que ela não tivera.

– Você é Deus, não é?

– Sou – ele lhe disse. – E você é minha mamãe especial.

– Você me perdoa? – ela perguntou.

– Você já foi perdoada.

Ela se sentiu tão melhor ao saber aquilo, aliviada do fardo que arrastara por tanto tempo, a culpa terrível por não ter dado a ele uma chance. Mas ele era Deus, então é claro que estava bem.

– Eu gostaria de conhecer você melhor – ela lhe disse.

– Vai conhecer – ele lhe prometeu.

Ela ficou sentada com as mãos no colo, reconfortando-se com a lembrança do rosto encantador de Deus enquanto R.J. terminava seu negócio sujo no banco do carona. Pelo menos ele não a estava tocando. Não estava nem mesmo olhando para ela, apenas fitando o parquinho lá na frente enquanto se masturbava, murmurando de vez em quando algo nojento com uma voz ameaçadora:

– Sua puta... piranha... choramingona... sua merdinha...

Depois de algum tempo, as palavras se dissolveram em lamúrias e R.J. explodiu com um grito raivoso de alívio, curvando-se para a frente como se tivesse levado um tiro, apoiando-se com a mão livre no porta-luvas. Deitou a cabeça sobre o painel, respirando em espasmos que pareciam soluços. Depois de algum tempo, se endireitou, limpando a mão suja no assento. Estudou Sheila com olhos frios enquanto fechava o zíper e o cinto.

– Você não vai me dedurar, vai? – Sua voz era suave e sarcástica, mas mesmo assim preocupada.

Sheila balançou a cabeça. Ele apertou o dedo indicador sobre a base de seu pescoço, forçando sua cabeça para trás até que ela fitasse o teto acolchoado do carro.

– Espero que não – ele sussurrou. – Porque não gosto de dedos-duros.

Relaxou a pressão. Ela baixou a cabeça com cuidado e olhou para ele. Ele colocou as mãos sobre o rosto como uma criança brincando de esconde-esconde e começou a choramingar entre as próprias palmas, fazendo um som que ela interpretou como uma espécie de pedido de desculpas.

– Vou levar você para casa – ela lhe disse.

PARTE TRÊS

POMBINHOS

GAZETEIROS

A PROVA DA ORDEM DOS ADVOGADOS ERA UMA MARATONA QUE durava dois dias, um teste de resistência física tanto quanto de conhecimento legal. O Dia Um era o MBE, a Prova Multiestadual da Ordem dos Advogados, duzentas perguntas excessivamente detalhistas de múltipla escolha, com enunciados imensos, um tratamento de canal mental que fazia as provas de conclusão do ensino médio parecerem uma limpeza de rotina, em comparação. Depois que elas conseguiam deixá-lo completamente arruinado e desmoralizado, faziam você voltar no Dia Dois para a etapa da redação, que pelo menos para Todd era ainda pior: um confronto de oito horas de duração com o silêncio de sua própria mente, o ruído branco de sua incapacidade de pensar tornado ainda mais forte pelo rumor dos lápis e canetas de seus colegas sobre o papel. Era como se ele jamais tivesse feito faculdade de direito, como se estivesse passando por uma versão interminável e verossímil do pesadelo em que você se encontra numa sala de aula estranha, fazendo uma prova final de suaíli ou engenharia elétrica, algum assunto sobre o qual não sabe absolutamente nada além do fato de que se matriculou e de algum modo não conseguiu ir a nenhuma aula.

– Coma seu café da manhã – disse-lhe Kathy na manhã do Dia Um. – Senão vai acabar desmaiando na linha de chegada.

Todd comeu obediente um pedaço de torrada. Apesar da preocupação freqüente – e às vezes irritada – que ela recentemente expressava acerca de sua preparação e motivação nas últimas semanas, Kathy regressara ao papel de esposa solidária conforme a data da prova se aproximava. Sorriu para ele como se fosse uma criança voltando para a escola depois de uma breve enfermidade.

– Estou com um bom pressentimento – ela disse. – Dizem que a terceira vez é que é para valer.

Também dizem que "Três strikes *e você está fora"*, Todd pensou, mas não o disse em voz alta. Não havia nenhum motivo para tornar tudo aquilo pior do que já estava.

– Vou comprar uma garrafa de champanhe – ela continuou. – Vamos colocar na geladeira e abrir assim que você receber a boa notícia.

No que dizia respeito a Todd, só havia um lado positivo em toda aquela prova de fogo: os resultados sairiam apenas dentro de alguns meses, de modo que Kathy só ia ficar sabendo no final de novembro ou início de dezembro que ele fracassara pela terceira vez. Talvez a essa altura já não importasse tanto.

– Não fique tão esperançosa – ele advertiu. – Já passei por isso antes.

– Dessa vez vai ser diferente – ela disse. – Tenho certeza.

Ela continuou com aquele estado de espírito obstinadamente otimista ao longo de todo o café da manhã e o curto trajeto até a estação de trem, e Todd fez o possível para acompanhá-la. Foi um alívio dar nela e em Aaron um beijo de despedida e sair do carro, um alívio finalmente parar de fingir. Ficou de pé no estacionamento, a pasta na mão, acenando enquanto eles se afastavam.

Um lance de degraus de metal conduzia à plataforma, mas Todd continuou lá embaixo, andando de um lado para o outro em frente ao telefone público, obrigando-se a não consultar o relógio a cada 15 segundos. Sarah parou às 7h45 em ponto, no instante exato em que o trem chegou à estação, a buzina uma espécie de chamado para acordar uma horda de passageiros letárgicos. Ele entrou no Volvo e lhe deu um beijo.

– Bem na hora – ele disse.

Ela o estudou por um momento, tentando detectar um traço de ambivalência por baixo de seu ar alegre.

– Tem certeza do que está fazendo? – ela perguntou.

Em vez de responder, ele abriu a pasta, girando-a ligeiramente sobre o colo para mostrar o conteúdo: roupa de banho, um frasco de filtro solar de proteção intensa e uma garrafa de vinho branco frio, ainda embaçado por causa da geladeira.

– O próprio escoteiro – ela lhe disse.

Fazia uma manhã maravilhosa de verão, quente mas ainda não úmida e abafada, com uma suave brisa intermitente no ar, o tipo de clima que fazia você desejar ter um carro com teto solar ou um conversível. Eles rumaram para a costa norte, seguindo livremente contra o fluxo da hora do *rush*, o rádio ligado alto o suficiente para competir com o vento e o barulho da estrada que chegava pelas janelas abertas. Sarah estendeu a mão por cima da caixa de câmbio e apertou a mão de Todd. Estava mais bonita do que ele jamais vira, os olhos brilhando com um sentimento de aventura, anéis desgarrados de cabelo e cachos indisciplinados caindo sobre seu rosto.

– Nunca fiz isso na escola – ela confessou. – Nem mesmo quando estava no último ano.

– Estou corrompendo você.

Ela riu.

– Antes tarde do que nunca.

A idéia lhes ocorrera apenas dois dias antes, e se transformara num plano com um mínimo de persuasão. Todd estava angustiado com a prova a ponto de se tornar entediante até para si mesmo. Sabia que ia fracassar, então por que tinha de passar pelo processo? Por que desperdiçar dois dias inteiros de sua vida numa empreitada inútil e desagradável? Por que não passá-los na praia? Por que não passá-los na praia com Sarah?

Dali até onde se encontravam agora tinha sido um pulo. Kathy havia tirado os dois dias de folga para cuidar de Aaron, de modo que para Todd estava tudo resolvido quanto a esse detalhe particular. E Jean não estava sempre se oferecendo para cuidar de Lucy? Tudo o que Sarah teve que fazer foi inventar uma historinha sobre uma velha amiga da faculdade, uma curta parada em Providence, uma bem-vinda oportunidade de se encontrarem.

– E Lucy? – ele perguntou. – Ela chorou, ou algo assim?

– Está brincando? Ela praticamente me empurrou porta afora. E na sua casa?

– O de sempre – disse ele. – Todo mundo feliz, menos eu.

Estavam na praia às nove, a toalha estendida na areia fresca, ancorada nas pontas pelos sapatos e pela pasta de Todd, e por um pequeno isopor que Sarah enchera com frutas e sanduíches e um engradado com seis garrafas de água mineral. Todd se deitou de costas, apoiando a cabeça entre as mãos, e sorriu para o céu perfeito da manhã. Qualquer culpa que pudesse tomar conta dele era abafada por uma imensa sensação de alívio: o sol brilhava, as ondas arrebentavam, as gaivotas voavam e gritavam lá em cima, e ele não estava sentado sob a luz mortiça de um centro de conferências cavernoso, circundado por quinhentos outros futuros advogados, dividindo uma mesa com algum geniozinho de uma das melhores universidades da Costa Leste, que haveria de gabaritar a prova na primeira tentativa e seria o dono do mundo aos 30 anos.

– Dá para acreditar? – A mão de Sarah moveu-se suavemente sobre a coxa dele. – Nosso primeiro encontro de verdade. Sem as crianças, quero dizer.

Todd se ergueu apoiado nos cotovelos e olhou ao redor. Ainda estava cedo, a praia praticamente vazia. As únicas outras pessoas ali eram gente solitária caminhando e passeando com o cachorro, e umas poucas famílias com crianças pequenas.

– Você acha que a gente devia ter trazido os dois?

Ela se inclinou para a frente como uma penitente, seu rosto momentaneamente eclipsando o sol, e beijou-o no ombro.

– Hoje não. Hoje é só para nós.

Os dois pegaram onda, depois caminharam pela orla de mãos dadas, parando para examinar uma concha ou pedra ocasional, maravilhando-se com a beleza salpicada de pequeninas manchas da presa de um caranguejo, balançando a cabeça diante da visão de um aplicador de absorventes internos trazido pela correnteza e preso num emaranhado de algas, e um par de óculos de proteção com o elástico arrebentado. Um aposentado passou caminhando por eles, a barriga balançando sobre um calção Speedo inconvenientemente pequeno.

– Richard uma vez me levou a uma praia de nudismo – disse ela. – Quando estávamos namorando.

– Por aqui?

– Em Nova Jersey. Num daqueles parques estaduais. Ele encontrou no guia turístico.

Todd não ficou surpreso. Recentemente Sarah lhe falara sobre as inclinações sexuais de seu marido – a calcinha, a forma como ele tentara pressioná-la a ir a uma festa de *swing* quando ela ainda estava amamentando.

– Você tirou a roupa?

– Só a parte de cima.

– Muito europeu da sua parte.

Ela sorriu.

– Gosto de pensar que sim.

– E quanto a Richard? Ele optou pelo bronzeado de corpo inteiro?

– Está brincando? Ele já estava pelado no carro, durante o caminho, só com uma toalha amarrada na cintura. Recebeu uns olhares bem engraçados no pedágio.

Ficaram em silêncio por um instante, sorrindo em cumprimento a um pai frustrado, mais ou menos da sua idade, um sujeito um tanto vermelho de sol que tentava havia pelo menos meia hora fazer uma pipa desajeitada levantar vôo, enquanto suas duas filhas gêmeas – tinham cinco anos, talvez seis – observavam com uma expressão de desprezo absoluto. Ele acabara de correr rapidamente por uma distância de dez metros, tentando criar um vácuo e fazer a pipa subir, mas ela apenas se arrastava atrás dele, arando a praia.

– Nem uma brisa hoje – ele disse, ofegante, num tom de defesa, como se suspeitasse que os estranhos riam dele. – Ontem funcionou bem.

Todd e Sarah fizeram expressões simpáticas e continuaram a caminhar pela praia.

– Mas me diga. Você ficou excitada?

– Com a praia de nudismo? – Talvez inconscientemente, ela baixou a mão e apertou aquele pneuzinho de gordura acima da cintura de seu biquíni. – Meu Deus do céu, não. Se você quiser se sentir jovem e magro e atraente, vá passar o dia com os nudistas.

Depois do almoço eles se registraram no Sea Breeze, um motel coerentemente barato espremido entre uma loja que comercializava propano e uma venda de frutos do mar numa área desabitada a uns 800 metros a oeste da praia. Era um motel digno do nome, um pulgueiro antiquado, que não fazia parte de nenhuma cadeia conhecida, inteiramente equipado com carpete mofado de parede a parede, uma medonha coberta sintética na cama, oleosa ao tato, e uma pintura fálica nada ambígua de um farol, pendurada sobre a cama, como que para dar inspiração. Brindaram com o vinho de Todd, servindo-o em copos de plástico liberados de invólucros plásticos sanitários, e fizeram amor sem tomar banho, seus corpos pegajosos e grudentos com o revestimento obrigatório de quem passava o dia na praia, feito de areia e sal e resíduo de protetor solar.

– Estamos parecendo dois pedaços de frango à milanesa – disse-lhe ele.

Todd gostou da metáfora, mas ela balançou a cabeça, como se ele tivesse dito algo ofensivo.

– Nada de piadas – ela disse. Estava deitada de lado, as pernas cruzadas sobre os lençóis altamente inflamáveis. – Não hoje. Quero me concentrar.

– Em quê?

– Em você. Quero sentir você dentro de mim.

Ela fechou os olhos, o rosto se contorcendo numa careta que sugeria esforço mais do que prazer. Durante toda a manhã ele ficara fantasiando sobre como seria estar sozinho com ela num lugar privado, sem crianças que tivessem de se preocupar em não acordar, uma chance para finalmente se soltar. Ele a imaginou gritando seu nome com a empolgação de uma rainha da pornografia, assustando os funcionários do posto de gasolina, fazendo as garçonetes corarem. Mas em vez disso ela parecia estranhamente reprimida, ainda mais quieta do que o habitual. Quando ele a penetrou, ela deu um leve suspiro. Suas recuadas despertaram um murmúrio ainda mais sutil.

– Está tudo bem com você? – perguntou ele.

Ela fez que sim, com mais ênfase do que necessário. Como se tivesse perdido a capacidade da fala e precisasse ser superenfática.

– Quero ajudar você – disse ela.

– Como?

– Você está triste. – Ela torceu o pescoço para olhá-lo nos olhos, desafiando-o a discordar. – Quero fazer você feliz.

– Você faz. – Ele deu em seu seio mais próximo um aperto amigável. – Esta é toda a felicidade de que preciso.

– Ela pressiona você demais. Eu não faria isso.

– Não é culpa dela.

– Me dê uma chance – pediu ela. – Sei que não sou tão bonita quanto ela.

– Você é bonita.

– Mentiroso.

– Você tem uma bunda maravilhosa.

Ela sorriu de um jeito travesso, mexendo os quadris para ir de encontro às arremetidas dele.

– Você acha?

– Ai, meu Deus. Vou gozar.

– Quero sentir.

Uma onda de energia subiu desde os dedos dos pés de Todd.

– Agora – ordenou ela.

O corpo dele deu uma guinada, arqueando-se na cintura. Um intenso tremor sacudiu seus braços, seguido por um mais suave. Ela deu um grito, como se alguém a tivesse escaldado. Por um intervalo de tempo imensurável, ele se encontrou totalmente suspenso e liberado, se contraindo e relaxando, até que um último espasmo o sacudiu e transformou seus braços em gelatina, e ele desabou por cima dela, esmagando-a sob seu tronco. Ela deu uma risada rouca e, torcendo o corpo, se libertou.

Todd acordou com um sobressalto, a mente confusa, o corpo tomado pelo pavor. Durante um instante ou dois, nada fazia sentido – o quarto lúgubre, o zumbido laborioso do ar-condicionado, a luz intensa da tarde penetrando pela beirada da cortina, o peso morto e nada familiar do braço sobre seu peito.

– Hã? – O rosto de Sarah estava amassado, vagamente alarmado. – Algum problema?

Todd desviou rapidamente os olhos para o rádio-relógio digital sobre a mesinha-de-cabeceira. Eram apenas 14h15. Ainda tinham bastante tempo. Ele deixou a cabeça desabar sobre o travesseiro.

– Só um pesadelo.

– Com o quê?

– Não sei. Já esqueci.

Tudo o que restava do sonho era a imagem de uma esteira transportadora, uma procissão interminável de lanternas amarelas idênticas, mas como isso podia explicar o coração batendo tão forte em seu peito, sua respiração curta, como que em pânico?

– Era sobre a prova? – especulou ela. – Talvez você esteja se sentindo mal com relação a isso.

Ele gostaria que ela calasse a boca sobre aquela maldita prova. É claro que se sentia mal com relação àquilo. Havia pago 400 dólares só para se inscrever, 400 dólares que tinham desaparecido para sempre, e passara incontáveis noites de primavera e verão fingindo estudar. Convencera sua mulher trabalhadora e sempre esperançosa de que estava fazendo um esforço genuíno para passar na prova naquele exato momento, quando, na realidade, estava na cama com uma mulher com quem acabara de trepar, num motel barato, especulando a respeito de um sonho.

– Não era a prova – ele explicou. – Acho que eu devia estar fazendo alguma espécie de controle de qualidade, mas não sabia como separar as lanternas boas das ruins.

Ela se sentou e fez que sim, como se isso fizesse perfeito sentido. Ela estava com um ar adorável, ele pensou, totalmente absorta na conversa, inconsciente de sua própria nudez. Seus mamilos estavam duros por causa do ar-condicionado, implorando para serem sugados. Sem querer, ele a fantasiou na praia de nudismo em Nova Jersey, recusando-se a tirar a calcinha do biquíni, seu futuro marido reprovando-a por ser tão pudica.

– O que aconteceu? – ela perguntou. – Você alguma vez *quis* ser um advogado?

– Foi uma espécie de acidente – ele admitiu. – Um cara do grêmio de que eu fazia parte, Paul Berry, era ele quem queria ser advogado. Tinha a impressão de que era uma carreira empolgante e glamourosa, como no seriado *LA Law*. Inscreveu-se para fazer prova para a faculdade de direito, mas não queria fazê-lo sozinho. Tomamos um porre de tequila uma noite, ele me convenceu a me inscrever também, só para lhe fazer companhia. Entramos para um cursinho, estudamos juntos por algumas semanas e sentamos ao lado um do outro durante a prova. Quando os resultados chegaram, eu acabei me dando melhor do que ele. Com as notas que tirei, era uma idiotice *não* ir para a faculdade de direito.

– Não se você não quisesse ser advogado.

– Eu não sabia o que queria. Adiei as coisas durante uns dois anos depois da faculdade, trabalhei em alguns empregos diferentes, nada particularmente interessante, e finalmente entreguei os formulários de inscrição.

– Mas a faculdade de direito deve ter sido bem difícil.

– Nada de mais. Era só uma escola, sabe? Você faz o dever de casa e as provas.

– Então, o que saiu errado com a prova da Ordem?

– Não sei.

– Você poderia tentar outra vez no inverno – ela lhe disse. – Eu poderia ajudá-lo a estudar. Poderia dar as notas a testes simulados, você poderia me explicar as respostas. Às vezes ajuda falar sobre as coisas.

Ele ficou sensibilizado com a oferta, mesmo pouco prática como era, mas sabia que a prova da Ordem fazia parte do passado. Jamais seria um advogado. Tinha dito a Sarah que não sabia o que dera errado, mas isso não era exatamente verdade. Sabia, apenas jamais tinha sido capaz de colocá-lo em palavras. Alguma coisa acontecera com ele durante os últimos dois anos, alguma coisa relacionada a ficar em casa com Aaron, a mergulhar no ritmo do dia de um garoto. As pequenas tarefas, os pequeninos prazeres. A repetição que ultrapassa o tédio e se torna uma espécie de paz. Se você fizer isso por tempo suficiente, o mundo adulto começa a se afastar. Você não consegue alcançá-lo, mesmo que tente.

– Você se incomoda se eu chupar seu peito? – perguntou ele.

De todas as maneiras imagináveis para Todd, o dia havia sido um sucesso, uma daquelas raras ocasiões em que seus planos meticulosos se realizam sem nenhum obstáculo. Ele evitara a labuta e a humilhação da prova da Ordem e a substituíra por uma relaxante manhã na praia e uma tarde de sexo adulto, sem inibições, um novo marco em sua relação com Sarah.

E ainda assim o trajeto de volta para casa fora triste, como se algo tivesse dado terrivelmente errado. Mas o quê? Até onde Todd podia afirmar, a única sombra em toda a experiência havia sido projetada por seu sonho enigmático e parcialmente esquecido com as lanternas. Mais do que oferecer algum comentário específico sobre seus dilemas românticos e profissionais, o sonho parecia lhe dar uma advertência mais geral – e de certo modo mais perturbadora – sobre a imprevisibilidade da vida, a impossibilidade de conhecer ou controlar seus próprios sentimentos. Você vai dormir feliz e acorda triste. Não tem a menor idéia do motivo e não há nada que possa fazer a respeito.

Ao contrário de Kathy, que já não se interessava muito pelas nuances das emoções de Todd, Sarah pareceu inteiramente consciente desse desvio em seu estado de espírito. Como tinha feito pela manhã, estendeu a mão por cima do console e segurou a dele; dessa vez, porém, o gesto pareceu mais de apoio do que conspiratório, como se ele fosse um paciente no hospital, alguém precisando ser alegrado.

– Lembra aquele cara sobre quem você estava falando? Seu melhor amigo da faculdade?

– Paul Berry.

– Vocês ainda são amigos?

– Nós meio que nos afastamos durante o último ano. Comecei a sair com Kathy, e os dois não se davam lá muito bem.

– Ele chegou a se tornar advogado?

– Não tirou as notas necessárias para isso. Entrou para o ramo imobiliário no condado de Westchester bem a tempo do *boom*. A última coisa que soube dele foi que estava dirigindo um BMW e saindo com uma repórter de TV.

Sarah olhou para o retrovisor e mudou de pista. Parecia a Todd uma motorista confiável, nem cuidadosa nem temperamental demais. Kathy dirigia devagar, quase como uma pessoa mais velha, mas toda a sua personalidade mudava no instante em que ela sentia que o outro motorista estava tentando tirar vantagem, passar sua frente no pedágio ou deliberadamente se recusando a lhe dar passagem. Numa fração de segundo, ela se transformava num demônio grudado na traseira do outro carro, fazendo gestos obscenos com a mão, perfeitamente capaz de parar ao lado do ofensor e repreendê-lo em voz bem alta através da janela aberta, apesar de Todd lembrar-lhe com freqüência que várias pessoas tinham morrido, junto com suas famílias, por menos do que isso.

– Você não fala muito sobre os seus amigos – Sarah observou.

– Não tenho muitos. Havia alguns caras da faculdade de direito de quem eu era amigo, mas nós nos afastamos. Trocamos *e-mails* de vez em quando, mas isso é tudo. Acho que eles se sentem envergonhados por minha causa. Estão todos trabalhando agora, ganhando rios de dinheiro, e eu...

– E por aqui? Alguém com quem você costuma se dar?

– Só os guardas do meu time de futebol americano. A maior parte das pessoas que conheci nos últimos dois anos são mulheres. Não posso simplesmente ligar para elas e dizer: "Ei, vamos tomar uma cerveja."

Ela fez que sim e se calou. Algumas vezes abriu a boca, como que para fazer uma pergunta, mas logo se deteve. Todd não ficou surpreso. Jamais tivera uma namorada que soubesse ficar quieta no carro, sobretudo se ele parecesse distraído ou incomodado, ou apenas sem vontade de conversar. Era alguma espécie de compulsão feminina, essa necessidade de encher o ar com conversa, como se as palavras pudessem de algum modo disfarçar seus sentimentos de tristeza ou descontentamento.

– Está tudo bem – ele disse. – Se você quer me perguntar alguma coisa, vá em frente, pergunte.

– Eu só estava pensando sobre a sua fraternidade estudantil.

– Pensando o quê?

– Não sei. Nunca tinha saído com um cara de uma fraternidade estudantil. Quando estava na faculdade, achava que todos eles eram um punhado de babacas sexistas com cabeças-de-vento.

– Provavelmente éramos – ele disse, com uma risada. – Sei que era o que Kathy achava.

– Você gostava?

– No segundo ano eu adorava. No ano seguinte, deu para suportar. Mas no último ano estava bem enjoado de tudo aquilo.

– Era o que as pessoas acham que é? Festas alucinadas, sexo forçado, essas coisas? Tinha um grêmio na minha faculdade que foi suspenso depois que alguma adolescente da cidade que não estudava na faculdade entrou em coma porque bebeu tudo que podia numa dessas festas. O Centro da Mulher costumava fazer protestos anuais em frente às fraternidades.

– Não éramos assim – explicou ele. – Éramos conhecidos no *campus* por ser um grêmio chato. Vários dos caras estavam se formando em ciência.

– Isso é típico – disse ela. – Eu tinha esse estereótipo de você como um universitário arrogante com uma centena de namoradas diferentes. Acho que isso até me excitou. Dormir com o inimigo, ou algo do gênero.

– Aconteceu uma única coisa estranha – disse Todd, depois de um momento de hesitação. – Durante a primavera do penúltimo ano, uma garota da Universidade de Connecticut veio a uma de nossas festas. As suas amigas foram embora, mas ela ficou até tarde, depois que todo mundo já tinha ido para casa. Uma garota bonita, um pouquinho gorducha. Bêbada como um gambá.

– Ai, meu Deus – disse Sarah. – Não sei se quero ouvir.

– Tudo bem – ele disse. – Esqueça.

Ela olhou para ele.

– Vamos lá, Todd. Você não pode parar agora.

– Não quero aborrecer você.

– Eu sou grande. Isso não vai me *aborrecer.*

– Quero dizer, você pode imaginar o que aconteceu. Num certo momento das festividades, ela meio que se ofereceu para chupar o pau de todo mundo. Do grêmio inteiro.

– Ela se *ofereceu*?

– Juro, foi tudo idéia dela.

– Claro.

– Eu estava lá – disse ele. – Você não.

– Ela estava bêbada.

– Todo mundo estava bêbado.

– Mas o que aconteceu?

– Nada. Convencemos a garota a não fazer nada. Dissemos a ela que não era uma boa idéia.

– No duro?

Ele lançou a ela um olhar significativo. *É claro que não.*

– E você...?

– Eu não queria. Mas ela fez com que eu me sentisse culpado, como se eu a estivesse insultando se recusasse.

– Não acredito que você está me contando isso.

– E essa não é nem a parte mais estranha.

– O que poderia ser mais estranho do que isso?

– Ela ficou o fim de semana inteiro.

– Ai, meu Deus.

– Não, não foi desse jeito. Ela acabou indo dormir no quarto de um cara, Bobby Gerard. Um cara bem legal. Completamente *nerd.* Nunca tinha tido uma namorada antes na vida.

– E?

– Estão casados agora. Três filhos.

– Está brincando.

– Eu fui ao casamento. Vários dos nossos colegas também.

– Caras que estavam lá naquela noite?

– Isso aí.

– E como foi?

– Como se nada tivesse acontecido. Ninguém fez qualquer piada a esse respeito ou sequer se referiu indiretamente àquela noite. Quando as pessoas perguntavam ao noivo e à noiva onde haviam se conhecido, eles só diziam: "Numa festa do grêmio", como se fosse a coisa mais normal do mundo.

– Isso é medonho.

– Na verdade, foi um casamento bem legal – disse ele.

Kathy estava com vontade de conversar durante o jantar. Ela e Aaron tinham tido um dia maravilhoso. Haviam seguido a rotina habitual, ido ao parquinho pela manhã, nadado na Piscina Municipal pela tarde. Depois disso, tinham voltado para casa e estudado os cartões de matemática.

– Ele está ficando bom de verdade – ela disse. – Consegue colocar os números na ordem correta de um até vinte.

– É mesmo?

– Quase – ela baixou a voz. – Teve certa dificuldade com o número 14. Mas fora isso saiu-se muito bem.

– Uau – disse Todd. – Temos um prodígio em nossas mãos.

– Muito engraçado.

– Estou falando sério – ele disse. – Não era capaz de fazer isso até chegar ao segundo ano do ensino médio.

Ele levou várias horas para compreender seu erro. Estava deitado com Kathy na cama. Ela havia colocado Aaron para dormir no próprio quarto, para variar, aparentemente não tão preocupada em tê-lo por perto depois de passar o dia inteiro em sua companhia. Estava usando uma roupa de baixo maravilhosa, calcinhas cor-de-rosa pequeninas e um top combinando, com um corte que revelava boa parte da barriga. Leu Stephen Ambrose por cerca de cinco minutos, depois fechou o livro de supetão, como se tivesse coisa melhor para fazer.

– Estou muito animada – ela disse.

– Com relação a quê?

Ela riu, como se ele estivesse implicando.

– À prova, boboca. Você parecia tão relaxado na estação de trem. Nas duas últimas vezes, você estava uma pilha de nervos quando voltou para casa. Não queria falar comigo, não queria brincar com Aaron. Esta noite você é uma pessoa totalmente diferente.

– Acho que estou ficando acostumado.

Para surpresa dele, a mão dela foi direto para o seu pau.

– Já faz tanto tempo – disse ela, acariciando-o através da cueca samba-canção. – Sei que tenho andado um pouco estressada ultimamente.

– Tudo bem – disse ele. – Temos enfrentado um bocado de tensão.

Ela o beijou, e ele retribuiu. Sentiu-se endurecer ao seu toque, mas com uma sensibilidade denunciadora que o recordava de que já tinha transado duas vezes naquela tarde. Talvez conseguisse ficar duro outra vez – isso já estava acontecendo –, mas não conseguiria gozar, pelo menos não num tempo adequado. Segurou o pulso dela.

– Sabe de uma coisa? – disse. – É melhor não.

Ela soltou um gemido.

– Por que não?

– Ainda tenho que enfrentar o dia de amanhã. Melhor conservar minha energia.

– Talvez você esteja certo – ela disse. – Posso cobrar isso outro dia?

– Claro que sim.

Na tarde seguinte ele fez questão de parecer abatido e exausto quando chegou à estação. Não foi tão difícil assim. O Dia Dois da prova da Ordem tinha sido longo, abafado e sem sentido. Sarah tinha ficado em casa com Lucy – não houve jeito de conseguir outro dia de *baby-sitting* avisando tão em cima da hora –, de modo que Todd ficou sozinho, errando por Boston como turista. Fez hora durante a manhã por Newbury Street e pela praça, depois se sentou para assistir a uma matinê no cinema vazio após o almoço. Em seguida, leu algumas revistas num Starbucks antes de voltar para North Station.

Kathy tentou esconder seu desapontamento quando ele entrou no carro. Ficou mais quieto durante o jantar, atento. Quando ela lhe perguntou sobre como havia sido a prova, ele respondeu com uma única palavra: "Terrível."

Na cama, naquela noite, não tentou cobrar a promessa da véspera. Em vez disso, leu durante cerca de uma hora antes de fechar o livro. Desligou o abajur e virou de lado, de costas para ele. Depois de um longo interlúdio de silêncio, virou-se novamente.

– Todd?

– Hum.

– Me fale sobre Sarah.

IGREJA DOMINICAL

Como o católico relapso que era, Larry Moon não gostava de acordar cedo na manhã de domingo, colocar roupas boas e atravessar a cidade para assistir à missa das oito na igreja de Santa Rita. Preferia imensamente a rotina preguiçosa de rosquinhas-e-jornal que herdara de seu falecido pai, um ritual sem estresse que, estranhamente, parecia perfeitamente de acordo com a injunção bíblica de fazer do Dia do Senhor um dia de descanso. Mas o advogado disse vá, e então ele foi.

Encontrara-se com Walt Rudman, da Rudman & Bosch, logo após receber uma notificação por escrito do advogado de sua mulher, informando-o de que ela queria o divórcio. Um sujeito gorducho, de cabelos grisalhos, que usava genuínos suspensórios listrados, Rudman parecia menos um advogado do que um ator interpretando um advogado na TV. Ouviu o relato de Larry sobre seus infortúnios maritais com a expressão simpática de um velho amigo.

– Não me importo com o dinheiro – Larry lhe disse. – Só não quero ser afastado dos meus filhos.

– Você tem alguma razão para acreditar que sua esposa talvez tente limitar seu contato?

– Eu tenho um temperamento difícil – Larry admitiu. – Às vezes digo coisas que provavelmente devia guardar para mim.

– Diz às crianças?

– À mãe delas.

– Na presença delas?

Larry fez que sim de forma contrita.

– Isso acontece com freqüência?

– Só algumas vezes.

– E vocês estão casados há quanto tempo?

– Oito anos. Ela às vezes me dá nos nervos. – Larry suspirou, tentando ser justo. – Às vezes eu também dou nos nervos dela.

– Acontece – disse Rudman. – Mesmo em casamentos felizes.

– Tenho um certo problema para lidar com a minha raiva – Larry admitiu. – Estou plenamente consciente disso.

Rudman deu uns tapinhas em suas bochechas rosadas, como se tivesse passando loção pós-barba.

– Detesto ter de perguntar isto, Sr. Moon, mas é relevante à situação. O senhor alguma vez usou de violência física para com sua esposa ou filhos?

– De jeito nenhum – disse Larry. – Nunca.

– Fico aliviado ao ouvir isso. – Rudman se permitiu um sorriso cauteloso. – Então, basicamente, a principal preocupação de sua esposa é com suas ocasionais indiscrições verbais?

– Para ser honesto, essa foi provavelmente apenas a gota d'água.

Larry informou Rudman sobre a tensão principal de seu casamento: o fato de que ele, um homem fisicamente saudável, de 33 anos de idade, estivesse aposentado, e recebendo uma pensão por invalidez do departamento de polícia. Isso deixava Joan maluca, ele explicou. Ela achava que ele estava estagnando, afundando num pântano de preguiça e autocomiseração. Queria que ele arranjasse um emprego, se engajasse no mundo, saísse de casa um pouco.

– Pode ceder um pouco, nesse caso? – Rudman perguntou. – Não ia doer se fizesse um esforço sério para procurar trabalho nas próximas duas semanas. Mesmo um trabalho de meio expediente ajudaria. Sinceramente, um homem com a sua idade, desempregado, o juiz talvez não olhasse favoravelmente para isso.

– Não sou um desempregado – Larry sublinhou. – Sou um aposentado.

– E quanto aos estudos? – disse Rudman. – Talvez o senhor possa assistir a algumas aulas, aprender uma nova atividade.

– Prefiro passar o tempo de olho nos meus filhos. O senhor ouviu falar em Ronnie McGorvey, certo?

– O nome não me é familiar.

– O molestador de crianças.

Rudman fez uma careta, reconhecendo-o.

– Vi alguma coisa no jornal. Ou talvez numa cabine telefônica.

– O desgraçado está bem no nosso bairro – disse Larry. – Essa é a prioridade número um: manter meus filhos a salvo desse pervertido.

– Isso é totalmente compreensível. Também ficaria nervoso. – Rudman consultou o relógio. – Alguma outra coisa que eu deva saber?

– Ela quer que eu vá à igreja – disse Larry. – Acha que devia dar um exemplo melhor às crianças.

– Isso é importante para ela?

– Muito – disse Larry. – Ela é católica de carteirinha.

– E por que o senhor não faz isso? Pelo menos durante os próximos dois meses, até que estabeleçamos os acordos de guarda das crianças.

– Mas eu sou ateu – Larry objetou.

Rudman o examinou do outro lado da mesa. Apesar de seu rosto jovial e rechonchudo, ele tinha um modo de transformar seus olhos em duas fendas de aço que deviam funcionar bastante bem com o júri.

– Faça um favor a si mesmo, Sr. Moon – ele aconselhou. – Tire essa palavra de seu vocabulário durante algum tempo. E vá à igreja aos domingos.

Na noite em que se conheceram, um pouco mais de dez anos antes, nem Larry nem sua futura ex-mulher teriam recebido um prêmio por serem católicos particularmente praticantes. Se estivessem mais próximos dos preceitos da Igreja na qual haviam sido educados, Joanie provavelmente não teria participado do Concurso Miss Mamilos de Quinta à Noite no Kahlua's, e Larry – junto com outro segurança, um sujeito imenso e taciturno conhecido apenas como "Duke" – não teria ficado molhando as quatro finalistas com baldes de água extremamente fria. (Joanie ficou com o algo decepcionante segundo lugar, mas isso só aconteceu, como Larry lhe explicou depois de beber várias doses de tequila, porque ele era apenas o cara que jogava água e não um dos jurados, que, em sua humilde opinião, precisavam ter a droga dos seus olhos examinados.)

E ainda assim, apesar de sua entusiasmada adoção dos métodos contraceptivos e do sexo pré-marital (naquela mesma noite!) – para não mencionar sua teórica disposição de interromper uma gravidez não desejada caso uma situação desafortunada como essa surgisse –, tanto Larry quanto Joanie consideravam-se bons católicos de algum modo fundamental e imutável que tinha menos a ver com prática religiosa e mais com identidade cultural. Eram católicos como eram americanos – isso eram direitos de nascença, uma forma de cidadania que seus pais tinham passado para eles e que eles passariam para seus filhos, independentemente de ignorarem a postura do Vaticano diante de questões morais importantes como o aborto e os concursos de camisetas molhadas.

Ao contrário de Joanie, Larry freqüentara uma escola católica, tendo sido aluno da agora extinta St. Anthony's até a sétima série – ainda permitiam que aquelas freiras velhas e malucas dessem aula naquela época; era um milagre que ele e seus colegas de turma tivessem aprendido a ler – e tendo sido coroinha por um curto período, normalmente ajudando o padre MacManus, um sacerdote jovem e viril que gostava de um jogo suado de basquete e que finalmente se mandou com a mãe sensual de Dave Michalek, uma mulher profundamente devota e com uma sensualidade à flor da pele, que abria os lábios e oferecia a língua na hora da comunhão numa câmera lenta tão excruciante que Larry sempre ficava de pau duro por baixo da batina (aparentemente tinha o mesmo efeito no padre Mac, embora os dois não chegassem a discutir o assunto comendo pão doce e tomando suco de laranja depois da missa). Depois de escandalizar a paróquia inteira, o atlético ex-padre e a outrora Sra. Michalek se mudaram para uma cidade próxima, onde abriram uma locadora de vídeo chamada Mr. Movie, que ia bem até que a cadeia Blockbuster chegou e os despachou para a falência em questão de meses.

Embora tivessem começado mais ou menos no mesmo lugar com relação ao seu catolicismo, Larry e Joanie tinham se afastado muito ao longo da última década. Ele podia precisar o momento exato em que a fenda teológica se abrira entre eles. Tinha sido numa manhã de sábado no início do casamento, quando já estavam tentando fazia mais de um ano ter um bebê. Naquela manhã em particular, o período de Joanie já estava quase uma semana atrasada, e os dois acreditaram que finalmente haviam sido abençoados pela concepção. Fizeram amor com uma ternura incomum, em honra ao vasto mistério da vida, apenas para encontrar sangue nos lençóis e em seus próprios corpos depois que terminaram. Joanie foi para o banheiro se limpar; Larry podia ouvi-la soluçando atrás da porta fechada. Quando ela voltou, contudo – agora usando uma velha calcinha florida sobre um absorvente grande – suas lágrimas estavam secas.

– Sinto muito – ele disse, afagando seu cabelo quando ela se deitou ao lado dele. – Achei que tínhamos conseguido.

Ela se virou de lado e olhou fixamente para o marido com uma expressão corajosa.

– Estive pensando – ela disse. – Talvez Deus não queira que tenhamos filhos.

Sua observação atingiu Larry como se fosse um tapa.

– O que diabos Deus tem a ver com isso? No mundo todo milhões de pessoas estão tendo filhos. O que ele tem contra nós?

– Não estou certa – ela admitiu. – Nem sempre podemos saber o que Ele quer. Temos que simplesmente aceitar.

– Talvez devêssemos ir àquela clínica de fertilidade que John e Karen recomendaram. Poderia ser apenas um problema mecânico, um bloqueio ou algo do gênero. Algo que eles pudessem consertar com uma operação.

– Ou poderia ser a vontade de Deus.

– Ouça – ele disse. – Nem tudo é vontade de Deus. Se o seu videocassete não funciona, não é porque Deus não quer que você assista ao filme.

– Não deboche de mim, Larry.

– Só estou dizendo que se o seu videocassete está quebrado, você não o leva para um padre. Você o leva para o cara que conserta videocassetes.

– Nós somos seres vivos – ela sublinhou. – Não somos videocassetes.

– Nossos corpos são máquinas – ele disse. – Às vezes só precisam levar umas sacudidelas.

Joanie foi se confessar naquela tarde, pela primeira vez em anos, depois foi à missa no domingo. Mas na segunda ela telefonou para a clínica de fertilidade e marcou uma consulta para um exame preliminar.

Para alívio deles – embora para profundo desalento de Larry – o problema foi facilmente diagnosticado: sua contagem de esperma era tão baixa que a concepção era considerada "altamente improvável" através da atividade sexual normal. O médico recomendou fertilização *in vitro*, e Joanie não objetou, apesar do fato de que uma gravidez em um tubo de ensaio era uma expressão altamente dúbia da "vontade de Deus".

– Gostaria de ter descoberto isso anos atrás – ele disse, quando deixaram a clínica. – Teria economizado uma fortuna em camisinhas.

Joanie engravidou na primeira tentativa, mas abortou no começo do segundo trimestre, uma experiência dolorosa e horrível que suportou com um estoicismo que Larry achou ao mesmo tempo admirável e algo inquietante.

– Vou deixar isso nas mãos de Deus – ela disse. – Não é algo que eu possa controlar.

Com uma certa ajuda financeira dos pais dela, tentaram uma segunda vez, que resultou numa gravidez bem-sucedida, ainda que difícil. Joanie ficou confinada à cama durante as últimas oito semanas, um período de tempo aparentemente interminável que ela suportou rezando o rosário e lendo a Bíblia, bem como assistindo a um monte de TV (tinha uma fraqueza pela Home Shopping Network e pelas reprises de *Táxi*). Quando os gêmeos nasceram, suas primeiras palavras não foram dirigidas ao médico ou às enfermeiras que fizeram o parto, ou ao pai das crianças, que segurara sua mão e a animara durante o trabalho de parto de 11 horas de duração, mas para o Sujeito Lá em Cima.

– Obrigada, Jesus! – ela arquejara, enquanto os dois pequeninos bebês eram colocados sobre seu peito. Parecia extasiada, como uma cantora de *gospel* do Alabama. – Obrigada, Senhor!

Mesmo naquele sublime momento, Larry mal podia esconder sua irritação. *O que aconteceu?*, ele sentia vontade de lhe perguntar. *Deus mudou de idéia? Decidiu de repente que estava tudo bem se nós tivéssemos filhos?*

Ao mesmo tempo, seu coração estava tão cheio de alegria – os garotos eram saudáveis e bonitos, ele ia ensiná-los a jogar futebol americano e beisebol, e levá-los para acampar – que Larry quase desejou compartilhar da fé de sua esposa. Teria ficado mais do que feliz em voltar os olhos para o céu em graças e louvores ao onisciente, onipotente e severamente amoroso Deus da sua infância, se conseguisse fazer isso de cara limpa.

Ele achou que o fervor religioso de Joanie fosse diminuir uma vez que os bebês tinham nascido, mas só fez se intensificar. Ela se transformou numa freqüentadora fanaticamente assídua da igreja e começou a aporrinhá-lo para que fosse à missa com ela e comungasse, em parte pelo seu próprio bem, em parte porque ela queria mostrar aos gêmeos uma aparência de união. Imaginando que uma hora semanal de hipocrisia era um pequeno preço a pagar pela harmonia doméstica, Larry executou o programa por aproximadamente um ano, até o outono de 1998, quando sua vida virou de pernas para o ar e tremeu violentamente nos alicerces.

No inverno daquele ano, diagnosticaram que seu pai tinha câncer de pulmão. A doença se espalhou rapidamente, mas o matou devagar – ele morreu uma morte miserável, sem ser poupado de nenhuma dor e nenhuma humilhação, um fim comparável ao inferno na terra e bem adequado a Hitler ou a um *serial killer*, não ao sujeito bem-humorado que trabalhara feito uma mula na loja de autopeças de seu sogro durante 37 anos e conseguira desfrutar talvez três meses de aposentadoria antes que o médico lesse sua sentença de morte. Então, cerca de um mês depois de ter enterrado seu pai, Larry se encontrava na praça de alimentação do Bellington Commons Mall, com a respiração pesada e olhando para baixo, para o criminoso armado que acabara de acertar com um tiro no pescoço num momento de terror e alta carga de adrenalina, tentando absorver o fato de que o "criminoso" era um garoto de aparência adorável, e que a arma em sua mão era um brinquedo barato, tão malfeito que mais parecia uma espécie de piada cósmica.

As duas tragédias que se abateram sobre sua vida numa sucessão tão rápida – em sua memória era como se tivessem acontecido no mesmo dia, como se ele tivesse ido diretamente do cemitério ao *shopping center* – apenas confirmaram as suspeitas negativas que já fazia um bom tempo: ou seja, que o mundo era um lugar cruel e insensível, onde coisas terríveis aconteciam com pessoas boas e ruins indiscriminadamente, sem qualquer relação com sua bondade ou maldade. Simplesmente *aconteciam.* E se alguma espécie de Deus estava no controle de tudo a serviço de algum propósito divino inescrutável, como Joanie gostava de insistir, então Deus era um babaca, ou na melhor das hipóteses um incompetente, e em qualquer um dos casos não tinha a menor utilidade para Larry Moon ou para qualquer outro ser humano que simplesmente desejava viver uma vida decente e proteger do infortúnio, das injúrias ou da morte aqueles a quem amava.

– Você está brincando comigo? – Joanie perguntou, quando ele tentou explicar-lhe essas coisas. – Acha que Deus é um *babaca*?

– É isso aí.

– Tenho uma coisa para dizer a você. Provavelmente ele não tem Larry Moon em muita alta estima também.

– No que me diz respeito, Deus pode queimar no inferno – Larry disse. – Assim que terminar de ir para a puta que pariu.

– Eu juro – ela lhe disse. – Se algum dia ouvir você falando desse jeito na frente dos garotos...

– O quê? O que você vai fazer?

Ela começou a dizer alguma coisa, mas parou. Larry se afastou sentindo que havia ganho a discussão. Mais tarde, porém, quando ele se sentia disposto a ser honesto consigo mesmo, compreendeu que daquele momento em diante as coisas nunca mais foram as mesmas entre os dois.

Com uma adorável expressão de culpa em seu rosto de menina levada, Sandra Bullock tirou uma rosquinha coberta de chocolate do corpete de sua camisola e entregou ao como-é-mesmo-o-nome-dele, o ator britânico, que não era um homossexual muito convincente. May deu uma risadinha, dirigindo um olhar esperançoso de soslaio para Ronnie.

– Que gracinha – ela observou.

Ronnie se virou devagar, avaliando-a com aquele seu olhar arrogante, como se ele fosse algum professor de Harvard e não um zelador desempregado com uma ficha criminal.

– Não faz sentido – ele disse.

– Ela está com fome – May explicou. – Está tentando roubar umas guloseimas sem ele ver.

– Isso eu entendi, mãe. Mas estão no meio da noite.

– E daí?

– O que uma bandeja de rosquinhas está fazendo ali no meio da noite?

– É um concurso de beleza. Eles deixam a comida para as garotas.

– As garotas teoricamente estão dormindo.

– Alguém deve ter colocado ali e esquecido.

– Em que planeta você vive? Ninguém *esquece* uma bandeja de rosquinhas.

– Não seja tão chato.

– O que você quer? É um filme idiota.

Uma sensação familiar de fracasso, uma onda viscosa de esperança murcha, espalhou-se pelo corpo de May como uma doença. Tudo o que ela queria era uma noite agradável de sábado em casa, um filme e uma tigela de pipoca de microondas para tirar a cabeça do filho dos seus problemas. Porque alguma coisa estava errada com ele, deixando-o mais deprimido e desencorajado a cada dia.

Quando voltara para casa, Ronnie pelo menos fizera um esforço para procurar trabalho, imaginar um futuro para si mesmo, dirigir-se à sua mãe com um tom de voz agradável de vez em quando. Mas, desde aquele encontro semanas atrás, o otimismo o abandonara por completo. Ele desistira. Não estava nem fingindo ler os anúncios de "Precisa-se", e recusava-se terminantemente a contactar qualquer uma das outras mulheres que haviam respondido ao seu anúncio. Tudo que fazia era se arrastar pela casa e reclamar que não havia nada na TV. Naquela noite, parecia particularmente agitado. Ficava balançando a perna e oscilando a parte de cima do corpo para a frente e para trás, suspirando como se estivesse preso num engarrafamento e atrasado para um encontro importante.

– Não posso acreditar – ele resmungou. – Uma loja cheia de filmes, e é com essa bobagem que nós terminamos.

Sandra Bullock estava conversando com o cara bonito, dizendo-lhe que abandonaria o concurso de beleza. Dava para ver o quanto o cara bonito gostava dela, mesmo que ele tenha mordido um chocolate bem no momento em que você achava que fosse beijá-la.

– Ela fica bonita nesse vestido – disse May. – Parecia tão desleixada no começo, mas agora você pode ver como ela é atraente.

– Ela é o patinho feio – disse Ronnie. – Um retardado poderia ter escrito esse filme.

– Bem, *eu* gosto.

Ela havia escolhido *Miss Simpatia* porque parecia uma diversão agradável e leve, nada muito sério ou deprimente, sem o sexo e a linguagem chula que você encontrava em tantos filmes hoje em dia. Ela e Bertha haviam alugado o filme uns dois meses atrás e rido de se acabar. *Talvez seja isso,* May se deu conta. Talvez ela não devesse ter mencionado o nome de Bertha. Tudo o que viesse com seu selo de aprovação estava imediatamente inutilizado para Ronnie. Ele se obrigaria a odiar o que quer que fosse por pura má vontade.

– Essa parte é engraçada – May disse, quando a competição de talentos começou. – Você vai adorar.

Sandra Bullock estava vestida com um traje meio maluco, rabo-de-cavalo e um vestido franzido. Fazia músicas esfregando a ponta do dedo na borda de copos d'água parcialmente cheios, e o som era realmente bastante bom. A multidão a adorava. Mas então algum sujeito esquisito com chapéu de caubói começou a andar na direção do palco. Quando seu casaco se entreabriu, deu para ver que estava levando uma arma.

– Espero que ele dê um tiro nela – Ronnie murmurou. – Assim a gente fica livre desse sofrimento.

– Se você não está gostando, vá ler um livro ou algo desse tipo. E pare de ficar balançando essa perna. Você está me enlouquecendo.

Ronnie fez um esforço para ficar sentado quieto, mas ela podia ver que era difícil para ele se controlar. Era como um adolescente irrequieto, um olho na porta, o corpo em constante movimento. May não gostava daquilo; era exatamente daquele jeito que ele estava na manhã em que se exibira para aquela pobre bandeirante.

– Não sei o que é – ele disse. – Não consigo mais ler. É como se tivesse me esquecido de como fazer para me concentrar, ou algo desse tipo.

Ela o fez provar um pouco de seu próprio veneno, voltando a prestar atenção no filme. O inglês estava colocando os seios falsos no maiô de Sandra Bullock, enfiando a mão no decote. Ronnie riu, mas havia algo na risada que a incomodou, que lhe recordou coisas nas quais ela não gostava de pensar.

– Gostaria que você tivesse sido mais gentil com aquela garota – May disse. – Aquela que você levou para jantar.

– Será que dá para esquecer essa garota? Já disse, ela não era o meu tipo.

– Eu sei qual é o seu tipo – disse May.

– Você não está entendendo, mãe. Ela é maluca.

May mordeu a língua. Ronnie não sabia, mas ela telefonara para Sheila alguns dias depois do encontro. Não queria bisbilhotar, mas estava curiosa, e Ronnie se recusava a contar o que quer que fosse, até mesmo o que haviam comido no jantar. A garota não tinha sido muito clara quanto aos detalhes – nesse ponto Ronnie estava certo; ela *era* meio doida –, mas estava claro para May que seu filho não se comportara como um cavalheiro.

– Você precisa dar às pessoas o benefício da dúvida – ela disse. – Não há uma mulher perfeita lá fora, esperando você chamar.

– Sabe do que nós precisamos? – Ronnie disse, subitamente. – De um computador.

– O que nós faríamos com um computador?

Ronnie refletiu um pouco sobre o assunto.

– Mandaríamos *e-mails* – ele disse.

– E para quem você mandaria *e-mails*? – May especulou.

– Não é só isso. – Ronnie contou nos dedos. – Você pode pagar as contas *on-line*, jogar, fazer reservas aéreas, todo tipo de coisa. Todo mundo tem um.

– São muito caros.

– Se eu aprendesse a usar um computador – Ronnie disse –, teria uma chance muito maior de arranjar um emprego. Você vê isso em todos os anúncios. Se você não entende de computador hoje em dia, está em séria desvantagem. Provavelmente conseguiríamos comprar algo usado por cerca de 500 dólares.

May ficou com medo. Ela sabia como a mente de Ronnie funcionava. Quando ele começava a falar desse jeito, tão calmo e razoável, oferecendo argumentos inteligentes como se tivessem acabado de lhe passar pela cabeça, ele provavelmente não estava pensando em boa coisa.

– Eu sei para que você quer um computador – ela disse. – Acha que eu não leio jornal?

– O quê? – Ronnie vestiu a máscara do Sr. Inocente, um de seus papéis favoritos. – Não tenho a menor idéia do que você está falando.

– Você quer ver aquelas fotografias.

– Que fotografias?

May não respondeu. Ela encontrara algumas das fotografias de Ronnie alguns anos antes, depois que ele fora preso. Tinha toda uma biblioteca delas guardadas dentro de uma velha pasta em seu *closet*. Ela as queimara na banheira, chorando o tempo todo, admitindo para si mesma que seu filho realmente era doente, que talvez fosse algum tipo de monstro.

– Não quero ver fotografias, mãe. Juro por Deus. Já passei dessa fase.

Ronnie era tão bom ator que May quase se deixou acreditar que ele falava a verdade. Mas ela o conhecia bem demais.

– Fique longe dos computadores – ela lhe disse, severa. – E vou dizer mais, quero que você vá à igreja comigo amanhã de manhã.

– De jeito nenhum – Ronnie disse. – Não vou à igreja.

– Vamos lá – May lhe disse. – Você precisa de alguma coisa positiva na sua vida.

– É por isso que eu quero um computador.

– Quer parar com essa história de computador?

– Vou arranjar um, mais cedo ou mais tarde – Ronnie lhe disse. – Quer você queira, quer não.

– O que exatamente isso quer dizer?

– Detesto falar isso, mãe, mas você não vai estar sempre por perto para dizer não.

– É verdade – ela lhe disse. – Talvez eu me vá antes do que você imagina.

Algo se rompeu dentro de May quando ela disse isso. Porque era verdade: alguma coisa *estava* errada com ela. As dores de cabeça que a aspirina não resolvia. Os acessos de tontura quando se levantava. Duas vezes na última semana ela acordara no chão de seu quarto, sem a mínima idéia de como tinha ido parar ali.

– O que você vai fazer depois que eu me for? – ela perguntou, numa voz trêmula. – Quem vai tomar conta de você?

Ronnie deslizou para mais perto dela no sofá. Colocou a mão sobre seu ombro e apertou de leve, a primeira vez que tocava nela em semanas. As lágrimas se derramaram dos olhos dela como se fosse uma imensa esponja molhada.

– Qual o problema, mãe?

– Não me sinto bem, Ronnie.

– Por que você não vai ao médico?

– O que eles vão fazer? Eu estou velha. Talvez seja a minha hora.

May colocou a mão no rosto do filho. Podia ver como ele estava amedrontado.

– Venha à igreja amanhã. Diga uma oração pela sua velha mãe doente.

– Tudo bem – ele disse. – Mas não acho que Deus vá prestar muita atenção.

– Ele escuta a todos – ele insistiu. – Somos todos seus filhos. Cada um de nós.

Ronnie apertou seu braço outra vez.

– Você vai ficar bem, mãe. Sei que vai.

May fungou e sorriu para ele.

– Preste atenção no filme – ela disse. – Esta é a melhor parte.

A única coisa de que Larry realmente gostava sobre ir à igreja era quão confusa e irritada Joanie ficava ao vê-lo ali. Captou nela essa expressão no primeiro domingo, quando ele se levantou para comungar – não havia se confessado, mas, como ateu, sentia-se livre para ignorar certos detalhes da doutrina católica – e passou pelo banco onde ela estava ao voltar para o seu. Os rostos dos meninos se acenderam de alegria ao vê-lo; puxaram o braço da mãe, sussurrando e apontando na direção dele, obrigando-a a abandonar sua estratégia de olhar fixamente para a frente e fingir não notá-lo. Ela olhou para ele com uma falsa surpresa, obrigando-se a dar um sorrisinho espremido que não era o suficiente para anular a suspeita e a hostilidade em seus olhos.

Estava um pouco mais calma quando Larry "deu de cara" com ela depois da missa, um encontro que ele positivamente assegurou ao ficar plantado na calçada que levava da saída principal ao estacionamento. Teve que esperar ali por quase 15 minutos enquanto ela confraternizava com amigos e conhecidos diante da igreja, finalmente dando início ao que pareceu uma conversa animada demais com o padre nigeriano, um sujeito magricela, de olhos esbugalhados, com um sotaque anasalado e um nome impronunciável, Nagoobi ou Ganoobi, algo desse tipo. Larry pensou que ele era *gay* – era o sotaque, junto com algo de sibilante e teatral em seus gestos –, mas reviu sua opinião à luz da atenção que o padre Ubangi dedicava a Joanie, que, como de hábito, vestira-se para ir à igreja como se Ritmo Quente fosse o oitavo sacramento – saia curta, meias pretas, saltos altos e vacilantes, e uma blusa vermelha apertada que deixava bastante claro por que ela outrora havia sido uma candidata plausível ao título de "Miss Mamilos". Ela e Larry já haviam brigado sobre seu guarda-roupa dominical no passado; o desafortunado comentário "uma porra de uma piranha" que levara à sua separação foi inspirado por um vestido com decote pronunciado na frente, que ela usou para ir à missa durante a onda de calor de julho. Sua desculpa era sempre a mesma: como enfermeira, passava a maior parte do tempo prisioneira de um uniforme feio; não merecia ficar bonita uma vez por semana?

O padre Banoogi certamente parecia achar que sim. Ficava tocando seu braço e anuindo com um movimento da cabeça tão enfaticamente dirigido para baixo que dava para imaginar que eram os peitos dela falando com ele, e não sua boca. Então começaram a rir sobre alguma coisa, numa alegria tão prolongada e exagerada que Larry podia ouvi-la a quase 30 metros de distância. Não pôde evitar a irritação. O que poderia ser tão engraçado assim às nove e meia de uma manhã de domingo? Não havia milhões de crianças morrendo de fome na África? Ele estava prestes a ir até lá e interromper a conversinha apaixonada quando eles fizeram isso por conta própria. Joanie e o padre Nooganbi se abraçaram na calçada com uma intensidade tão despropositada que Larry se lembrou do escândalo em seu próprio passado distante.

Meu Deus do céu, ele pensou, *ela é a próxima Sra. Michalek. Em um ou dois dias eles estarão abrindo uma locadora de vídeo.*

Durante todo esse tempo os gêmeos tinham ficado de pé obedientemente ao lado de sua mãe, anjinhos graves com camisas brancas de manga curta e gravatinhas presas, mas assim que o padre virou as costas, os dois começaram a se empurrar e manifestar algum tipo de queixa que Joanie se recusou a ouvir. Com sua habitual eficiência calma, segurou cada um dos garotos com uma das mãos e os arrastou com ela enquanto seguia pelo caminho que dava direto em Larry.

Os garotos gritaram de alegria quando o viram, libertando-se da mãe e correndo para os braços dele. Só um dia havia se passado desde que ele os vira – Joanie estava deixando que pegasse as crianças aos sábados –, mas Larry ainda sentia uma falta desesperada de sua companhia, da mera visão deles. Tinha sido assim desde que eles haviam começado a pré-escola em setembro passado, e ele tinha sido obrigado a sobreviver aos dias vazios de semana sem a companhia barulhenta deles. Segurando os dois, cada gêmeo debaixo de um braço, andou calmamente na direção de Joanie. Era uma sensação boa, a família toda junta numa manhã ensolarada, num lugar aprazível. Se não fosse pela parte de adorar a Deus, ele freqüentaria alegremente a igreja com regularidade.

– Ora, ora – disse Joanie. – Se não é o filho pródigo.

Larry apresentou a face para um beijo de oi, mas ela simplesmente passou por ele e continuou seguindo na direção do estacionamento, obrigando-o a se virar e correr atrás dela, o que não era tão fácil assim, devido ao fato de que ela caminhava rapidamente, mesmo de salto alto, e de que ele era dificultado por um fardo mal equilibrado de trinta quilos de gêmeos se contorcendo. Quando conseguiu alcançá-la, ela já abrira a tranca automática de seu Camry.

– As pessoas teoricamente não deveriam ficar felizes ao ver o filho pródigo? – ele perguntou, relaxando os braços para que os meninos pudessem escapar.

Joanie abriu a porta traseira.

– Para dentro, meninos.

Os meninos subiram com dificuldade, mas não sem que Gregory antes perguntasse se o papai ia almoçar com eles. Larry encolheu os ombros, esperançoso.

– Hoje, não – disse Joanie.

Ela fechou a porta, abafando os gemidos desapontados dos gêmeos, e balançando a cabeça numa admiração zombeteira.

– Nada mau – ela lhe disse. – Comunhão e tudo.

– Você está ótima – ele disse. – Por que a gente não sai para tomar um drinque uma noite dessas, e conversamos um pouco?

Os lábios dela se retesaram.

– Não faça isso comigo, Larry.

– Sinto falta de você. Isso é um crime?

O problema era que Joanie podia ser durona, mas não por muito tempo. Subitamente, ela parecia estar prestes a chorar.

– Você devia ter me tratado melhor quando teve a chance.

– Eu estou tentando, meu bem. Você não vê?

– Vejo, Lar. Só que um pouco tarde demais, tarde demais, só isso.

Ela deu a volta, indo até o lado do motorista e deixando o carro entre eles, como se temesse por sua segurança.

– Aposto que o padre está furioso consigo mesmo – Larry disse.

Joanie abriu a porta, mas não entrou. Suspirou, para que ele percebesse que ela estava perdendo o interesse.

– E por quê?

– Vi o jeito como ele olhava para você. – Larry deu um sorriso largo, desafiando-a a negá-lo. – Esse voto de celibato deve ser uma droga.

Aquela era apenas a terceira semana de Larry na igreja de Santa Rita, mas ele já se sentia um freqüentador habitual. Esgueirando-se para o que se tornava rapidamente seu lugar costumeiro – lado direito, quarta fileira de trás para a frente, o assento mais próximo à nave lateral –, ele acenou com a cabeça um bom-dia amigável aos vizinhos. A turma estava toda ali: o cara desmazelado com caspa e o barítono do quarteto a capela, a senhora nervosa de meia-idade que usava uma bombinha de asma numa corrente em volta do pescoço, o cidadão idoso de costas retas e com o corte de cabelo militar que, se as duas últimas semanas haviam sido representativas, chorava em silêncio durante toda a missa, interrompendo-se apenas para assoar mais uma vez o nariz, de forma grandiosa, em seu lenço sujo.

Ele escolhera aquele local em particular menos por solidariedade com os desajustados solitários que preferiam os fundos da igreja – não que ele ficasse envergonhado ao se incluir no grupo – e mais pelo ângulo claro que oferecia de Joanie e dos meninos, que tinham o hábito de se sentar do lado esquerdo da nave, a cerca de 12 fileiras da frente, na parte da igreja preferida pelas famílias com crianças pequenas. Ele gostava da sensação de poder que lhe dava, poder vê-los sem ser visto, saber que ela provavelmente queria se virar e descobrir onde estava sentado, mas que seu orgulho e obstinação não permitiriam. Por sorte, os meninos não tinham escrúpulos. Um ou outro se virava para olhar Larry a cada cinco minutos, com um sorriso tímido ou um rápido aceno de mão que ele retribuía fazendo um gesto igualmente discreto de positivo.

A leitura do processionário começou, e Larry se pôs de pé com o resto da audiência. Ficou agradavelmente surpreso ao ver que Joanie usava uma calça, aquela preta apertada e sem bolsos para atrapalhar a visão da retaguarda, e sua calcinha miraculosa que funcionava exatamente conforme prometido na embalagem, fazendo "as marcas da calcinha desaparecerem!". (Se ele não estivesse a par disso, teria imaginado que ela abrira mão por completo da roupa de baixo.) Em todo caso, sua bunda estava inteiramente visível em toda a sua ampla glória, e ele teria várias oportunidades, nos próximos 45 minutos, de dedicar-lhe sua atenção enlevada e reverente. Provavelmente não era aquele tipo de adoração dominical que o papa teria aprovado, mas Larry tinha a impressão de que Sua Santidade não era um sujeito que gostava de bundas.

O entusiasmo de Larry pelos peitos da sua mulher tinha diminuído um pouco ao longo dos anos – a gravidez e a amamentação os haviam modificado, tanto física quanto conceitualmente –, mas sua admiração por sua bunda permanecia constante, mesmo aquele alargamento da meia-idade tendo começado a se instalar. Como Joanie seria a primeira a admitir, sua bunda se expandira, mas fizera isso de uma forma tão bela e acolhedora, se tornando ainda mais redonda e macia, sem perder as curvas essenciais. E por mais que ela se queixasse, ela nunca tentava esconder a bunda da forma como várias mulheres da sua idade faziam. Suas calças eram apertadas, suas saias eram curtas, seus *shorts* ainda mais curtos. Mesmo na igreja, ela ficava feliz em exibi-la ao mundo. E não pense que o mundo – ou pelo menos Larry Moon – não ficava agradecido.

Curiosamente – na verdade, triste e ironicamente –, Larry a desejava mais agora que estavam separados do que desejara durante os últimos dois anos de seu casamento. Desde que dera os disparos que haviam matado o pobre Antoine Harris, ele perdera o gosto pelo sexo, entre outros prazeres. Joanie era sempre quem tentava iniciar as coisas, e Larry freqüentemente não dava conta do recado. A situação chegou a um ponto em que ela começou a insistir que ele tomasse Viagra, o que, retrospectivamente, provavelmente era uma boa idéia, mas parecia um insulto na época. Depois de um tempo, ele começou a se sentir melindrado com a sexualidade dela, até mesmo um pouco ameaçado, esse era talvez o motivo pelo qual criava tanto caso quando ela se vestia feito uma vagabunda. Ao mesmo tempo, porém, sentia um certo orgulho em ter uma mulher tão abertamente *sexy*, sabendo que outrora havia sido homem o suficiente para ganhá-la, mesmo não sabendo mais exatamente o que fazer com ela.

Agora que ela o deixara, porém, e ele não podia mais ter seu corpo à disposição – não a via se vestindo pela manhã ou tirando o uniforme amarrotado à noite –, ele se sentia desejando-a outra vez, da mesma maneira simples como desejara na época em que era o leão-de-chácara no Kahlua's, ou um noivo de *smoking*, ou um guarda novato na hora do almoço, com o cinto e a arma ao redor dos tornozelos. Viagra não seria necessário, ele tinha certeza absoluta disso. Mas isso era irrelevante, porque ela estava se afastando dele e não havia nada que ele pudesse fazer além de observá-la a distância, e desejar que as coisas fossem diferentes.

Com essas coisas em mente, ele não reparou quando Ronald James McGorvey e sua mãe entraram no santuário sagrado. Chegaram atrasados, talvez dez minutos após o início da missa, e deviam ter passado bem diante dele.

Por que simplesmente não se sentaram lá atrás foi um mistério sobre o qual ele ponderou mais tarde. Se apenas tivesse deslizado silenciosamente para a última fileira, talvez nada teria acontecido, mas em vez disso marcharam diretamente pela nave central, onde todo mundo podia vê-los, e se espremeram para se sentar num banco algumas fileiras atrás de onde Joanie e os gêmeos estavam ajoelhados.

Larry registrou a comoção que criaram sem compreender a causa. Começou como uma espécie de sussurro coletivo que aumentou de volume até que a voz do padre Mugabe – Larry finalmente descobrira seu sobrenome – se fizesse ouvir com dificuldade, e obrigando-o a colocar o dedo sobre os lábios e mandar a congregação fazer silêncio, como se fossem um bando de crianças indisciplinadas na escola. Mas o burburinho só fez se intensificar, o zumbido raivoso das vozes acompanhado por uma onda abrupta de movimento, famílias inteiras abandonando seus bancos, como se alguém tivesse acendido um pedaço de barbantinho cheiroso, atravancando indignados a nave central.

– O que aconteceu? – Larry perguntou ao seu vizinho.

– Sei lá – disse o cara desmazelado. A caspa se acumulava sobre os ombros do seu paletó azul-marinho como se tivesse nevado. – Ataque cardíaco, talvez.

O velhinho choramingão se virou.

– Alguém provavelmente vomitou – ele especulou, fungando. – Sábado à noite no bar.

Larry se inclinou na direção da nave para ter uma visão melhor. Os devotos, deslocados de seus lugares, migravam pela nave central, seus equivalentes do lado direito se apertando para dar espaço. Esse processo deixara um estranho vazio do lado esquerdo da igreja, três fileiras mais ou menos vagas agora, à exceção de uma senhora e de um sujeito careca que obstruía parcialmente sua visão de Joanie.

– Ninguém vomitou – disse a senhora com a bombinha de asma. – É aquele homem detestável de Blueberry Court. Provavelmente está mexendo no próprio corpo.

Como se para ajudar a confirmar sua identidade, McGorvey se virou, como um criminoso tirando fotografia para sua ficha, exibindo o perfil para Larry. Usava um paletó medonho, uma monstruosidade bege de poliéster com lapelas imensas e o tipo de ponto que normalmente se vê em *jeans*. Quando McGorvey se virou outra vez para a frente da igreja – o padre Mugabe continuava a missa como se nada tivesse acontecido –, o filho de Larry, Phillip, se virou e acenou, revelando seu rosto belo e inocente ao pervertido.

Em vez de fazer o sinal costumeiro de positivo, Larry gesticulou irritado para o garoto se virar. Phil pareceu confuso a princípio, depois um tanto magoado, mas fez o que o pai queria. Sussurrou alguma coisa para Gregory, que apelou para Larry com uma expressão irônica em seu rosto largo e achatado. Mal havia completado quatro anos de idade e já parecia tão menos vulnerável do que seu irmão, tão mais capaz de cuidar de si mesmo. Larry balançou a cabeça, gesticulando com os dois braços como se fizesse sinais para um avião.

– Alguma coisa errada? – perguntou o cara desmazelado.

– Meus filhos estão lá na frente. A um metro de distância daquele babaca.

– Perdão? – disse a mulher asmática. – O senhor acabou de dizer o que acho que disse?

– Me desculpe – disse Larry.

O que ele não conseguia entender era por que Joanie não mudara de lugar junto com os outros. Por que ficara para trás, deixando um maníaco sexual condenado fazer um banquete com os olhos em seus filhos – *meus filhos!*, Larry pensou –, de modo a poder pensar neles mais tarde quando fosse para casa e se masturbasse com alguma fantasia medonha. Era como se ela fizesse isso para irritá-lo, como se para recordar-lhe o fato de que nunca aprovara aquilo que chamava de sua "obsessão" por Ronnie McGorvey.

– Você tem que esquecer isso – ela lhe dizia. – Não é saudável.

– Só estou tentando proteger nossos filhos.

– Tem certeza? Porque isso me parece ter mais a ver com você do que com eles.

– O que você quer dizer com isso?

– Não sei, Lar. Talvez se você tivesse um pouco menos de tempo disponível...

– Talvez eu devesse trabalhar um pouco mais no quintal – ele propôs. – Assim nosso gramado ficaria bastante bonito enquanto nossos filhos estivessem sendo violentados e assassinados.

– Esqueça – ela lhe disse. – Esqueça que eu mencionei isso.

Ele conseguiu manter a calma até a homilia, dizendo a si mesmo que não ia fazer uma cena, não na igreja, não na frente das crianças. Mas então o padre começou a falar de Jesus, de como ele amava absolutamente a todos, mesmo o mais degradado entre os degradados, os leprosos e as prostitutas e os criminosos condenados, os ultrajados e desprezados, os abandonados e os desamparados. Do jeito como o padre Mugabe falava, você pensaria que Ronnie McGorvey era um personagem da Bíblia, colega de Barrabás e vizinho de Maria Madalena.

E quanto a Holly Colapinto?, ele queria gritar. *Jesus com certeza encontrou uma maneira curiosa de mostrar Seu amor por ela.*

Ele tentou se distrair examinando os vitrais das janelas, mas seus olhos foram atraídos para uma das estações da Cruz, Jesus recurvado sob o peso de seu terrível fardo, sofrendo a zombaria dos soldados. *Esse é o problema com essas pessoas,* ele pensou. *Idolatram o sofrimento. Querem que o pior aconteça.*

– Então por favor se perguntem – entoou o padre Mugabe. – Estou verdadeiramente amando o meu próximo como a mim mesmo? O meu coração está aberto à graça de Deus, ou está selado com a cola da raiva e os pregos da vingança?

Larry se pôs de pé para ir embora, não conseguia tolerar mais uma única palavra daquilo. Mas no momento em que se levantava de seu banco e se dirigia à nave, Phillip se virou outra vez, sorrindo com tanta doçura que Larry não pôde evitar espelhar sua expressão, o que estaria perfeitamente bem, exceto pelo fato de Ronnie McGorvey ter se virado no mesmo exato momento, de modo que Larry se viu sorrindo, com o coração cheio de amor, bem para o rosto do assassino de crianças. Como se para debochar dele, o assassino de crianças retribuiu o sorriso.

Não ouse, Larry pensou. Em vez de se dirigir ao vestíbulo, ele se descobriu encaminhando-se para a frente, na direção do altar, na direção de sua família, na direção do pervertido sorridente.

– Não ouse sorrir para mim, porra!

Larry não queria que chegasse àquele ponto. Havia pedido que McGorvey saísse com uma voz polida, mas o filho-da-puta recusou. Então a velha senhora se meteu na história, dizendo que Larry devia ter vergonha de si mesmo por interromper a missa daquele jeito, por violar um sacramento sagrado. E então Joanie se juntou ao coro, implorando para que ele parasse, que não fizesse nada impensado na frente dos meninos. *Como se eu fosse o problema,* Larry pensou, amargamente. Segurara o braço de McGorvey, mas o pervertido resistira, esquivando-se do seu punho e se encolhendo no chão. Agora acovardava-se junto aos pés de sua mãe, os braços presos com força ao redor do genuflexório.

– Fique de pé como um homem – Larry lhe disse. – Não me faça ter que pegar você.

– Deixe ele em paz – disse a velha senhora. – Ele não fez nada a você.

– Francamente – disse Joanie. – Este não é o momento certo nem o lugar certo.

Larry não teve outra escolha além de se espremer no banco e agarrar as pernas de Ronnie, pelos calcanhares. Ele se agachou e puxou, mas o aperto de McGorvey era forte.

– Por favor – a velha choramingou. – Por favor, não machuque ele!

– Porteiros! – gritava o padre. – Levem esse homem para fora.

Larry não sabia ao certo a que homem estavam se referindo. Puxou com mais força ainda.

– Lawrence Moon – Joanie disse, empregando aquele tom excessivamente racional ao qual normalmente as pessoas recorrem ao falar com lunáticos ou crianças muito pequenas. – Você tem que parar com isso agora mesmo.

Larry levantou o rosto para a sua mulher.

– Não agora, Joanie. – Deu outro puxão, e sentiu que as mãos do pervertido começavam a se soltar. – Já estou quase conseguindo puxá-lo.

– Ai, meu Deus! – a velha gritou, nas raias da histeria. – Você não pode fazer isso!

Larry voltou a se concentrar no que estava fazendo, subitamente compreendendo o que deixara a mãe tão exaltada. Não eram os dedos de Ronnie que haviam cedido, eram suas calças. Estavam escorregando para baixo bem diante de seus olhos, revelando a fenda cabeluda da bunda do pervertido, a palidez blasfema de suas nádegas. Larry virou a cabeça rapidamente, evitando olhar para o espetáculo pavoroso.

– Ah, nossa – ele murmurou, soltando as mãos tão abruptamente que quase perdeu o equilíbrio.

Ronnie se pôs desajeitadamente de pé, subindo as calças, o rosto corado de vergonha. Olhou para Larry como se estivesse prestes a chorar.

– Você é o pervertido! – ele gritou. – Está tentando me estuprar ou algo do tipo?

– Fecha essa porra dessa boca – disse Larry.

Ele olhou encabulado para Joanie, que o fitava com uma rígida reprovação, os meninos abraçados junto a seu corpo. Na verdade ela colocara as mãos sobre seus olhos, como se os protegesse de algum horror inominável.

– Me desculpe – ele explicou. – Não estava tentando tirar as calças dele.

Larry sentiu a mão de alguém em seu ombro. Era um dos porteiros, um velho com uma expressão assustada.

– Por favor – ele disse. – Por favor, vá embora.

– Nós dois iremos – Larry disse.

Agarrou Ronnie pela orelha e o puxou para fora do banco, surpreso com sua repentina falta de resistência. Girando a cartilagem entre o polegar e o indicador – exatamente como as freiras costumavam fazer – e andando num passo rápido, ele puxou o pervertido agachado pela nave como uma criança indisciplinada, diante dos rostos alarmados, mas não recriminadores dos paroquianos. Ao se aproximar do vestíbulo, viu seus próprios vizinhos – o cara desmazelado, a mulher asmática, o velho triste – fazendo que sim em silenciosa satisfação enquanto ele retirava o homem maligno da casa do Senhor.

– Que cristão – Ronnie murmurou, girando a cabeça de uma forma que parecia dolorosa para fazer essa observação.

– Foi aí que você se fodeu – disse Larry, ao abrir com um pontapé a porta de saída. – Não sou mais cristão do que você.

A luz do sol parecia agressiva e maléfica depois da penumbra lá dentro, e Larry subitamente se sentiu desamparado. Você não pode simplesmente puxar alguém para fora da igreja pela orelha e então libertar a pessoa como se nada tivesse acontecido. Tem que *fazer* alguma coisa – ou pelo menos dizer alguma coisa – que funcione como uma espécie de fechamento para a situação, que faça de certo modo justiça ao drama que você acabou de encenar. Mas sua mente era uma página em branco. Ele estava de pé paralisado no alto da escada, franzindo a testa diante da luz impiedosa.

– Quer largar a minha orelha? – Ronnie perguntou.

– Ainda não – Larry disse.

Ficaram assim durante mais alguns instantes, Larry distraído, McGorvey dobrado ao meio, suportando sua dor e sua humilhação sem reclamar. Até mesmo sua paciência irritava. Na falta de algo melhor a fazer, Larry girou a orelha com pouco mais de força, surpreso com a flexibilidade da cartilagem humana. Ronnie deu um gemido suave, os joelhos se dobrando.

– Isto é pela pequena Holly – Larry disse a ele.

Este é o momento pelo qual tenho esperado, ele pensou. McGorvey finalmente em seu poder, os dois sozinhos, cara a cara. Tinha um bocado a dizer a ele, coisas que andava guardando fazia meses. Mas, por algum motivo, tudo em que conseguia pensar era no funeral de seu pai.

O sol cegava naquela manhã, exatamente como agora. Larry se lembrava de quão desamparado se sentira, imerso naquela luz cruel depois da missa, vendo o carro fúnebre junto ao meio-fio, o motorista com seu terno escuro de pé tão naturalmente junto à porta traseira aberta. A desolação daquele momento ficara impressa em sua pele e fora absorvida por seu sangue. Era permanente agora, parte dele tanto quanto seu cabelo ou seus dentes.

– Deixo você ver a minha bunda de novo – Ronnie ofereceu.

Larry não se lembrava de tê-lo empurrado, mas apenas de uma onda de raiva e a visão borrada de Ronnie caindo aos tropeços, o baque surdo e triste quando ele desabou sobre a calçada. E a forma medonha como ficou caído lá, o rosto sobre o concreto, sem se mover, os braços e as pernas naqueles ângulos esquisitos.

Larry mal teve um instante para absorver o choque do que havia feito – *AimeuDeus, de novo não* –, quando foi distraído pelo movimento às suas costas, as portas da igreja se escancarando, as pessoas saindo às pressas, a sensação opressiva de ser circundado por uma multidão furiosa, um coro acusatório de arquejos e exclamações, o padre Mugabe agarrando-o furioso pelo ombro e exigindo saber o que ele havia feito.

– Eu não pretendia machucá-lo – Larry disse, e as palavras pareceram inaceitáveis até para ele mesmo, pior do que desonestas. Ele tinha dito a mesma coisa no *shopping center*, fitando o rosto surpreso de Antoine Harris.

Quando finalmente reuniu coragem suficiente para se virar, viu, para sua surpresa e imenso alívio, que Ronnie não estava morto nem mesmo gravemente ferido. Estava sentado na calçada com as pernas esticadas, o braço direito pendendo frouxo do ombro, cruzado sobre o peito como se ele tentasse apanhar uma espada. Ele segurou o braço machucado pelo cotovelo e o levantou um pouco, a palma para cima, como se fizesse algum tipo de oferta aos espectadores. Parecia estar sentindo uma dor terrível, mas não tão terrível a ponto de impedi-lo de sorrir.

– Vou processar você para valer – ele disse a Larry. – Quando você sair da cadeia, pode vir me visitar na minha mansão.

MOTIVOS PELOS QUAIS TALVEZ SEJA VERDADE

A PRIMEIRA REAÇÃO DE KATHY FOI DE ALÍVIO. DURANTE MAIS DE uma semana ela estivera obcecada com aquela misteriosa Sarah, mãe de Lucy, e com a possibilidade de que Todd estivesse tendo um caso com ela. Mas no momento em que sua rival imaginária entrou vacilante em sua casa com a filha agarrada numa das pernas e o marido muito mais velho ao lado, os temores de Kathy pareceram inoportunos e exagerados, resultado de uma imaginação excessivamente fértil. Apesar dos vários sinais de alerta – havia seis, para ser exato; ela fizera uma lista na véspera durante um momento de descanso no Hospital dos Veteranos – era difícil acreditar que Todd a pudesse estar traindo com uma mulher tão pouco especial e de aspecto tão desmazelado. Simplesmente não fazia o tipo dele. Toda a sua história romântica – ela fizera questão de saber disso – consistira em uma garota estonteantemente bonita depois de outra e depois de outra (ela própria incluída, não tinha vergonha de admiti-lo), e estava convencida de que duro é deixar o costume.

– Bem-vindos – ela disse, a voz animada por uma súbita infusão de simpatia. – Que bom finalmente conhecer vocês.

Sarah se adiantou com uma tenacidade desajeitada, arrastando a bola e a corrente humanas presas na sua perna. Seu cabelo estava encrespado devido à umidade, e seu batom era do tom errado de vermelho, como se ela fosse uma adolescente que ainda não havia dominado totalmente a arte adulta de combinar as cores. Kathy quase sentiu pena dela, que não correspondia em absoluto à imagem paranóica que ela fabricara da Outra, a Mãe em Tempo Integral/Deusa do Sexo na Piscina Municipal.

– Isto é para vocês – Sarah disse, entregando-lhe uma garrafa de vinho branco gelado.

– Obrigada. – Kathy olhou rapidamente para o rótulo, um chardonnay australiano, mais caro do que o que ela e Todd estavam acostumados a beber. – Que simpático.

O marido estendeu a mão e se apresentou como Richard Pierce. Era um homem magrelo, com uma barriguinha e um cabelo grisalho bem curto e uma barba também grisalha muito bem aparada, usando *short* azul-marinho com pregas, uma camisa *oxford* Ralph Lauren rosa com as mangas enroladas e *topsiders* sem meias. Kathy não aprovava nenhuma daquelas escolhas isoladamente, mas juntas elas lhe conferiam um ar confiante e surpreendentemente distinto.

– Que casa agradável – ele observou, sendo obviamente insincero.

– Nós só alugamos – Kathy explicou. – Adoraríamos comprar alguma coisa, mas ainda não estamos prontos.

– É um mercado agressivo – Richard observou. – Até as casinhas mais modestas estão muito acima do preço.

– Nem me fale. Já é difícil dar conta das nossas despesas mensais, quanto mais pagar prestações de uma casa.

Ela afastou os olhos de Richard bem a tempo de ver Lucy espiando de trás da perna direita de Sarah, uma coisinha delicada e pequenina com bochechas rosadas e cabelo louro e sedoso, tão diferente de sua mãe morena, de cabelo encaracolado, que, apesar de seu tamanho pequeno, dava uma forte impressão de solidez atarracada, como uma camponesa. Filha esbelta de pais gorduchos, Kathy estava familiarizada com a natureza irregular da transmissão genética, e sabia que não devia comentar a aparente falta de semelhança. Apoiou-se num dos joelhos para falar com Lucy em seu próprio nível.

– E quem é essa menina bonita?

Em vez de responder, Lucy apertou o rosto na parte de trás das coxas de sua mãe.

– Ela é um pouco tímida – Sarah explicou.

– Bem, eu conheço alguém que está muito animado com a sua visita.

Kathy chamou Aaron, que estava olhando do corredor, seu rosto transformado numa máscara de pânico e desespero saída de um filme de terror.

– Venha, meu bem. Venha dizer oi.

Ele ergueu as duas mãos e balançou negativamente a cabeça, como se Lucy fosse uma capanga que tinha vindo buscar uma quantia alta de dinheiro que ele não estava em condições de pagar.

– Aaron, você esperou por isso o dia inteiro.

Richard se ajoelhou e colocou a mão no ombro de Lucy. Nessa posição, seu rosto estava a apenas alguns centímetros do de Kathy, e ela viu que ele deixara a barba crescer para compensar, astuciosamente, seu queixo sem graça.

– Aquele é o seu namoradinho? – ele perguntou, piscando o olho de um jeito matreiro para Kathy.

Kathy se obrigou a sorrir, mas rapidamente se pôs de pé. Não gostava que piscassem para ela, sobretudo homens mais velhos e barbados. Era algo que acontecia com freqüência no Hospital dos Veteranos, uma epidemia de insinuações não muito sutis. Recebia-as de todo mundo – aqueles veteranos acabados, geriátricos, sem dentes e com traumas de guerra, braços e pernas faltando ou metidos em tipóias, alguns babando ou incontinentes, todos piscando para ela como um asqueroso apresentador inglês de *shows* de televisão. E agora aquele sujeito, na sua própria casa.

– *Namoradinho* não – Lucy disse com amarga veemência, como se tivesse sido acusada de um crime que não cometera.

Kathy sorriu para Sarah.

– Eles só tiram soneca juntos – ela disse, espirituosamente. – Isso não quer dizer nada.

Sarah retribuiu o sorriso, mas apenas de leve, e apenas após uma hesitação desconfortável. Estranho, Kathy pensou. Ela não parecia ser pudica.

– Todd foi comprar cerveja – ela disse. – Deve voltar a qualquer minuto.

Kathy nunca tinha sido uma daquelas mulheres com um fraco por homens mais velhos. Sempre achava um tanto torpe quando uma de suas amigas confessava uma paixão pelo professor grisalho, ou um caso com um "colega mais idoso". Parecia-lhe perverso, privar-se dos melhores anos de sua vida de amante, avançando ao período inevitável de decadência e declínio, os músculos peitorais flácidos e a cintura engrossando, os remédios para colesterol e pressão, o maldito ronco que acometia a todos eles, a cera do ouvido e os pêlos do nariz, a necessidade de ter compaixão e ser compreensiva se os intestinos não funcionassem como antes.

Mas o que realmente lhe dava nos nervos era a idéia de um sujeito ter um ataque cardíaco fulminante no meio do sexo, estilo Nelson Rockefeller, morrendo enquanto ainda estava dentro de você. Todo mundo pensava na situação sob a perspectiva do homem, como se fosse alguma espécie de saída triunfal (*Que maneira de partir,* suspiravam. *Pelo menos morreu feliz*). Alguém se lembrava da pobre mulher? Poderia haver algo mais horrível? Provavelmente levaria alguns minutos para que você chegasse a se dar conta do que havia acontecido – você podia apenas achar que ele havia tido um orgasmo especialmente intenso, ou algo do tipo –, e durante todo o tempo ficaria deitada ali, abraçada ao cadáver de um velho, dizendo palavras indecentes em seu ouvido cheio de cera. O mero pensamento era suficiente para fazê-la voltar a dormir com os adolescentes.

– Esqueça os velhotes – ela disse, depois que sua amiga Anna descrevera uma fantasia na qual seu sogro de 68 anos a seduzia na casa de férias da família. – Fique com os garanhões jovens.

– Mas ele tem tanta vitalidade para a sua idade – Anna respondeu. – E fez tanta coisa na vida. Você realmente sente que ele aprecia as coisas. Boa comida, bons livros, uma caminhada vigorosa pela manhã. Tenho certeza de que seria assim com uma mulher mais nova. Polido e compreensivo, e talvez até apaixonado, mas de uma forma digna.

Curiosamente, Kathy se descobriu rememorando essa conversa enquanto ouvia Richard falando sobre suas experiências como consultor de restaurantes. Apesar de suas roupas nojentas, seu queixo feio e sua tendência incômoda de piscar o olho, havia uma espécie de desenvoltura expansiva nele, um acúmulo de experiência e opiniões que faziam com que ela se lembrasse de outra coisa que Anna havia dito sobre o seu sogro.

– Ele é um homem do mundo, no velho sentido do termo. Caras da nossa idade não têm o mesmo tipo de seriedade.

Todd não tinha, com certeza. Era um homem de 31 anos de idade que não realizara absolutamente nada na vida, exceto ser pai de um menino e evitar o trabalho remunerado por mais tempo do que ela imaginara possível. Não que Richard tivesse realizado algo particularmente significativo, ou mesmo que tivesse atingido algum nível de sucesso financeiro especialmente impressionante, era apenas que ele tinha algumas experiências a compartilhar, algumas histórias a contar sobre sua interação com mundo. Tudo o que Todd podia fazer era ficar sentado ali e fazer uma pergunta ocasional.

– Esses caras são chineses?

– Claro que não – disse Richard. – Essa é a beleza do negócio. São um bando de ricaços do Tennessee. Mas acham que podem criar uma cadeia de restaurantes chineses autênticos o suficiente para enganar os patetas americanos. Afinal, pessoas iguaizinhas a eles já ficaram ricas fazendo a mesma coisa com comida mexicana e italiana. Por que não chinesa, certo?

– Simplesmente não parece certo – Todd refletiu. – Os chineses deveriam ser os donos de restaurantes chineses.

– É por isso que querem colocar o nome de Charlie Chopsticks. Acham que podem ter um logotipo com o desenho de um chinês dentuço, talvez até fazê-lo falar nos comerciais, e isso de algum modo convenceria os fregueses que de fato há chineses envolvidos na direção do restaurante. Vivo lhes dizendo que é uma imagem racista e iria lhes causar muitos problemas, mas eles simplesmente não entendem. Dizem: o que há de racista em um personagem dentuço? E Charlie, qual é o problema? É só um nome, não tem nada a ver com o apelido dado aos vietcongues. Eu digo: e se um grupo de nortistas criasse uma cadeia de restaurantes de comida sulista chamada A Canjiquinha do Caipira? Como vocês se sentiriam? Eles balançam a cabeça como se dissessem: Ei, grande idéia! Vamos fazer isso no ano que vem!

– Você sugeriu alternativas? – perguntou Kathy.

– Esse é o meu trabalho. Sugeri pelo menos uma centena. Minha favorita é Chow Down Here.* Soa como se fosse chinês, enquanto na verdade está dizendo algo numa expressão idiomá-

---

* *Chow* é gíria para comida. *Chow Down Here* seria "Comida Aqui". (N. da T.)

tica em inglês. Para mim, é sucesso garantido, mas os clientes detestaram.

– Gostei de Chairman Mouth* – disse Sarah. – Essa foi inteligente.

Richard meneou a cabeça tristemente.

– Você pode imaginar o que eles acharam dessa. Ninguém vai entender, disseram, e de todo modo não vamos batizar os nossos restaurantes com nome de um ditador comunista. Então eu disse, querem algo americano, que tal Wok 'n Roll?**

Todd riu.

– Podia ser Rock Around the Wok, ou Wok Around the Clock. Ou Wok Star.

– Wok Steady – acrescentou Richard. — Wok On By. Tenho duas páginas inteiras de trocadilhos com *wok*.

Sarah sorriu ternamente para o marido.

– Você está virando um *wokaholic*.

Foi uma piada tão ruim que Kathy não pôde deixar de rir. Bebeu um gole do excelente vinho que seus convidados tinham trazido e se perguntou quanto tempo fazia desde a última vez em que tinham passado uma noite daquele jeito, conhecendo gente nova, desfrutando um pouco de conversa interessante e adulta enquanto as crianças brincavam quietinhas aos seus pés. Não era o que ela havia esperado – era, na verdade, exatamente o oposto do que havia esperado –, mas estava mais do que feliz em admitir que se enganara, que se preocupara à toa.

A única coisa que ainda a incomodava era o seguinte: se Sarah era o que Todd dizia que era – ou seja, alguém que conhecera por

---

* Expressão que significa, literalmente, "Presidente Boca", e faz um trocadilho com "Chairman Mao", presidente Mao (N. da T.).

** *Wok* é um tipo de panela usada na culinária chinesa (N. da T.).

acaso, a mãe de uma das coleguinhas de Aaron, com quem ele ocasionalmente se encontrava na piscina; em poucas palavras, ninguém com quem ela precisasse se preocupar – então por que tanto segredo? Por que negar? (Esses eram os dois primeiros itens na sua lista de seis intitulada *Motivos Pelos Quais Talvez Seja Verdade.*) Por que ela teve que ouvir falar em Sarah pela boca de seu filho de três anos de idade, em vez de pela de seu marido? E por que, da primeira vez em que ela mencionara o nome de Sarah, Todd fingira não saber sobre quem ela estava falando?

– Sarah? – disse ele. – Não conheço nenhuma Sarah.

– Sarah da piscina? Que tem uma filhinha chamada Lucy?

Estavam deitados na cama, no escuro, de modo que ela não podia ver o rosto dele. Mas houve uma hesitação antes que ele respondesse, uma breve pausa que cheirava a reflexão.

– Ah, a mãe de Lucy. É isso mesmo. Esqueci que o nome dela era Sarah.

– Aaron disse que brinca com ela todo dia.

– Todo dia, não.

– Ele disse que dorme de tarde na casa dela.

– Uma vez – disse Todd. – Fomos surpreendidos por uma tempestade. As crianças adormeceram no carrinho.

– Pelo jeito como ele fala, parece que acontece todo dia.

– Exagero. Talvez duas ou três vezes, mas não todos os dias.

Agora foi a vez de Kathy fazer uma pausa.

– E o que você e essa Sarah fazem enquanto as crianças estão dormindo?

– O que você acha que nós fazemos? Só ficamos batendo papo.

– Só isso?

– Nossa, Kathy. Se você quer me acusar de alguma coisa, diga logo.

– Não quero acusar você de nada. Só estou tentando entender por que você nunca me disse.

– Não me parece uma novidade revolucionária. Não tenho direito de ficar amigo de outros pais e mães?

– Você vai à casa dela, Todd.

– Só algumas vezes. Em geral nós só nos vemos na piscina.

– Que tipo de roupa de banho ela usa?

– Não sei.

– Não reparou? Porque pela minha experiência os homens têm plena consciência da roupa que uma mulher usa na piscina.

– Vou tomar notas amanhã e trazer o relatório completo.

– Ela é bonita?

– Não muito – disse Todd, com surpreendente rapidez. – Não como você.

– Certo.

– Venha à piscina amanhã. Veja você mesma.

– Não posso ir à piscina amanhã, Todd. Tenho um emprego, lembra-se? Sou a única pessoa da família que tem um emprego.

– Você acha que cuidar o tempo todo de uma criança pequena também não dá trabalho? Devia tentar, qualquer hora dessas.

Eu gostaria, ela queria dizer a ele. *Ficarei feliz em trocar de lugar assim que você sugerir.* Mas não queria mudar de assunto e começar a falar da prova da Ordem e de seus acordos domésticos imperfeitos. Apenas queria saber o que diabos estava acontecendo entre ele e Sarah enquanto ela ficava enfiada no hospital o dia inteiro, entrevistando velhos arruinados a respeito das batalhas de Midway e Guadalcanal.

– Tenho uma idéia – ela disse. – Por que não convidamos Sarah e seu marido para jantar na semana que vem?

– Acho melhor não – Todd murmurou.

– Por que não? Ela não tem marido?

– Tem. Mas não acho que ele seja o cara mais legal do mundo.

– Ah, então ela reclama com você do casamento, não é?

– Não, exatamente. Só li nas entrelinhas.

A barriga de Kathy doía, como se ela não estivesse respirando direito. Não sentira aquele tipo de pânico sexual desde a época da escola, quando descobriu que Mark Rovane a havia traído com a piranha da Ashley Peterson uma semana antes do baile de formatura, se entendendo com ela numa festa lotada enquanto Kathy estava em casa, gripada. Deveria ter dito para ele ir à merda, mas era fraca, não queria perder o baile de formatura. Então, foi com Mark e se odiou o tempo inteiro. Quando voltou para casa naquela noite, fez um voto de jamais se deixar ficar naquela posição outra vez.

– Convide os dois para jantar, Todd. Gostaria de conhecer os amigos do meu filho. E do meu marido, também.

Todd adiou a decisão por alguns dias.

– Eu mesma convido – Kathy falou. – É só me dizer o sobrenome dela para eu poder procurar na lista telefônica.

– Não sei o sobrenome dela.

– Tudo bem – disse ela. – Vou tirar a tarde de amanhã de folga. Encontro vocês na piscina.

– Fique calma – disse ele. – Eu cuido de tudo. Agora será que dá para ficar calma?

As crianças comeram primeiro – cachorros-quentes e batatas e cenourinhas – e em seguida migraram para a sala de estar para assistir a *Thomas e a Ferrovia Mágica*, filme que Kathy achava perturbador em vários níveis. Era uma catástrofe cinematográfica, oscilando desajeitadamente entre as cabriolas fúteis dos trens falantes e um psicodrama desconcertante estrelado por ninguém menos do que Peter Fonda. Como cineasta, Kathy se sentia insultada e até mesmo contaminada pela monstruosidade absoluta da narrativa; como mãe, ficava desconcertada com o fato de que seu filho de três anos, normalmente indisciplinado, pudesse tolerar, quanto mais apreciar, seu ritmo de cinema de arte com clima algo freudiano e sombrio. Mas Aaron assistiria ao filme todos os dias se ela deixasse, e Lucy parecia disposta a aceitar sua recomendação.

Ao longo dos últimos dois anos, como se num pedido de desculpas por não ter conseguido passar na prova da Ordem, Todd se tornara um cozinheiro surpreendentemente talentoso. Naquela noite ele fizera salmão grelhado, que estava perfeito, a marca quadriculada da grelha impressa em cada um dos filés suculentos e descamando. Ele ficou radiante quando os cumprimentos começaram a chover.

– Está delicioso – disse Sarah.

– Você pode abrir um restaurante – disse Richard. – A Casa do Todd.

– O seu vinho é maravilhoso – Todd respondeu.

– Por falar em vinho... – Richard ergueu a taça. – Ao *chef*, e à sua adorável esposa. *Salud.*

Fez-se uma pausa algo desconfortável após o brinde, um momento de embaraço coletivo que eles disfarçaram com sorrisos hesitantes e encorajadores. Kathy estava prestes a preencher o espaço perguntando a Richard se seria possível que ela filmasse algumas de suas reuniões com os executivos da Charlie Chopsticks. Ela adiara durante um tempo demasiadamente longo os planos para um novo projeto, presumindo que Todd passasse no exame da Ordem dos Advogados e arranjasse um bom trabalho, deixando-a livre para dar uma parada por uns dois anos, passar um pouco mais de tempo com Aaron, talvez ter outro bebê. Mas, recentemente, passara a aceitar a possibilidade de que isso talvez não acontecesse, e lhe ocorrera que poderia ser divertido fazer algum tipo de documentário cômico, algo leve mas socialmente engajado, um pouco menos convencional e mais provocativo do que seu projeto atual. A criação de uma rede nacional de restaurantes chineses por um punhado de brancos ignorantes parecia exatamente o tipo de veículo que ela estava procurando, uma maneira de lançar uma luz cômica no que era na verdade um fenômeno perturbador: a marcha voraz dos negócios norte-americanos, sua necessidade insaciável de devorar tudo que havia no caminho – a história de outros povos, sua cozinha, sua identidade étnica e suas tradições culturais –, para depois cuspir tudo como mercadorias insossas a serem vendidas à classe média da América. Mas Kathy tinha de ser diplomática, descobrir uma forma de não exagerar na sua mão satírica, e enquanto ponderava sobre sua estratégia, Richard desviou a conversa para uma direção totalmente diferente.

– Um bocado de *Sturm und Drang* na sua cidadezinha pacata, hein?

Ninguém precisava perguntar ao que ele estava se referindo. Durante os últimos dois dias, os jornais e o noticiário da TV tinham ficado lotados com Larry Moon e Ronald James McGorvey, o sensacional drama de tablóide do pervertido expulso da igreja pelo "guarda assassino", os ataques e a artilharia pesada disparada contra um homem que algumas pessoas consideravam um herói e outras, um membro perigoso de uma comissão de vigilância.

– É uma loucura – disse Sarah. – Sorte dele não ter matado o sujeito.

– E na igreja, ainda por cima – concordou Kathy. – Não sou religiosa, mas me pergunto: será que nada mais é sagrado?

– O que eu gostaria de saber – disse Richard – é o que um louco desses estava fazendo na igreja, em primeiro lugar.

– Que louco? – perguntou Sarah.

– Larry não é louco – disse Todd. – McGorvey estava sentado perto da família dele. Larry não gostou do jeito como estava olhando para os garotos.

– Todd está sendo tendencioso – Kathy explicou. – É amigo do guarda. Os dois fazem parte do Comitê de Pais Preocupados. É por isso que ele está defendendo o sujeito.

– Bem, quem eu deveria defender? – Todd especulou. – O coitadinho do molestador de crianças?

– Protesto sem violência é uma coisa – disse Kathy. – Jogar um homem escadaria abaixo é outra.

Sarah fitava Todd com aparente perplexidade.

– Não sabia que você estava nesse comitê.

Todd deu de ombros.

– Eu meio que fui sugado para dentro dele. Jogo no time de futebol americano de Larry, e ele me pediu para distribuir alguns panfletos.

– Ele faz parte do seu time? – Sarah disse. – Você nunca me contou.

Kathy notou algo de áspero e estranhamente familiar no tom de Sarah, quase como se ela fosse uma esposa magoada por ter ficado no escuro quanto às atividades do marido. Era um tom que a própria Kathy andara usando um bocado na última semana, e era estranho ouvi-lo saindo da boca de outra mulher.

– Eu só queria jogar futebol – disse Todd, num tom algo defensivo. – Mas acabei recebendo mais coisas com o pacote.

– Que tipo de futebol você joga? – perguntou Richard.

– *Tackle* – Kathy se interpôs. – Sem proteção. Volta para casa como se tivesse se metido numa briga de bar com Mike Tyson. É um comportamento bastante responsável para um homem crescido.

– Não é tão ruim assim. – Todd parecia orgulhoso de si mesmo. – São só alguns inchaços e arranhões.

Richard pegou um pedaço de pão do cesto no centro da mesa.

– Como é que ele é? Seu amigo, o guarda.

– Um cara decente, acho. Meio estourado.

– Como regra geral – Richard disse, passando manteiga no pão como se fosse uma operação especialmente delicada –, não acho justificável que as pessoas sejam atiradas escada abaixo, mas nesse caso particular não posso dizer que lamento muito. Sobretudo se esse f.d.p. entender o recado e arranjar outro lugar para morar.

– Para onde ele poderia ir? – Sarah perguntou. – Vai acontecer exatamente a mesma coisa no outro lugar.

– Por mim tudo bem – declarou Richard. – Desde que não seja no meu quintal. Se isso faz de mim um *yuppie* egoísta, então que seja.

– Sr. Liberal. – A voz de Sarah estava tingida pela repugnância. – Achei que você, entre todas as pessoas, seria um pouco mais tolerante.

– Eu sou tolerante – Richard respondeu. – Só que por acaso minha barreira começa nos molestadores de crianças.

Sarah parecia mais aborrecida do que a conversa merecia.

– Mas todas as outras coisas são certas, não é?

– Praticamente. – Richard falou com um ar de calma e frieza que Kathy achou desagradável. – Se adultos que concordam com a situação estão envolvidos, para mim é sinal verde.

Todd estudava Richard quase com a mesma intensidade de Sarah, e Kathy não pôde evitar a sensação de que ignorava algo importante. Falou mais para acabar com seu próprio desconforto do que qualquer outra coisa.

– Sabe o que é estranho? Eu nunca sequer vi esse tal de McGorvey.

– Nós vimos – disse Sarah.

– Não, não vimos – disse Richard.

– Você não – disse Sarah. – Eu e Todd. Aquele dia na piscina, lembra-se?

Todd pareceu momentaneamente aturdido.

– Ah é. Tinha me esquecido disso.

– Ele foi nadar com pés de pato e máscara – Sarah continuou. – Todo mundo saiu da piscina. Foi no meio de uma onda de calor, e ele tinha toda aquela imensa piscina só para si. Mas então os guardas vieram e o expulsaram de lá. – Ela olhou para Kathy. – Ele não estava com medo, ou algo do tipo. Era só a imagem do patético derrotado, sabe?

Richard meneou a cabeça.

– É com esses que a gente precisa se preocupar.

Kathy se virou para Todd. Sua voz saiu mais áspera do que ela pretendia.

– Você nunca me contou isso.

– Claro que contei.

– Não contou.

Todd deu de ombros.

– Achei que tivesse contado.

– Levei Lucy para nadar no ano passado – disse Richard –, e uma criança vomitou na água. Isso também esvaziou a piscina bem rapidamente.

A tensão sexual é uma coisa difícil de se perceber, mas Kathy achava que tinha um radar bastante bom. Durante todo o jantar estivera observando Sarah e Todd, sem notar qualquer comportamento suspeito – nada de contato visual furtivo, de réplicas insinuantes, de risadas nervosas, nada. Mas subitamente – aconteceu no momento em que Sarah disse "nós" referindo-se a ela e Todd, como se fosse a coisa mais natural do mundo – foi como se alguém tivesse girado o botão um milímetro para a direita e a estação de rádio tivesse entrado em sintonia, tão alto e claramente que quase a derrubou.

Zum.

Uma vez ela tendo se dado conta da conexão entre os dois, parecia-lhe impossível não ter notado antes. Todd e Sarah não precisavam nem mesmo *olhar* um para o outro. Havia apenas aquele nevoeiro espesso a envolvê-los, engolfando a mesa, aquele pequeno clima gerado por duas pessoas que compartilham um anel físico e emocional potente, um campo de força que transforma todos os outros em intrusos – meras notas de rodapé – até mesmo seus esposos legítimos. Kathy sentiu-se embaraçada ao se dar conta disso, como se estivesse vendo um estranho nu, e por alguns segundos não pôde pensar em nenhum outro lugar para olhar exceto diretamente para baixo, para o seu prato.

– Respeito de verdade o fato de você ser cineasta – Sarah dizia. – Daria tudo para ser capaz de fazer algo tão criativo quanto isso.

Kathy se obrigou a olhar para cima, e quando o fez, Sarah parecia ter sido transformada numa mulher inteiramente diferente. Não bonita, mas ainda assim poderosa. Talvez fosse o vinho que ela bebera, ou a pressão da situação – estava lidando com ela a noite toda, é claro, enquanto Kathy acabara de sintonizar –, mas qualquer que fosse a causa, o seu rosto estava cheio de cor, uma onda febril de excitação. Seus olhos brilhavam com algo que Kathy não pôde evitar reconhecer como triunfo sexual, uma espécie de prazer animal. E daí se ela invejava a carreira de Kathy? Só havia uma disputa entre elas, e Sarah havia ganho com um quilômetro de distância. A parte mais irritante de tudo aquilo, Kathy pensou, era que sua mãe tinha estado certa desde o início.

– Não é tão criativo assim – respondeu. – É mais como uma história oral.

– Mesmo assim – Sarah insistiu. – Você está fazendo alguma coisa, contribuindo para a cultura. O que eu estou fazendo da minha vida?

– Você está educando uma criança – disse Richard. – Não há nada mais importante do que isso.

Num impulso, Kathy deixou cair seu garfo e rapidamente enfiou-se embaixo da mesa para apanhá-lo. Achou que surpreenderia Todd e Sarah trocando carícias com os pés, mas se enganou. Tudo que encontrou ali embaixo foi uma floresta de pernas nuas e imóveis – as de Todd musculosas e cobertas por uma penugem, as de Richard magricelas e cobertas de pêlo áspero, as de Sarah, nuas e bronzeadas. Tinha pernas normais, nada de especial. Panturrilhas bonitas, tornozelos arredondados, sapatos Birkenstock sem graça. A única coisa surpreendente era o esmalte nas unhas de seus pés – por algum motivo, Kathy não havia notado ainda –, um medonho azul-metálico, o tipo de cor que uma garota vagabunda de 12 anos de idade teria adorado, mas que você jamais esperaria encontrar nos pés de uma mulher adulta, mãe de uma filha pequena. Teria que ser maluca para usar um esmalte como aquele, ou estar tão profundamente apaixonada que não se incomodaria em absoluto.

– Kathy? – A voz de Todd parecia muito distante, como se estivesse falando do outro lado de uma parede de cimento. – Você está bem?

A situação estava ficando embaraçosa, ela sabia. Estava escondida debaixo da mesa por tempo demais, muito mais do que seria necessário para simplesmente pegar o garfo. Mas não queria se levantar imediatamente, sentar-se em sua cadeira e continuar aquela conversa civilizada com a mulher que roubara seu marido.

Mas era o que iria fazer, sabia que era. Não faria uma cena, não diante dos convidados, não com duas crianças de três anos de idade na sala ao lado. Ia se levantar do chão e de algum modo atravessar o jantar com sua dignidade intacta. Nada de lágrimas, nada de acusações. Era o que faria, mesmo que isso acabasse com ela.

– Estou bem – disse. Ainda apoiada nas mãos e nos joelhos, ainda fitando apalermada os dedos dos pés da outra mulher. – Só me dê um segundo.

MEGAFONE

Depois de passar o dia inteiro ameaçando ir ao jogo de futebol americano, a sogra de Todd se decidiu pelo contrário no último minuto.

– Tem certeza? – ele perguntou, tentando não deixar transparecer o prazer na sua voz. – Você é bem-vinda.

– Eu gostaria de ir – Marjorie mentiu –, mas estou um pouco cansada. Você e Aaron me deram bastante trabalho hoje.

– Parece que você vai ficar sozinho – disse Kathy, que estava sentada ao lado da mãe no sofá. As duas mulheres não se pareciam em nada, Marjorie era baixa e corpulenta, com cabelo grisalho num permanente e óculos ligeiramente octogonais, mas as duas olhavam para ele com a mesma expressão pouco amigável, como se ele fosse um adolescente de castigo em casa e indigno da confiança que depositavam nele.

– Você é quem sabe – Todd murmurou. – A escolha é sua.

Que tolo ele havia sido. Todd se convencera de que o jantar tinha sido um sucesso, de que ele e Sarah tinham conseguido acabar com as suspeitas de Kathy, pelo menos temporariamente. Ela de fato não o acusara de nada, nem se comportara de um modo que o levasse a pensar que notara algo indesejável. Tudo o que ela tinha dito antes de ir para a cama naquela noite tinha sido que gostara de conhecer Sarah e Richard, e achava que Lucy era uma garotinha adorável.

Dois dias depois, porém, a mãe dela aparecera com três malas para uma "visita surpresa" de duração ameaçadoramente indeterminada, e dali em diante as atividades e o paradeiro de Todd não poderiam ter sido monitorados mais de perto se ele fosse um psicopata que andasse ameaçando de morte o presidente. Marjorie acompanhava ele e Aaron a toda parte – ao parquinho, à biblioteca, ao supermercado, à Piscina Municipal, ao cinema. Se Todd quisesse dar uma caminhada depois do jantar, Marjorie invariavelmente também achava que estava precisando de um pouco de ar fresco. Ele ficou surpreso por ela não se enfiar no banheiro junto com ele, batendo papo enquanto estivesse sentado no vaso, oferecendo-se para esfregar suas costas no chuveiro. Quando conseguia escapar para dar uma corrida à noite, esperava o tempo todo que ela aparecesse num veículo lento, acompanhando-o com um cronômetro e gritando palavras de encorajamento pela janela aberta.

À parte os *e-mails* perdidamente apaixonados que ele conseguia enviar enquanto Marjorie não estava olhando, Todd não tinha qualquer contato substancial com Sarah havia cinco dias. Estava começando a considerar medidas desesperadas – escapulir de casa no meio da noite, jogar pedrinhas na janela do quarto dela. Qualquer coisa, só para poder ter alguns minutos sozinho com ela, um punhado de beijos. Chegara ao ponto de pensar em tentar arranjar algum tipo de emprego idiota na loja Home Depot, para conseguir se encontrar com ela durante a hora do almoço.

O pior de tudo era a piscina, vê-la no local habitual, em seu pequenino biquíni vermelho – o menor vislumbre dela lhe causava um choque como se fosse um desfibrilador – e não poder estender sua toalha ao lado da sua, ou passar protetor solar em suas costas, não poder fazer nada além de trocar longos e desconsolados olhares de longe, mantendo uma curta conversa sem palavras que sempre terminava com um pequeno e impotente encolher de ombros da parte de Todd em resposta à pergunta silenciosa que ela fazia: *Quando vou poder ver você?*

– Além disso – Marjorie falou, dando um tapinha afetuoso na perna de Kathy –, preciso passar um tempinho com minha filha. Mal disse duas palavras a ela desde que cheguei aqui.

Todd se curvou para amarrar os tênis, se perguntando se conseguiria dar um pulo no andar de cima e ligar para Sarah de seu telefone celular. Talvez ela pudesse sair de casa para uma ida rápida ao supermercado ou algo do gênero, passar alguns minutos com ele antes do jogo. Até mesmo isso seria melhor do que nada. Mas antes que pudesse pensar na logística, uma buzina soou na rua, lá fora.

– É a minha carona. – Todd se pôs de pé num salto e se encaminhou à porta, esperando conseguir ir embora antes que Marjorie mudasse de idéia.

– A que horas você volta para casa? – Kathy perguntou.

– Difícil dizer. Uma ou duas, por aí.

– Tome cuidado – Marjorie o advertiu, sorrindo como se tudo fosse de brincadeira. – E não arranje encrenca.

Você talvez tivesse pensado que uma acusação de tentativa de agressão e um processo civil potencialmente desastroso pairando sobre sua cabeça acabariam com seu apetite por um jogo de futebol, mas Larry estava em ponto de bala para a final da temporada dos Guardiões contra os Controladores. Todd percebeu-o no momento em que entrou na minivan. O sujeito estava com a adrenalina lá em cima, pronto para o combate. Em vez de dizer oi, deu um soco em Todd, no esterno.

– Está pronto? – ele perguntou. Havia uma intensidade áspera e nada retórica na pergunta. – Porque, porra, é melhor você estar pronto.

– Estou pronto. – Todd sustentou seu olhar, mas falou com uma voz mais calma, examinando o terreno. – E você? Como andam as coisas?

Se Larry entendeu a pergunta como uma referência a seus problemas legais, ou ao incansável escrutínio da mídia que ele suportara em resultado à prisão, não deixou transparecer.

– Vou dizer uma coisa a você – ele falou, a expressão relaxando um pouco enquanto se afastavam do meio-fio. – Sempre gostei de ser o pobre-diabo. Gosto de entrar no campo sabendo que o sujeito do outro time vai pensar que eu vou virar de barriga para cima e me fingir de morto, sobretudo se ele é um babaca arrogante, que confia demais em si mesmo. Gosto de ver a expressão do seu rosto na primeira vez que dou um chute na sua bunda e ele se dá conta de que está no meio de uma briga de rua.

Era eufemismo dizer que os Guardiões eram uns pobres-diabos. Com cinco derrotas e nenhuma vitória, eram os últimos colocados da Liga de *Touch Football* da Meia-Noite, uma gangue de amadores que fazia poucos pontos, desastrada, e que sempre conseguia encontrar formas novas de arrancar a derrota das garras da vitória, pelo menos nas raras ocasiões em que a vitória chegou a ser uma vaga possibilidade. Na semana anterior, tinham perdido feio para os medíocres Técnicos, time que não ganhara um jogo em três temporadas, por um placar de vinte a zero. Os Controladores, por outro lado, haviam ganho quatro dos cinco jogos, com uma ofensiva ampla e explosiva que regularmente marcava quarenta ou cinqüenta pontos por jogo. De acordo com todas as probabilidades, já olhavam para o futuro após o jogo com os Guardiões, para a final do campeonato, na semana seguinte, com seus arqui-rivais, os Auditores.

– Esses caras são bons atletas – Larry admitiu. – Mas são um bando de bebês chorões. Você ganha deles algumas vezes e eles só querem pegar suas coisas e voltar para casa.

– Seria ótimo se a gente conseguisse ganhar numa zebra – disse Todd, olhando tristemente pela rua de Sarah ao passarem por ela, perguntando-se o que ela estaria fazendo, se sentia tanta falta dele quanto ele dela.

– A gente precisa interromper o jogo deles logo no começo. Esse é o segredo. A tática de arremesso deles não é tão perfeita quanto parece no papel.

Parecia surreal que Larry estivesse tão concentrado no futebol num momento tão turbulento em sua vida. A situação de Todd não chegava aos pés da sua, e ele mal se lembrara do jogo ao longo de toda a semana.

– Como é o seu advogado? – ele perguntou. – Está satisfeito com a representação?

– Ele não é nenhum fera – disse Larry. – Mas eu também não sou nenhum O. J. Simpson.

– Deve ser um momento bem assustador para você.

– Assustador? – Larry se virou para Todd com o que parecia ser surpresa genuína. – Você acha que existe um júri no mundo capaz de me condenar por ter agredido Ronnie McGorvey? Não é de espantar que não tenha passado na prova da Ordem. Provavelmente eles vão me dar uma medalha.

Larry circulou entre os Guardiões durante os aquecimentos que antecediam o jogo, animando-os e lisonjeando-os enquanto faziam seus polichinelos e alongamentos. Era o chefe da torcida num minuto, e o técnico no outro.

– Somos mais durões do que eles! – proclamou, batendo vigorosamente nos dois lados da cabeça de Tony Correnti, como se este usasse um elmo. – Estou certo? Perguntei: ESTOU CERTO?

– Claro, porra – Correnti respondeu, desviando-se e dando uma pancada também em Larry. – Eles são um punhado de corretores de merda.

Com um sorriso largo, Larry dirigiu-se à sua próxima vítima, socando os ombros desprotegidos de DeWayne com os dois punhos, como se tentasse enterrá-lo no chão.

– Quem é que nós vamos derrotar? – ele perguntou.

– Os Controladores! – DeWayne esbravejou.

Pete Olaffson era o próximo da fila. Como se executando uma dança que sabiam de cor, Larry e Pete deram-se as mãos e depois um encontrão, três vezes do lado direito do corpo, três vezes do esquerdo.

– Quem é campeão?

– Eu sou campeão!

– Vamos lá, Guardiões!

– Vamos lá, Guardiões!

– Vamos mandar ver!

– Vamos mandar ver!

Larry foi andando daquele jeito arrogante até Todd, com uma postura de coragem que seria cômica se não fosse pela expressão de fria convicção em seu rosto.

– Quem vai marcar o primeiro *touchdown*? – ele berrou, socando o estômago de Todd, como se se tratasse de um saco de boxe.

– Eu vou! – Todd exclamou, obedientemente, contraindo os músculos abdominais para receber as pancadas.

– Eu marco o segundo! – gritou DeWayne.

– O terceiro é meu – ofereceu-se Bart Williams.

Parecia uma piada a princípio, uma paródia dos técnicos da época da escola, de que todos eles se lembravam com níveis variáveis de ternura e mágoa, mas depois de algum tempo – a evolução foi tão gradual que se tornou quase imperceptível – virou coisa séria. Todd tinha visto aquele fenômeno em todos os esportes que já praticara, desde a época em que tinha idade suficiente para integrar a Liga Infantil. O estado de espírito de um time era algo delicado e volátil – bastava uma pessoa para alterar toda a química.

O otimismo febril de Larry se espalhou entre seus companheiros de time como um vírus. No momento em que se alinharam para o pontapé inicial, os Guardiões – Todd incluído – tinham atingido um estado de mal contida excitação. Como se tivesse bebido alguma espécie de poção mágica, Bart Williams, um jogador mediano, atirou-se para a frente e conseguiu dar um chute estonteante. A bola subiu bem alto acima das luzes, no céu noturno, pairando no ar acima das cabeças dos jogadores que aguardavam por ela, tomados pelo espanto, e saltando fora da área final para um *touchback*.

Se os Auditores eram os mal-encarados da Liga de *Touch Football* da Meia-Noite, os Controladores eram os mocinhos bonitos, com roupas de *lycra* e vinte e poucos anos de idade, oriundos do mercado financeiro, e que chegavam ao campo numa caravana de BMW, Lexus e caminhonetes Caddilac, trazendo a reboque um batalhão de mulheres *sexy* que aparentemente não se incomodavam em ficar acordadas até tarde para animar os rapazes, sinal óbvio de que eram namoradas e não esposas.

Havia neles uma arrogância ao desfazer o círculo e se alinhar para o primeiro ataque, com ar palpável de comando. O *quarterback* – ele era magrelo e ruivo, com traços finos e um intenso bronzeado de quem tinha casa na praia – olhava para o outro lado da linha de *scrimmage*, onde a jogada começava, com a segurança imperturbável de um sujeito que ganhava um salário anual na casa dos seis dígitos desde que se formara na faculdade de administração, uma figurinha importante com um Palm Pilot, um carro alemão de luxo e prestes a ganhar mais um polpudo bônus.

Esse poderia ter sido eu, Todd pensou, deslocando nervosamente o peso do corpo de um pé para o outro na segunda linha de defesa. Fez essa observação sem vergonha ou arrependimento, aceitando a verdade dos fatos com uma sensação quase perversa de orgulho. Sentia-se bem ali onde estava, daquele lado da linha com Larry e DeWayne, homens que ganhavam com dificuldade 40 ou 50 mil por ano e davam duro para conseguir pagar as prestações de um apartamento de dois quartos que precisava de reformas, homens para os quais um carro novo era uma extravagância que se permitiam duas vezes por década.

Na primeira jogada, os Controladores correram direto pelo meio do campo. De sua perspectiva privilegiada na retaguarda, Todd viu um buraco se abrir na linha de frente dos Guardiões, um espaço momentâneo entre Olaffson e Correnti, grande o suficiente para que o atacante *halfback* dos Controladores – um corredor magro que supostamente competia nas provas de triatlon Iron Man fora da temporada – passasse. Adivinhando a jogada com perfeição da segunda linha de defesa, Larry avançou, numa rota de colisão com o jogador que detinha a posse da bola. De algum modo, porém, a colisão não aconteceu. Executando como que um passinho incerto de dança que deixou o jogador que teoricamente ia dar um encontrão nele segurando dois punhados de ar e com a cara enterrada na grama sintética, o Iron Man esgueirou-se para o campo aberto, correndo direto na direção de Todd, na última linha de defesa.

Ele era um daqueles corredores astutos, um virtuoso de fintas e desvios, os olhos indo numa direção, os ombros na outra, e as pernas para um terceiro lugar, mas Todd era esperto o suficiente para focalizar sua atenção nos quadris (*Senhores,* o técnico Breeden costumava dizer, num de seus raros aforismos que tinham sobrevivido ao passar dos anos, *os quadris não mentem. Nem no quarto de dormir, nem no campo.*) Dando-se conta de que não ia iludir aquele homem com a agilidade de seus pés, o *halfback* tentou fazê-lo de forma honesta, correndo na direção da linha lateral com um arranque súbito e desanimador. Quase conseguiu passar pelo canto, mas Todd no último instante o agarrou por trás num mergulho desesperado que muito provavelmente evitou um *touchdown.*

As namoradinhas no banco dos Controladores ergueram-se como se fossem uma só pessoa, dando vivas feito membros da torcida organizada quando o Iron Man se pôs de pé, limpando uma poeira inexistente de suas pernas sem pêlos e estranhamente musculosas com as mãos enluvadas.

– É isso aí, Zack!

– Os Controladores são demais!

– Vamos lá, time!

Todd se levantou com um pouco mais de cautela, tentando ignorar a queimação no joelho direito, que ele esfolara no carpete inclemente. O Iron Man tirou a proteção da boca e sorriu.

– Meu amigo – ele disse, dando um tapinha camarada no ombro de Todd. – Vou dar trabalho para você.

Voltando ao círculo, Todd não pôde evitar reparar a expressão murcha no rosto de seus colegas de time, a sensação do destino iminente que substituíra a exuberância irracional de um momento atrás. Só havia sido necessária uma jogada ruim para despertá-los de seu sonho coletivo, para lembrar-lhes de que eram um bando de perdedores prestes a levar uma esfrega. Mas Todd ainda não estava pronto para se entregar.

– Vamos lá! – ele disse, batendo as mãos com força uma na outra. – Segurem a onda! Vamos mandar ver na defesa!

– Foi culpa minha – disse Larry, aproveitando a deixa. – Não vai acontecer de novo.

– Isso aí – disse DeWayne. – Da próxima vez você *acerta* aquele babaca.

– Vamos ficar mais juntos, porra! – rugiu Correnti.

Como os desgraçados que eram, os Controladores repetiram exatamente a mesma jogada em seguida, e o resultado foi exatamente o mesmo, exceto pelo fato de que dessa vez Larry não se deixou iludir pelo passinho de dança. Ele ocupou o espaço na linha como um defensor famoso em alguma antiga filmagem granulada de 1971, colidindo com o *halfback* num encontrão de peito contra peito tão esmagador e feroz que Todd sentiu o estremecimento reverberar em seu próprio corpo a dez jardas de distância. O Iron Man levantou-se com muita calma, e quando o fez, tinha no rosto aquela expressão que Larry descrevera na *van*: o olhar aturdido e infeliz de um sujeito que subitamente se dá conta de que seu mamão com açúcar se transformou numa briga de rua.

Para surpresa de Todd – e sem mencionar a surpresa dos Controladores e suas namoradas –, aquele acabou se revelando um jogaço, uma partida de placar baixo, árdua e equilibrada que ficou interessante até o último minuto. Os Controladores abriram o placar, depois de recuperar a bola que Bart Williams deixou cair bem no território dos Guardiões, quase no final do primeiro quarto. Os Guardiões igualaram os pontos no começo da segunda metade do jogo, avançando metodicamente pelo campo num *touchdown* de 80 jardas. Quando o último quarto já ia avançado, os Controladores marcaram um ponto com um lance curto, deixando-os com uma precária vantagem de dez a sete enquanto os Guardiões tomavam posse da bola pelo que seria provavelmente sua última ofensiva do jogo.

Num nível racional, os Guardiões eram o time que deveria estar preocupado. Estavam perdendo; o tempo se esgotava. Mas quando Todd avançou até a linha para o primeiro ataque, compreendeu, assim como todos os outros no campo, que eram seus oponentes que estavam ficando amedrontados. Com menos de dois minutos restantes, os Controladores pareciam acabados e desmoralizados. O olho direito do Iron Man estava tão inchado que já nem se abria mais; o *quarterback* tinha os lábios igualmente inchados, o que tornava cada vez mais difícil para ele fazer sinais para seus companheiros de time. O recebedor – um asiático de cabelo cortado bem rente e uma velocidade incrível – estava com o uniforme de jérsei rasgado até a cintura, como se ele tivesse inexplicavelmente falhado em completar sua transformação no Incrível Hulk. Durante toda a segunda metade do jogo, os meninos-prodígio tinham ficado se criticando uns aos outros, descontando sua frustração em si mesmos em vez de nos Guardiões. E o que era ainda mais notável, sua torcida animada e sensual fazia agora um silêncio surpreso e sombrio.

Os Guardiões, por outro lado, tinham se tornado unidos pela primeira vez no ano inteiro, juntos agora num espírito de trabalho em equipe e admiração mútua. Deram o máximo de si durante todo o jogo, imobilizando o ataque mais temido de toda a liga e levando a bola de um lado para o outro do campo com surpreendente autoridade, apesar de sua frustrante inabilidade em colocar mais do que sete pontos no placar. Todos haviam contribuído – DeWayne recebera seis passes de Todd, incluindo um para um *touchdown*; Olaffson e Correnti conseguiram juntos derrubar cinco vezes o ataque adversário; Bart evitou um *touchdown* com uma interceptação espetacular – mas Larry os ultrapassara todos. Estava em toda parte no campo, fazendo jogadas que não tinha em absoluto o direito de fazer, interceptando passes, prevendo inversões de jogada, uma vez até mesmo agarrando o Iron Man por trás numa manobra crucial para o terceiro ataque. Se o jogo terminasse com os Guardiões ainda com três pontos de desvantagem, eles iriam para um bar em seguida comemorar um trabalho bem-feito, ao passo que os vitoriosos Controladores beberiam num silêncio soturno, sabendo que tinham levado uma esfrega de um time que teoricamente deveriam dominar.

Sem nada a perder, os Guardiões foram com tudo no primeiro ataque. Todd fingiu que ia passar a bola para Bart e lançou uma bomba pela lateral esquerda, não conseguindo arremessá-la a um DeWayne todo esticado por uns dramáticos poucos centímetros. No segundo ataque, deu um passe rápido e ganhou cinco jardass. Os Controladores o cercaram no terceiro ataque, forçando-o a arremessar a bola para evitar ser derrubado com ela.

Então era isso, sua última chance – era o quarto ataque, tinham avançado cinco jardas e só faltavam uns cinqüenta e poucos segundos para o final. Todd sinalizou um lançamento longo, todos os seus três possíveis recebedores avançando para a linha lateral da direita, cada um cinco jardas mais afastado do que o outro. Ele recebeu a bola e fez uma finta para a direita, procurando primeiro por Richie Murphy, o mais próximo. Marcado. A mesma coisa com Bart, o recebedor central. Ameaçou arremessar a bola, pronto a lançá-la para DeWayne, sua última escolha, apenas para vê-lo escorregar e cair ao tentar se posicionar.

Quase que no mesmo instante, Todd ouviu passos vindos da esquerda, os baques inconfundíveis de um defensor se aproximando. Manteve a posição por mais um breve momento, ereto e olhando obstinadamente para o campo, deixando o jogador chegar bem perto da parte superior de seu corpo. Era o truque mais velho do mundo. Escapuliu por baixo no último segundo possível, agachando-se ao máximo, e o jogador da defesa dos Controladores, com seus 125 quilos, voou bem por cima dele, com um baque junto à linha lateral que bem poderia ter sido causado por um elefante.

Então tudo virou anarquia, o clássico jogo sem regras. Todd voltou para sua esquerda, a fim de evitar o resto da movimentação do passe, esperando conseguir driblar os adversários por tempo suficiente para que seus recebedores revertessem a rota e ficassem em condições de receber a bola. Mas o que ele viu ao recuar na direção do meio do campo forçou-o a reformular o plano no meio do caminho. Havia uma extensão verde tão grande à sua frente que mais parecia um sonho, jardas e mais jardas de campo, bem mais do que ele precisava para um primeiro ataque. Agarrou-se à bola e correu.

Tinha avançado dez jardas antes que alguém parecesse se dar conta do que ele pretendia fazer. Quinze jardas, 20, 25 o campo correndo velozmente em sua direção e ficando para trás a cada larga e pesada passada. Ele ouvia baques surdos à direita, o *staccato* da perseguição acirrada.

Não olhe, disse ele a si mesmo, *apenas continue em frente. Uma perna diante da outra. Grandes passadas. Coma o campo.*

Alguém respirava no seu pescoço quando ele cruzou a linha das 30 jardas dos Controladores, o que não o surpreendeu – havia pelo menos dois deles que Todd sabia que não conseguiria ultrapassar. O que o surpreendeu, quando sucumbiu e olhou por cima do ombro, foi a visão de DeWayne colocando-se ao seu lado para bloquear a defesa, seus braços e pernas atarracados oscilando numa freqüência de desenho animado, sua respiração em arquejos desiguais. Um pouco mais afastados, mas ganhando terreno a cada passo, estavam os dois Controladores que ele esperara, o Iron Man e o asiático, ambos avançando com passadas longas e graciosas, e expressões de feroz determinação.

Ele acabava de cruzar a linha das 20 jardas quando DeWayne se virou subitamente e parou o asiático usando um bloqueio clássico de meio de campo, um borrão acompanhado de um estrondo, no canto do olho de Todd. Agora era uma corrida entre os dois, Todd e o Iron Man, uma corrida que ele sabia que ia perder. Calculando os ângulos enquanto corria, chegou à conclusão de que seria interceptado mais ou menos na altura da linha das dez jardas, um desfecho que parecia tão inaceitável quanto inevitável.

A menos quê.

Cruzando a linha das 15 jardas, Todd pisou fundo no freio, dando um jeito de diminuir a velocidade de maneira tão drástica e inesperada que o Iron Man simplesmente passou zunindo por ele com um grito desolado de protesto, tropeçando para fora do campo e caindo de cara na grama sintética, deixando o caminho desimpedido para Todd até a última área.

Ele girou nos calcanhares e correu na direção da linha do *touchdown,* a bola erguida de maneira triunfal acima da cabeça, um gesto que parecia arrogante quando os profissionais o faziam na TV, mas parecia adequado ali, permitindo que ele observasse seus companheiros de time enquanto eles vinham correndo alegremente pelo campo para juntar-se a ele. Todd atirou com força a bola para o chão e esperou por eles, os braços muito abertos, o peito estufando-se como se ele estivesse tentando sugar a noite inteira para dentro dos pulmões. Tudo o que ele queria era que Sarah estivesse ali para ver, vê-lo como ele próprio se havia visto correndo pelo campo, não um herói dos esportes marcando o *touchdown* da vitória, mas um homem adulto experimentando um momento improvável de graça.

E então ele a viu.

Não tinha certeza do que o fez olhar para cima naquele exato momento, para o que pensou ser as arquibancadas vazias – um reflexo movido pelo hábito ou pela esperança, alguma espécie de magnetismo que ela emitia –, mas lá estava ela, um desejo transformado em carne e osso, sentada sozinha na última fileira, à sombra da cabine do locutor. Acenava para ele, o rosto iluminado como um farol, a boca balbuciando palavras que ele achou poder compreender bastante bem, como se não houvesse qualquer distância entre eles, palavras que ele teria repetido imediatamente para ela se não estivesse enterrado naquele exato instante sob um bando de companheiros de time extáticos, uma pilha humana vibrando de júbilo.

– O que foi que aconteceu com Todd? – Correnti perguntou. – Queria pagar uma bebida para ele.

Larry deu de ombros.

– Ele disse que estava vindo.

– Acho que recebeu uma oferta melhor – disse Richie Murphy.

– Merda. – Bart Williams meneou a cabeça, numa reflexão melancólica. – Não foi linda aquela corrida? Sessenta e seis jardas em uma jogada malfeita no quarto ataque. Deviam colocar na ESPN.

– Ele não teria conseguido sem a ajuda do carinha – Olaffson ressaltou, polindo a careca já reluzente de DeWayne com um guardanapo de papel. – Você viu como ele tirou o veado do caminho? Pou! O cara desabou no chão como uma pedra.

– Todd não parava por nada – riu DeWayne. – O branquelo estava correndo em defesa da própria vida.

– Não me importo com o que digam – declarou Bart. – Eu não censuro ele em nada. O cara merece uma trepada depois de um *touchdown* como aquele.

Correnti ergueu a garrafa.

– Ao Todd. Mesmo ele tendo trocado a gente por uma xoxotinha de fim de noite.

Larry se juntou ao brinde, mas seu coração não estava ali. Não achava que aquilo estava certo, Todd não aparecer à única celebração de vitória do time no ano inteiro, sobretudo já que ele era o homem responsável. A coisa toda parecia meio sem sentido sem ele, uma festa sem o convidado de honra.

– Tem certeza de que não era a mulher dele? – perguntou Olaffson, o cenho franzido de preocupação. Pete era um convertido que se recusava a ver filmes pornôs, abstinha-se do álcool e nunca perdoara a Clinton aquela chupada.

– Vou contar um segredo – disse Correnti. – Se você quer agarrar a bunda da sua mulher, não precisa fazer isso à meia-noite num campo de futebol.

Larry não era um pudico feito Olaffson, mas mesmo ele estava chocado com o descaro do comportamento de seu amigo. Perdera Todd de vista assim que o jogo terminou, distraído como estava pelo espetáculo altamente gratificante dos Controladores arrastando-se para fora do campo, as cabeças inclinadas de vergonha, suas namoradas *sexy* reconfortando-os com tapinhas maternais nas costas. Só quando os Guardiões começaram a se encaminhar para o estacionamento ele se deu conta de que perdera seu passageiro.

– Alguém viu Todd? – perguntou.

DeWayne apontou para o campo, na direção de dois vultos sombrios na linha do *touchdown*, um homem e uma mulher mais parecendo adolescentes junto às traves. Mesmo àquela distância, Larry se deu conta imediatamente de que aquela não era a mulher de Todd. Ele conhecera Kathy no supermercado cerca de um ano antes, e embora fosse o primeiro a admitir que ela era uma verdadeira gata, também a achara perturbadoramente alta – ou seja, mais alta do que ele. A mulher na linha do *touchdown* tinha que ficar na ponta do pé e virar o pescoço para conseguir beijar Todd na boca.

Larry lhes deu alguns minutos para terminar o assunto, mas eles não davam sinais de que iam diminuir a intensidade, muito menos parar. Sem outra escolha – nem morto ele ficaria de pé ali a noite inteira, observando Todd apalpar a bunda de uma mulher baixinha –, ele voltou ao campo e se encaminhou na direção dos dois pombinhos. Parou perto da linha das dez jardas, o que lhe pareceu ser uma distância razoavelmente discreta, e limpou a garganta o mais alto que pôde.

– O que foi? – Todd parecia irritado, como se Larry tivesse irrompido dentro de seu quarto. – O que é que você quer?

– Os caras vão para o Casey's. Você vem?

– Ah, meu Deus. – O suspiro de Todd foi audível a 20 metros de distância. – Vou demorar um pouquinho. Por que não vão na frente? Mais tarde eu encontro vocês.

– Você vem, não é? Precisamos comemorar.

– Claro, claro, vou estar lá. Só me dê uns 15 ou 20 minutos. – Ele hesitou, e era possível que a mulher tivesse sussurrado alguma coisa. – No máximo meia hora.

– Promete?

– Nossa, Larry. Acabei de falar.

– Não quero aborrecer você – Larry disse. – É só que... vou para Blueberry Court mais tarde. Esperava que você pudesse me fazer companhia.

– E quanto aos outros caras? Por que você não pede a um deles?

– São policiais. Não podem se envolver com esse tipo de coisa.

Todd largou a mulher e deu alguns passos na direção de Larry.

– Faça um favor a si mesmo, Larry. Fique longe de lá. Você vai conseguir ser preso outra vez.

Larry fitou a mulher por um ou dois segundos, tentando identificá-la. Tinha certeza absoluta que a reconhecia de algum lugar, aquele cabelo crespo e a expressão esquisita. *Ela devia estar com alguém como eu,* ele pensou, *não com alguém como ele.*

– Não me importo – ele disse. – Que me prendam. Querem me colocar em cana por proteger os meus filhos, então podem mandar ver. Façam de mim uma porra de um mártir.

Muito tempo depois que o resto dos Guardiões tinha ido para casa, Larry estava sentado como um apaixonado com dor-de-cotovelo no capô da sua minivan, no estacionamento quase vazio do Casey's Bar and Grille, sabendo que Todd lhe dera bolo, mas esperando por ele assim mesmo.

Não que ele precisasse de ajuda. Num nível puramente operacional, Larry não tinha dúvidas de que se saía melhor trabalhando sozinho. Tudo o que Todd sempre havia feito fora ficar escondido no carro e tentar dissuadi-lo do que quer que tivesse de ser feito. *Está tarde, Larry, você não pode tocar a campainha agora. Você não vai colocar fogo nessa sacola de merda, vai, Larry? Vamos lá, Lar. Dê um tempo à pobre senhora. Ela não é uma criminosa.* Mas talvez fosse disso que Larry precisasse – um choque de realidade, a voz da razão sussurrando em seu ouvido, impedindo-o de fazer alguma coisa que ele acabaria por lamentar. Se Todd estivesse com ele na igreja de Santa Rita, talvez ele não tivesse perdido a cabeça; talvez não estivesse metido em encrenca até o pescoço como estava agora.

Por outro lado, por mais idiota que tivesse sido, Larry não lamentava, na verdade, ter machucado Ronnie. Não ia derramar nenhuma lágrima por ter quebrado o braço de um maníaco – mesmo tendo sido uma fratura feia, em vários lugares –, e a maior parte dos seus concidadãos parecia pensar do mesmo modo.

Muitos deles estavam mais aborrecidos com o promotor público por mover uma ação contra um Pai Preocupado do que com o fato de que um molestador de crianças condenado tivesse ficado com alguns galos e arranhões durante uma viagem involuntária escada abaixo. Para cada carta ao editor criticando o "comportamento irrefletido e violento" de Larry e exigindo saber quem o elegera "juiz, júri e carrasco" havia outras duas defendendo-o por sua "reação perfeitamente justificável", e uma terceira chegando ao ponto de chamá-lo de herói.

Depois de atravessar uma era do gelo de inferno particular e desgraça pública, Larry havia, ao longo da última semana e meia, começado a notar um nítido abrandamento no ar. As mulheres acenando para ele quando passava pela rua; os homens se desviando do caminho para apertar sua mão. Ele sentia estar entrando numa nova fase de sua vida, enterrando a imagem de Larry Moon, aquele que dá tiros por qualquer motivo, o guarda possivelmente racista, e trocando-a por algo bem melhor: Larry Moon, o pai vingativo, defensor dos inocentes, o sujeito que realizara a fantasia de toda uma cidade.

– Não desista – os vizinhos lhe diziam. – Continue lutando.

Era exatamente o que Larry pretendia fazer; apenas não podia evitar desejar que Todd estivesse ali para lutar junto com ele. Devia ser uma reminiscência da sua época de policial, a sensação de segurança que advinha do fato de ter um companheiro, a consciência de que alguém em quem confiava vigiava suas costas. Naquela noite, porém, não podia se dar a esse luxo.

– ACORDE!

Por um instante – aquela estranha estação entre estar sonhando e não estar – May McGorvey pensou ter ouvido a Voz de Deus chamando-a do céu, finalmente vindo levá-la para casa.

– ACORDE! – A Voz repetiu.

– Está bem. – May sentou-se na cama, o coração em disparada, mas não com medo. –Estou acordada.

– ABRA OS OLHOS! – A Voz era mais áspera do que ela esperara. – LEVANTEM AS SUAS MALDITAS CABEÇAS DA AREIA!

Minhas cabeças?, pensou May. *Minhas malditas cabeças?*

Ela ficou de pé rápido demais e teve que se sentar outra vez até a tontura passar. Quando finalmente conseguiu ir até a janela, compreendeu perfeitamente bem que não estava ouvindo a Voz de Deus.

– SERÁ QUE VOCÊS NÃO AMAM SEUS FILHOS? NÃO QUEREM PROTEGÊ-LOS DO MAL? ENTÃO POR QUE NÃO FAZEM NADA A ESSE RESPEITO?

May abriu a cortina. Aquele homem detestável estava de pé em frente à sua casa, derramando o veneno através de algum tipo de alto-falante.

– BLUEBERRY COURT, HÁ UM PERVERTIDO ENTRE VOCÊS!

Ele não tinha o direito. Não tinha o direito de andar sobre o gramado – *o meu gramado*, May pensou, com amargor –, pisando na grama e dizendo aquelas coisas horríveis, não depois do que tinha feito na igreja.

– SEUS FILHOS NÃO ESTÃO A SALVO!

May não vinha se sentindo bem já fazia muito tempo – suas pernas estavam fracas, algo estava errado com sua respiração – e precisava usar de toda a sua energia agora que Ronnie estava com um braço imobilizado. Ele não conseguia amarrar os sapatos, abotoar a camisa ou cortar a carne. Era como se fosse criança outra vez, precisando dela para tudo. Ela estava cansada, mais cansada do que em qualquer outro momento da vida.

– UM ASSASSINO MORA NESTA CASA! SERÁ QUE VOCÊS NÃO SE IMPORTAM?

Seu desgraçado, ela pensou. *Estou vendo o que você pretende fazer.*

Uma onda de raiva justificada percorreu o corpo de May como uma droga miraculosa. Suas pernas estavam firmes conforme ela avançava pelo corredor do andar de cima, a respiração profunda e regular. Sentiu como se fosse a antiga May ao descer as escadas e abrir a porta da frente.

– Seu filho-da-puta desgraçado! Saia do meu gramado!

A velha senhora estava em alguma espécie de transe, titubeando na direção dele descalça, numa camisola curta, o peito enorme balançando de um jeito que deixou Larry envergonhado por ambos.

– Quem diabos você pensa que é? – ela perguntou. – O Sr. Todo-Poderoso?

Larry a ignorou.

– NADA DE PERVERTIDOS NO PARQUINHO! NADA DE PERVERTIDOS NO PARQUINHO!

– Você pensa que é Deus? – a velha senhora gritou, seu rosto sem dentes contorcendo-se numa máscara assustadora de raiva e aversão. – Você não é Deus. Longe disso.

– EU SEI QUE NÃO SOU DEUS – Larry respondeu, inadvertidamente dirigindo-se a ela através do megafone. – NUNCA DISSE QUE ERA.

A velha senhora esboçou um sorriso malvado. Sua voz era delicada e tomada pelo ódio.

– Você é o assassino. Você matou aquele garoto no *shopping.*

Larry baixou o megafone.

– Eu não assassinei ninguém – ele disse, fazendo um esforço real para controlar seus nervos. – Agora, por que a senhora não volta para casa e veste alguma coisa?

Para sua surpresa, a velha tentou tomar o megafone, segurando uma das pontas e tentando arrancá-lo de suas mãos. Por sorte ele segurava firmemente.

– Você acertou um tiro no pescoço dele – ela disse, afastando os pés e dando outro puxão. – Li no jornal.

Larry também puxou, mas ela era mais forte do que parecia, ou talvez apenas estivesse mais zangada do que aparentava estar.

– Foi um engano – ele disse. – Não foi assassinato.

Ele enfiou as solas dos sapatos na grama e tentou de novo. A essa altura, os dois faziam parte de um verdadeiro cabo-de-guerra, abaixados e girando num círculo vagaroso sobre o gramado, puxando o megafone com toda a sua força. Larry sentiu o aperto da velha ceder um pouco, quase no mesmo instante em que ouviu a voz.

– O senhor precisa ir para casa.

Olhou por cima do ombro e viu dois homens de pé junto ao meio-fio – um cara grandalhão num pijama leve, e um cara baixinho de calça e camiseta. Era o grandão quem tinha falado.

– A polícia está chegando – o baixinho acrescentou.

O grandalhão fitou Larry.

– O senhor está assustando meus filhos – ele disse. – Gostaria que parasse com isso.

– Seus filhos precisam ficar assustados – Larry grunhiu, apertando com mais força o megafone. – Moram em frente à casa de um molestador de crianças.

Ouviu uma sirene soar a distância enquanto reunia suas forças para um último e intenso puxão. Antes que pudesse soltar o megafone, porém, a velha senhora subitamente o largou, fazendo com que Larry caísse para trás, de bunda no chão, o megafone apertado junto ao peito.

Quando ele se pôs outra vez de pé, viu os dois homens agachados sobre a grama, olhando para a velha senhora e sacudindo a cabeça. Ela estava caída de costas, como um boxeador que tivesse levado um nocaute.

– Veja só o que você fez – o baixinho disse, quando Larry se aproximou.

Um calafrio de medo percorreu-o quando ele olhou para a Sra. McGorvey, no chão. Ela estava viva, pelo menos, seus braços e pernas sacudindo-se em espasmos, um medonho barulho gorgolejante vindo de algum lugar no fundo de sua garganta. Seus olhos estavam arregalados, olhando diretamente para os de Larry. Seus lábios também se moviam, mas deles não saíam palavras, apenas algumas bolhas de saliva.

– Ah, nossa – Larry disse. – Só me faltava essa.

Estavam deitados de costas na linha das 50 jardas, fitando o céu como se uma resposta às perguntas que não haviam feito pudesse aparecer ali a qualquer momento, letras amarelas brilhando contra o domo negro do infinito. Todd procurou a mão de Sarah, sentindo os dedos suados dela se entrelaçarem aos seus.

– Não quero ir para casa – ele disse. – Quero ficar aqui mesmo, para sempre.

Ela não respondeu; não era necessário. Haviam dito tudo o que precisava ser dito nos primeiros cinco minutos. Durante as últimas duas horas só estavam se repetindo.

– Graças a Deus que você veio – ele continuou.

Ela se virou de lado e olhou para ele. Seus olhos estavam úmidos e inchados, e sua voz, rouca de emoção.

– Eu estava enlouquecendo.

– Eu também. – Ele ergueu a cabeça e os ombros do chão, e deu um leve beijo nos lábios dela, inchados de tanto beijá-lo. – Quando olhei para cima e vi você...

Ele se interrompeu. Era inútil tentar colocá-lo em palavras, a perfeição daquele momento, a maneira como ela parecia ter sido conjurada por seu *touchdown*, como se fosse a encarnação física de sua felicidade. Ele deu um profundo suspiro, deixando sua cabeça afundar outra vez na grama artificial.

– Não posso mais fazer isso – ele disse. – Não posso mais passar outra semana sem beijar você.

A expressão de Sarah se modificou sutilmente enquanto ela o fitava, e Todd sentiu sua mente se tornar subitamente alerta, como se uma brisa fresca tivesse soprado para longe toda confusão. Era como se todo o verão – toda a sua vida – tivesse convergido imperceptivelmente para aquele exato momento, os olhos dela abrindo-se ligeiramente, a respiração um pouco sufocada dele, a súbita consciência de que haviam cruzado uma linha tão grande e brilhante que era difícil acreditar que ele não a vira se aproximando.

PARTE QUATRO

ENCONTRE-ME NO PARQUINHO

ME BALANCE

O PLANO ERA MARAVILHOSO EM SUA SIMPLICIDADE. DEPOIS DE escrever bilhetes para explicar sua súbita ausência e escondê-los em lugares onde com certeza seriam encontrados, Sarah e Todd iam se esgueirar para fora de suas respectivas casas, *rendez-vous* no parquinho da Escola Rayburn, e seguiriam para o norte, para alguns dias na costa, dando às partes envolvidas algum tempo para absorver o choque de sua partida e começar o difícil processo de se orientarem rumo ao novo alinhamento dos planetas domésticos.

Para os amantes que fugiam, é claro, esse período de ajuste seria também uma lua-de-mel – prematura de acordo com certos padrões, excessiva de acordo com outros –, uma celebração do milagre de terem encontrado um ao outro, uma oportunidade conquistada a duras penas para saborear os frutos de seus sentimentos. Durante três dias inteiros, no mínimo, não teriam nada para fazer além de comer, dormir e fazer amor sempre que desejassem, livres das responsabilidades banais de cuidar das crianças, das pressões triviais e incessantes da vida em família. O encanto da perspectiva era quase intenso demais para que Sarah a imaginasse.

Todd havia originalmente proposto segunda-feira como o dia da partida deles, mas não era factível. Richard estaria regressando naquela noite de uma viagem de negócios de fim de semana para a Califórnia, e não estaria em casa até perto da meia-noite, na melhor das hipóteses. Depois disso, porém, o caminho estava limpo: ele começaria um período de férias de dois meses ao voltar, o que o deixaria livre para tomar conta de Lucy pelo tempo que Sarah precisasse. Então, adiaram o plano para terça-feira, apesar de sua ansiedade em terminar o mais cedo possível com a parte desagradável.

Sarah suportou um fim de semana excruciante com Lucy, sua mente a um milhão de quilômetros de distância das perguntas incômodas de sua filha (*Qual a sua cor preferida? Por que chamam isso de uva?*) e seus pedidos altamente específicos (*Me segura de cabeça para baixo. Agora me larga no sofá*). Mas não havia nenhum meio visível de evitar as perguntas ou ignorar os pedidos, de modo que ela dizia *Azul,* e *Não sei, é só assim que chamam,* e carregava Lucy para a sala de estar segurando-a pelos tornozelos e a largava sobre o sofá, e depois fazia a mesma coisa mais cinco vezes sem intervalo, pensando, o tempo inteiro: *Em dois dias vou estar num quarto de motel perto da praia com o homem que eu amo. Em dois dias serei uma pessoa diferente. Em dois dias finalmente serei feliz.*

Era insuportável estar tão perto de algo tão imenso e não ter nada a fazer além de esperar, nem ninguém com quem conversar a respeito. Ela estava sitiada pelos temores – *ele vai mudar de idéia, ele nunca vai conseguir deixá-la* – e com uma necessidade desesperada de que a tranqüilizassem, mas Todd a fizera prometer que não ia telefonar ou mandar *e-mails* se pudesse evitar, pois ele tinha motivos para acreditar que essas comunicações estavam sendo monitoradas (o fato de ele usar o mesmo telefone celular e a mesma conta de *e-mail* que sua mulher não ajudava). Não teve qualquer contato com ele até a tarde de segunda, quando fizeram um cauteloso contato visual na Piscina Municipal, separados por uma distância de cerca de 15 metros. Sua sogra estava sentada bem ao lado dele, mas estava momentaneamente distraída por um problema com uma de suas sandálias.

Continua tudo certo?, ela perguntou, com uma esperançosa careta.

Claro, ele respondeu, a veemência de seu gesto comprometida pelo sorriso algo temeroso que o acompanhou. Mas por que ele não deveria estar assustado? Ela também estava. Tudo bem, contudo. Apenas uma rápida visão dele acalmava seus nervos, fazia com que ela sentisse que afinal de contas não ia explodir em milhões de pedacinhos. Pela primeira vez em dias lembrou-se de como fazer para respirar.

Eu amo você, ela balbuciou, mas ele devia ter lido errado seus lábios. Seu rosto se contorceu num franzir de olhos de incompreensão como se fosse uma criança que não desse conta de que precisava de óculos para enxergar o quadro-negro.

Ah, deixa para lá, ela balbuciou. *Vejo você amanhã.*

Richard tinha ido a San Diego não a negócios como dissera a Sarah, mas para a Festa da Praia 2001, o encontro de verão do Fã-clube de Kay, a Sacana. Não tinha sido uma decisão fácil de tomar. Ele resistira à tentação durante semanas, assim como havia feito com a calcinha, dizendo a si mesmo que estava fora de cogitação, que não valia sequer a pena pensar a respeito: Homens adultos não pertenciam a fã-clubes, e mesmo que pertencessem, não mentiam às suas esposas e torravam alguns milhares de dólares para comparecer a um encontro do outro lado do país. E se o seu avião caísse no meio do caminho? Será que as pessoas leriam sobre sua missão idiota no obituário?

Richard Pierce, 47, morreu na semana passada quando seu avião caiu no deserto de Nevada. Pierce, um bem-sucedido consultor de branding *para a Namecheck, Inc., estava a caminho de uma reunião do fã-clube de Kay, a Sacana, um grupo de pervertidos criado na Internet, ao qual ele se juntara recentemente. Deixa esposa e uma filha de três anos, bem como duas filhas adultas de um casamento anterior.*

Mas era inútil tentar se assustar e com isso agir corretamente. Conforme o grande fim de semana se aproximava, tornava-se dolorosamente claro para ele que nada haveria de impedi-lo de fazer a peregrinação – nem a desonestidade, nem o custo, nem mesmo a possibilidade de uma exposição pública vergonhosa. Em parte era o ciúme que o motivava: não podia suportar a idéia de outros homens – mais corajosos, mais sinceros consigo mesmos – se divertindo com Kay enquanto ele ficava sentado em casa, ruminando sua própria covardia disfarçada em virtude. Mas havia algo mais, também: a desesperada possibilidade de que fazer algo tão extremo de certa forma pudesse curá-lo. Talvez a porta de saída de sua obsessão por Kay, a Sacana, estivesse do outro lado. Talvez algum contato com a pessoa de carne e osso o livrasse do vínculo com a mulher virtual.

Valia a pena tentar. Uma festa numa praia da Califórnia com seus colegas esquisitões não poderia ser mais embaraçoso do que se esgueirar para o banheiro, no trabalho, cinco vezes por dia, a fim de cheirar uma calcinha cujo odor já estava tão distante que ele já nem tinha mais a certeza de estar cheirando o que quer que fosse além das emanações de sua própria imaginação doentia.

Um homem de aparência estranhamente familiar – tinha cabelo branco, uma barriga enorme e um rosto corado e incongruentemente jovem – esperava em meio aos motoristas no aeroporto, segurando um cartaz em que as palavras *Festa da Praia!* haviam sido rabiscadas de modo notavelmente trêmulo. Quando Richard voltou a olhar, o sujeito não avançou.

– Está aqui para K.S.? – ele perguntou, numa voz baixa e conspiratória.

Richard lançou um rápido olhar para os passageiros e os pilotos profissionais movendo-se ao seu redor. Ninguém parecia particularmente interessado na sua vida. Fez que sim discretamente. O homem de rosto vermelho estendeu a mão, carnuda e ligeiramente úmida.

– Walter Young. Sou presidente do fã-clube.

– Richard Pierce. Puxa, que legal de sua parte vir até aqui.

– Não é tão longe assim – Walter disse, amassando o cartaz e colocando-o no bolso da calça. – Além disso, sei como é chegar numa cidade estranha à noite, sem ninguém para nos receber. Passei muitos anos na estrada, feiras, conferências de venda, reuniões com clientes, essa porra toda. Agora estou aposentado, graças a Deus. Vou para onde quero, quando quero.

– Que bom para você – disse Richard. – Ainda tenho alguns anos de sofrimento.

– Está contando os dias, né?

– Pode crer que sim.

A caminho da esteira das bagagens, Walter persuadiu Richard a cancelar o aluguel do carro. Explicou que o clube providenciara uma *van* para levar todo mundo do hotel até a praia, depois de volta outra vez.

– Isso facilita bastante as coisas – Walter disse, arrancando a mala da mão de Richard assim que ele a ergueu da esteira.

– Não seja bobo – disse Richard. – Não precisa levar minha mala.

– Não tem problema – disse Walter levantando o puxador e arrastando a mala enquanto se encaminhava para a saída. – Tenho certeza de que você está cansado da viagem.

– Obrigado – disse Richard, tentando acompanhar seu passo.

– É, como eu disse, começamos a usar a *van* no ano passado. Carla ficou cansada de toda aquela dor de cabeça. Gente se perdendo, chegando tarde e de mau humor. Quem precisa disso, certo? Além do mais, desse modo você pode tomar umas cervejas sem ter que se preocupar em dirigir para casa de volta, sabe como é?

Richard ficou feliz em ouvir isso. Já fazia muito tempo que ele atingira a idade em que ter de se virar numa cidade desconhecida perdera todo o charme e se tornara uma fonte genuína de ansiedade.

– Isso é ótimo – ele disse, acompanhando seu guia e saindo para a noite refrescante. – Vocês pensaram em tudo.

– Coisa da Carla. Ela insiste em fazer tudo com padrão de primeira classe. Esse é o tipo de dama que ela é.

– Tem uma coisa que não estou entendendo. Quem é Carla?

Walter deu uma olhadela para ele, por um segundo, aparentemente para ver se estava brincando.

– Kay – ele explicou. – Em pessoa ela é Carla. Kay, a Sacana, é mais um codinome, ou algo do gênero. Você sabe, só para o *website.*

Walter apertou o botão do controle remoto e o porta-malas de sua Chrysler Concorde se abriu com um estalo.

– É estranho – disse Richard. – O nome Carla não combina muito com ela.

Walter guardou a mala.

– Foi o nome que a mãe dela escolheu.

– Não sei. É que não parece adequado para mim.

– Você vai se acostumar.

O hotel ficava a apenas 15 minutos de carro do aeroporto, e Walter falou o tempo todo sobre eventos recentes do clube, muitos dos quais Richard já conhecia das fotos arquivadas em kayasacana.com. Estavam acabando de chegar ao estacionamento do Holiday Inn quando ele subitamente entendeu por que seu companheiro lhe parecia tão familiar. Numa das fotos do "Encontro na Banheira" que Richard conhecia tão bem, Walter estava sentado na beirada da banheira com uma cerveja numa das mãos e a outra pousada no ombro de um velho de pele enrugada e um tufinho triste de pêlo no peito. Os dois inclinavam-se para perto um do outro, envolvidos numa conversa animada, aparentemente alheios ao fato de que Kay estava fazendo sexo com um homem careca a apenas alguns metros de distância.

– Quer uma bebida ou alguma coisa? – Walter perguntou ao parar em frente à recepção. – Depois que fizer o *check in*, quero dizer.

– Acho que não – disse Richard. – Estou meio cansado. Ainda no fuso da Costa Leste.

Walter fez que sim.

– É, esse *jet lag* é uma droga. Então, esteja no saguão amanhã, às onze horas em ponto. Se dormir demais, já era.

– Estarei lá – Richard prometeu, levantando a mão. – Palavra de escoteiro.

Walter retribuiu o cumprimento.

– Palavra de escoteiro – ele riu. – Gostei dessa.

Carol disse que ele precisava ir ao hospital *imediatamente*.

– Chame um táxi – ela disse. – E diga que é uma emergência.

Ronnie desligou o telefone, agarrando a beirada da mesa em busca de apoio e enquanto esperava que suas pernas recuperassem a força. Era isso. Podia sentir na voz de sua irmã, no próprio fato de ela ter se rebaixado para falar com ele pessoalmente, o que não fazia havia anos. Durante a última semana, mesmo com sua mãe numa condição crítica, Carol tinha dado um jeito de conseguir que nunca estivessem no quarto dela ao mesmo tempo. Se precisasse se comunicar com ele, usava Bertha como intermediária, piorando ainda mais as coisas.

Ele olhou ao redor da cozinha imerso numa névoa de temor e descrença, a presença inconfundível de sua mãe emanando da chaleira em forma de abacate e da torradeira; do papel de parede que descascava e tinha a ilustração de várias ervas e temperos, os nomes escritos prestimosamente abaixo; dos vidros marrons de remédio alinhados como soldadinhos no peitoril da janela, os rótulos com a prescrição todos voltados para fora. Não parecia possível que ela não fosse voltar para casa. O mero pensamento fazia com que se sentisse tonto e em perigo, como se estivesse de pé numa sacada alta sem parapeito, olhando diretamente para baixo, para um estacionamento vazio.

– Por favor – ele disse, voltando seu olhar para o teto, na direção de um Deus no qual considerava sua mãe uma tola por acreditar. – Não a deixe morrer, porra.

O motorista de táxi era um senhor idoso que tinha algo de errado com o nariz, aquelas protuberâncias múltiplas e encaroçadas brotando dele, como se uma couve-flor cor da pele estivesse crescendo no meio de seu rosto. Ronnie teve pena do sujeito. Com certeza não havia sido fácil passar por seus anos áureos *assim.*

– Para onde? – ele resmungou.

– Hospital Presbiteriano. Minha mãe está na UTI.

O motorista não respondeu, não disse *Que pena,* ou *Sinto muito,* ou alguma daquelas bobagens que as pessoas normalmente declamavam com grande pompa quando você lhes dava uma notícia dessas, mas mesmo assim Ronnie continuou falando.

– Ela teve um ataque na semana passada. Dos ruins. Não sabemos se vai sair dessa.

Fez esses comentários nem tanto ao motorista, e mais à sua licença, que estava presa com elástico ao quebra-sol do lado do passageiro. WENDELL DEGRAW, dizia, junto a uma foto de identidade exibindo o rosto do pobre sujeito num perfil bastante desfavorável, que parecia poder ter sido arrancado de um livro de medicina.

Wendell estava ouvindo um programa de rádio, uma voz familiar que Ronnie não chegava a identificar, um daqueles sabichões profissionais com respostas espertinhas para tudo. Ronnie costumava ouvir um bocado daquilo antes de ir para a prisão, costumava fantasiar que ia para a escola de radiodifusão e que conseguia um *show* de rádio para si. *Bate-papo com Ron McGorvey.* Duas horas por dia para dizer o que lhe passasse na cabeça e humilhar os idiotas desinformados que telefonavam, quase incapazes de formar uma sentença gramatical. *Desculpe a pergunta, Frank, mas você tem merda no lugar do cérebro ou o quê?*

– Tiveram que colocá-la no respirador – ele prosseguiu. – Ela não pode falar nem nada. Só fica lá deitada o dia inteiro, olhando para o teto.

O escroto do Wendell aumentou o rádio, como se tentasse propositalmente abafar a voz de Ronnie. O sujeito do programa de rádio vociferava sobre o deputado Gary Condit, sobre como, se tivesse um pingo de decência, se afastaria do Congresso e contaria a todo mundo o que ele havia feito com a namorada. Ronnie falou ainda mais alto.

– Ela é uma boa mulher. Criou dois filhos completamente sozinha, não tem um pingo de maldade em seu corpo. Não seria possível encontrar uma senhora mais decente.

O imbecil sequer resmungou. Abriu a janela, pigarreou do fundo da garganta e escarrou na calçada.

Legal, Wendell. Coisa de gente fina.

– E quanto a você? – Ronnie perguntou, enquanto aguardavam num interminável sinal vermelho. – Sua mãe ainda está viva?

Wendell se virou no assento do motorista. De frente, era ainda mais horrendo do que de perfil.

– Você acha que eu não sei quem você é? – ele perguntou. – Tem sorte por eu não colocar você para fora do carro.

– Me desculpe – Ronnie murmurou. – Só estava puxando conversa. Você não precisa ser tão suscetível assim.

Wendell desligou o rádio e eles continuaram em silêncio pelo resto do caminho, até o hospital. Quando pararam em frente à entrada principal, Ronnie deu ao sujeito uma nota de vinte dólares por uma corrida que custara 14.

– Fique com o troco – ele disse. – Compre um nariz novo, está bem?

Sarah devia ter adivinhado que haveria algum problema. Sempre havia algum problema. Quando havia crianças envolvidas, o plano mais simples encontrava uma forma de se complicar para você. Não fazia 15 minutos que ela chegara em casa da piscina quando recebeu o telefonema de Richard. Ele ficou batendo papo sobre o clima da Califórnia durante um ou dois minutos até mudar abruptamente de assunto.

– Mas escute – ele disse. – Acho que não vou voltar para casa.

– Por quê? O seu vôo atrasou?

– O problema não é o vôo. Somos nós.

Ele disse que passaria o resto de suas férias em San Diego, e pensava em se mudar para lá definitivamente. Já fazia muito tempo que andava pensando em uma modificação em sua vida, e sempre tivera vontade de experimentar a Califórnia.

– Nós nunca devíamos ter nos casado. – Sua voz estava triste quando ele disse isso, e a tristeza fez com que ela se lembrasse do quanto gostava dele antes que tudo se tornasse insuportável. – Você sabe disso tão bem quanto eu.

– Ah, merda – ela disse, subitamente. – Que droga.

– Você está zangada? Achei que ficaria aliviada.

Estava; estava mais do que aliviada. Em qualquer outro dia teria aberto um champanhe e sapateado sobre a mesa da cozinha. Mas naquele exato instante, tudo em que conseguia pensar era em sua lua-de-mel na praia, como o plano inteiro dependia do fato de ele estar em casa para tomar conta de Lucy.

– Estou bem – ela disse. – O momento é um pouquinho inconveniente.

– Nunca há um momento bom para algo desse tipo. Mas estamos os dois infelizes há tempo demais.

– O que eu devo fazer com Lucy? – ela perguntou, pensando em voz alta.

– Por favor – ele disse. – Não se preocupe com isso. Vou cuidar bem dela. De vocês duas. Pode ficar com o carro e a casa. Tudo o que eu quero é começar de novo.

– Está bem – ela disse. – Ótimo. Seja como for. Não precisamos discutir isso pelo telefone. Acho que vou ter de contratar um advogado ou algo do gênero.

– Claro. Com certeza. Isso é a coisa mais sábia a fazer – ele hesitou. – Sarah?

– Sim?

– Vim até aqui para encontrar uma mulher. Alguém com quem mantinha contato através da Internet. Só queria que você soubesse.

Ela precisou de um momento para absorver essa informação, se perguntando se sentiria a menor pontada de ciúmes ou a sensação de ter sido traída. Mas não havia nada. Absolutamente nada.

– Tudo bem – ela disse, finalmente.

– Tudo bem? – Ele parecia quase magoado. – Isso é tudo o que consegue dizer?

Nossa, pensou ela. *O que ele quer de mim?* Será que ela deveria lhe dizer a verdade, que sentia pena da mulher, porque ela não haveria de descobrir, antes que fosse tarde demais, que Richard não era um cara tão bacana quanto parecia? E além disso, quem podia afirmar o que quer que fosse, num caso como esse? Talvez uma nova mulher transformasse Richard num novo homem.

– Faça o que deve fazer – ela disse.

Lucy entrou na cozinha, ainda usando seu maiô molhado, o estetoscópio de brinquedo pendurado no pescoço, o cabelo clareado pelo sol e todo embaraçado. Observava sua mãe com uma intensidade sinistra, como se tivesse ouvido a conversa numa extensão.

– Papai? – ela perguntou.

Sarah fez que sim.

– Sua filha está aqui – ela informou a Richard. – Quer dizer oi?

– Agora não – ele disse. – Tenho que correr. Só diga a ela que eu a amo, está bem? Vou estar em casa dentro de umas duas semanas, e podemos contar as novidades a ela, então. Você sabe, como uma família.

– Claro – ela murmurou, sua cabeça zumbindo com um enxame de emoções conflitantes. Algo maravilhoso acontecera no pior momento possível. Tudo tinha virado uma bagunça, mas ela estava livre. Richard ia embora. Ela podia ficar com a casa. – É uma boa idéia. Vamos fazer isso como uma família.

– Fazer o quê? – Lucy perguntou, depois que Sarah desligou o telefone. – A gente vai fazer o quê?

– Nada – disse Sarah, desviando o olhar do rosto atento da filha. – Nada com que você precise se preocupar, meu bem.

Richard não esperara que ela fosse receber as notícias com tanta calma. Não tinha dúvidas de que tudo ia se acomodar com o tempo, mas imaginara que fosse ser vítima de muito mais raiva e recriminação a curto prazo, o tipo de insulto que é de esperar quando você dá o fora em sua mulher e sua filha. Pelo menos havia sido assim no seu primeiro casamento; Peggy o havia feito sofrer durante anos, antes de encontrar no próprio coração a capacidade de perdoá-lo. Mas Sarah pertencia a uma geração diferente. As mulheres de sua idade eram mais independentes, menos assombradas pela idéia do divórcio ou de criar um filho sozinha. Ela reagira de forma tão agradável, na verdade, que ele quase lamentava ter lhe oferecido a casa e o carro sem consultar antes o advogado. Apenas tinha dito tudo num impulso, sem qualquer tipo de pensamento estratégico, o comportamento impulsivo e autodestrutivo que ele jamais teria se permitido nos negócios.

Ora essa, ele pensou, *não faz mais sentido ficar me aborrecendo com isso.* Ele desligou o telefone celular e saboreou por um momento o toque suave do sol do sul da Califórnia em sua pele, tão menos antagônico do que o clarão do meio-dia em sua cidade. Era um clichê, mas lhe ocorreu com a força de uma verdade transcendental: *As coisas são mais fáceis aqui.* Seus pulmões se expandiram enquanto ele inspirou profundamente o ar com aroma de eucalipto. Uma sensação animadora de leveza se espalhou por seu corpo, como se ele tivesse acabado de despir um terno forrado de chumbo. *Talvez seja assim na vida das pessoas felizes,* ele pensou, *os obstáculos caindo diante de você antes mesmo que chegue perto o suficiente para dar-lhes um empurrão.*

Era estranho, mas Ronnie realmente gostou de ir ao hospital. As pessoas eram amigáveis ali. Sorriam para ele nos elevadores e corredores, tratando-o como se tivesse tanto direito de estar ali quanto elas, uma atitude que ele não encontrava com freqüência em locais públicos.

Ele sabia que não estavam sorrindo por causa dos sentimentos afetuosos que havia em seus corações por Ronald James McGorvey, Maníaco Sexual Fichado. Sorriam porque seu braço direito estava imobilizado numa estrutura de fibra de vidro, apoiado numa tipóia de pano. Era tudo o que viam quando olhavam para ele – um homem com um osso quebrado, um problema médico que era óbvio e eminentemente solúvel. Ele não era um daqueles pacientes misteriosos que pareciam bem pelo lado de fora, mas deviam ter alguma doença terrível roendo suas entranhas. No hospital, aqueles eram os casos assustadores, aqueles que faziam você se perguntar que tipo de bomba-relógio se encontrava ativada em seu próprio e aparentemente saudável corpo. Ronnie temia pelo dia em que o braço já não estivesse mais imobilizado, quando ele não teria mais como fazer aquela pequena reivindicação à simpatia dos outros. Pensava em fazer uma pesquisa, descobrir se não seria possível arranjar uma estrutura como aquela, só que falsa, que pudesse usar para ir ao supermercado ou à biblioteca pública, quem sabe até uma à prova d'água para a Piscina Municipal. Se não fosse possível, talvez conseguisse simplesmente que aquele babaca o jogasse escada abaixo outra vez.

Caminhava cada vez mais devagar ao se aproximar da UTI, como se suas pernas fossem aos poucos enchidas com cimento. A sala de espera parecia mais quieta do que o habitual; a imensa família porto-riquenha que estivera acampada em volta da televisão ao longo da última semana havia desaparecido. Eles se alternavam nas visitas ao sujeito comatoso de vinte e poucos anos – supostamente, ele caiu de um andaime numa obra –, ficando de pé aos pares ao redor de sua cama, chorando de forma tão melodramática que Ronnie não podia evitar olhar para eles de cara feia quando começavam a lhe dar nos nervos. Ele se sentou numa poltrona e assistiu à CNN durante alguns minutos, se perguntando se os porto-riquenhos tinham transferido seus hábitos de choramingar e arrancar os cabelos para um quarto particular ou para uma capela mortuária, depois se levantou e se anunciou pelo interfone. Uma das enfermeiras lhe disse para entrar.

Seria de esperar que um momento como aquele fosse insuportável, mas não foi tão difícil quanto ele imaginou. Você só tem que fazer uma única coisa, como que desligar sua mente por algum tempo. Vê o que está na sua frente – sua irmã e o marido, o padre vestido de preto, o médico em seu jaleco branco, Bertha, a gentil enfermeira jamaicana, cada um deles circundando a cama de sua falecida mãe, meneando a cabeça em uníssono, como se você tivesse feito uma pergunta, quando na verdade você apenas está de pé ali absorvendo tudo com uma expressão neutra, sem sentir o que quer que seja.

Richard teve que lutar contra uma persistente sensação de irrealidade enquanto ele e Carla batiam papo e examinavam os cardápios. Mal parecia possível que aquilo realmente estivesse acontecendo, que estivesse almoçando com a mulher que reinara em suas fantasias por mais de um ano, uma mulher cuja calcinha fio-dental ele carregara em sua pasta durante a maior parte do verão. E no entanto ali estava ela, sentada bem diante dele, praguejando baixinho para si mesma enquanto tentava tirar uma mancha de molho de sua blusa de seda com um guardanapo molhado.

– Eu sou tão porcalhona – ela disse. – Devia usar um daqueles impermeáveis amarelos quando como em público.

– Eu sou do mesmo jeito – disse Richard. – Encontro essas manchas nas minhas gravatas às vezes, e não tenho a menor idéia de como foram parar lá.

Ela desistiu e jogou o guardanapo sobre a mesa.

– O sujeito que lava minhas roupas a seco vai me dar uma bronca. É um chinês velhinho, que sempre me passa um sermão quando levo alguma coisa manchada. *Por que você fez isso? Você não cuidadosa! Por que você tão desleixada?* Ele é pior do que minha mãe.

Richard sentiu um sorriso tolo se abrir em seu rosto.

– O quê? – ela disse, algo na defensiva. — Tem alguma coisa nos meus dentes?

Ele sacudiu a cabeça.

– Não tenho como dizer como isso é estranho para mim. É como se eu estivesse saindo com a rainha da Inglaterra.

– Já vi fotografias da rainha. Não tenho certeza de que considero isso um elogio.

– Você é muito mais bonita – ele lhe assegurou.

– Eu sei, eu sei – ela disse, como se tivesse tido aquela conversa uma centena de vezes –, mas ela causa uma impressão melhor.

Richard deu uma gargalhada que chamou a atenção dos outros clientes.

– Você é demais – ele disse a ela.

Carla deu de ombros, as mãos abertas na altura do pescoço como que para dizer, *Não consigo evitar.* Mas então seu rosto ficou sério, como se ela subitamente se lembrasse por que estavam ali.

– Então você tem negócios para me propor?

– Eu não chamaria de proposta por enquanto – ele disse. – Apenas quero brincar um pouquinho com a idéia. É sobre as calcinhas enviadas pelo correio.

– Ah, espere – ela disse. – Deixa eu fazer um parêntese. Antes que me esqueça.

Carla tirou de sob a mesa uma bolsa de lona volumosa e suja com um logotipo azul da rede pública de televisão ao lado. A visão surpreendeu-o.

– Você dá dinheiro para a televisão pública?

Ela balançou a cabeça, uma expressão de desgosto passando por seu rosto.

– É um brinde. Meu ex-marido trabalhava na TV. Devo ter uma dúzia dessas coisas.

– Seu primeiro marido?

– Meu único.

– Mas o *website* diz que você é casada.

– É mais fácil assim. Mantém alguns dos malucos afastados. – Carla sorriu tristemente. – Dave tentou me apoiar quando comecei o negócio, mas passou a incomodá-lo depois de um tempo. Ele não queria me dividir.

Richard anuiu, pensativamente.

– Você teria que ser um ser humano bastante evoluído – ele disse.

Carla pareceu gostar dessas palavras. Tirou uma pasta amarelo-clara da bolsa e a passou por cima da mesa.

– Isto é para você. Uma lembrancinha.

A pasta era feita de papel rígido, de alta qualidade. Na frente, um decente calígrafo amador escrevera as palavras, *Festa na Praia, 2001: "Obrigada" pelas Memórias.* Richard abriu-a, encontrando uma foto cinco-por-sete do grupo tirada na tarde de sábado, junto com a inscrição, *Para Richard, Um dos meus* maiores *fãs. Com amor e beijos, Carla (codinome, Kay, a Sacana).*

Na foto, todo mundo estava nu, mas Richard achava que isso era um tanto enganador. Durante a maior parte do dia, a Festa na Praia foi apenas uma diversão inocente, em nada mais escandalosa do que o piquenique habitual da companhia. Carla e seus sete fãs usavam roupas de banho e camisetas enquanto passavam o tempo bebendo cerveja, jogando vôlei, lançando um *frisbee*, até mesmo participando de uma hilária rodada de corrida com três pernas. Richard levou um tempo para se familiarizar com seus colegas, a maioria dos quais reconhecia de fotos no *web site*. Fora ele próprio, o único novato era Claude, um professor de escola franco-canadense com um sotaque carregado e uma cicatriz de cirurgia cardíaca descendo pelo meio do peito.

– Eles são um grupo legal – Richard comentou.

– Eu sei – disse Carla. – Sinto que realmente tenho sorte por conhecê-los.

A outra parte das festividades só começou muito mais tarde naquele dia, depois que Walter acendeu a grelha para o churrasco da tarde. Carla foi dar um rápido mergulho no oceano – estavam num belo crescente da praia, uma enseada escondida ao norte de La Jolla que Richard não teria conseguido encontrar sozinho em um milhão de anos – e quando ela voltou, tirou a parte de cima do biquíni sem alarde e a jogou para Marcus, o *designer* de *software* que tinha 28 anos de idade e era o membro mais jovem do grupo. Como se esse fosse um sinal combinado, os homens do Fã-clube começaram a tirar as camisetas pela cabeça e também os calções de banho. Richard não hesitou em imitá-los. Era por isso que ele tinha vindo, afinal de contas. Para ser parte dessa comunidade, uma pequenina vanguarda que ultrapassara a vergonha e a hipocrisia, pelo menos durante um dia do ano.

Durante muito tempo após terem tirado as roupas, nada mais aconteceu. Walter continuou vigiando a grelha; Richard continuou jogando *frisbee* numa formação triangular com Claude e Roberto, o único negro entre eles (era um suboficial do exército aposentado); e Marcus continuou debatendo teologia com Fred, um pastor luterano de meia-idade cuja esposa acreditava que ele estava em algum tipo de retiro espiritual.

– E eu estou! – Fred insistira, ao relatar esse fato a Richard. – Apenas não de acordo com a definição restrita que a minha mulher tem da frase.

Em algum momento, porém, o *frisbee* flutuou por sobre a cabeça de Richard, e quando ele se virou para buscá-lo viu Carla ajoelhada ao lado da grelha, a cabeça oscilando para a frente e para trás no meio das pernas de Walter. Como se tivesse sido apanhado de surpresa, Walter ainda segurava a espátula, pressionando a parte lisa contra o alto do ombro de Carla. Marcus estava agachado ao lado, gravando a ação com sua câmera digital de alta resolução, cujas várias impressionantes características explicara para Richard em detalhes mais cedo, quase como se estivesse fazendo uma demonstração de vendas.

– Não deixe os hambúrgueres queimarem! – gritou Earl. Era o cara mais velho, um caminhoneiro aposentado do Nebraska, provocando uma gargalhada geral em meio aos espectadores.

Quando Carla terminou com Walter, cuidou de Claude, Earl e Fred numa curta seqüência. E então chegou a vez de Richard. Parecia um sonho, ela ajoelhada diante dele, o Pacífico reluzindo num púrpura e dourado majestosos à sua frente, o cheiro torturante de carne grelhada misturando-se ao ar salgado do oceano. Era quase como se ele tivesse entrado em seu computador, numa daquelas imagens que haviam se gravado a fogo em seu cérebro, tornando-o permanentemente inadequado para a vida normal.

– Obrigado – ele sussurrou, depois que ela plantou um beijo amigável em seu joelho.

– Não – ela disse, olhando para cima com a expressão doce e honesta que ele memorizara fazia tanto tempo. – *Eu* é que agradeço.

Depois de comer, todos se alinharam para a foto que Richard contemplava agora. Sete homens numa fileira, de alturas, pesos, tipos físicos, idades e cores de pele diferentes, todos eles sorrindo para a câmera como se competissem para ver quem parecia o mais feliz. Claude, Marcus, Walter, Roberto, Richard, Earl e Fred. Na frente deles, Carla apoiada num dos joelhos, os braços muito abertos, como se tentasse abraçar o mundo.

– Uau – disse Richard. – Aquele foi um dia maravilhoso.

– Com certeza – disse Carla. – Agora me fale das calcinhas.

Bertha não fechou a boca durante todo o trajeto do hospital até em casa, dizendo a Ronnie que não se sentisse mal, que sua mãe havia ido para um lugar melhor, que não teria mais que sofrer as dores e as penas da solitária idade avançada numa cidade em que todos a odiavam.

– Ninguém *a odiava* – ele disse, quebrando seu voto de ficar simplesmente sentado, em silêncio, durante todo o caminho até em casa, de não dizer uma única palavra àquela velha desgraçada. Já era ruim o suficiente ter de respirar o mesmo ar que ela, e o fato de que sua própria irmã sequer lhe oferecera uma carona em sua minivan *no dia da morte da mãe deles,* como se ele fosse contaminar os assentos com o simples fato de tocar neles com a bunda, como se fosse deixar um vestígio de germes de criminoso sexual na superfície em que os filhos dela tinham de tocar a caminho da escola todos os dias. *Ah, que ela se foda.* Um dia ela iria acordar e a sua preciosa Mercury Villager de merda seria apenas uma carcaça fumegante na entrada de casa.

Ah, irmãzinha, sinto muito. Pena que você não estava dormindo dentro dela.

O que realmente o deixava maluco de raiva era que ela nem mesmo lhe dera um abraço de despedida. Ela pensou a respeito por um segundo, ele viu, viu-a avançar em sua direção e então subitamente recuar, como se dando conta do que estava prestes a fazer. Deu-lhe uns tapinhas no ombro, em vez disso, uns tapinhas como os que você daria num cachorro feio, mantendo o máximo de distância possível, desviando os olhos para não ter que sentir seu hálito podre.

– Ela era uma mulher de idade – Bertha disse, lançando-lhe um olhar enviesado e acusatório. – Não tinha nada que ir escorraçar intrusos no meio da noite. Nada mesmo.

– Estou com o braço quebrado – Ronnie lhe recordou, girando no assento para mostrar-lhe o braço imobilizado. – Não havia nada que eu pudesse fazer.

Bertha sacudiu a cabeça, e Ronnie não pôde evitar ficar maravilhado em ver como ela estava bêbada, mesmo após um dia no hospital. Era quase possível perceber as exalações brotando de sua pele, como se ela fosse uma esponja embebida em vinho barato.

– Ela parecia tão forte hoje de manhã. – Bertha passou de leve um lenço Kleenex nos olhos. – Estava acordada e alerta, seus sinais vitais eram bons. E então Deus a chamou.

Ronnie fechou os olhos e fingiu que seus ouvidos estavam tampados com cera derretida. Lembrou a si mesmo que não teria de passar mais um segundo sequer em toda a sua vida com Bertha, não teria nunca mais que arrumar sua programação em torno das visitas diárias dela.

Tudo ficaria bem, ele tinha certeza disso. Sua mãe arranjara as coisas de modo que ele pudesse ficar na casa pelo tempo que quisesse. Se ele e Carol decidissem vendê-la um dia, dividiriam o lucro, do mesmo modo como dividiriam o dinheiro em sua conta bancária e os CDs e as rendas anuais. Ele imaginava que teria pelo menos mais um ano antes de precisar começar a se preocupar com dinheiro, mesmo que fosse em frente e comprasse um computador novo, como planejava. Um cara na prisão havia lhe falado sobre alguns *websites* que ele estava interessado em conferir.

– São de Amsterdã – ele dissera. – Essas porras desses holandeses são *doentes,* cara.

Era incrível pensar nisso, um computador só seu e ninguém para incomodá-lo. Podia simplesmente surfar na *web* o dia inteiro, ver o que quisesse.

O táxi parou em frente à sua casa. Ele ia pegar a carteira no bolso, mas Bertha disse que não precisava do seu dinheiro, não naquele dia.

– Deixe que eu pago – ela disse. – Prometi à sua mãe que ia ficar de olho em você.

Ah, pode crer que sim, Ronnie pensou, *você e a sua garrafa.*

– Ah, espere – ela disse. – Quase me esqueci.

Bertha colocou a mão na bolsa e lhe entregou uma folha dobrada de papel, que havia sido arrancada de um caderno com espiral.

– Sua mãe escreveu isto hoje de manhã. Queria que eu entregasse a você.

– Como assim, ela escreveu?

– Escreveu – Bertha insistiu. – Segurei a caneta entre seus dedos e a enfermeira segurou a prancheta. Mas ela escreveu todas as letras. Adormeceu logo em seguida. E depois teve a hemorragia.

Ronnie enfiou o papel no bolso da camisa e saiu do táxi, feliz por não ter que olhar para o rosto detestável de Bertha por nem mais um segundo.

– Vejo você no velório – ela gritou, enquanto o táxi se afastava do meio-fio.

Dentro de casa, Ronnie desdobrou o bilhete. As letras eram grandes e mal escritas, mas ele podia reconhecer a caligrafia de imediato. Seus olhos se encheram de lágrimas enquanto ele lia a breve mensagem, o pedido final de uma mãe ao seu filho teimoso.

Por favor, ela lhe implorava. *Por favor, seja um bom garoto.*

Por mais que detestasse admiti-lo, Mary Ann estava irritada. Isabelle havia ido dormir de acordo com o planejado, debaixo das cobertas às sete, adormecida 15 minutos depois, mas Troy se rebelara, num acesso de chutes e gritos no chão da sala de estar que ela nunca vira antes.

– Não estou cansado! – ele berrava. – Coloca isso nessa sua cabeça idiota!

Ela decidiu ignorar o insulto, por ora.

– Não quero saber se você está cansado ou não. Quando está na hora de ir para a cama, nós vamos para a cama.

– Por quê? – ele perguntou. Havia uma expressão alucinada em seus olhos, que Mary Ann teria chamado de terror se não parecesse tão ridículo. – Por que tenho que ir para a cama *se eu não estou cansado*?

– Porque eu estou mandando – Mary Ann respondeu, com calma. – E seu pai também.

Ela lançou um olhar severo para Lewis, que estava sentado no sofá lendo *National Geographic*, uma atividade que ela teria aprovado em circunstâncias menos urgentes (ela lhe dera a assinatura de Natal, mas normalmente ele deixava as revistas juntando poeira na mesinha de centro). Ele levantou os olhos com uma expressão cuidadosamente neutra, como se dissesse, *Isso é por sua conta, meu bem.* Nunca havia lhe dado o apoio que ela gostaria que ele lhe desse com relação aos horários de dormir obrigatórios.

Troy pareceu ganhar mais coragem com a falta de intervenção de seu pai.

– Nenhuma das outras crianças vai dormir às sete – ele declarou, abrindo os braços numa queixosa exigência de explicação.

– E você sabe por quê? – Mary Ann rebateu. – Nenhuma das outras crianças vai ser aceita em Harvard, também. Mas você vai. E sabe por quê? Porque nós fazemos as coisas de outro jeito por aqui, entendeu?

Ela o agarrou bruscamente pelo braço e o arrastou para o quarto, no andar de cima, observando da porta enquanto ele entrava debaixo das cobertas, resmungando baixinho com a boca no travesseiro. Mary Ann apagou a luz.

– Boa-noite, meu bem.

Em vez de responder, ele se virou de lado, o rosto para a parede. Ela se aproximou da cama.

– Troy Jonathan, eu falei com você.

Após um tenso instante de desafio, ele se deitou outra vez de costas.

– Mamãe? Você pode ler uma história?

– Não – ela disse. – Definitivamente, não. As mamães não gostam quando os menininhos as chamam de idiota.

Sarah desembrulhou uma barra de chocolate Hershey e deu a Lucy, cujas pálpebras começavam a se fechar. A menina aceitou o doce sem uma palavra de comentário, apesar do fato de que sua mãe normalmente seguia uma política radical de nada-de-chocolate-depois-do-jantar. Deu uma pequenina mordida e mastigou com vagarosidade incomum, mantendo o olhar vazio grudado na TV como um maconheiro contemplando uma daquelas luminárias de lava. Sarah não sabia dizer se ela estava hipnotizada pelo filme – Dick Van Dyke liderava os outros limpadores de chaminés em seu grande número de cabos de vassoura – ou simplesmente cansada demais para virar a cabeça.

– A mamãe vai lá em cima um instante – ela disse. – Só não quero que você pegue no sono. Fique com esses olhinhos abertos, está bem?

– Tá bem, mamãe.

Sarah se vestiu com o que considerou uma eficiência admirável dadas as circunstâncias, experimentando três roupas antes de se decidir pela saia preta *stretch* e a camiseta branca curta (que ela na verdade já sabia desde o início que iria usar). Escovou os dentes, colocou um pouco de maquiagem e estava lá embaixo outra vez às 8h45.

Mas chegou tarde demais. Lucy estava desmaiada no sofá, a barra quase intacta de Hershey agarrada junto ao peito como um bichinho de pelúcia, o chocolate já começando a derreter entre seus dedos. Ela ofegava bem de leve enquanto dormia, como se estivesse lendo um livro que consistisse apenas na letra "P".

Isso não era bom.

Sarah recorrera a medidas extremas para evitar um cenário como esse, fazendo tudo o que podia, exceto obrigar sua filha a beber um expresso duplo, para mantê-la acordada após as nove horas, mas de nada adiantara. A rotina de sono de Lucy ficara completamente desordenada desde que ela parara de tirar seus cochilos junto com Aaron.

Sarah desligou a TV e avaliou suas opções. Podia ligar para Jean, pedir que fosse até lá e desse uma olhada em Lucy enquanto ela resolvia um assunto rápido, mas a última coisa que queria fazer era trazer Todd para casa naquela noite em especial e ter que apresentá-lo à vizinha tagarela. Era teoricamente possível fazer com que ele esperasse no quintal dos fundos ou algo assim, mas Sarah conhecia Jean o suficiente para saber que o pagamento que ela cobraria por meia hora de *baby-sitting*, solicitada em regime de urgência, seria uma conversa de uma hora sobre os defeitos de seu marido, sobre como ele se tornara ranzinza e esquecido, e sobre como era difícil comprar roupas para ele agora que engordara tanto. Era doloroso o suficiente agüentar aqueles monólogos numa noite normal; saber que cada cansativa palavra que saísse dos lábios de Jean seria mais um segundo sem Todd seria quase uma tortura.

Nada disso teria importância, é claro, se ela tivesse podido entrar em contato com ele e avisá-lo da mudança de planos. Parecia quase impossível que, a essa altura da história da humanidade, você tentasse o dia inteiro e não encontrasse uma forma de contatar alguém que morava a menos de um quilômetro de distância, para lhe transmitir a mais banal das informações – *venha para a minha casa, não para o parquinho* –, mas era exatamente a posição em que Sarah se encontrava.

Ele não havia ido à piscina naquela tarde, o que eliminava a possibilidade de comunicação direta – uma conversa rápida, um bilhete ou, pelo menos, a transmissão de algum tipo de sinal de alerta. Sarah ligou para ele cinco vezes durante o dia de cinco telefones públicos diferentes – o telefone da casa dele estava equipado com identificador de chamadas, supostamente para eliminar as pessoas que ligavam para pedir contribuições –, mas todas as vezes a sogra atendia, a voz mais áspera e desconfiada a cada episódio subseqüente.

– Quem é? Pare de ligar para cá. Deixe a gente em paz.

Sarah considerou romper o componente virtual de sua promessa também, mas parecia mais perigoso. Um *e-mail* nas mãos erradas podia arruinar tudo. Ela acreditava estar exercitando uma contenção heróica ao evitar expô-los ao risco, mas isso a deixou sem outra alternativa além de estacionar em frente à casa de Todd e esperar encontrá-lo saindo sem sua guarda-costas. Infelizmente, foi um dia opressivamente quente, e todos os lugares sombreados já haviam sido ocupados. As reclamações de Lucy colocaram um ponto final à vigilância depois de meros vinte minutos.

Durante um fugaz segundo, Sarah pensou em deixar a filha dormindo. Não levaria mais do que 15 ou 20 minutos, não era verdade? Tudo o que precisava fazer era correr até o parquinho, apanhar Todd, explicar-lhe a situação e trazê-lo de volta para passar a noite (não era um motel à beira-mar, mas tinha certeza de que ele entenderia). Provavelmente Lucy dormiria até de manhã e jamais ficaria sequer sabendo que sua mãe tinha saído.

Era uma solução tentadora, mas Sarah não era boba. Com certa freqüência – maior do que era de esperar –, ouviam-se histórias sobre incêndios trágicos, crianças bem pequenas brincando com fósforos ao serem deixadas sozinhas no apartamento sem a supervisão de um adulto (a babá tendo saído para procurar *crack* ou algo do gênero), ou crianças entrando no meio de cruzamentos movimentados sem sapatos, suas mães subseqüentemente presas por negligência ou exposição ao perigo (sempre as mães, claro, dificilmente os pais). Além desses riscos melodramáticos, Sarah simplesmente não podia suportar a idéia de Lucy acordar e passar mesmo que uns poucos minutos tentando entender aonde sua mãe havia ido, por que ela fora deixada sozinha numa casa vazia.

Acordá-la também não era uma alternativa muito boa. A última coisa que Sarah queria, a caminho do que teoricamente deveria ser o encontro clandestino mais romântico de sua vida, era uma criança de três anos, ranzinza e aturdida, choramingando no banco de trás. Sua única esperança era de algum modo transportar Lucy até o carro, dirigir até o parquinho, pegar Todd e levá-la de volta para casa sem acordá-la. Estava num sono profundo; isso poderia ser feito.

Sarah pensou em tudo. Abriu as portas da casa e do carro antes, e tirou um cachorrinho de plástico do assento. Depois de tirar a barra de chocolate da mão de Lucy e limpar seus dedos com uma toalha de papel úmida, deslizou as duas mãos por baixo do corpo quente e entregue de sua filha, erguendo-a do sofá. Lucy esticou os braços, murmurando uma ou duas sonolentas sílabas em protesto, mas não acordou. Sarah carregou-a para fora, fechando a porta da frente atrás de si, e seguiu nas pontas dos pés pela escada e através do gramado até o Volvo. Tão cuidadosamente quanto se estivesse carregando uma bomba-relógio, inclinou o corpo da filha para evitar esbarrar na porta e baixou-o sobre o banco, pressionando gentilmente sua cabeça para trás enquanto puxava o cinto de segurança e o fechava com um clique. Lucy esperneou algumas vezes, como se tentasse se livrar de cobertas emaranhadas, depois deixou a cabeça pender pesadamente para a direita. Sarah deixou escapar um profundo suspiro de alívio e satisfação.

Isso.

Tudo ficaria bem agora, ela sabia. Chegaria ao parquinho na hora – bem, talvez alguns minutos atrasada –, e Todd estaria esperando. Voltariam para casa, colocariam Lucy na cama e iriam logo em seguida para a cama eles mesmos, celebrando o começo de uma fase inteiramente nova de suas vidas. Ela não pôde evitar, tocou o próprio corpo entre as pernas ao dirigir, deixando a mão simplesmente repousar ali de leve, nada que a distraísse demais.

– Ei – veio uma vozinha infeliz do banco de trás. – Cadê meu chocolate?

Com um resmungo de incredulidade, Sarah olhou pelo retrovisor. Os olhos de Lucy estavam bem abertos, como se estivessem em pleno dia e dormir fosse a última coisa a passar por sua cabeça.

– Está em casa – Sarah disse. – Você pode comer o resto amanhã.

– Eu quero agora!

– Não está comigo – Sarah explicou.

Lucy fez uma cara feia para o espelho. Sarah se preparou para o ataque histérico inevitável, mas de algum modo a crise não veio. A carranca ficou mais suave; parecia mais curiosa do que zangada.

– Pra onde a gente tá indo? – Lucy perguntou.

– Para o parquinho – Sarah lhe disse. – Mas não para brincar.

Depois de todos aqueles anos sendo vigiado, primeiro pelos guardas da prisão e depois pela sua mãe, você teria imaginado que seria bom ficar sozinho para variar, sem ninguém espiando por cima do seu ombro, certificando-se de que você não estivesse se metendo em encrenca, mas na verdade era algo estranho, e mesmo um tanto assustador. Todos aqueles pensamentos girando em sua cabeça, aqueles impulsos que já não precisava controlar.

Não que Ronnie não *quisesse* ser um bom garoto; não haveria nada melhor para ele do que deixar sua mãe orgulhosa, viver uma vida normal e saudável, ser um cidadão estável com um carro, um bom emprego e uma família carinhosa. Podia treinar a Liga Infantil, levar seus jogadores para tomar sorvete depois dos jogos...

Tá, como se isso fosse acontecer.

Ele só queria já ter o computador. Então talvez pudesse ver algumas fotografias, manter-se ocupado desse modo, talvez descobrir uma maneira de navegar por aqueles *chat rooms* sobre os quais você ouvia tanta coisa. Mas, naquele exato momento, estava no limbo. Tentou se ater à rotina habitual, jantar às seis, noticiário, o programa *Roda da Fortuna*, mas não era a mesma coisa sem sua mãe sentada ao seu lado no sofá, murmurando algo sobre a papada do apresentador Dan Rather ou sobre as roupas malucas da Vanna do *Roda da Fortuna*, estudando as perguntas como se fossem revelar o mistério da vida em vez de um ditado idiota ou o nome de uma celebridade na qual ninguém pensava mais fazia décadas.

— Abe Vigoda! – ela exclamaria, triunfante. – O coração é um caçador solitário!

Era o telefone que ele fitava sem cessar, como se houvesse algum tipo de atração magnética. Gostaria de ter alguém para quem telefonar, um amigo ou parente, alguém que quisesse ouvir a triste notícia, alguém que ele pudesse convidar para tomar uma xícara de café, para lhe fazer um pouco de companhia. Mas só havia um número em sua mente, um número que ele não usava havia anos.

Não faça isso, ele disse a si mesmo, mas seu dedo já teclava os botões. *Não seja idiota.*

Tocou três vezes, seu coração quase explodindo dentro do peito, como sempre acontecia.

– Alô? – Ele podia dizer logo de cara que era a mãe, Diane Colapinto. Lembrava-se de tê-la visto na TV depois que a menina desapareceu, aqueles círculos negros de sofrimento ao redor de seus olhos escuros. – Alô?

Na verdade ela parecia bem, a julgar pela voz – quase alegre, como se tivesse desistido de chorar sobre o leite derramado e finalmente decidido seguir em frente com sua vida. Podia ouvir risos ao fundo, e se deu conta de que os dois irmãos mais novos de Holly já não eram mais tão pequenos. A irmã devia ter 11, o irmão dez, mais velhos do que Holly no dia em que ela entrou no seu carro.

– Alô? – Diane disse outra vez, agora mais hesitante. – Quem é?

Seria fácil fazê-lo, sussurrar o que ele costumava sussurrar depois de se esgueirar para um telefone público no meio da noite, quando a despertava alarmada de um sono profundo, gostando da mistura de terror e esperança em sua voz. *Eu sei onde ela está,* ele escarnecia. *Mas nunca vou dizer.*

Mas não hoje. Em respeito à sua própria falecida mãe, pelo menos.

– Perdão – ele disse. – Foi engano.

Desligou, sentindo-se suado e tonto. Havia mais uma pessoa para quem ele podia ligar, pensando bem. Tinha o número na carteira, rabiscado num papelzinho pegajoso. Mas ela não estava em casa – provavelmente tinha saído para algum outro encontro, e estava matando um cara de tédio. Tudo o que ele conseguiu em resposta foi sua voz desorientada na secretária eletrônica. *Aqui é Sheila, por favor deixe uma mensagem.* Ronnie esperou pelo *bip*, que demorou muito mais do que deveria.

– Você é uma garota maluca – ele disse. – Por que não coloca *isso* no seu anúncio?

Depois disso, ele se sentiu perdido. Ainda não eram nem mesmo nove horas, e ele não tinha a menor idéia de que porra fazer consigo mesmo. Não podia simplesmente ficar sentado em casa a noite inteira passando trotes, podia? Teria sido mais fácil se gostasse de beber. Então poderia pelo menos sair e tomar um porre, depois voltar cambaleante para casa e dormir. Se seu problema fosse esse, tudo teria sido tão simples.

– Ei, mãe – ele disse, como se ela estivesse de pé bem ali ao seu lado. – Acho que vou dar uma saída.

Lewis nem sequer olhou quando ela voltou para a sala de estar, sentando-se na outra ponta do sofá e pegando o exemplar de *Family Circle* que acabara de chegar pelo correio.

– Sobre o que você está lendo? – ela perguntou após alguns instantes, incapaz de tolerar o silêncio.

– Las Vegas.

– Na *National Geographic*?

– É uma história da cidade. Como evoluiu desde os anos 50.

– Isso não está certo – ela disse. – Seria de se esperar que a *National Geographic* tivesse coisas melhores para colocar em suas páginas. A floresta tropical ou algo do tipo.

– Na verdade está bem interessante.

Às oito e meia, ela largou a revista e disse a ele que ia subir para se aprontar. Ele resmungou alguma coisa, ainda absorto no artigo.

Ela tomou um longo banho de espuma, fechando os olhos e respirando profundamente, tentando afastar toda a confusão de sua mente e se permitir ficar num estado de espírito *sexy*. Recentemente encontrara um artigo (*Cinco Maneiras Provocantes de Apimentar seu Casamento!*) que recomendava fantasiar sobre parceiros que não seu marido, e tentou experimentar. Bruce Willis não funcionou, por algum motivo, e Brad Pitt também não, mas isso provavelmente porque ele precisava muito cortar o cabelo e fazer a barba e, possivelmente, tomar um banho quente. Mas então, do nada, ela se descobriu pensando em Tony Soprano do seriado da TV, um homem que achava completamente repulsivo, com sua imensa barriga peluda e seus palavrões, o jeito como ele fez aquela garota se curvar sobre a mesa, ele com as calças nos tornozelos, um charuto preso entre os dentes enquanto se mexia para a frente e para trás.

Nojento.

Ela puxou a tampa, expulsando à força a imagem de sua mente, desejando que Lewis nunca a tivesse convencido a assinar a HBO. Depois de escovar os dentes e colocar um pouco de perfume no pescoço, deslizou para dentro de uma combinação rosa de cetim com o corpete rendado, passou a escova no cabelo e foi para o quarto, fazendo uma pausa para se deixar admirar.

Seu marido devia estar sentado na cama de óculos e cuecas samba-canção, meneando a cabeça em ardorosa aprovação, mas ele não estava lá. Uma sensação constrangida, quase desolada se apossou dela enquanto contemplava a cama feita, o relógio sobre a mesinha marcando 9h02. Ela se dirigiu imediatamente para o andar de baixo a fim de ver o que o estava detendo por lá.

– Querido? – ela disse. – Não está esquecendo nada?

– Sabe de uma coisa? – ele disse. – Por que não tiramos uma folga?

– Mas hoje é terça-feira. É a nossa noite.

E ele a fitou pelo que pareceu ser um longo tempo. Havia uma expressão muito estranha em seu rosto, como se sentisse pena dela por algo.

– Na verdade não estou a fim.

Mary Ann engoliu em seco. Precisou de um esforço intenso para não perder a compostura, para evitar que sua voz saísse trêmula.

– Você não me ama mais.

Lewis não respondeu de imediato. Parecia estar refletindo seriamente sobre a afirmação dela, como se não pensasse a respeito havia algum tempo.

– Nosso filho tem quatro anos de idade – ele disse. – Você tem que parar de falar com ele sobre Harvard.

As mãos suando frio e o coração acelerado, Sarah parou o carro no estacionamento da Escola Rayburn sete minutos depois das nove, nem de longe tão atrasada quanto havia temido. Manteve os faróis acesos, os raios empoeirados reluzindo no parquinho deserto – a gangorra e o escorrega, aquela estrutura com a ponte oscilante e o pequenino mirante alegre, o fatídico balanço –, esperando num êxtase de suspense que Todd saísse das sombras, a visão dele sempre tão surpreendente para ela mesmo após a mais breve das separações, a forma como ele tinha de parecer presente de uma maneira tão trivial e tão absolutamente fantástica ao mesmo tempo.

Às 9h11 ela desligou os faróis. *Está tudo bem,* disse a si mesma, *ele está só dez minutos atrasado.* Precisou fazer um esforço consciente para ignorar a onda de pânico em seu estômago, a vozinha lembrando-a de que ele nunca se atrasara antes. Era um motivo de piadas na Piscina Municipal, o padrão invariável de sua relação – os rapazes sempre adiantados, as garotas sempre atrasadas.

Mas talvez fosse uma coisa boa, essa pequena quebra do protocolo. Desse modo, Todd ficaria lhe devendo desculpas, e assim teria menos motivos para culpá-la pelo fato de não estarem indo para a praia afinal de contas, de terem que ficar presos em casa com Lucy, ainda encurralados entre as fronteiras sufocantes de Bellington e de suas condições de pai e mãe.

– O que a gente tá fazendo?

– Esperando por Todd – ela respondeu. – Ele deve chegar a qualquer minuto. Vai dormir na nossa casa hoje.

Lucy não pareceu excessivamente perturbada por essa resposta. Sarah jamais conseguira descobrir realmente o quanto ela compreendia – mesmo com sua limitada capacidade de três anos de idade – de sua relação com Todd. Ao longo de todo o verão, simplesmente aceitara o que quer que acontecesse como se tudo fizesse parte da ordem natural das coisas. Quando saíam com Todd e Aaron todos os dias, para ela estava bem. Quando pararam, perguntou a respeito uma vez, e pareceu achar a explicação de sua mãe – *a avó de Aaron quer os dois só para ela* – inteiramente satisfatória. Sarah não podia evitar desejar que Lucy mostrasse a mesma flexibilidade diante das mudanças bem maiores que estavam prestes a sacudir sua vida, mas não podia eliminar totalmente a suspeita de que ela estava sendo um tanto passiva demais como mãe, de que não fazia o suficiente para preparar sua filha para o futuro imediato.

– Querida – ela disse. – Você gosta de Aaron?

– Às vezes.

– Ele é um menino legal, não é? Vocês brincam tão bem juntos.

– Ele gosta de carrinhos – Lucy disse, um traço de desdém na voz.

– Você gostaria que ele fosse seu irmão?

Lucy deu uma risadinha nervosa. Parecia achar que Sarah estava fazendo algum tipo de brincadeira com ela.

– Ele não é meu irmão.

– Poderia ser. – Sarah se virou no assento e fitou a filha bem dentro dos olhos, esperando que isso a fizesse compreender que estavam tendo uma discussão muito séria. – Algum dia. Não seu irmão de verdade, mas seu meio-irmão. Isso quer dizer que nós moraríamos todos juntos na mesma casa, pelo menos por parte do tempo.

– Não gosto disso. – Lucy parecia zangada.

– Claro que você vai gostar. Só vai levar um pouco de tempo para se acostumar.

Lucy sacudiu a cabeça numa negativa feroz.

– Não vou me acostumar.

Sarah decidiu não insistir. Bastava dar um passo de cada vez. Com suficiente tempo e amor, as crianças se adaptavam a tudo. E Sarah não podia evitar pensar que, independentemente de como Lucy se sentisse no momento, a longo prazo estaria melhor com Todd como figura paterna em sua vida do que com Richard.

– Mamãe? – Lucy perguntou, alguns instantes depois. Sua voz estava suave e hesitante, como se ela estivesse refletindo.

– Sim, meu bem?

– Você pode me balançar?

– Claro – Sarah disse, antes mesmo de se dar conta com o que estava concordando. – Mas só um pouquinho, está bem?

Todd havia saído de casa às nove horas em ponto, mas acabou se desviando um pouco na biblioteca. Os skatistas estavam lá, e ele parou durante um minuto para ver como andavam. Para sua surpresa, saudaram-no como um velho amigo quando ele assumiu seu outrora familiar posto junto à caixa do correio.

– Ei, tio – um garoto com voz meio rouca gritou. – Aonde é que você andou, porra?

– A gente sentiu a sua falta – outro acrescentou, de algum modo conseguindo parecer sarcástico e sincero ao mesmo tempo. – Achamos que não amava mais a gente.

– É – disse G., o líder magricela do grupo. – Achamos que de repente estávamos enchendo o seu saco.

– De jeito nenhum – ele explicou, estranhamente lisonjeado pela atenção. – É só que eu andei passando por umas coisas meio estranhas.

Fazia semanas que ele não os observava, desde antes da prova da Ordem dos Advogados, e estava surpreso ao ver o quanto haviam progredido nesse ínterim, como se todos tivessem ido fazer um treinamento intensivo de *skate* ou algo do tipo. Garotos que pareciam principiantes em junho agora deslizavam como peritos. Os que já eram bons naquela época tinham se tornado virtuoses, embora G. permanecesse numa liga só sua.

Como sempre, havia algo de hipnótico no espetáculo dos garotos em suas pranchas, o fluxo constante de skatistas deslizando ao lado dele, cada um seguindo o anterior com uma regularidade quase metronômica, um insistente zumbido das rodas sobre a calçada. Estavam improvisando formações de superposição na rua, seis deles serpenteando pelo caminho dos outros, se agachando e se levantando como pistões humanos, mudando de direção de repente com giros abruptos de rodopios hábeis, executando manobras ágeis, quase simiescas, com os pés, fazendo os *skates* girarem no ar e depois aterrissando graciosamente sobre eles quando voltavam a tocar o solo.

Ele sabia que Sarah estava esperando, mas não conseguia sair dali. Todas as vezes que media sua própria coragem, parecia-lhe que precisava de mais um ou dois minutos para clarear a mente, reunir toda a sua coragem para o passo grandioso e extremo que tinham concordado em dar juntos.

Ele estava sendo sincero na quinta-feira quando disse a ela que deveriam fugir juntos, estava sendo mais sincero do que jamais havia sido na vida. Naquele momento sublime, os dois deitados de costas na linha das 50 jardas, fitando o vazio salpicado de estrelas do espaço, as palavras saíram de sua boca com uma convicção que surpreendera a ambos. Ele se lembrava da emoção que passara dos seus dedos para os dela, e depois de volta, uma corrente elétrica enchendo-o com a convicção de que uma vida com Sarah – uma vida rearrumada e tornada completa – não era apenas possível, mas absolutamente necessária.

Quatro dias tinham se passado desde então, quatro dias estranhos e dolorosos durante os quais essa convicção havia sido testada de uma centena de formas diferentes. Começou logo na sexta-feira, quando Kathy o acordou, sacudindo-o, às oito horas da manhã, e lhe disse que iam sair no fim de semana, só os dois, para o mesmo hotel nas Berkshires onde haviam passado a lua-de-mel.

– Vou tirar o dia de folga – ela disse, passando a mão pela testa dele como se verificasse sua temperatura. – Precisamos de um pouco de tempo sozinhos.

Ele podia ter dito que não, é claro, podia ter dito a ela ali mesmo que fizera outros planos para a sua vida, mas ainda estava aturdido demais para uma luta.

– Tá, claro – ele disse, apoiando-se nos cotovelos e piscando os olhos diante da luz agressiva da manhã. – Como você quiser.

– Não fique tão animado – ela lhe disse. – Não é bom para o seu coração.

Quando saíram, pouco depois do meio-dia, ele chegara à conclusão de que talvez a viagem não fosse uma idéia tão ruim assim. De um jeito ou de outro, teria que atravessar os próximos dias, e pelo menos desse modo poderia passar alguns deles sem a sogra respirando em seu pescoço. Para não mencionar o fato de que estava achando extremamente difícil naquela manhã olhar Aaron nos olhos. Era quase um alívio vê-lo de pé na entrada de casa, de calção e com seu gorro de bufão, acenando adeus junto com a avó.

– Que gracinha – disse Kathy, olhando-o tristonha por cima do ombro enquanto se afastavam. – Por um lado eu gostaria que ele estivesse vindo com a gente.

Estavam dirigindo fazia uma hora num silêncio amigável – sempre viajavam bem juntos, desde que Kathy não estivesse dirigindo –, quando ela subitamente esticou o braço e abaixou o som. Todd podia sentir seus olhos nele, a tensão aumentando.

– Me diga só uma coisa – ela falou. – Você a ama?

– Não sei. É o que estou tentando descobrir.

Ela riu, parecendo achar um pouco mais de graça do que ele teria esperado.

– Quando decidir você me fala, está bem?

– Não é engraçado – ele murmurou.

– Ah, está certo. Quase esqueci.

Eles caminharam e nadaram depois de se registrarem no hotel, mais tarde jantaram ao pôr-do-sol num terraço que dava para o lago. Era tudo tão agradável – tão próximo à idéia que tinham de um dia bom – que Todd precisava ficar se recordando que ia deixá-la, que o casamento tinha acabado. Bebeu só uma taça de vinho durante o jantar e recusou um pedaço da torta-mousse de chocolate dela, como se já não tivesse mais direito a essas coisas. Antes de ir para a cama, ela perguntou se ele gostaria que experimentasse uma lingerie que comprara para a ocasião, mas ele disse que não, que preferia que ela não o fizesse.

– Tem certeza? Parece desperdício dirigir até aqui e nem ao menos fazer amor.

– Eu estou meio cansado – ele explicou.

– Tudo bem – ela disse, fingindo não se importar. – Fique à vontade.

Ele sucumbiu na manhã de sábado, quando ela o acordou com um longo e empolgado beijo, guiando sua mão para o meio de suas pernas. Antes mesmo que ele tivesse a chance de se lembrar por que não era uma boa idéia, estava rígido, e ela estava montada sobre seu corpo deitado, sorrindo com uma expressão que mesclava triunfo e um pedido de desculpas.

– Não está tão ruim assim, está? – ela sussurrou.

– Está legal – ele admitiu.

Na verdade, estava bem mais do que legal, uma coletânea dos grandes sucessos de toda a sua relação, Kathy repisando cada movimento enlouquecedor que sempre executara para ele na cama, ilustrando vividamente a cornucópia de prazeres de que ele estava prestes a abrir mão. Era uma performance surpreendente, prejudicada apenas por um mínimo traço de presunção no rosto dela, uma fria confiança erótica diante da qual ele não podia evitar a indignação, em nome de Sarah, cujo inegável entusiasmo pelo sexo era freqüentemente acompanhado por uma certa inabilidade estranha, quase adolescente, como se ela tivesse atuando com base em vagos rumores do pátio da escola e passagens quase esquecidas de livros obscenos, mais do que anos de experiência adulta adquirida a duras penas.

Um silêncio pesado desceu sobre o quarto quando terminaram, Todd fitando o teto com uma profunda sensação de melancolia, tentando processar a idéia de que aquele era o fim para eles, de que ele e Kathy provavelmente jamais voltariam a fazer amor. Como se estivesse lendo sua mente, ela rolou sobre a cama e deu um soco em seu braço com o máximo de força de que foi capaz.

– Seu idiota – ela disse.

– O quê? – ele respondeu, tentando parecer indiferente enquanto massageava o tríceps.

– Acha que eu não quero um namoradinho de verão? Acha que eu não quero passar meus dias na piscina, de mãos dadas com um cara bonitinho que acabei de conhecer? Como é possível que você tenha essa oportunidade, mas eu seja obrigada a passar meu tempo num fedorento hospital de veteranos, ouvindo velhos explicando como foi que perderam suas pernas?

– Pensei que você gostasse de seu trabalho.

– Não importa se eu gosto ou não, não é verdade? Vou ter que fazê-lo de qualquer modo, a menos que outra pessoa nesta família tenha uma idéia melhor.

Todd não tinha o que dizer em resposta. Não tinha uma idéia melhor. Tudo o que tinha era uma dívida para com Kathy que nunca conseguira pagar. Sobretudo agora, quando estava prestes a declarar bancarrota.

– Ela não é uma namoradinha de verão – ele murmurou, mais para si mesmo do que para sua esposa.

Kathy riu, como se estivesse gostando de tudo aquilo contra a sua vontade.

– E deixa eu dizer outra coisa – ela falou. – O verão já terminou, caso você não tenha reparado.

Havia um gosto amargo na boca de Larry enquanto ele caminhava até a porta da frente do nº 44 de Blueberry Court. A idéia do que estava prestes a fazer o deixava enjoado. Se pudesse agir de outro modo e ainda assim descobrir uma maneira de continuar se olhando no espelho, seria um homem muito feliz.

Mas não havia escolha para ele. Passara por algo semelhante anteriormente, com o tiro em Antoine Harris, e aprendera a lição. Por mais que fosse difícil mesmo para os seus melhores amigos acreditarem, Larry jamais chegara a realmente lamentar ter puxado o gatilho na praça de alimentação, naquela tarde terrível. Cometera um erro trágico, é claro, mas iria para o túmulo sabendo que havia sido um erro honesto. Em sua mente, vira um homem com uma arma, não um garoto com um brinquedo, e reagira de acordo com isso, como qualquer policial faria. Não importava quantas vezes revolvesse aquele assunto na mente, jamais conseguia encontrar uma forma de ter evitado aquele tiro fatal, a menos que fosse uma pessoa totalmente diferente.

Mas podia ter pedido desculpas. Podia ter ignorado o conselho do seu advogado e se apresentado à família, dito a Rolonda Harris quão profundamente infeliz estava, e quanto sentia por sua perda inimaginável e pela parte que tivera em causá-la. Talvez ela não tivesse acreditado nele. Talvez tivesse batido a porta em sua cara, ou o chamado de racista safado, ou mesmo cuspido em seu rosto, mas e daí? Pelo menos ele teria tentado, e tentar teria sido melhor do que ficar em silêncio, agindo como se a morte do garoto nada significasse para ele, como se tudo com que se preocupasse fosse salvar a própria pele.

Ainda assim, pedir desculpas a Rolonda Harris era uma coisa, e pedir desculpas a Ronnie McGorvey, outra. Rolonda era uma mulher inocente cujo pior pesadelo tinha se tornado realidade. Ronnie era Ronnie, um ser humano repulsivo que arrastara a mãe para uma situação com a qual ela nada tinha a ver. Se não fosse por ele, Larry não teria motivos para estar de pé no gramado em frente à casa da pobre mulher, berrando num megafone, às duas da manhã.

Você matou sua mãe, Larry podia ter argumentado. *Você, não eu.*

Mas não iria até lá, não ia se deixar afundar naquele pântano fútil de transferência de culpa e tentativa de se justificar. Ronnie teria que conviver com a própria consciência, se é que tinha uma, e Larry teria que fazer o que podia para aceitar a responsabilidade por seu papel inegável na morte de May McGorvey.

Tocou a campainha, enchendo-se de coragem para o momento em que Ronnie aparecesse diante dele. Não ia apertar sua mão e bater papo. Tudo o que faria seria olhar nos olhos do pervertido e dizer, *Sinto muito por sua perda.* Apenas isso, nem mais uma palavra. E depois viraria de costas e voltaria para casa em seu carro.

Tocou uma segunda vez, e de novo não houve resposta, mesmo que as luzes no andar de baixo estivessem acesas. Se fosse qualquer outra casa e qualquer outro propósito ele teria desistido naquele momento, mas custara-lhe muito chegar tão longe; não podia suportar a idéia de ter de fazer tudo outra vez no dia seguinte. Forçou a maçaneta, abriu a porta apenas o suficiente para colocar a cabeça lá dentro.

– Ronnie? É Larry Moon. Não estou aqui para machucar você.

Talvez estivesse dormindo. Larry se lembrava de quão exausto se sentira depois da morte de seu pai. Desabara logo após o funeral, dormindo por quase vinte horas.

– Ó de casa, Ronnie?

Entrou com cautela no corredor e espiou a sala de estar. A TV estava ligada, o som muito baixo. Alguém havia deixado um prato sujo na mesinha de centro, uma coxinha de galinha comida pela metade e algumas ervilhas.

– Ronnie? – ele chamou outra vez, agora ao pé da escada.

Pensou em verificar os quartos do segundo andar, mas decidiu que não. Uma sensação ruim subitamente se apossou dele, o tipo de sensação que um guarda aprende a ignorar, assumindo os riscos. Se havia algo de desagradável para ser descoberto naquela casa, Larry não queria ser a pessoa que descobriria.

Circulou pela cozinha ao sair. Estava mais limpa do que ele esperara, bem parecida com a cozinha de sua mãe antes que ela a reformara. O velho fogão a gás, retratos dos netos na geladeira. Tudo em ordem, à exceção de uma garrafa aberta de um litro de 7-Up sobre a mesa, junto com um cinzeiro cheio de cigarros que haviam sido fumados até o filtro.

E um bilhete sob o cinzeiro, um pedaço de papel amarrotado, amassado, com rasgões num dos lados. Duas pessoas diferentes haviam escrito ali, quase como se estivessem conversando. A primeira mensagem era um pedido, escrito em tinta azul-pálida por alguém com a mão trêmula.

Por favor, por favor seja um bom garoto.

A resposta vinha em preto, em letras de forma pontudas que podiam ter sido escritas por uma criança.

SINTO MUITO, MÃE, ACHO QUE NÃO CONSIGO.

Sarah empurrava Lucy no balanço, que fazia um rangido chato, obrigando-se a não consultar o relógio outra vez. Já sabia que estava perto das nove e meia, quão perto não queria saber.

Por favor, ela pensou, olhando por cima do ombro para ver se ele não estaria se aproximando, vindo do campo de atletismo em vez do estacionamento. *Será que você pode apenas chegar logo?*

Tinha sido um floreio romântico planejar o encontro no parquinho, revisitar o cenário de seu primeiro beijo, aquela transgressão impulsiva que mudara tudo para ambos. Nesse exato momento, porém, o parquinho parecia tudo menos romântico. Como jamais estivera ali à noite, Sarah não se dera conta de como tudo estaria tão arrepiante e isolado, espremido contra o prédio da escola e debaixo dos vultos das árvores, separado das ruas próximas por um estacionamento de um lado e um comprido campo gramado do outro. Não estava numa escuridão de breu – havia alguns holofotes acesos no estacionamento –, mas o fraco brilho cinzento mal chegava a atingir os balanços.

– Tô com sono – Lucy murmurou. – A gente pode ir pra casa?

– Num minuto – disse Sarah. – Assim que Todd chegar.

Ele virá, ela insistia em dizer a si mesma. *Só se atrasou um pouco.* Talvez Kathy tivesse tido que trabalhar até tarde. Talvez ela e a mãe tivessem saído para fazer compras ou algo do gênero.

Ou talvez Todd simplesmente tivesse amarelado.

Ela sabia que ele estava preocupado com o dinheiro, com as responsabilidades financeiras que presumia que iam cair sobre seus ombros, se ele e Sarah resolvessem dar aquele passo. Se ele estivesse ali, porém, ela lhe diria para não se preocupar. Tinha encontrado a solução perfeita para o seu problema.

– Vou ser advogada – ela disse à sua filha. – O que você acha?

Lucy não respondeu, mas Sarah continuou falando mesmo assim.

– Eu poderia ir para a faculdade de Direito. Antes eu achava que seria muito chata e muito difícil para mim, mas já não penso dessa forma. Tudo de que você realmente precisa é uma mente organizada, e acho que tenho uma mente organizada, você não concorda, meu amor?

A decisão tomara conta dela no fim de semana, enquanto ela estava sentada na cama, folheando o romance de tribunal *A*

Qualquer Preço. Andara lendo vários livros sobre Direito e o estudo das leis ao longo das duas últimas semanas –, *O Primeiro Ano, A Perseguição de Mentira, A Confraria* – achando que poderiam ajudá-la a reunir alguns bons argumentos para convencer Todd a fazer a prova da Ordem dos Advogados uma última vez, para que todo o seu estudo não tivesse sido em vão, como no caso dela e seu mestrado em inglês. Então, subitamente ocorreu-lhe: *Por que não eu? Por que eu não posso ser a advogada da família?* Todd poderia ficar em casa, levar as crianças para a escola e as aulas de música e os treinos de futebol, ocupar-se da cozinha e das tarefas domésticas se fosse isso o que preferia. *Vou arranjar um empreguinho que sirva à coletividade, trabalhar com legislação ambiental ou de abuso sexual, enfrentar as grandes corporações em defesa das pessoas comuns.* Começou a ter uma visão atraente de si mesma em frente à banca dos jurados num terninho azul feito sob medida, todas aquelas cabeças fazendo que sim enquanto ela desenrolava sua elegante alegação final, pedindo que seus concidadãos não deixassem o poder do dinheiro esmagar a eqüidade, a nobre promessa americana de justiça para todos.

– Não sei por que o homem sempre tem que ser o provedor – ela continuou. – Essa não é a única maneira. Essa não é... Ah, graças a Deus.

O prazer que sentiu ao ouvir o som dos passos dele foi tão forte que ela precisou de um ou dois segundos para processar o fato surpreendente de que ele não se aproximava da direção do estacionamento ou do gramado, que eram as duas formas óbvias de chegar ao parquinho para quem vinha da rua. Em vez disso, os passos lhe chegavam da direita, quase como se ele estivesse escondido nos arbustos junto à escola.

– O que você...? – ela começou a dizer, virando-se bem a tempo de ver um homem avançar até a área iluminada entre a gangorra e o escorrega retorcido, um homem com um dos braços engessado e um rosto excessivamente familiar. Por um instante ela não sentiu medo algum, apenas a mais profunda e esmagadora decepção de sua vida.

– Espere um minuto – ela disse, como se ele estivesse tentando passar a perna nela. – Você não é Todd.

Os garotos zuniam no ar, descendo a rampa de deficientes e decolando de uma pequena plataforma de madeira na beira da rua. Os melhores, como G. e o garoto de voz rouca, chegavam a conseguir dar um giro no ar e ainda aterrissar direito. Seus camaradas menos talentosos normalmente se separavam de suas pranchas de *skate* logo após o salto; só os mais sortudos aterrissavam de pé. Mas como eram tão jovens, mesmo os desafortunados que caíam de cara ou de barriga no chão e punham-se de pé imediatamente, riam como se tudo fizesse parte de uma grande diversão.

Uma vagarosa onda de pânico subiu dos pés de Todd até seu peito e seus ombros. Ele sabia bastante bem que o tempo se esgotava; Sarah não iria esperar para sempre. Mas ainda assim não conseguia se obrigar a sair dali. Era a mesma paralisia inexplicável que costumava pregá-lo naquele exato lugar em noites em que deveria estar estudando para a prova.

Os últimos dois dias com Aaron tinham sido muito mais difíceis do que o fim de semana fora com Kathy. Eles tinham seguido sua bem azeitada rotina na segunda-feira – parquinho, almoço, piscina, supermercado, Desastre Ferroviário –, acompanhados como sempre por Marjorie e Ursão. Durante todo o tempo Todd sentira-se atormentado por uma necessidade urgente de se explicar, de chamar Aaron para um canto e lhe dar alguma idéia antecipada da onda que estava prestes a arrebentar em sua vida, mas não sabia como fazer isso sem colocar em risco o plano inteiro – pistas vagas e avisos obscuros não iam funcionar com um menino de três anos de idade. Então, em vez de colocar a situação em palavras, Todd se descobriu abraçando e beijando o filho o dia inteiro, comportamento que Aaron tolerava em sua mãe, mas aparentemente achava preocupante, até mesmo pouco inconveniente, da parte de seu pai.

– Pa-ai! – ele dizia, saindo do aperto com um braço duro que lhe seria bastante útil na Liga Infantil, dali a alguns anos. – Por que tá fazendo isso?

Na terça-feira, Todd tentou um novo método, levando Aaron e Marjorie num passeio de improviso a um parque de diversões logo após a divisa com New Hampshire. Comprou para Aaron um bracelete que lhe dava direito a um dia inteiro de voltas ilimitadas e o deixou escolher o que fazer. Se queria andar na montanha-russa infantil Dragão Chinês seis vezes seguidas, Todd não tinha qualquer objeção, nem ao algodão-doce, ao sorvete de casquinha e ao cachorro-quente que Aaron ingeriu em rápida sucessão, enquanto a avó observava, silenciosamente escandalizada.

– Hoje é o seu dia – Todd não parava de repetir a ele. – Você é quem manda.

Pouco antes de irem embora, Todd e Aaron deram uma volta na roda-gigante. Após uns dois giros contínuos, subitamente se descobriram parados no alto, oscilando devagar acima das copas das árvores em sua gaiola verde de metal, olhando para o caos festivo lá embaixo. Todd virou-se para seu filho, fitando seus olhos afetuosos e confiantes.

– Aaron? Aconteça o que acontecer, só quero que você saiba de uma coisa.

– O que que aconteceu? – Aaron perguntou, desconfiado.

– Nada, não aconteceu nada. Só estou falando hipoteticamente.

Aaron franziu a testa; Todd não pôde evitar uma risada.

– Esqueça – ele disse. – Não vou nem mesmo tentar explicar isso. Só quero que você saiba que, aconteça o que acontecer, eu amo muito você e não faria nada para magoá-la. Está entendendo isso? E que se alguma coisa de fato acontecer, não é culpa sua, tudo bem? Você não fez nada de errado. Nada mesmo.

Aaron refletiu sobre aquilo durante algum tempo enquanto o operador voltava a acionar a roda, que se moveu para a frente e para baixo.

– Você tá zangado comigo? – ele perguntou.

– Não – disse Todd. – De jeito nenhum.

– Achei que tava zangado.

Todd segurou a mão do filho. Aaron deixou-o fazer isso.

– Não estou zangado. É só que amo tanto você.

– Tá legal. – Aaron fez que sim pensativamente, como se dissesse: *Assim está bom.*

Ficaram de mãos dadas pelo resto da volta, sem olhar um para o outro ou dizer uma palavra. Mesmo naquele momento, porém, a decisão de Todd não perdera a força. Ele cantou junto com Raffi durante todo o trajeto de volta a Bellington, sem duvidar por um único segundo que iria embora com Sarah mais tarde naquela noite, em direção da costa e de uma nova versão de sua vida.

Depois de colocar Aaron para tirar seu cochilo, Todd se trancou no quarto e escreveu uma longa carta a Kathy, explicando o que estava prestes a fazer e por que ia fazê-lo. A carta terminava com um longo pós-escrito a Aaron que ele pedia a Kathy que por favor lesse em voz alta para ele pela manhã. Guardou a carta num envelope, lacrou-o, dobrou-o e o colocou no bolso de trás da calça.

Um pouco antes das nove, naquela noite, Todd foi até o andar de cima e sentou-se na cama de Aaron por alguns minutos, observando-o dormir, tentando se convencer do luxo que seria acordar amanhã de manhã num quarto de motel bem longe dali, sem responsabilidades, sem brigas sobre o café da manhã ou sobre se vestir ou desligar a TV, mas não foi realmente bem-sucedido. Ele *gostava* de vestir Aaron, por mais que reclamasse do caráter implacavelmente corriqueiro daquilo, e do desafio extremo imposto pelas meias. Era triste pensar nele sendo vestido de manhã por outra pessoa, sobretudo numa casa cheia de tristeza e confusão.

Ainda assim, seguiu em frente. Levantou-se da cama de Aaron com um suspiro cansado e entrou em seu próprio quarto para esconder a carta no travesseiro de Kathy, um lugar onde ela com certeza a encontraria, mas não até que ele tivesse tempo suficiente para sua fuga. Puxou a colcha apenas o necessário para expor o travesseiro, e então se imobilizou.

Foi ali que lhe faltou coragem. Não completamente, mas apenas o suficiente para que a carta ainda estivesse guardada no bolso de trás de sua calça quando ele se curvou para pegar o *skate* errante que acertara o meio-fio junto aos seus pés, despertando-o de seus devaneios. Devia pertencer ao garoto que estava sentado no meio da rua, rindo e se lamentando enquanto esfregava o joelho.

– Tudo bem com você? – Todd perguntou, caminhando na direção dele.

O garoto fez que sim e se pôs de pé, mas sacudiu a cabeça quando Todd tentou devolver o *skate*.

– Fique com ele – falou. – Acho que para mim já chega, por hoje.

– Ficar com ele? – disse Todd. – O que você quer dizer com isso?

– Dê uma volta – o garoto lhe disse. – É muito maneiro.

– É – o garoto de voz rouca gritou do meio-fio oposto, enquanto seus colegas faziam que sim e murmuravam em concordância. – Tenta uma vez, tio.

– Vocês estão malucos – Todd disse, tentando parecer divertido mais do que intrigado. – Não sei andar de *skate*.

– Claro que sabe – disse G. – Ficou olhando a gente o verão inteiro.

Mary Ann estava de pé junto ao poste de luz no canto do campo de futebol, a mão tremendo enquanto ela tentava acender o cigarro. Era o primeiro que fumava desde os 14 anos, no verão em que ela e duas de suas colegas monitoras no Acampamento Mesquantum costumavam escapulir para o lago depois da ordem de apagar as luzes, compartilhando tragadas de um único Marlboro e tramando planos elaborados para seduzir garotos mais velhos. Deveria ser uma memória agradável, mas não era; Mary Ann não gostava muito dos outros garotos e estava aterrorizada com a idéia de ser pega desobedecendo a duas normas do acampamento ao mesmo tempo. Para não mencionar o fato de que não tinha absolutamente qualquer interesse em seduzir quem quer que fosse naquele momento de sua vida, sobretudo um garoto mais velho.

O cigarro não era seu. Vinha de um maço de Camel Lights que acidentalmente caíra da bolsa de Theresa no parquinho algumas semanas atrás, enquanto ela procurava um *band-aid*. Mary Ann apanhara-o da mesa de piquenique antes que alguma das crianças tivesse oportunidade de reparar.

– Achei que você tinha parado – ela disse, surpresa com a raiva em sua voz.

– Andei tendo umas recaídas – Theresa admitiu.

– Vou ficar com eles – Mary Ann lhe dissera. – Para o seu próprio bem.

Ignorando os fracos protestos de Theresa, colocou o maço de cigarros em sua própria bolsa. E ali haviam ficado desde o começo de agosto, como se aguardando por aquele exato momento, quando roubar um parecia subitamente uma idéia inspirada, o perfeito acessório para seu estado de espírito de total desespero. Por sorte, confiscara um isqueiro também, um Bic amarelo que algum pai ou mãe irresponsável deixara na beirada do cercado de areia.

Precisou de três tentativas apenas para conseguir acender a porcaria. A primeira tragada crestou seus pulmões, causando um prolongado acesso de tosse que lhe trouxe lágrimas aos olhos.

Lembrando-se de não tragar, começou a atravessar o campo de futebol na direção do parquinho.

Foi mais a força do hábito do que uma intenção consciente que a levou à Escola Rayburn depois de sair de casa num ímpeto, dizendo a Lewis que precisava de um pouco de ar puro. Mas era o local correto, ela imediatamente se deu conta, um lugar isolado onde ela poderia se sentar por algum tempo sem ter que se preocupar com a possibilidade de que alguém que conhecesse pudesse vê-la com um cigarro nas mãos. Só precisava de um tempinho para pensar nas coisas, para absorver o significado do que acabara de acontecer e o que poderia significar para o seu futuro.

Seu casamento estava passando por dificuldades – não adiantava negar –, mas a verdade é que nunca tinha sido realmente bom. Ela jamais amara seu marido, nem mesmo no dia em que ele levantara seu véu e a beijara diante de duzentas pessoas a aplaudi-los. Casara-se com ele numa crise de impaciência que beirava o pânico, depois de ter sido dispensada pelo homem que considerava sua alma gêmea. Claro, sua carreira ia bem – ela acabava de ser nomeada vice-presidente do Departamento de Pessoal –, mas de que isso adiantava? Ela jurou para si mesma que não se deixaria ficar encalhada, que não se transformaria numa daquelas solteironas patéticas de meia-idade com quem ela às vezes conversava no trabalho, as que sempre falavam com vozes estranhamente insistentes sobre quanto adoravam seus gatos.

Lewis era um homem decente, tranqüilo e estável, cauteloso com seu dinheiro. Mesmo quando se conheceram, quando ele ainda tinha trinta e poucos anos, ela gostaria que ele tivesse um pouco mais de cabelo e uma barriga mais lisa, mas qual a alternativa? *O último trem está de partida,* disse a si mesma. *Melhor subir a bordo.*

Ela estava relativamente satisfeita com as trocas que fizera em sua vida até a primavera passada, quando o Rei do Baile de

Formatura começou a aparecer no parquinho. Ele lhe recordava tanto seu adorado ex-namorado, Brian, o único homem que ela jamais amara – a mesma altura, os mesmos ombros largos, o mesmo sorriso fácil. Brian, o homem com quem ela viveria durante dois anos e com quem esperava, sem dúvida, se casar, e que a deixara, segundo ele, porque ela não sabia como se divertir. *Me mostre,* ela lhe implorara, *eu quero saber,* mas ele disse que era impossível, ou você sabia como se divertir, ou não sabia.

Todos os dias ela se sentava na mesa de piquenique com suas amigas e observava aquele homem ridiculamente bonito brincar com aquele belo menino com um gorro de bufão, e era como se escarnecessem dela com uma imagem do que poderia ter sido, a vida que fora arrancada de suas mãos e substituída por algo definitivamente inferior. E depois aquela detestável Sarah – Sarah, entre todas as pessoas – se tornar sua namorada, isso já era um pouco demais. Ela não podia evitar descontar em Lewis. O pobre e desengonçado Lewis. O bom provedor. Sr. Plano de Aposentadoria. Ali estava uma pessoa que não sabia mesmo como se divertir. Chegaram ao ponto em que ela mal olhava para ele, muito menos o tocava. Não fariam amor em absoluto se não fosse pelo hábito da infalível noite de terça-feira. E agora ele tomara a iniciativa de descumpri-la. *Ele,* ela pensou, com amargura. *Ele me rejeitando.* Era quase engraçado.

Há momentos em que você sabe que está acordado, mas não consegue se livrar da sensação de que deve estar sonhando, porque o mundo subitamente mostra a você alguma coisa que não faz sentido algum. Era como Mary Ann se sentia ao se aproximar do parquinho, tragando raivosamente o cigarro de Theresa e refletindo sobre seu casamento imprestável. Havia alguma coisa peculiar acontecendo junto aos balanços – era difícil distinguir a princípio, mas ficava mais nítida a cada passo –, algo tão repugnante e inexplicável que só poderia ter emergido de seu cérebro febril e vingativo, e não de alguma possível versão da realidade objetiva.

Aquele não era *de jeito nenhum* o homem que Sarah gostaria de estar abraçando naquele exato momento. Ela tentou se soltar, mas ele a apertava com força com seu braço bom, o corpo desengonçado pesando sobre o seu em grandes soluços. Pelo cheiro, ele parecia não tomar banho fazia alguns dias.

– Vamos com calma – ela sussurrou, virando a cabeça para evitar o contato com seu cabelo crespo, o coração ainda batendo alucinadamente. – Vai ficar tudo bem.

– Não – ele respondeu, roncando e fungando do jeito como Lucy fazia quando estava tentando recuperar o controle sobre si mesma depois de um ataque. – Não vai... ficar... tudo... bem.

Ele deixou a cabeça cair sobre o ombro dela, a boca alarmantemente próxima de seu peito. Dando-lhe uns tapinhas desajeitados sobre a omoplata, ela tentou bloquear a sensação desagradável de umidade quente passando pelo tecido de sua blusa.

Ela respirou profundamente algumas vezes, tentando se acalmar um pouco. Por mais que fosse desagradável estar abraçando um molestador de crianças avesso à higiene, era bem melhor do que outras possibilidades que haviam passado por sua mente quando ele se materializara de forma tão rápida e inesperada, saindo da escuridão. Ela ficara momentaneamente paralisada diante da visão – mais por desconcerto do que por medo, pensou – mas depois seus instintos maternais haviam surgido. Correndo para a frente do balanço, ela agarrou a filha por baixo do braço e tentou arrancá-la do assento de borracha, mas Lucy adormecera, e seu pé inerte ficou preso na abertura. Sarah estava tentando feito louca soltá-lo quando sentiu a mão estranhamente gentil em seu ombro.

– Por favor – Ronald James McGorvey disse, numa voz trêmula e quase suplicante que não fazia sentido algum para ela, como se fosse ela que estivesse dando as ordens. – Não fuja de mim.

Ela soltou Lucy e se virou devagar, preparando-se para gritar como nunca havia gritado antes, apenas para descobrir que seu agressor encontrava-se num estado lastimável. Oscilava para trás e para a frente nos calcanhares, com uma expressão confusa no rosto, o braço quebrado de encontro ao peito como se ele estivesse prestes a recitar o juramento de fidelidade.

– Você está precisando de ajuda? – ela lhe perguntou.

– Só quero falar com alguém – ele disse, o lábio inferior tremendo.

– Tudo bem – ela disse. – Estou ouvindo.

– Perdi minha mãe! – ele choramingou, dando um passo à frente e passando o braço em torno do pescoço dela. – Hoje à tarde!

Ela tentou uma segunda vez se afastar dele, mas McGorvey estava agarrado em sua blusa e não a soltava. Ela sentia o ombro inteiro molhado, como se ele estivesse babando nela.

– É difícil – ela disse, apertando os olhos na direção do estacionamento vazio, sua impaciência com Todd subitamente se transformando em raiva. – É mesmo muito difícil.

McGorvey levantou a cabeça para olhar para ela, os olhos inchados de tristeza por trás das lentes grossas dos óculos. Ela precisou fazer um esforço consciente para não desviar o olhar.

– Eu nem mesmo disse adeus. – A voz dele estava mais calma agora, falhando só na última palavra. – Ela estava morta quando cheguei lá.

– Está tudo bem – Sarah disse, olhando por cima do ombro para ver como estava Lucy. Ela ainda dormia no balanço imóvel, graças a Deus, alheia ao mundo. – Tenho certeza de que ela sabia como você se sentia em relação a ela.

– Não sei o que vou fazer – ele disse. – Simplesmente não sei.

Sarah não respondeu, distraída pela visão de uma minivan prateada chegando ao estacionamento, os faróis varrendo o parquinho. Quase no mesmo instante, ouviu uma sirene na distância e passos se aproximando, vindo do campo de futebol. Virou-se rapidamente, a esperança invadindo seu corpo com tamanha força que quase a derrubou. Mas em vez de Todd foi Mary Ann quem surgiu da escuridão. Parou na beira do parquinho, onde as lascas de madeira se encontravam com a grama, e ficou de pé ali por um momento com um cigarro aceso na mão e uma expressão muito estranha no rosto.

– Sarah? – Ela parecia mais desconcertada do que zangada. – Por que você está fazendo isso?

Antes que ela pudesse responder, McGorvey saiu de seus braços e se virou na direção do estacionamento. Um homem – era atarracado demais para ser Todd – corria na direção deles num passo furioso, como se tivesse uma importante mensagem a transmitir.

– Ah, que ótimo – disse McGorvey. – Agora ele vai quebrar meu outro braço.

Por um segundo apenas, Todd pensou que devia estar num jogo de futebol americano. Estava deitado de costas no chão duro, e DeWayne fitava-o com uma expressão preocupada.

– Todd? – ele disse. – Está me ouvindo?

Não podia ser um jogo de futebol, porém. DeWayne usava seu uniforme de policial, boné e tudo, e havia alguns garotos de pé um pouco atrás dele, usando capacetes desafivelados.

Ah, merda, ele pensou. *O skate.*

Tentou se sentar, mas DeWayne o impediu, pressionando gentilmente seu ombro.

– Não se mexa. A ambulância está a caminho.

– Está tudo bem. Eu estou legal.

– Tem certeza? Pode mexer os dedos das mãos e dos pés?

Todd testou os dedos.

– Está tudo bem – ele disse. – Tudo, exceto a minha cabeça.

DeWayne meneou a cabeça.

– Pelo menos não é nada importante.

Foi um pouco mais difícil do que Todd imaginara sentar-se. Quando a tontura passou, e ele levantou a mão para esfregar a mandíbula dolorida, ficou surpreso ao encontrar sangue na mão.

– Nossa – ele disse. – O que aconteceu comigo?

– Você teve um encontro íntimo com a rua – DeWayne o informou. – Esses garotos disseram que você ficou apagado durante os últimos cinco minutos.

– Você deu um megassalto – G. se intrometeu, com sincera admiração na voz.

– Cara, você foi bom pra caralho – ecoou o garoto de voz rouca. – Como aquele cara saltando de esqui na TV.

DeWayne enxotou os garotos dali, dizendo-lhes que dessem ao sujeito um pouco de espaço para respirar, ou, melhor ainda, que fossem para casa ficar na companhia de seus pais.

– Chega de *skate* por essa noite – ele disse. – Por que vocês não dão o fora daqui?

Os garotos resmungaram um pouco, mas começaram a se dispersar, deixando Todd e DeWayne sozinhos na rua. Tudo lhe voltava à memória agora, a fabulosa sensação de descer a rampa de deficientes físicos, ganhando velocidade, seus pés agarrados ao *skate*, como se fosse aquele o modo como deveria viajar pelo mundo. A plataforma de lançamento não era mais alta do que a calçada, mas era íngreme, e ele devia tê-la atingido com mais impulso do que se dera conta. Apesar da dor latejante em sua cabeça, ele tinha a memória vívida de se descobrir subitamente no ar, os braços bem abertos, o corpo suspenso acima da rua. E depois dando uma guinada para o lado, girando sobre o próprio corpo até se encontrar fitando diretamente o céu, flutuando num colchão de ar. A única coisa de que não se lembrava era de ter caído no chão.

– Como você está se sentindo? – DeWayne perguntou.

– Bem – disse Todd. – Um pouco tonto.

Tocando uma saliência em seu crânio, ele pensou em Sarah, imaginando se ela teria ido embora do parquinho. Detestava imaginar que ainda estaria de pé ali, no escuro, se perguntando o que diabos teria acontecido com ele.

– Provavelmente vão levá-lo para o hospital. Não gostam de correr riscos com pancadas na cabeça.

Todd fez que sim. Era doloroso admiti-lo, mas a principal sensação que tinha agora era um alívio avassalador por estar ali na rua com DeWayne, e não no carro com Sarah, seguindo rapidamente pelo auto-estrada em direção ao próximo grande erro de sua vida adulta. Claro, ele se sentia culpado por desapontá-la, por fazê-la ficar esperando por nada, por prometer algo que não podia cumprir. Mas o que subitamente compreendeu – parecia tão óbvio agora, como se a verdade tivesse sido liberada quando ele caiu sobre o pavimento – era que nunca quisera começar uma vida *nova* com ela, em primeiro lugar. O que mais adorava em Sarah era a perfeição com que ela se adequava à sua vida antiga, distraindo-o de seu casamento imperfeito e das obrigações entediantes de cuidar de uma criança, dando aos monótonos dias de verão uma deliciosa carga ilícita. Fora desse contexto, ele não podia imaginá-los jamais tão felizes juntos quanto haviam sido naquele verão.

– Ei, DeWayne – ele disse. – Acha que eu daria um bom policial?

DeWayne estudou-o por um instante, aparentemente tentando saber se era uma pergunta séria.

– Claro – ele disse, levantando a voz para competir com a sirene da ambulância que se aproximava. – Você poderia patrulhar a cidade no seu próprio *skate*.

Sarah sentia-se uma tola. Quando viu Larry Moon disparando na direção do parquinho, deixou-se acreditar que Todd o havia enviado, que ele estava vindo trazer uma mensagem para *ela*. Mas ele foi direto na direção de McGorvey, agarrando-o rudemente pela gola da camisa.

– Seu filho-da-puta! – ele disse, a voz trêmula de raiva. – Eu não disse para você ficar longe dos parquinhos? Não disse?

McGorvey anuiu de forma polida, como se respondesse a uma pergunta muito educada.

– Eu lamento – ele disse.

A desculpa só pareceu deixar Moon ainda mais zangado.

– Lamenta? – Ele deu um sopapo com força no lado da cabeça de McGorvey. – Você é um merdinha lamentável, isso é o que você é.

McGorvey continuou apenas fazendo que sim, como se concordasse inteiramente com aquela definição do seu caráter. Moon levantou a mão outra vez, mas Sarah colocou-se na sua frente antes que ele pudesse dar outra pancada.

– Será que dá para deixá-lo em paz? – ela disse. – Ele não estava machucando ninguém.

Mary Ann escolheu aquele momento para avançar até debaixo da barra dos balanços e juntar-se ao grupo. Sorriu alegremente, dando uma tragada desajeitada no cigarro e soprando um bocado de fumaça imediatamente, como se ainda não dominasse a arte de inalar.

– Eles estavam compartilhando um momento de carinho – ela explicou para Moon. – Até que nós interrompemos de forma tão rude.

Sua desgraçada, Sarah pensou.

– A mãe dele acabou de morrer, está bem? Ele está triste.

Como se para confirmar essa informação, McGorvey fungou e esfregou a mão na face.

– Ah, você está triste, não é? – Moon provocou McGorvey. – Bem, agora você sabe como eles se sentiram. Só que foi um milhão de vezes pior.

– Como eles quem? – perguntou Mary Ann.

– Os pais daquela garotinha. A que ele matou. Aposto que eles ficaram bem tristes.

McGorvey deixou a cabeça cair. Sarah queria dizer a Moon que parasse de perseguir o homem, que apenas o deixasse em paz por um dia que fosse, mas McGorvey falou antes que ela tivesse a chance.

– Eu não queria machucá-la – ele murmurou, ainda olhando fixamente para o chão. – Ela me obrigou.

– O quê? – Moon colocou a mão em concha em torno da orelha, como se não tivesse certeza de ter ouvido direito. – O que você acabou de dizer?

McGorvey levantou os olhos. Estendeu o braço bom como um ator, do modo como havia feito na Piscina Municipal no dia da tempestade elétrica.

– Eu não queria – ele repetiu, num tom de voz magoado. – Ela disse que ia me dedurar.

– Ela ia dedurar você? – Moon repetiu, incrédulo. – Você matou uma garotinha porque ela ia *dedurar você*?

McGorvey baixou o braço. Um choro estranho escapou de sua garganta. Ele desviou os olhos de Moon para Mary Ann e para Sarah, como se procurasse um ouvinte mais simpático.

– Eu não queria me meter em encrenca. – A voz de McGorvey foi sumindo conforme ele dizia essas palavras, como se subitamente se desse conta de quão ridículas pareciam.

– Vocês ouviram isso? – Moon perguntou a Sarah e a Mary Ann numa voz exaltada. – Vocês ouviram o que ele acabou de dizer? Vocês duas são testemunhas.

– Eu ouvi – disse Mary Ann.

Sarah fez que sim. Não tinha certeza de que uma confissão baseada em rumores fosse se sustentar no tribunal, mas não disse nada. Apenas observou silenciosamente enquanto Moon dava um tapinha nas costas de McGorvey, quase como se estivesse lhe dando os parabéns.

– Puxa, cara. Você está completamente fodido.

McGorvey balançou a cabeça.

– Não importa – ele disse. – Estou fodido de qualquer maneira.

Um silêncio estupefato desceu sobre o parquinho, uma inquietude tão súbita e profunda que Sarah ficou momentaneamente alarmada pelo som de sua própria respiração. Fitava McGorvey com uma expressão boquiaberta de desconcerto que teria parecido inimaginavelmente rude sob quaisquer outras circunstâncias, tentando compreender o fato de que aquele homem de aparência inofensiva – aquele homem que ela acabara de *abraçar* – era um assassino.

De uma criança.

Mais por se sentir embaraçada do que por qualquer outro motivo, Sarah desviou o olhar dele para ver como estava sua filha, que ainda cochilava pacificamente no balanço, a cabeça caindo para um lado, os lábios afastados como se ela estivesse prestes a falar.

Pobrezinha, Sarah pensou, estendendo a mão para tirar uma mecha de cabelo da bochecha pegajosa de Lucy. *Sou tudo o que você tem.*

Sabia que havia sido uma mãe ruim, que se oferecera para uma função que exigia mais dela do que sabia dar. Se estivesse sozinha, talvez se pusesse de joelhos para pedir perdão à sua filha.

Vou melhorar, ela prometeu à menina adormecida. *Tenho que melhorar.*

Sarah sentiu cheiro de chocolate no hálito de Lucy ao se inclinar para a frente e dar um beijo suave na ponta do seu narizinho gracioso. Teve uma visão quando seus lábios tocaram na pele de Lucy, uma súbita e vívida consciência da vida que teriam juntas dali em diante, a intimidade intensa e emocional de uma mãe sozinha e sua filha única, as duas dividindo tudo, respirando o mesmo ar, impondo seus estados de espírito uma à outra, melhores amigas e rivais amargas, competindo por atenção, contando uma com a outra para companhia e apoio emocional, formando o laço intenso, retorcido e provavelmente nocivo que para o bem ou para o mal se tornaria o centro da identidade de ambas, munição para anos de terapia, se elas um dia descobrissem uma forma de pagar por uma terapia. Não seria um futuro fácil, Sarah sabia disso, mas ele parecia tão *real* – tão palpável e próximo, tão de acordo com o que ela sabia acerca de sua própria vida – que quase parecia inevitável, o local ao qual tinha estado se dirigindo o tempo todo. Era suficiente para fazê-la se perguntar como afinal conseguira acreditar na versão alternativa, aquela em que o Rei do Baile de Formatura chegava e tornava tudo melhor.

Alisou o cabelo de Lucy de novo, depois se virou, reunindo-se outra vez ao círculo de adultos, nenhum dos quais falava havia algum tempo. O que havia para ser dito, afinal, depois que alguém confessava ser um assassino? Outro minuto interminável se passou até que finalmente McGorvey se dirigir a Mary Ann.

– Se importa se eu filar um cigarro?

Com certa relutância, Mary Ann tirou da bolsa um maço de Camel Lights.

– Desde quando você fuma? – Sarah perguntou a ela.

– Não fumo – disse Mary Ann, dando outra tragada amadorística. – Estou fazendo isso agora.

– Tem mais um? – Sarah perguntou.

Mary Ann ofereceu o maço primeiro a ela, e depois, por gentileza, a Moon. Ele recusou com um gesto da mão, mas então subitamente reconsiderou.

– Ah, que diabos – ele disse.

Os quatro ficaram num círculo no parquinho, fumando e trocando olhares furtivos. A cada duas tragadas, Sarah esticava o braço para trás e dava um suave empurrão no balanço de Lucy.

– Ei, Ronnie – Moon disse, depois de um longo intervalo de silêncio.

– Hã?

– Sinto muito pela sua perda. – Ele parecia sincero. – Gostaria que não tivesse acontecido daquele jeito.

– Obrigado – disse McGorvey. – Ela era uma boa mulher. Cuidou bem de mim.

Mary Ann jogou o cigarro no chão e pisou nele com vigor desnecessário. McGorvey se virou para Sarah.

– Posso perguntar uma coisa? – ele disse. – Quer dizer, não queria que você entendesse isso mal, mas não é uma boa idéia ficar por aqui com sua filha depois do anoitecer.

– É – disse Moon. – Eu mesmo estava meio que pensando sobre isso.

– Vocês querem saber o que eu estou fazendo aqui? – Sarah disse, como se não tivesse entendido a pergunta.

Moon e McGorvey fizeram que sim, enquanto Mary Ann olhava com uma expressão estranhamente simpática. Sarah começou a falar, mas, em vez de palavras, apenas uma pequena e embaraçada risada escapou de sua boca. Como ela poderia explicar. Estava ali porque beijara um homem naquele exato lugar, e experimentara a felicidade pela primeira vez em sua vida adulta. Estava ali porque ele dissera que ia fugir com ela, e ela acreditou nele – acreditou, por alguns breves e intensamente deliciosos momentos, que ela própria era alguém especial, uma das pessoas sortudas, uma personagem numa história de amor com um final feliz.

markgraph
Rua Aguiar Moreira, 386 - Bonsucesso
Tel.: (21) 3868-5802 Fax: (21) 270-9656
e-mail: markgraph@domain.com.br
Rio de Janeiro - RJ